金坑渡

大地长天◎著

（上）

中国出版集团
现代出版社

图书在版编目（CIP）数据

金坑渡：全2册 / 大地长天著．—北京：现代出版社，2019.2
ISBN 978-7-5143-7633-3

Ⅰ．①金… Ⅱ．①大… Ⅲ．①长篇小说—中国—当代
Ⅳ．①I247.5

中国版本图书馆CIP数据核字（2019）第032339号

著　　者　大地长天
责任编辑　杨学庆
出版发行　现代出版社
地　　址　北京市安定门外安华里504号
邮政编码　100011
电　　话　010-64267325　64245264（传真）
网　　址　www.1980xd.com
电子邮箱　xiandai@cnpitc.com.cn
印　　刷　三河市金泰源印务有限公司
开　　本　700mm×980mm　1/16
印　　张　46
字　　数　773千字
版次印次　2019年2月第1版　2019年2月第1次印刷
标准书号　ISBN 978-7-5143-7633-3
定　　价　89.00元

前言

自混沌宇宙澄清之后，山川大地、江河湖海的各自形态便基本固定下来，万千年间少有改变；山中林木樵夫砍，水中虾蟹渔人捉，靠山吃山、靠水吃水，大致莫过于此。胶东三面环海，陆多丘陵，不利于耕作，农耕文明中难以显示其重要性。聪明智慧的胶东人，创造了八仙过海的神话故事，给人世间留下了无比美丽的传说；始皇帝东巡来过这里，感叹在三秦大地看不到的滔天海浪和气势磅礴的天尽头；在芝罘岛上遥望瀛洲仙境，生出长生不老之梦，化为徐福出海寻找长生不老仙丹的故事；罗成十二打登州的演绎，常使人考证其真实性；戚继光抗击倭寇而在登州修建的水城；隋炀帝征高丽、薛仁贵征辽东从胶东跨海发兵，则是史书上明确记载的史实。

自鸦片战争以来，每一次的败仗后都跟着一个不平等条约，那一部部不平等条约如同坚固的铁链，紧紧地勒住中华民族发展的咽喉，令其陷入不可自拔的深渊。在各不平等条约中，可以说《南京条约》敲开了中华帝国的大门，《北京条约》打开了大清帝国的心脏，而《烟台条约》则强行开通了古老中国的经络；《马关条约》使中国人屈辱到极点；《辛丑条约》则使中国被瓜分得不成体统。而后日俄战争的爆发，终于激起了古老帝国上层加大变革力度的决心，一道道号令跨过高山、越过大河，传到全国各地，最大的变化，莫过于科举制度的停止。辛亥革命的爆发，结束了中国两千多年的帝制，但帝制的幽魂盘旋在中国人脑海里，久久不能离去。军阀割据、帝国虎视，中国的前途在哪里？不屈不挠的中国人探索着自己的发展道路，涌现了很多可歌可泣的英雄人物，以及无数籍籍无名的平凡人，为中华民族的奋起、腾飞和前途，奉献出了宝贵的生命，记下他们，是我们后代人的责任。

现实是历史的翻版。

自商汤以来，特别是自始皇以降，每个朝代后期，不可避免出现朝纲废弛，腐败横行，地主豪强土地阡陌纵横，贫民佃户无立锥之地。朝为田舍郎，暮登天子堂，是读书人头悬梁、锥刺股的动力，也是朝廷招揽人才的主要通道。但在朝代后期，都解决不了政权更迭过程中暴力流血、大将逼宫等问题，陷入一个几千年来的轮回之中。大清入主中原后，鼓励满族学汉语，但禁止满汉通婚，大兴文字狱，几百年下来，面对三千年未有之大变局，显得手足失措，进退失据，迟迟拿不出真心变革之方案。经第一次鸦片战争、第二次鸦片战争，将大清朝的虚弱实实在在暴露在全世界面前；太平天国风起云涌十几年，狠狠捅了大清国腹地一刀，令其元气大伤；甲午战争的惨败，如同将“耻辱”二字刻在大清帝国的额头，使其成了任人欺侮的病人；庚子事变之后，八国联军占领北京，更是将清廷的虚弱和无能，表现得淋漓尽致。

历史是个圆圈。

两宫西狩返京，后知大势已去，但不舍放松掌握权柄之手；帝徒有虚名，已失进取之能；众臣浑浑噩噩，毫无担当；可怜万里锦绣的大清帝国，局面是：

九州夜浓，

四海昏沉。

目录

第一章

聪颖少年读书郎　科考废止心彷徨

1

上姜家村前，地里的庄稼已经收完，裸露的土地变得荒凉，显得了无生机，空气中弥漫着秋后湿燥泥土的气息。田野里少了秋虫的踪迹，鸟儿也变得越发稀少，偶尔几声长长的鸣叫，引得人们禁不住驻足倾听。一中等身材、体格健壮的老人，肩上扛着爬犁往村里走着；那灰黑色的脸上，镌刻的是岁月的沧桑，后脑勺上用干枯的头发编成的灰白色小辫长不盈尺，随着老人的脚步左一晃、右一摇，如同西边远处树上的太阳，缺少了中午时分的热烈气势，显得了无生气。这老人一边走着、一边用黄县腔唱着：

莫忘秋日好时光，
不冷不热肚不慌；
地里五谷丰登足，
水里虾肥蟹儿黄。
农人忙收与耕种，

商贾贩货到四方，
官家收租纳钱粮，
读书人盼快开榜。

这老头唱得正在兴头上，忽然听后面有人直声问道：“大爷，请问前面可是上姜家村？”

听有人问话，老人忙回过头看，但见两人均身着皂衣皂裤，一身的官家打扮。看来是办官差，不知哪个倒霉的人家又背什么霉运了，老人忙闪到一边，让出路来。谁知，一留小八字胡的瘦子停下脚步，歪着头朝他这儿看了过来，这老者看了眼差人，想着今天倒见了怪了，自己活了这六十多岁，何曾见过吃官饭的人叫自己声大爷，莫不是这大清真的不行了？连这吃官饭的人说话都不硬气了？想来该不是，便回道：“是上姜家村，请问你们是？”

“是上姜家村就对了。麻烦打听一下，这姜来远家怎么走？”瘦子说道。

“进村第三排房子右拐第二家就是他家。”老者道。

“好的，走，快点！”这瘦子一看就是毛毛躁躁的主儿，忙不迭地招呼着后面矮胖的差人。

“不过，官家，眼下姜来远家里没人，去也找不到，不知找他们何干？”老者说。

“没人？人哪里去了？我们可是有要紧的事情。”瘦子说。

“他们全家都在地里翻地，若可以，我可以去送信！”老者慌不迭地说。

“你怎么不早说他家里没人？我们奉县太爷之命前来报喜，姜来远中秀才啦！”瘦子有些吞吞吐吐，说得不太利落，似乎是心里藏着些什么。

“那，要不你们在此等候还是？我去田里叫他们，不大会儿就回来。”这老者回复着。

“那我们去村口等着，你快去将他们叫回来。”瘦子觉得自己是从县城来的，言语中有些自负，颇有县老爷断案的口气。

“好，官家稍等，我去去就来。”老者说完，放下手中的爬犁，转身快步往田里走去。

2

不多久，一行人从村外走来，一体格健壮的少年走在前头，其中等偏上的个头，长衫虽有些破旧，但合体且洗得干净，白皙的圆脸上掩饰不住书卷气，特别是一双明亮有神的眼睛，显得格外有精神气。他来到两位官人面前，问："请问阁下是？"

瘦高个的差人道："阁下可是姜来远？"

姜来远道："在下正是，请问？"

"恭喜贺喜，阁下高中秀才第一名，我们奉县太爷之命，报喜来了。"瘦弱差人拱手道。

姜来远听罢一怔，忙谦让道："官人大哥辛苦了。"又回过身向后面人欣喜地喊道，"娘，差人来了，差人送信来了！"

后面一中年妇女和方才老者向他们走近，那中年妇女身材修长消瘦，圆脸上掩饰不住些许的忧虑，但见两位差人，却也是一怔道："儿呀，这两位是？"

只见瘦差人道："恭喜夫人、贺喜夫人，贵公子高中秀才第一名，在下吴三、肖四奉县太爷之命，特意送信来了。"

姜母一听知是儿子中秀才了，方才紧蹙的眉头才舒展开来，道谢着一起走进村里，进了院门，忙把两个差人往屋里让道："官人屋里坐、屋里坐。"这两位也不客气，跟在来远后面径直走进屋里，房屋的正堂中间陈设着一张八仙桌、两把太师椅，八仙桌后面是竹子图，屋内虽陈设简单，但又和一般的农家不一样。这吴三和肖四在太师椅上坐下，来远娘说道："来远，你先去把乔先生请来陪着官人，我先烧壶热水，待会儿我去邻家弄点东西打点这官人。"

来远应了一声，就飞也似的跑到村后乔先生家，到了门口，静了静心，敲了敲门道："乔先生在家吗？"

里面有人应道："是来远吗？进来吧！"

来远走进院子时，从屋里出来一位五十多岁的中年人，中等身材、圆脸、大眼，正是乔先生。这乔先生是中过秀才的，但考了三次举人都没中，只好断了走功名的路子，回家种地、教书。因着同窗中不少为官为商者诸多照应，凭有几十亩地的家底，日子过得倒还不错。这黄县兴商，不少大户人家请他去做掌柜、开私塾，他都不答应，雇了人侍弄着自己那几十亩地，平时就是读书教学生。他教学生不是上门教，而是在自己家里，这样倒避免了看东家脸色，还能够照顾自己中意的娃娃。二十多年下来，学生中有两个中过举人，中秀才的就多了去了，即便是在县城，仍有很多人知道这乔先生。县城里大户人家请他去做先生，但他不愿到那人多的地方去，觉得还是在家里自在。看到师傅，姜来远高兴地说道："先生，刚才官家来送信，学生中秀才了。"

"来远，中了？真的中了？我说嘛，这次你一定会中。中了好，这样，也算对得起你爹的在天之灵了。"乔先生听说来远中了秀才，那高兴劲儿在眉眼中都掩饰不住，喃喃地说着心里的话。

"乔先生，一会儿去我家吃饭去，我先回去招待招待送信的人。"来远说道。

"好，好，你带点茶叶，先回去招待招待客人，我收拾收拾、换换衣服就过去。"乔先生说着从里屋拿出一张纸，倒了点茶叶包了包，送给了来远。

3

来远娘见来远带着茶叶回来，便找出茶壶、茶碗，安排道："把这个刷了，泡好茶水招待官家，我出去给官家备点饭食。"

来远娘和差人打了招呼，出门后站在门口，开始犯愁。两个官人从县城跑了二十里路来报喜，按规矩是要吃晚饭的，这晚饭该要找两个人来陪才是，怎么也要好几斤白面，这个好说，家里还有；鸡蛋倒攒了十多个，幸亏昨日集上没卖掉，今儿个正好用上；可这也不够，天这么晚了，肉不曾准备，可早也没办法，没钱买呀！主要是没油了，炒几个青菜，可费不少油；更要紧的是这两个差人的赏钱，人家跑这么远，不就图个这个嘛！姜母怕儿子见自个儿为难，在街上站了好一会儿，想着去哪里借合适：隔壁他二叔家，媳妇病多少年了，过得还不如自家，就不去麻烦他了；和自己要好的五嫂，五哥和自己老公一道当兵，都没了快十年了，一个人拉扯着两个孩子，一年也吃不了一瓶子油，也无法开口去她那里借东西，待会儿弄好东西，让她来帮个忙就是了。看来，还是要去开铺子的老孙家，他家的东西难借，可赶到这份儿上了，别无他法。

姜母打好主意，往西走到南北主街上，往北又走了两户人家，在十字路口的西北角，灰砖青瓦的沿街门面还没打烊，进得门来，看老孙媳妇正在柜上，姜母心中一沉，这老孙媳妇可不比老孙，格外难说话。老孙媳妇一见来远娘来了，知道她家里没钱，但开店的会笑脸相迎，忙站起来道："他婶子？吃饭了没？"

姜母听出是老孙媳妇绕圈子了，这还没黑天，农家人有几个吃饭了的，忙道："二嫂，在家里做着，还没吃呢！"

老孙媳妇知道这来远娘没钱、不是来买东西的，也不再往下接话茬，只是兀自站着看着门口。来远娘只好开口道："二嫂，和您商量个事儿，看看中不？"

"他婶子，有啥事儿，好商量。"老孙媳妇有些纳闷，这来远娘可能没了男人的原因，十天半月不见个人影，今天是啥缘故，和自己商量事儿。一个寡妇，三个孩子还有一个出嫁了，能有啥大事商量？她这心中正纳闷，来远娘道："二嫂，你看，能不能借点豆油？家里来了客人。"

老孙媳妇一听来远娘这么说，后悔得想扇自己几个耳光。这孤儿寡母借油招待客人，啥时候能还？今天若是借油给她、明天她就会借面，那还有头吗？忙说道："他婶子，可真不凑巧，今天这油卖完了，还没来得及去进货呢！"

来远娘听老孙媳妇这么说，知道是拒绝的话，感到脸上发烧，忙道："不打紧、不打紧，"说着慢慢转过身去，就要走，口中自言自语喃喃道，"谁家娃中了不行，单让俺家的中了。"

老孙媳妇听来远娘这么说，忙问："啥事？啥中了？"

来远娘满脸愁容，欲言又止，踟蹰到院门口，回过头来说："刚才官差来送信，来远中秀才了，这不是得给官人备个饭食。可这家里缺油少盐的，怎么招待人家呢！"

老孙媳妇以为听错了，瞪大了眼睛，一脸不相信地问："中了？来远真中了？"

"是中了，不中就不愁了。"来远娘内心里虽高兴，但紧锁着眉头一脸愁苦。

"我昨个儿还和他爹说嘛！来远是状元料，今儿个中了秀才，明儿个就是举人，来远要当官了。怎么？送信的还在你家？她婶子，你等等……等……等……！虽说这没油了，可来了官人，怎么着我也给弄点，等等啊！"老孙媳妇说着，出了北门，进了院子，一会儿拿出一个油瓶子，塞了塞子，递给来远娘道："他婶子，这个俺今天不吃了，你先用着。"

来远娘一看，满满一瓶子豆油，忙道："二嫂，不用这么多，二两就够了。这么多，还的时候就难还了。"

"看他婶子，这什么话？这谁和谁呢！还有，这官家来送信了，赏钱可准备好了？”老孙媳妇关切地问，语气明显缓和了许多。

“那个还没备好呢！这不先想着给他们备着饭，再想办法借点。”来远娘有些歉意地回道。

“我说他婶子，看你说的，我这还有一斤猪肉，你先回去备着饭，我接着就去帮忙，酒就不用准备了，这里有些金陵醉；再给带两吊钱去，就不要再去别家里借了。”老孙媳妇脑袋瓜子转得快，不但借给了油，还借了肉和钱。

4

来远娘带着借来的东西回家时，乔先生已在陪着客人说话，并带来了一只风干鸭，那是他的学生从北京给捎回来的，他一直没舍得吃。他二叔、五嫂、老孙家的也都过来帮忙。不多久，便做好了几个菜，还有肉。别看老孙家说话做事刻薄，干活倒是一把好手，那大饼烙得又软又有嚼头，连个煳嘎渣儿也没有。两个差人等这一口，恐怕有小半年了，也不怕吃饭晚了赶夜路，没等乔先生谦让，那一斤白酒很快被两位给喝了九两半；那几斤白面饼和不多的菜肉，风卷残云般进了他们的肚子。可怜他二叔和朱师傅，这陪吃的都没好意思放开肚子，只是撕了半块饼意思了一下。

天已不早。两个差人吃饱喝足，打着饱嗝儿从姜来远家出来，转上回县城的官路，瘦子吴三一边咂嘴，一边说：“我说肖兄弟，你这光顾吃了，也不说话。话都让我说了，耽误了不少工夫。”

肖四满口酒气：“我说三哥，谁让你的嘴会说。有你在，哪轮得着我说话。咱得快走，前头路边还有几个坟地，瘆人。”

“那鸡肉你自个儿都吃了一大半。”

“我说三哥，还和我计较啥？我吃了不就等于你吃了！要嫌鸡肉不够吃的，得怪那周师爷。他知道这姓姜的家里穷，安排咱俩来这儿，好吃的没有、赏钱才一吊。去丁百万家里送信，怎么不派咱？”肖四愤愤不平地说道。

“他妈的，在我面前别叫……叫……他周师爷，叫钱狗……狗子……就行，这家伙一肚子坏水。今夜里，他们在丁百万家犒劳可大了，你觉得，他们能给多少赏钱？”吴三酒量不如肖四，话语里开始磕巴。

“估摸着丁百万都不给他们铜钱，给的肯定是银子，怎么着也得二两。丁百万那是出了名的大方，你又不是不知道。”肖四的话里，透着羡慕。

两位差人知道，在这荒郊野外，走不了话，说啥也无所谓。他们一边打着饱嗝儿，一边借着酒劲在痛快地骂着周师爷，说话间就过了北马镇，向黄县县城走去。

5

吴三和肖四骂的那位周师爷是绍兴人，在黄县县衙待了近三十年，伺候了七位县令，对这黄县自然是门儿清。自从下午接到了榜单后，周师爷就和彭县令商量如何送信。彭县令当然是听从他的安排，按照平时下面的情况，把最不得力的派到最远的地方，最听话的梁六、沈七去丁百万家送信。

梁六和沈七听周师爷安排他们到丁百万家送信，想着平时这马屁没白拍，知道这腿可不是白跑的，自然是心花怒放。两个人得了周师爷面授的机宜，一溜烟儿跑到丁百万家的门房，报过门人。门人一听是公子中了秀才，官人要亲自见老爷禀报，自然是不敢怠慢，忙领着梁六、沈七穿堂过室，在会客大厅见过丁员外。

这丁员外可是不一般，不仅仅是黄县首屈一指的人物，就是整个胶莱道，都赫赫有名，甚至在济南、京津、东三省一带，不少从商者都知其人其事。老丁家祖上不仅生意做得好，有钱，书读得也好，中举人进士者不乏其人，成为亦官亦商的典范。几百年下来，老丁家光宅子就占了大半个黄县县城，成为历任县令的重点关照对象。此时，丁员外还不到四十岁，正是气力旺盛精力充沛的年龄，前窝里一男一女，后窝里两个男孩，子女双全，人丁兴旺。家大业大，光是住人的房屋就有上百间，县城的商号铺子几十个，远在济南、天津、北京和长春的钱庄铺子还有十几家，关键是他年龄不大，就做了丁家大家族的掌门人，在家族内、社会上，可以说要风得风、要雨得雨，但看到生意越来越不好做，要想自个儿立于不败之地，眼下就是盼着大儿子中了秀才，待两年再中上举人，才好真正让人服气，自己这家族的大掌门人，才坐得安稳。

他这两天心里有些不踏实，正盘算着该最终发榜了，忽见门人后面带两位差人，门人来报道：“老爷，县衙官人来送信，公子中秀才了。”丁老爷连忙从太师椅上起身，拱手道：“官人辛苦！”

梁六道：“恭喜丁老爷、贺喜丁老爷，贵公子高中秀才，在下奉县太爷之命，单独来给丁老爷报喜，按说该明天县衙张榜公布，但县太爷怕丁老爷挂念，特提前来告知。”

丁老爷闻言大喜，急切地问：“中的廪生，还是贡生？”

“回老爷，这个倒没说。不过，县太爷说，若丁老爷有空，他请您吃饭，给贵公子祝贺祝贺！”差人恭恭敬敬地说道。

“哪里、哪里！看来县太爷没别的事，能否捎话请县太爷到寒舍一聚？感谢县太爷的知遇之恩！”丁百万满心欢喜，真切地说道。

“好，那在下就回去复命。”梁六和沈七都没来得及坐下，就说回去复命。

“官人且留步，稍候片刻！”丁老爷说完，回过头来对刘管家说道：“管家，取十两银子，谢两位官人亲自跑来送信，现安排人跟官人一块儿去县衙，邀请县太爷晚上来家里做客。”管家应诺，领两位下去了。

半个时辰不到，跟着去县衙的人就回来了，说晚上县太爷、周师爷和四个衙役来拜访祝贺。不过，要丁老爷简单安排，不可铺张浪费。丁老爷得了准信，随即安排管家准备宴席。

6

丁家上上下下紧忙活着，天刚煞黑，县太爷的轿子就悄悄地进了丁家大院。丁老爷亲自出门将县太爷和周师爷迎接到客厅内落座，下人给端上茶；其他四个随从人员，管家安排到隔壁客厅休息。

丁老爷恭敬不失稳重地问道：“感谢彭大人光临寒舍，在下有失远迎，还望担待。”

“丁员外，客气了，客气了。那么说，就拿彭某人见外了。”彭县令语气变得和气，收敛了平日满脸严肃的模样，脸盘如盛开的向日葵般灿烂。

“刚才大人派人来送信，犬子中了秀才，多谢大人栽培。”丁老爷把孩子中了秀才的事情归功于县太爷，这话让人听起来就高兴。

彭县令到黄县多年，适应了当地的海参鲍鱼，但仍未改变其乡音，那侬侬的苏州话从他嘴里缓缓而出：“丁员外教子有方啊！这次四十个中榜者，贵公子排名第十，不得了、不得了哇！若能保持这个势头，金榜题名就在眼前。”

人都愿意听好话，丁百万也不脱俗，听到县令这么夸奖，怎能不心花怒放？他掩饰不住内心的高兴，努了努嘴，向彭县令笑着说：“还要大人多多指教才是。”丁百万的笑不是装出来的，一方面是心里确实高兴，另一方面是由于彭县令那带有黄县味的苏州话，显得不咸不淡、不辣不酸，有点令人忍不住地想发笑。

穷汉子说话有人驳，富汉子说话有人随。

丁百万有钱，连彭县令都竭力顺着他的话说好听的：“按往年算，贵公子完全可以录为廪生，没想到今年有这么一批好苗子，考生的成绩是如此好，贵公子屈为二等，可惜呀！可惜，实在是可惜！”听他那口气，好像判错了卷子一般。

恭维的话谁都愿意听，特别是这话从县令嘴里说出来的，那自然是更不一般，丁百万听着自然是舒心，也很受用，便说道：“大人为国家选拔人才，令人敬仰。大人知道在下的意思，犬子最终还是要接我这家业的。”

他们谈得正起劲，刘管家站在门口示意周师爷出来。周师爷当然知是何事，便跟着他来到厢房。“同喜、同喜，托周师爷的福，丁公子中了秀才，以后会多烦劳师爷。区区小意思，买壶酒喝、买壶酒喝。”刘管家的话贴心圆润，好像周师爷不接这十两银子，就欠了丁家什么。周师爷懂礼节，还是假装着推辞了一番，但拗不过刘管家，直到收下才算了事。

彭县令从袖口掏出一个纸卷，恭维丁百万道：“恭喜贵公子中了秀才，彭某为丁员外高兴，刚写字一幅，送与贤侄共勉。”

丁员外忙接过来，打开一看，见写的是“书中自有黄金屋，书中自有颜如玉”的诗句。丁员外赔笑道：“彭县令鼓励，定能使犬子刻苦攻读。”

彭县令套近乎：“哪天公子高中举人、进士时，当不忘请我吃饭才是。”

“那是、那是。”丁百万连连应诺，忙从袖口内掏出一沉甸甸的黄绸布包裹，放到彭县令手中，一边说：“多谢彭大人光临寒舍，天要冷了，该添炭火了，望笑纳。”

彭县令装出面露难色的样子，道：“丁员外，这样不就见外了嘛！”

丁百万将脑袋靠近彭县令，表现得异常亲密，低声说：“若这么说，是彭大人见外了。俗话说：来而不往非礼也！犬子中了秀才，是我弟兄们的喜事。就是那跑腿的差人去别的地方送信，也都该得些赏钱的，大人亲自前来祝贺，可不能让丁某失礼才是！”

那彭县令闻之哈哈一笑，装作推让，但见丁百万坚持，只好依了他，将那黄澄澄的包裹半推半就地接在了手里。彭县令知道，用黄绸布包裹预示着里面是金子，掂一掂，该不少于十两，虽说高兴得心有些突突直跳，但还是掩饰着心中的窃喜，不动声色地将包裹放在了袖子里。

两个人正谈论着，丁家大院刘管家轻手轻脚靠过来，低声道："东家，饭菜已准备好，可以开席了吗？"

丁员外向彭县令微微颔首，轻声问："彭大人，可入席了吧？"

彭县令顺坡下驴道："那就恭敬不如从命了！"

一行人出了客厅，来到专门吃饭的房间，几个陪客已在站着等候，丁员外给他们一一介绍后，分宾主落座。彭县令环首四顾，只见这厅布置讲究，四周墙上尽是名人字画，北墙上是泰山日出全景图，中天门、南天门、玉皇顶一一俱在，自然是气势磅礴盖寰宇；东墙上是蓬莱仙岛图，碧海蓝天之上淡淡的白云，一派风和日丽的景象。这房间，彭县令来过多次，但这几幅画是百看不厌。八仙桌上，早已摆好"山中走兽云中雁、腹地牛羊海底鲜"等美食佳肴。彭县令虽为一县之长，还要做做样子，平日里在县衙虽不说是顿顿白菜豆腐，却是清汤寡水，难见大鱼大肉，肯定没丁百万家里吃得好。不过，他倒落下了个清廉的名声。黄县那些大户，平日里给他送的海货不少，可他那厨子是南方人，做这个不地道。况且，他还要顾及别人的看法，不好太铺张。故他宁可把那干海参、鲍鱼打包送给上级，捎回老家，也不会在县衙大吃大喝。哪天馋了，来丁百万家里打打牙祭，还有人伺候着，看人家宴席上做的海参，可是当日从海船运来活的，现场剖肚去肠炖成，凉拌海参切好后也是活的用开水沏一下，四周有蒜泥芥末汁等调料，按自个口味取用；那鲍鱼可是真正的渤海鲍鱼，足有拳头大小，下开水的时候还活着，出锅时自然肥白鲜嫩、甚是养眼；而那渤海大对虾足有一筷子长，可不是简简单单清水煮，而是开背挑出肠线，油炸加蒜蓉汁，肉鲜汁美、甚是爽口；这碗口大的渤海大螃蟹盖硬肉紧，用清水、姜片加葱段煮来，鲜得不得了，非南方那盖软肉松的螃蟹可比。以周师爷那南方人的饭量，那鲍鱼、海参和大虾三样吃下去，就差不多了，再吃那个大螃蟹，就有些勉为其难了。每次来丁百万家做客，周师爷就恨自己个头矮、饭量小，不像人家彭县令能吃能喝，四大件下去外加一斤烟台古酿，一点不耽误吹牛；仅仅从吃喝方面，周师爷就服气，怪不得人家做县太爷出门坐轿子，自己只能做师爷，颠前跑后伺候人。

酒过三巡，酒桌上各位的距离自然是近了，有话开始放开说了，话题的中心，自然是丁员外的大公子中秀才的事情，彭县令道：“贵公子今年中了秀才，三年后就该是举人了。丁员外教子有方，在下佩服之至。”丁百万知这是恭维的话，自然是谦让一番，道：“现在新学发展很快，很多才子去学了，若都来参加考试，说不定如何呢！”

听丁百万那么说，周师爷涨红着脸道：“丁员外莫那么说。什么新学，万般皆下品，唯有读书高。放心，新学里出不来翰林，也出不来县太爷。”

丁百万当然知道，那是周师爷吹捧彭县令的话，也忙跟着说：“那是，那是。”

彭县令自然是心领神会，也很享受别人的吹捧，虽说县令仅仅是个七品，去北京不算个事儿，可在县里，就被人称呼太爷了。不知哪句是真心话，哪句是实情，彭县令借着酒劲说：“上面号召办新学堂，也是不办不行，要我说，朝廷不考秀才，不考举人了，那中进士的事儿也就没有了，大清的人才哪里来？不过，这话也就在这里说，可不能出去乱说。”

周师爷、丁百万自然口口声声说是，其他人频频点头。喝得差不多了，该说的好话也说得差不多了，再说就是东扯葫芦西扯瓢的事儿了，彭县令问周师爷：“那个第一名姜来远，是哪个地方的？”

周师爷一听，想着今天彭县令莫不是喝多了？竟然连头名秀才的家都记不住了，倒记住这第十三名了，忙回道：“那头名秀才是北马镇上姜家村的，十年前，其父姜海成在威海卫战役中为国捐躯，得过朝廷的抚恤、嘉奖。”

彭县令看了看周师爷，心中想：你认为我喝多了吗？我早就看了这姜来远的履历，在丁百万家又是海参，又是鲍鱼的，还都给了包银，不这么说能看出对人家的重视吗！忙开口道：“看来还是寒门学子，忠良之后啊！这样的人不能忘记，县学开课时，好生款待一下。”

丁百万边上一听，忙道：“彭大人体恤民情，令我等佩服之至，佩服之至！若县学开学，大人有何吩咐，尽管开口，尽管开口就是！”

“真的？”彭县令听丁百万这么说，当然深知其意。既然他想出血，何乐而不为呢？忙说：“学问在早年，光芒如初旭。丁员外，这批学子是如此的优秀，将来必有成大器者，若丁员外有爱才之心，可以对这批学生特意资助，不知意下如何？”

丁百万听彭县令那么说，心想，人家县令就是县令，知道自个儿想拉拢这批学子，但又不能那么说，就替自己说出来了，忙道：“如若大人真有这想法，在下愿听安排。”

“这批四十个秀才，只有十个廪生，那三十个也都不错，若丁员外舍得钱财，可以资助这些学子几年，等乡试完毕，说不定能出几个举人，丁员外岂不是做了一大善事？”

“若彭大人觉得合适，在下乐意那么办。”丁员外心中窃喜道。

7

上姜家村的姜家祖坟地内，坟上的草已变得枯黄，稀疏弯曲着欲倒欲折，在瑟瑟秋风中显得格外凄凉，坟前的石碑上刻着姜海成的名字及碑文，姜来远和姐姐陪同母亲在墓地里，姐姐在父亲坟前痛哭。姜母也凄声哭道：“他爹，今儿个来和你说件事，来远他考中秀才了，还考了第一名。十年了，你在那边还好吗！”令人断肠的悲戚哭声不断响起。

按说，人去世后过了九周年祭日，就算彻底过去了，就是再深的情谊，也该淡了。但来远娘不行，都十年了，每当夜深人静的时候，她都会想起那时的情景。十年前的冬天，那坏消息一件接着一件，镇上老张家儿子在部队里开轮船，都是留过洋的，说没就没了。一开始她还不信那话，听自个儿男人说从国外买回来的船都是铁的，比那南山都大，怎么就能沉水底下了？那年腊月里，孩子他爹从威海卫带了东西来看家，两个人说了一宿头的话，说了去旅顺打仗的事情，听得自个儿紧紧抱着男人，怕他回不来了。男人说该让娃读书了，要有个大名，想到自己在“来远”舰上待了那么多年，也是出过洋的人，就不按祖上规矩了，大名小名一个样，都叫“来远”好了。定下了这事，男人明明说好过完年还回来，谁承想，正月十五本是合家团圆的日子，等来的却是官家报丧的消息。一开始自个儿还不信，人家没了还见个尸首，可自个儿男人没了，连个尸首也没见着。

可见着官家带来的抚恤金和信件，又不能不令人相信。当时，来远娘哭得昏天暗地，做了十几年夫妻，在一块的时间加起来也没多长，留下了那三个娃娃，最小的才七岁，虽说有百十两银子的抚恤金，可孤儿寡母的，这以后的日子可怎么过啊！这些年，也有人来提亲，娘家哥哥也劝过她改嫁，可她舍不得这几个娃娃，想着有了后爹，孩子就受约束了。她宁可背着女人不下地的说法，用那抚恤金置了五亩地，自个儿带孩子们耕种。孩子们倒争气，懂事，大姑娘几年前嫁到了史家村，隔二里地，女婿也常来帮忙；二女儿也十九岁了，为了给自己帮忙干活，也不愿早出嫁；这来远最小，书却读得好，很得先生喜欢，现在中了秀才，有了官粮，要到县学读书，该是让男人放心的时候了。

来远娘又禁不住痛哭起来，这些年压在心里的委屈，也都吐了出来。姜来远在一边也止不住地流泪，看娘哭得伤心，便道："娘，别哭了，小心哭坏了身子。"

来远娘也哭累了，在孩子们的劝慰下，慢慢停下了哭声。燃尽的香纸变成一堆灰，已被风刮得不知了去向，地面上只留下一块黑黑的印迹。大姐秀菊收拾好贡品，二姐秀梅和来远将娘扶起来，四个人慢慢往村子里走去。来远娘道："到了那里，咱还要好好读书，不要贪玩才是。"

姜来远说："娘，你放心好了，等我安顿好了，接你到城里去住。"

8

县学堂内一派热闹气象，新中的四十名秀才整齐地站在院中。彭县令一早就过来准备讲话了，等学监讲完，彭县令用他那软软的苏州话讲："咱黄县人杰地灵，这些年乡试每次均有人中榜，今年试卷彭某人均已过目，是历年来最好的一次，是一批好苗子。依我看，两年后的乡试，恐怕能中举的不止一位，望各位学子一如既往地苦读，成为栋梁之材。特别高兴的是，丁员外承诺资助各位学子，如有需要的，可以到他家吃住。"

彭县令的话一讲完，下面的人窃窃私语，这可不仅是天上掉馅饼，简直是天上掉金子的事情了。县学开学后，家是县城的没有理由住到丁家。本来按来远的成绩是给安排住宿的，但听了学监的意思，就住到了丁家。丁家的房子多，丁员外安排管家，在漱芳园南侧腾出了几间房，让来远和世聪住一块，那条件自然比县学的好。丁百万弄进这么多人来家里吃住，他自个儿高兴，有人可不高兴。谁最不高兴？自然是丁百万的内当家……张太太了。

原来，这张太太不是丁世聪的亲娘。

虽说老丁家的祖训是不能纳妾，可在世聪五岁时，他娘得病去了，丁百万续弦就没了障碍。但丁百万想得多，怕从当地找，这前窝、后窝的不好处理，就应了这掖县张家的亲事。但丁家有规矩，虽然老大没了，再续的媳妇只能成二太太，让家里人时刻记着她不是老大，也让这新进门的媳妇好好对待大太太生的孩子。人家二太太肚子也争气，过门没几年，连续又生了一女一男，颇得丁百万的欢心。母以子贵，二太太在丁家的地位逐渐高了起来。

二太太知道，自个儿做不了男人的主，但不管是否管用，枕边风还是经常吹。夜里温存前，二太太娇声娇气地说道："夫君，一下子来这么多人，这一年要耗费多少钱？学成了，又有几个人记得你的好？"

丁百万皱了皱眉头，一半玩笑、一半嗔怒道："你这女人家，就是头发长，见识短。这十几个人，不就是几十亩粮食的事儿，那房子空着也是空着，帮了他们，还有人说咱不好？"

"这么多生人在家里住着，总是心里不踏实。"二太太自然有她的应对之道。

丁百万道："你这就不懂了！他们和世聪是同学，咱把这一批人笼络住，以后就都是世聪的得力帮手。十年二十年后，无论当官、经商，不少人会成为黄县的顶梁柱。我们现在做的这些，就是为世聪以后铺路呢！这些关系，是花多少钱也买不来的。"

说者无心，听者有意，二太太一听这个，心里咯噔一下子，敢情老爷是为了给大公子铺路呢！世聪作为长子，又中了秀才，再加上这么多帮手，等自个儿儿子长大了，往哪儿搁？怕是连立锥之地都没有。想到这儿，二太太有些不太痛快，但也不敢表露出来，只好强作欢颜道："还是老爷想得周全。"

丁百万有些得意地说："现在和那姓姜的安排一块儿，世聪能学到不少东西。"

"姓姜的？他怎样？"二太太装糊涂，有些莫名其妙地问。

"这可是今年的第一名，文采尤其的好，彭县令很是赏识！我安排这么多人来住，实际上是为了他一个人哪！"丁百万一五一十，把他所知情形详详细细说了一遍。

9

有了丁百万的话，二太太对姜来远也留意起来。不久，二太太就打听清楚了姜来远的家世，知道来远二姐没出嫁，就又在丁百万面前吹风，说自个儿娘家有个侄子张宗青，正二十岁尚未娶亲，和来远姐姐倒很般配，老爷您给说合说合，这若成了不就是亲上加亲了。

丁百万是什么人？那脑瓜子灵着呢！知道这话他不能说，自个儿让人家来这里住，并不是为了提门亲这样的小事，这样的亲事人家答应不好，不答应也不好，只好支吾着说让她找世聪问问。二太太拐弯抹角地和世聪说了，世聪也是明白人，知道这事情绝不能勉强来远，夜里两个人睡不着的时候，世聪也拐弯抹角地说了下。来远虽生在农家，却知深浅、懂进退，这门亲结不得：一则掖县离自家远，若走远了，自个儿的老娘谁来照顾？还有他们姓张那家子在掖县也是混世魔王，自个儿姐姐去了后会受委屈，也就借着个理由，自个儿去和二太太辞了那事儿。

本来，二太太想拉拢姜来远，可他不上凑，令其心里有些不舒服。不过，二太太也没啥好的办法，那事情就那么撂下了。不多久，年底县学放学，丁员外单独备了车马让世聪送来远回家，并带去了鲜肉、丁家豆腐、栖霞牟家送的栗子面窝窝头、大对虾干，还有东北的大米等东西。世聪没让他爹多带，怕多了姜来远不乐意。

到了家，卸了东西。姜家没啥好送的，捎回了两只老母鸡，算是不能让人家空手回。送走客人，一切安顿好后，娘掏出一封信递了过来，来远拆开信扫视一遍，念道："嫂及家人一切安好？上次去信告知弟在海军学堂之事，现已安顿完毕，家人也已至烟，吾一切安好。年后正月十二海成兄十周年忌日，如无其他安排，吾等去其墓前祭拜。如可，让送信人捎回口信即可。一切从简，见面详叙！癸卯年腊月十五日。弟，谢葆璋叩上！"听来远念完，他娘说道："前些天镇上你表舅家孩子从烟台捎回来的信，我本不想麻烦他们，但这么多年了，你谢叔叔还挂念着你爹，当面说道说道，也好。"

来远高兴地说道："谢叔叔要来，该也是筹划了好久。这么多年了，他一直关心着我们，来了我也好好感谢感谢他。"

这个年，姜家过得倒有些生气。

姜来远的头名秀才给家里添了些喜气，一扫他爹去世的压抑，现在来远成县学的学生了，在县上也算是有名号的人，他娘也觉得这日子有盼头了，加上来远捎回来的不少年货，这年过得倒不为难了。还有，他爹故去就要满十年了，就是再多的想念，再多的不快，也该淡多了；另则，过年后他爹原来的老上司老弟兄要来，说是祭拜他爹，实际上是来看他们，也给平淡的日子添了些期盼。

难过的日子好过的年。

眨眼间，就到了正月十一，来远全家为第二天来客准备着。县里的快马来报，说第二天彭县令要陪谢大人前来祭拜，并送上纹银十两，作招待之用。本来，谢葆璋写给来远娘的信要简单一些，若一个人快马加鞭，几个时辰就到了，当天差不多可以来回。况且，他这次来黄县，完全是私人行程，不想麻烦彭县令，但想到自己是军队之人，不和地方长官打个招呼，倒显得不好了；还有，如和彭县令打个招呼，以后对来远一家，或许有所照应。得知烟台水师学堂的督学要来自己治下，虽说是办私事儿，那彭县令自然是不敢怠慢。彭县令是久居官场之人，深知谢督学这些人的能量，大清水军惨败，动摇了整个朝廷的根基，也正是因为仗打败了，朝廷才会更加大投入，拼了命也要把海军做起来。怎么做？往长远讲，办学校培养人才，是重新振兴海军的唯一之路。眼下国疲民弱，朝廷还是咬着牙，把四所水师学堂给建了起来。虽说烟台海军学校一年只招了二十名学生，但以后规模还要扩大，这些人几年后就会是海军的骨干，说直白点就都是当官的，这谢葆璋也在部队里任职，又在学堂里兼任督学，那些人既是他的学生，又是他的兵，几年后，他就会桃李芬芳满天下、学生官员遍四海。到那时，谢督学的号召力，可非自己一个小小的县令可比。还有，这谢督学毕业于天津水师学堂，那同学故旧遍布于海军各部及各地水师，可算是通天人物，更小瞧不得，故彭县令非常重视谢督学的造访。

谢督学见彭县令再三邀请，便更改了行程，先提前一天到了黄县县城，由彭县令陪同看了军防，在县驿馆吃了饭，聊了些时事就休息了。第二天一早，天刚放亮，彭县令一行就赶到了县驿馆，陪谢督学用罢早饭，一道骑马往北马镇赶去，随行的四个衙役带着简单的行当，虽不鸣锣开道，基本的威仪还是有的。

昨日里，周师爷早通过驿丞安排心腹之人，密报了北马镇的首富马运来和保长马运多，要他们安排接待。还没到半上午，彭县令他们就到了北马镇东头，就见马运来一行十多人早在等候了，打过招呼以后，他们跟随着彭县令他们的车子进入镇大街，从十字路口往北走三里，到上姜家村。

老远就能看见上姜家村前站了一群人，还没到村前，谢督学就下了车，彭县令一行也都下来。一行人往村里走去，对面的人也迎了上来，为首的是来远娘，边上是两个女儿、来远及一干乡亲，就见她趋步向前迎了上来，谢督学赶忙迎上去，开口道：“可是海成嫂子？”

来远娘道：“你是葆璋兄弟？”

谢督学道：“正是兄弟，兄弟给嫂嫂施礼了。”说完，跪倒就拜。

来远娘忙双手扶起谢督学，道：“兄弟快起来，这样可要折煞嫂嫂了。”随后躬身还礼道，“来远，见过谢叔叔。”

来远忙过来要双膝跪倒，谢督学忙拉着他道：“贤侄，不用跪拜。”来远便躬身施礼道：“见过谢叔叔。”

谢督学侧过身来对来远娘他们说道：“这是彭县令，今儿来一块看望大家。”

来远娘带领家人要跪倒，彭县令慌忙搀扶道：“千万别跪。今天是私事，私事，千万别跪。”众人便躬身施礼。

来远娘在一边道：“外面风大，还是进家里说话。”

谢督学回过身来对彭县令道：“彭县令，到家里说话。”

来远把乔先生介绍给谢督学和彭县令，彭县令看着乔先生暗暗吃惊，但见这位虽已五十多岁，但身板硬朗，炯炯有神的眼睛透露着坚定的目光，心中暗想：这位就是朝廷暗中监视的乔先生？虽说那都是十多年前的命令，说是其参与戊戌变法甚是积极，也有人传言其参与拥帝废后，有大逆不道之为。彭县令一直不太相信，如果是参与变法，倒是有可能；如参与拥帝废后，他还能活到今天？况且，自己到黄县这么多年，未曾有人汇报其有出格的言行，但见其有来远这样的学生，不禁暗自感叹，这样的人如何管？寒暄过后，一行人便来到来远家里。房屋内摆好了七八把椅子，乔先生陪谢督学和彭县令等人落座，其他几十个人分别在院子里、街道上等候。彭县令赞赏乔先生教了个好学生，乔先生也赞赏彭县令慧眼识才。寒暄过后，谢督学对来远娘说道：“今天一来是看看嫂嫂家人，二来是给海成哥祭拜，要不，咱先去海成哥墓前祭拜？”

来远娘看了看彭县令，道：“也好，都准备好了，县令大人？”话语中，不知是不是让县令在家里等着。

彭县令是看在谢督学的面子来的，怎可能不去？便说：“先生为国捐躯，今天就是为这事来的。”

谢督学和彭县令说不用太多人去，其他人在家里等候就行，他们两个，乔先生及姜家人一行人顶着缓缓的北风出了村。虽说已立春十多天，可还是寒气逼人。村西北几百步远，就是姜家的祖坟地，节前刚压的坟头纸还没有褪去颜色，在瑟瑟北风中微微颤着，坟地内立着的枯草来回摆动着，坟前一个个的黑圈该是年前烧纸后留下来的印记。

来到坟前，摆好供养，彭县令掏出昨夜里准备好的祭文念道："姜军士奉命讨敌，为国捐躯，其忠义可嘉，朝廷一直念念不忘其忠义行为；今其子中头名秀才，为国留栋梁之材，甚为感人。今勇士已去十年，其英名与天地不朽，黄县县令彭前来纪念，望姜军士在天之灵，佑我海军强盛，大清永固。"那彭县令是久居官场之人，卖的就是一张嘴，其语速缓慢，声情并茂，令人不胜伤感。谢督学闻之，不禁泪流满面。

彭县令念完祭词，谢葆璋缓了缓心神，用袖口擦干眼泪，也掏出祭文念道："海成兄在天之灵有知，弟葆璋前来祭奠。甲午一战，大清海军倾覆无存，海成及众兄弟为国捐躯，而唯兄弟独活。十年来，弟未曾敢忘以前誓言，每每思之念之，无不痛心疾首。今海军得以重建，烟台之学校又复当日盛况，莘莘学子济济一堂，弟每每夜不成寐，夙夜为公，不敢懈怠。想必弟兄们在天之灵，终会护佑大清海军重振雄风，中华民族屹立于世界民族之林……"当念到一半时，谢葆璋眼泪又下来了，拭去眼泪后，哽咽声中又道，"不再受外族之侮。兄之子来远已中秀才，今见之聪颖早慧，深感欣慰，其后必成大器，望兄毋念。愿弟兄们在天之灵安息。"言毕，双膝跪倒，号啕大哭道："兄弟，想来十年，你在那边还好吗……"谢督学在此坟前大哭，实际上哭的不仅仅是姜海成一个人，哭的是那些一起奋战而牺牲的兄弟，哭的是自己尽心竭力辅佐，但腐败无能日渐没落的大清王朝。谢督学的痛哭，真动了感情，边上的姜家老小也是齐声大哭，彭县令在一旁也禁不住抹眼泪。

好大一会儿，彭县令低下身拉着谢督学道："督学，督学，不要哭坏了身子。姜军士忠义可嘉，我们记着就是，不可哭坏了身子。"

来远娘听罢忙止住哭声劝道："他叔，不要哭了，海成在天之灵也知道，有你这兄弟还挂念着他。"其他人也都止住哭声，纷纷来安慰谢督学。

本来，彭县令的意思是去镇上吃饭，但见谢督学不好离开，就没好再说走。那马家兄弟的首富可不是白当的，一个快马回去，拉了一车熟热的饭菜，在来远家屋里、院子里摆了开来。席间，彭县令和身边的人说道："姜军士为国捐躯，我们原先照顾得不够，以后要对去世军人的家属多多照顾。"

10

冬去春来，很快就是夏天。

夏天的黄县，可是个避暑的好地方。丁百万见世聪学业进步也很快，很为自己的安排得意，暗暗思忖着这么下去，明年就可以参加乡试了。可随着天气的转凉，各种不利的小道消息传来，特别是传言有可能要取消科考，让大家很是紧张了一阵子。

两年前传过停止科考的小道消息，丁百万还亲自问过彭县令到底有没有这回事。彭县令当着他的面说过那是不可能的，说科考可是立国之本，若是没了科考，怎么选拔官员？果不其然，那些小道消息传了传就没影了，大家也就慢慢不放在心上了。可这次传言不比以往，传得有鼻子有眼。到了秋天，那传言终究不再是传言，一下子变成了事实。

当县学的学监宣布“著即自丙午科为始，所有乡会试一律停止，各省岁科考试亦即停止”的通告时，学堂里如炸了锅般，喧闹不止，有人当场表示死了也不信，大声喊：“不可能、不可能！绝对不可能！我们读了这么多年了，秀才也中了，不考举人了，我们怎么办？死了也不信朝廷会这样。”喧闹声沸沸扬扬，不能阻止，学监只好说县衙门口正在张榜公布，学子们一窝蜂拥出去要眼见为实。丁世聪倒没太着急，他看姜来远待着不动，忙拉了他一把道：“来远哥，去看看吧！”

来远道：“既然学监那么说了，还有假吗？”

世聪道：“还是去看看，别人都去，就我们不去，多不好。”

两个人慢慢地边走边聊，世聪道：“这后续安排，对那些中了举的还好，对我们这些刚中了秀才的，可没啥用处。”

来远心中沉闷无比，不想说话，但世聪的话也不好不回，只好说：“天无绝人之路，看来这日本人和俄国人打仗，真使得上面震动了。”

世聪倒显得无所谓，径直道：“也该改改了，我看该把那辫子剪掉最好。”

来远微微皱了下眉头，道：“小心因言获罪。”

他们离着县衙还很远，就见学子们将县衙围了个水泄不通，北关的郑老秀才在外面痛哭道：“老天爷啊！这不乡试了，可怎么活啊！”看他那花白的胡子，沾满了哈喇子，灰尘和着泪水铺在沟壑纵横的脸上，都快分不出鼻子眼了，看了让人心酸。

肥头肥脑的王大户仰天长叹道："本来到明年就能凑齐捐举人的钱，这考的都不算了，捐的路不也堵死了吗？新政新政，这什么新政，新政不能再晚两年吗？"

听着周边人的议论，来远心里也一阵阵悲凉。是啊，朝廷的一个命令，竟然惹人当街大骂，这命令的权威何来？是不是真的到了改朝换代的时候了？连骂朝廷都没人当回事了。

来远和世聪两个人也凑上去看看那张贴的东西，但见人拥挤就出来了，正好看到世聪爹也从远处过来。原来丁百万听下人说县衙门口张贴出了各省岁科考试亦即停止的谕旨，一开始他还不相信，碍于自己身份他也从不凑这样的热闹，但这次不行了，想到儿子世聪的前程，也禁不住跑了出来观望。

丁百万老远见儿子世聪和姜来远从人群中出来，便靠在墙边站立不动。世聪见爹来了，忙道："爹，你也来了！"来远也打招呼道："叔父，您来了。"

丁百万道："我来看看到底是不是和说的一样，既然都这样了也别难受，咱先回家歇着，从长计议。"

11

这考取功名的路子断了，对丁百万这样的大户人家来说只不过是少了通过博取功名来光耀门楣的一个途径；但是一下子拐过弯来也很难。客厅内丁百万爷俩儿就争执了起来，世聪道："爹，既然要学新学，烟台的学校我不去，我要出国。"

"出国学什么？学那些蝌蚪文、猴子语？"丁百万一听说儿子出国，反对的话立马从嘴里吐了出来。

"爹，我要出国学法律、学商科。"世聪似乎胸有成竹，心中早有打算。

"出国学什么商科？咱祖上从康熙年代就做买卖，也没读过商科。还有，和日本人学做买卖，在咱这里用得上？"丁百万有些没好气地说道。

"爹，我要学的是法律，可不是你们那打算盘。"世聪有些不耐烦地说道。

"法律？去国外学法律？在大清可更使不上了。再说，不当官、不判案，学那法律有啥子用处？"丁百万用更直接的话语反驳着。

“爹，亏你还是走南闯北见过世面的，你怎么想的？都什么时候了，还大清的法律？看眼下这样子，等我学会世界通用的法律回来，恐怕大清的法律就用不上了。”世聪也毫不退让地说着。

“你这是踅摸的哪门子心思？这话可要是杀头的！你要真去，我也不阻拦你。不过，可不能学你那二大爷家的五哥，本事没学着，倒学了一身洋毛病。”丁百万说道。

“爹，可说起来了，我也就去个三年五载，不会给你弄个洋儿媳回来的。”世聪知道爹的担心，前两年，本家五哥世光去日本留学，银子花了不少，本事没学着弄了个日本媳妇回来，族里不让他媳妇进祠堂的事情，弄得二大爷差点没背过气去，后来高不成、低不就，只是待在上海花天酒地，不愿回黄县操心家里的事情，二大爷只剩下生气和给他寄银子的事儿。

丁百万听儿子这么说，知道儿子大了不好管。还有，朝廷竟然把科举都能停下来，看来这世道变化太快了。其实，这几年来他没少琢磨这几个孩子的出路，信息也广，对下一步怎么办早已做好了应对之策，刚才和儿子斗嘴实际上他有的地方是装糊涂，故意留出破绽，试探儿子是不是真有自己的想法而已，但见孩子坚持，也只好说道：“你真要去留学也可。不过，得给你约法三章：一不能剪辫子；二不能参加革命党；三不能娶日本媳妇。”

对丁家而言，钱能解决的事情，都不是事儿。丁百万的万贯家财，使他处理这样的事情不是太难，世聪的境遇不会太差。可对姜来远这样的寒门学子来说，选择的路就窄了。他闷在屋里一天没出来，前前后后想了很多。烟台有新学，这黄县也办了几所，可都是教很初级的东西，再去学也学不到什么新东西。出国之事，世聪与自己商量过，那可要花一大笔钱，白花人家的钱也很不合适。还有，现去日本留学的路基本堵死了，世聪出去也是要借道别的地方。回家种地也不太现实，这么多年来也没种过地，怎么着也不能去给人家做佃户吧！来远把这些可能性都一一否定之后，感到自己站在了悬崖边上，没得选择。

12

“走，出去转转，在屋里可别闷坏了！”夜里，世聪见来远茶饭不思，怕闷出毛病，叫他出来散散心。

来远和世聪两个人在院子里溜达着，月色如水，风仍微凉，突然后面有女人声音：“哥，原来你在这里呢？”

“来远哥，你也在？”女孩的声音听出是很欢快的。

来远回头一看，见是丁佳怡。

这丁佳怡是世聪的同母之妹，小世聪两岁，大额头、高鼻梁、大眼睛，出落得端庄秀丽，特别是胶东人挺拔的身材，引得方圆百里的大户人家说媒者络绎不绝。无奈大小姐不听什么父母之命、媒妁之言，这都十七岁了还没订婚。丁百万虽觉得是个事儿，却又觉得自个儿姑娘不愁嫁，也就不催。哪承想这丁大小姐见过来远几回，竟然暗生情愫，有意无意以找世聪之名与来远相见。今个儿她听说以后不能考举人了，想必来远郁闷，自个儿心里着急得不行。又听说世聪找来远了，便假装找她哥，赶了过来。

“大黑夜里，一个女孩子出来干啥。”世聪责怪着妹妹。

“哥，这屋里多闷！你们能出来，我干吗不能出来？”丁佳怡虽然是女孩子，但从小没受过约束，和世聪一样，也是读了书的，若是女孩子不用学女工，怕也是能中秀才，考举人的。

“你是女孩子。”世聪本来心中有事，有些不耐烦了起来。

“女孩子怎么了？哥，听你们说以后不读县学了？听说你要去日本？真的假的？”丁佳怡一连串的问话，显然是有备而来。

“你怎么知道？”世聪有心无意地回着。

“来远哥！你也去吗？”丁佳怡从小锦衣玉食习惯了，认为谁想去日本留学，就能去的样子。

“我？去日本？我去不了！”来远似笑不笑的脸，在那月光下有些惨然。

“不去日本也好，那么远。”佳怡听得出来远的无奈，但又不知用什么话来安慰他。

“佳怡，你快回去吧！小心凉着。”世聪在催她。

“来远哥要去哪里呢？不在这里住了吗？”佳怡很想知道来远要去哪里，很希望他能继续留在这里。

“先回家看看再说。”来远只好无力地回应着。

第二章

弃学从商成学徒　苦学技艺遭人妒

1

在经历了巨大的心理落差之后，来远对前途难以抉择还是茫然无措：这科举考试纵然有千万种弊端，毕竟是选拔人才的一个路子，把这条路子给隔断，朝廷如何选拔人才？但几十年来，特别是近十多年，甲午战争、庚子事变，还有那日俄战争表明，通过原来的路子选拔再多的官员也没用，只有改变制度兴办实业，才是改变原来落后挨打局面之方法。既然如此，自己何去何从？识时务者为俊杰，只有顺应时代潮流的变化，方能立于不败之地。还有，自己都十七岁了，母亲为了自己读书含辛茹苦，姐姐都十九岁了还没有出嫁，既然不能博取功名，该承担起养家的责任才是。想到这，来远算是厘清了路子：黄县、烟台人烟稠密，商业繁荣，还没有自己的一席之地吗？不会的，只要脚踏实地从头做起，该有自己的发展空间。

来远沉思着，前后捋了几遍：如果去读师范，就与实业救国隔了一层，况且还要去济南，今年也没机会了，还是不去的好。虽说实业救国，直接做生意似乎也不可取，一来自己没本钱，二来没经验，要做也要从头做起。什么最重要？把眼下的事情做好最重要。经过几天苦思冥想，来远对前来探望的世聪说："兄弟，放心好了，我不会有事。出国留学的事情不适合我，眼下最要紧的是抓紧挣钱养家。"

世聪："哥哥要挣钱养家，想好做什么了吗？"

来远苦笑道："好歹也是十七八岁的人了，活人不会被尿憋死，黄县这么大，还找不到个谋生的门路吗？"

世聪："兄弟，前两天我也想过，但看兄弟没定好方向，也就没跟你说。若不见外，我家里上上下下几百个人，可像你这样的少。若不嫌弃，在我家的铺子里干，可好？"

来远："可我们的关系，我去合适吗？"

世聪："哥这么说就见外了。你来也快一年了，也见到了上上下下的掌柜，有几个像咱这样的？若兄弟不嫌弃，让爹爹找最好的师傅带着，一年就能学他们三年的本事。这么多铺子、钱庄需要掌柜，还有家里的大掌柜也缺人，等我学点洋东西回来，咱们一块儿干事，不好吗？"

来远还是很高兴地说："如兄弟有这想法，甚好。不过，不要让叔叔为难才是。我也要回去和家母商量一下。"

世聪高兴地说道："你快去快回。"

2

停止科举考试的消息如同长了翅膀一般，早已传到村里，广为人知。觉得姜来远可惜的有，幸灾乐祸的也有。来远刚进家门，母亲就急切地问："听说以后不考举人、不考进士了？那你们怎么办？"

姜来远看了看满脸焦急的母亲，用非常平静的语气安慰："娘，这个您不用担心，这么多人，又不是只有咱自己。人怎么样都是活，上面既然定了这样，也不一定是坏事。"

"娘最担心的是，现在皇家不让考功名了，这么多年书算是白读了，你可别受不了。"来远娘说着自己的担心。

来远一听，母亲都把她自个儿的难受放在心里，倒想着儿子的难处，只好强装欢颜道："娘，这个你别担心，虽说以后不考功名了，那书也不会白读，将来会有用的。”

“对。不过，那你以后怎么办？现村里也没啥好的活路呢！”来远娘的话，是一个做母亲的最担心的事情。

“我回来就是为了和您说说，丁家少爷想让我到他们家的铺子里干，我看他家的买卖大，有粮店也有钱庄，济南、北京、东北也有铺子，倒是学习本领的好地方。”来远道。

“要不你去烟台看看，你爹生前的好朋友谢叔叔，现在海军学校做官呢！前段时间来信说了，有啥事可以直接找他。”来远娘道。

“娘，谢叔叔那里我也想过，主要是现在社会上的事我也不懂，直接去他那里找他，都不知道干啥。他也没法安排，还是在丁家能学学本领，真要找他的时候再去找他！”

“如你认为那样合适，那就依了你。再说你也十七八岁了，外面的事比娘懂得多。”来远娘道。

来远娘是个开通明白人，知道人不能和命抗，得顺着来。来远把母亲都安顿好，到本家亲戚转了一圈，去了趟姐姐家，就又回到了县城见过世聪，说了自己的想法。丁百万当然欢迎来远这样的人加入，虽说自个儿家大业大，每年都有不少有才干之人主动投到其门下，可对这么大的摊子来说，像来远读书这样好的还没有，加上和世聪这样的关系，以后会有大用处。

3

姜来远在丁家安顿下来，丁百万对其高看可不是一眼，是高看好几眼，让钱庄的宋掌柜亲自送他到粮店去学习，世聪也不时跑过去看他。到了世聪出国的日子，丁家上上下下好一顿忙活，丁百万、来远、世聪妹妹丁佳怡和侯管家一块把他送到烟台。第二天一早，世聪坐轮船先去上海，转道去日本。

回来后，来远又在布店、古董字画玉器店各待了个把月。丁百万嘱咐各掌柜要好好教，各掌柜得到大东家指派自然是倾其所有地教导。来远书念得好，文章写得好，但不是书呆子，对这买卖上的事由掌柜教着，倒把每种买卖的不同，看了个差不多。

做学徒比较辛苦劳累，姜来远感到有些沉闷，但能不断收到世聪从日本发来的信，讲述着日本的见闻，算是苦闷日子中的一丝喜悦。天逐渐冷下来，姜来远正在誊写账目，接到去东家那里陪客人吃饭的邀请。自己并不认识什么人，陪谁呢？来远纳闷之余，归拢完一天的账务，来到丁百万的客厅。客厅里，一位不到三十多岁的中年人坐在那里，面目清秀，身材修长。见姜来远和丁百万打招呼，此人忙站起来，丁百万也站起来介绍："来远贤侄，我给介绍一下。这位就是大名鼎鼎的徐镜心，是咱黄县黄山馆镇后徐家村人，自幼聪颖好学，和你一样，也是县学廪生，在烟台毓才学堂、济南高等学堂读过书。前些年，徐公赴日本早稻田大学读书，世聪在日本，就是他给帮忙安顿下来的。现徐公学成归来，今天给你认识一下。"

来远闻之一震，对徐镜心大名早耳闻已久，眼前这位就是黄县人常说起的徐镜心，还是世聪在日本的朋友，忙道："久闻徐先生大名，晚生在此有礼了。世聪在那边可好？"

徐镜心忙说："世聪在那边挺好，他学商科，有这个底子。我临回前世聪嘱咐我，一定要我当面向你问好，并带回来几本日本最新的商科书籍，都是留日学生翻译好的，要我亲自交给你好好看。"说着，打开放在桌子上的书包，掏出了几本书递了过来。姜来远忙接过来，是《国富论》《政治经济学及赋税原理》《经济学原理》等书，都是原来没听说过的书籍，但见世聪这么远托人送来，该是费了很多的心思，忙说道："有劳先生了，从日本回来千里迢迢，带回来不容易。"

丁百万说道："来远，世聪从日本捎回来的书，刚才我看了，我是看不明白，说实话，我也不想看明白了，回去好好看看，看有啥挣钱的好方法能用上。和徐先生好好聊聊，聊聊世聪的情况，不过，可别聊国事。"

来远一听这个，感到很有些纳闷，心想这徐先生可是客人，怎么当着客人的面说起这事来了。但在一旁的徐镜心倒像没听着一样，依旧谈笑风生，说道："来远老弟，不瞒你说，我们这一批人都是被日本政府赶出来的，既然大清政府还让我们回来，说明我们没啥错误，到国外去看看，就明白我们现在的状况了。"

此时，酒菜已齐备，只有他们三个人，说话倒也方便，但来远不明情况，不好多说什么，只好多问了几次世聪在那边的情况。那徐镜心也欲言又止，顾左右而言他。酒过半酣时，那徐镜心从北京说到南京，从上海说到广州，又从中国香港说到日本，兜兜转转一大圈，那意思是要在烟台办所学校，同时透露了让来远去教课的想法。

本来，丁百万对徐镜心的印象还不错，至于他要做啥自己无权干涉，但从言谈举止中感到他对大清政府的不敬，特别是想到自己儿子和这样的人接触多了，后果不可收拾。若来远被他说动了心，世聪和来远走得又近，天天和这些人泡在一起，说不定哪天就成了革命党了！想到此，丁百万道：“徐先生，刚才您说的办学，是个好事儿。不过，恕丁某胸无大志，不能帮忙。至于来远，他是世聪的弟兄，是世聪要他留下来的，我要等着世聪回来完完整整地交给他。”

徐镜心见丁百万没有一丝一毫的客气，一句话就将其挡在门外，连缓和的客气词都没有，很是有些不快。但徐镜心是有大志向能屈能伸之人，不想就此放弃，又劝道：“丁先生，世界大势浩浩荡荡，顺之则昌、逆之则亡，若不赶到前面，会被历史淘汰和遗忘的。”

姓徐的嘚啵嘚、嘚啵嘚地不停声，丁百万心生烦躁，便不再客气，面露愠色道：“徐先生，话虽那么说，可康梁逆党流亡到国外的事实，就在眼前。试想，他们能跑到国外去生活，而丁某拖家带口，万一有事，能去哪里？”

徐镜心清楚丁百万不高兴的原因，也知其顾虑所在，只好拿大话激他：“可丁先生若对就要来临的大变局视而不见，真到那时，可就迟了。”

听了徐镜心的话，丁百万陷入了沉思，好久没作声。目前的情形危急，他何尝不曾想过，吵吵嚷嚷多年要立宪，又是出洋考察团，天天吆喝得震天响，可世风未见有任何变化，人头倒落了不少。丁百万虽人在黄县，算是偏居一隅，但信息并不匮乏，也不断有人把北京、上海最新的报纸送来，能很快知道最上面的信息，知道大变革是不可避免的，特别是连举行了一千多年的科举考试都废除了，还有啥不能改？若是改革他倒不怕，自己一不偷、二不抢，不欺压乡邻，自己的爹爹人送外号“丁大善人”，但他最怕的是改不好，会导致社会动荡、闹土匪。看来，自己最好的应对之法，就是按兵不动，但徐镜心说的，也不是没道理，更不好太驳了他的面子，想好了应对之策，便说：“徐先生所言极是，不过丁某能力有限，愿意出五百大洋资助先生，但来远的事不要商量了，一切等世聪回来后再说。要不，我就爱莫能助了。”

其实，徐镜心就等他这句话，眼下办学钱最要紧，前段时间从莱州那边弄了两千块可远远不够，今天化缘到丁百万这里也是没办法的办法，既然丁百万这么说，目的也算达到了，便顺坡下驴道：“多谢丁先生，不知什么时候能拿到钱？我那边急用，打算过了年就把学校开起来。”

“这笔钱不能直接给你，也不能让其他人知道，我把钱给来远，三天后你从来远那里取。不过，切记不要对任何人说起我给过你钱。”丁百万小心至极，怕哪一天徐镜心成了逆党，自己岂不成了同案犯，那罪可就大了。

“那多谢丁先生了！”徐镜心知道丁百万的苦衷，自然是不好勉强。

4

徐镜心从来远那里取钱时，两人说了很多。丁百万有言在先，徐镜心知道发展姜来远，暂时不会有什么结果。可是，徐镜心的话让来远心里产生了一些波澜，虽说原来听说不少去日本留学的人如何如何，黄县也有出去又回来的，但大都去了北京、上海等地方，回黄县的，来远还没接触过。通过和徐镜心聊天，来远更多地了解了外面的世界，特别是当他看世聪给他带来的书时，那些陌生的词语，给他打开了一扇陌生世界的窗户。过完年，来远就被送进钱庄做了学徒。人称丁百万为黄县首富，那名号自然不是虚着来的，自然有他的绝招。别看丁百万上百家各种铺子，内心里最看重的还是这钱庄，无论是粮店、布店、茶叶店，还是那每年赚大把银钱的粉丝坊，都离不开这钱庄。你开茶叶店别人不一定来买你的茶叶，来买你茶叶你也不一定能赚到钱，而世人没有不用钱的，特别是这买卖人没有嫌钱多的，故这钱庄就格外有用处。那钱庄的掌柜，自然是丁百万最为心腹之人。

按照钱庄的规矩，新进入的人员那可要一点一滴从学徒学起，可这钱庄和粮店、布店很不一样。在粮店时，来远和伙计一样，扛粮包、给大买家送粮食，样样不在话下。可这钱庄没有扛粮食、出大力的活，他这一来，竟然无从下手。掌柜给了他把算盘，教他如何使用。这学起来简单，练起来可不容易，平时下笔写文章刷刷点点一气呵成，而拨弄那算盘珠的时候，五个手指好像不是自己的了，看着掌柜打算盘时那噼里啪啦的声音，如同打在篷布上急促的雨点，来远看在眼里，听在耳朵里，着急在心里。可着急没用，这可真不是背文章可以过目不忘，只好早起晚归，一点一点从头练起来。

姜来远还没到钱庄时，宋掌柜就知其是个才子。经过一段时间观察，见其异常有礼貌，加之谦虚好学，是可造之才，内心更是极为喜欢，便尽其所能对其教导。这姜来远也争气，按照师傅的要求，后面的四个手指间夹着铜钱，臂软、手垂，噼里啪啦地练习到深夜。清晨，天还没亮，他早早起床练了起来。白天，他把各类借据契约的分类、内容，都默默记在心里，回去把要点记下，有空就拿出来翻看。

姜来远做事不惜力、不惜时，其点点滴滴、一言一行，早有人不断向丁百万汇报。丁百万听着很高兴，想儿子三年后从日本留学回来，加上来远这么个帮手，自个儿也很快就会过上清闲的日子了。

丁百万只顾着自己高兴了，没想到别人不高兴。谁能不高兴呢？是钱庄的侯大掌柜和二太太。按说，来远学东西快和他们有啥干系？怎会轮得着他们不高兴？还别说，仔细琢磨琢磨，他们还真该不高兴。

这二太太对来远不高兴的事情不少。

去年，二太太就要把自家侄子和来远二姐结亲，来远娘没同意，二太太就不太高兴。当把自己娘家侄女介绍给来远做媳妇时，来远也没答应，二太太更是不高兴。不是不高兴他们没成亲，而是对来远都没得商量这件事不高兴。人这一不高兴，心里就会犯嘀咕，知道来远没拿她当回事儿。真可谓道不同不相为谋，不是一条道儿上的人，很难走到一起。但没想到的是，老天长眼，以后不考举人了，这小子竟然来了自家门下做学徒。见此，二太太又暗自庆幸，幸亏当初那亲事没成。若成了，自个儿可不是亏大了？想到此，那些不高兴的事情也就没了踪影。偶尔见了，二太太对姜来远倒也和颜悦色了。但听自己男人夸过几回姜来远，二太太对他又重新审视起来，特别是听管家侯长贵说，这人将来会是世聪的左膀右臂，二太太陷入了深深的忧虑：若哪一天世聪真的回来当了家，自己那两个儿子，可不就只剩下挨捏的份儿？来远是世聪未来的帮手，那岂不是自己儿子的对手？对手频频获得称赞，怎是一件好事？

煤油灯下，来远正在练习打算盘，只见他松臂、垂手，四个手指间夹着铜钱，噼里啪啦练着，累了，揉揉手歇歇顺便写一下记账务需要的字，顺便熟记一下白天见的各种凭证的分类，外面的更夫吆喝着三更天小心火烛的号子，像是在催促着他睡觉。

5

要过年了，来远赶回老家，带了几包点心去看朱师傅。朱师傅的日子依然过得清淡，但两人见面难免谈起时局，来远问：“现在康梁在日本摇旗呐喊宪政，师傅您怎么看？”

朱师傅好像没听见来远的问话，眼睛看着别处，像是沉浸于过往的风云中，过了好一会儿才说：“上次的变法已经过去八年了，可没什么结果；接着就是闹‘义和拳’，紧跟着八国联军进了北京城，大清王朝不是差点完了？”

“虽说大清未亡，不过乱局已现。不知‘帝’‘后’之后，是何局势？”来远考虑了很久，这样的问题没法和别人说，只好说与最信任的朱师傅。

“八国联军进了北京没几年，日本和俄国在东北又打了一仗，这乱劲是没完没了。帝后之后的事情，难以预料，但恐怕难有天下太平的日子了。你看，自古以来，哪朝哪代不是强有力人物去世不久，就会政局失序、天下混乱。还有，这康梁在日本吆喝宪政，可日本不仅有康梁，还有个什么孙博士，好像和康梁又不是一路。”知屋漏者在宇下，知政失者在草野，朱师傅在朝廷干过，知道上面的事，今虽身居乡野，更深知底层人民的痛苦、政令得失，也知道目前社会变革力量在哪里。

“那学生该如何做？”来远问得直截了当。

“如何做？你自己该有主意。但千百年来，中国最大的毛病，就是想当官的人太多，想干事的人太少。那个张謇先生提出的‘实业救国’，倒不失为一条好路子。说实话，当官并不是条好路，你看我那同学王懿荣，本来意气风发回来办团练，结果啥事没成，反而死于非命。特别是你这样的人，性情忠厚，适合于做学问或做事，而不适合做官。还有，这通过考试的当官之路已经阻塞，混乱局势中，必然会出现拥兵自重之情形，不从军队里出来的人做官，势必难以成事。具体怎么合适，要自个儿拿主意。”朱师傅从眼下的局势说到过往的例子，从来远个性说到行业的门道，话中虽然没明确和他说干啥不干啥，但是来远已经明白了师傅的意思。

6

丁百万看着来远进步很快，心中很是高兴，想着儿子将来从国外学成归来，加上来远这么个帮手，自个儿也可以过过游山玩水的舒服日子了。丁百万正在房间里喝着茶自个儿高兴，媳妇进来说：“老爷得去看看，大小姐在发火呢！”

听说自个儿闺女发火，丁百万急忙往丁佳怡那边走，刚到房门外，就听他那宝贝闺女在叫：“出去，都出去。”

丁百万皱了皱眉，心想这闺女又是怎么了？谁又招惹她了？便放轻了脚步进得内房，问："佳怡，怎么了？"

"爹，您来了？"丁佳怡带着哭腔说着，就要下床，满脸委屈的样子 。

"什么事儿，这么不高兴？"丁百万关切地问。

"没事，爹，我在床上坐坐。"佳怡的脚垂在床边，下人忙给穿鞋子。

丁百万能够感受到，清明后闺女的面色便不好，看得出是打心眼儿里不高兴。今天她无缘无故地发火，肯定有缘由，便问："闺女有什么烦心事，是不是上坟累了？"

"爹爹，我歇一下就好了，不过我有件事情想和您说一下，不知该说不该说？"

"有什么事那就尽管说才是。"

"明日里我想到海边去看看，这一冬天可闷坏了！"

"那抽个时间我陪你去，我让护院陪着你！"

"爹，我不用你陪，等你还不知道什么时候有空呢！"

"那让谁陪？"

"我想从你那里借个人。"

"谁？"丁百万一听，心里有些着急，不知道今个儿闺女要出什么难题。

"我想让来远陪我去。"丁佳怡眼睛盯着父亲，怕他不答应。

"来远？让他哪能行？你一个未成亲的大姑娘家，来远和你一不沾亲二不带故，让他陪的哪一陪？"丁百万没想到闺女不按常理，更没想到会这么不按常理。

"爹爹，都什么时候了，我这一不偷、二不抢，还怕人说闲话了？"丁佳怡知道父亲的意思，直接用话语挑明了，我不怕。

"你若真要去，爹爹就依了你！"

丁百万这么说，很出乎丁佳怡的意料，没想到父亲答应得如此痛快。

7

在黄县，清明后可是一年的好时节。呼啸刺骨的北风，已无踪影，微醺的南风吹得人心情舒畅，田地里麦苗已经返青，四周的树林开始绿起来，平日里难得一见的各种鸟儿也飞上了天空，四周充满了生气，正是人们外出踏青的好时节。选定了天气晴朗的日子，一行人出了丁家大院赶往徐福镇，来远在前面骑着马慢慢走着，丁佳怡和丫鬟坐在马车内，那赶马车的孙老把式已经为老丁家赶了近三十年马车，那马和他也熟悉了，车走得是又快又稳。

出徐福镇往北，隔着海就越来越近了。车厢内，丫鬟挑起车帘一边，瞧了瞧姜来远，又回过头来看了看小姐，小声笑道："小姐，好久没见你这么高兴了，这姜秀才可是一表人才，黄县城虽大，这样的人可不多见呢！"

丁佳怡听丫鬟这么说，更是满心欢喜，也从门帘缝里看了看来远，道："小英，你平时可要给我看好了，多给我留着心点。"

丫鬟道："小姐，还用我留心？就小姐您想怎么做还用得着我？"

丁佳怡道："若不用你，留在我身边何用？"

丁佳怡又道："不怕一万，就怕万一。"说着，又禁不住掀开前面的帘布，瞅了一眼骑着马的来远，露出了会心的微笑。

这一切，丫鬟都看在眼里，小声说道："小姐，下一次出门可要把这车帘子布弄结实了，别被拽断了。"

"你敢贫嘴？讨厌！"佳怡嗔笑着。

8

人心隔肚皮。

二太太魂不守舍，丁百万愣是没看出来，倒是让侯长贵给看出来了。侯管家看出二太太的心事，不是因为他聪明，而是他和二太太面临着同样的处境。现在丁百万把产业分成了钱庄、粮店、绸布店、药店、田地五大块，分别由不同的掌柜管理，这侯管家是所有钱庄的大掌柜，钱庄是丁家产业中最红火、最赚钱的生意，丁百万最为看重。但侯管家从东家的安排中，隐隐约约感到了威胁，姓姜的小子这个势头，不出几年怕是能干钱庄的掌柜，等少东家从日本回来接手，自己恐怕是最先被替换的，接自己位子最合适的，莫过于这个姜来远。将他放在这里，可是一个极大的心腹之患。

本来，以侯管家在丁家的位置，不该这么多心。姜来远才是一个十七八岁的毛孩子，没有十年八年的工夫成长不起来。但侯管家有心理阴影，这些年，自己掌管着这丁家大大小小二十多家钱庄的分号，按说权力不小，但是丁百万为人极为精明，虽说自己是大掌柜，可给了他不少制约，下面那些掌柜的不时地和丁百万汇报些事情，让他竟然做不得手脚，和其他钱庄的大掌柜相比，少得了不少好处。侯管家心里很有些窝火，自个儿虽顶着大掌柜的帽子，那处境竟然和二太太差不多。二太太本来是明媒正娶，却戴了个做小的帽子，只要不是缺心眼的人，就知这二太太当得不舒服。时间一久，两个人竟惺惺相惜、同病相怜了起来，言语中也就慢慢聊到了一块儿。

二太太语气中带着花哨的味道问："侯管家，你看着那个来远，怎么样？"

侯管家道："回二太太，这个小子来了，由老爷罩着，倒很讨上上下下的喜欢呢！"

"是吗？也很讨你喜欢？我怎么没感觉到！"二太太眼皮都没抬，淡淡地说道。

"由老爷罩着，不喜欢也要喜欢。"侯管家说道。

"哼，再讨人喜欢，也就是个伙计，可变不成东家吧！"二太太歪起头，斜着看了侯管家一眼。

侯管家看二太太看他的眼神有些异样，说对他动情，打死他都不敢往这里想；说对他一点意思也没有，却又不可能对一个一般人流露出那样的眼神儿的。侯管家忙乱中喘气变得有些粗，慌忙说："二太太，照这么下去，恐怕他将来有一天会成了器呢！"

"一搂粗的大树可不是一年两年长成的。"二太太觉得来远是个毛孩子罢了，一无背景，二来也不强硬，话语里便有些轻视来远的意思。

"二太太，不用长一抱粗，长大腿粗就撼不动了。"侯管家说道。

二太太这些天心中本来就不悦，但她可是个不轻易表露心迹的人，也并不说什么，听了侯长贵的话暗自吃了一惊，装糊涂道："撼不动就长着呗！"

侯管家自然是知道二太太装糊涂，心想着这女人家就是头发长、见识短，做事优柔寡断心太软，不说到她的痛处，就不会争取主动，忙道："若是大少爷三两年后回来慢慢接管了家业，那时候姓姜的那小子就会有了更大的靠山，根深叶茂之时就尾大不掉了。"

大少爷回来后怎么着，原本是丁家自个儿的家事儿，外人本无嚼舌根的资格，但连这侯管家都把这事摆到桌面上说出来了，看来这丁家大院的上上下下、老老少少，对大少爷来接管家业倒是都很认账的。自己怎么应对，二太太自己确实没想好，便装着没事说道："大少爷若是回来，他怎么弄，是他自个儿的事儿了。无论怎样，他也不可能不认我这个娘了！不过，你可就不好说了。"

从这一句话里，就看出二太太可是个厉害茬，一句话就把这个问题给踢了回来，侯长贵想着话都说出口了，可不能就这么拉倒，便更深一层地说道："二太太，理是那么个理。我这下半辈子可都仰仗着您呢！您得帮我才是。不过说句实话，我仅仅是一个管家，给谁干都是干，伺候谁都是伺候，可是，二公子可就不同了。"

二太太是明白人，这个问题她何曾没有想过？只不过自己一个女人家，没有任何办法来应对这个将来的变化而已，但见侯长贵自己把这个事情挑明了，便收了收假装着的矜持，笑了笑，也算是赞成了，嘴里说着："怎么干？怎么干也不能我亲自去干吧！你看，我下面哪有能办事的人？你说怎么着合适？"

侯管家见二太太一句一个怎么弄，算是说出了真心话，言语中透露的焦虑，表露着她真实的想法，便说道："俗话说'斩草要除根、止沸要抽薪'，要不想将来大少爷对太太您、对二少爷不利，眼下还是把姓姜的那小子打发了才是。"

"你的意思是？早日把他除掉？"二太太道。

"太太见识远，就等您一句话。"侯管家道。

"刚才我不是说了吗，该怎么办不难，你是知道的，不过我哪有人做？你要想给我出力，你看着办就是了。"二太太道。

"到什么程度？"侯管家道。

"打发得他远远的，不要在黄县看到他就好；不过，千万不要弄出人命、弄出伤，伤了人就犯法了。"二太太道。

"嘿嘿，太太放心，保准做得天衣无缝。"侯长贵谄媚地笑道。

9

不怕生人使坏，就怕熟人使绊子。

这天快要收工了，有人送信对来远说是去城北的徐福酒楼吃饭，他接到这个消息有些惊异，因宋掌柜不在，自己哪该去吃请？但见这送信人张伙计是丁家大院子里的人，该是承了东家的意思才是，听他说宋掌柜在外面直接过去，也只好应允了下来。等收了工，由此人领着，进了徐福酒楼的一楼包间。

进包间来，早有请客的主在等候，介绍后方知是城北米店的吴老板，来远见宋掌柜不在，忙问道："不是说宋掌柜要来吗？怎么还不到？"

送信的张伙计道："宋掌柜可能忙，等等。"

三个人干坐着等了大半个时辰，见天色已晚，张伙计出去看了好几次，最后回来说："宋掌柜还没来，怕是有啥事耽误了。"

来远一听，就有些不大自然。张伙计一看也觉得不好，忙道歉："姜公子，不知宋掌柜怎么搞的，怎么不来了？"

米店的老吴看着满桌子的鲍鱼、海参都快要凉了，有些着急："这个宋掌柜，说好来，怎么就不见人了呢？"

姜来远心里犯嘀咕，一股异样的感觉袭上心头，有些疑惑地说："宋掌柜不来，我自己在这里不好吧！"

张伙计道："怎么你自己在这里了？这不是还有我吗？再说，没宋掌柜咱也不能不吃饭了，要不，咱不等他了吧！"

吴掌柜忙道："也是，没宋掌柜咱还不吃饭了吗？来，吃吃，吃吃吃！"

来远见菜都上了，只好酒不喝了，一块吃了起来。

10

既然主要客人没来，也就不喝酒只吃菜，没啥实质性话题，酒席进行得倒很快。姜来远如坐针毡一般，催促着抓紧结束。可那送信的张伙计，可能是见宋掌柜没过来，有些过意不去，显得有些着急，进进出出好几趟。来远又提议说走，他说要再等等，反复好几次，几个人才离开出了房间。那吴掌柜也很客气，一直把他们送出楼外，又在楼下站了好一会儿，说了些好话。姜来远站在那里，心里直嘀咕：这人话真多，酒桌上不说，都要走了才说。

这时，姜来远心里犯嘀咕，更有人犯大嘀咕，哪一位？是丁百万。当吴掌柜在楼下对着来远喋喋不休之时，丁百万正好在二楼的窗户边站着，看到了这一切。

原来，今儿个丁百万在徐福酒楼请北京来的客商吃饭，几天前早已订好。在吃饭的当口，陪客的周员外说："丁员外，我怎么看北关粮店的吴掌柜在楼下送人，好像是您府上的伙计。”

丁百万一听，皱了皱眉头，说：“嗯，怎么会？周兄可不是看花了眼吧！”

周员外用手指了指外面，说：“怎么会？不信你去看看！”

听周员外这么说，丁百万心里有些惴惴不安，自个儿和北关粮店的吴掌柜关系不咋地，虽说只有少数人知道，这周员外就是其中一个。丁百万便顾不上身边的客人，忙借出恭的由头，出来看个究竟。见东家脸色凝重出了门，侯管家也忙着跟了出来。

当丁百万把身子立在窗户边上，看着窗外的风景，但见楼下立着两个人，赶到有些纳闷。虽说是晚上不比白天，但酒店门楼前的灯笼照着，那俊秀的脸该是姜来远，另一个人是城北的吴掌柜，是毫无疑问的。丁百万皱着眉头回过身子，阴着脸问：“待会儿去问问，他们房间里吃的啥？他们两个怎么搅和到一块？”

侯管家道：“好的东家，一会儿就给您回话。”

散了酒席，丁百万接过侯管家递过来的点菜清单，见来远他们屋三个人每人一份鲍鱼、海参、大虾、螃蟹、韭菜炒海肠等海鲜名菜，主食蓬莱小面、鲅鱼饺子，看着这比自己楼上还好的菜单，丁百万的脸顿时拉得比驴脸还长。

11

丁百万有城府，虽说很不高兴，但装作无所谓，没追究什么，好像那事情不存在一样。说白了，不就是一顿饭吗？说不定里面有啥原因。若是当面说透，倒显得自己小气，日子还长着哩！

丁百万把这事儿放下了，可姜来远放不下。第二天一早，他见到宋掌柜，便着急问：“掌柜的，昨天晚上城北的吴老板请吃饭你怎么没去？”

宋掌柜有些吃惊地回：“怎么？吴老板请吃饭？可能吗？”

听宋掌柜这么说，来远心里暗想，真见了鬼了：“怎么不可能？院里的张伙计告诉我的，说是你去，等了你好久没见到你，我们就吃了。”

宋掌柜听来远这么说，心中咯噔一下子，知道这里面有故事。惊异之余，但有些话不方便和来远说，便问：“张伙计？哪个张伙计？”

姜来远回答：“就是那个护院的张伙计，该是叫张大三的。”

宋掌柜皱了皱眉头，疑惑地问：“张大三？我再去院里时，问一问。”

12

宋掌柜听说那个张大三已辞工离开，感到事情有些蹊跷，通过关系去吴老板那里打听，关系人说吴老板去济南了，一会儿半会儿回不来。宋掌柜管了半辈子钱，心密嘴严，虽有些心绪不安，但还是保持镇定，只好嘱咐来远："那顿饭吃得不明白，以后不见到我，不要听信任何人的传信，除非大东家亲自安排。"

姜来远书读得多，事儿经得少，对这顿莫名其妙的饭，百思不得其解。丁家院子无人谈起此事，好像从来没有发生过一样。事情发生了，竟然没有任何动静，姜来远这里想不通，二太太和侯管家也想不通，想不通丁百万不过问此事。二太太可不闲着，如同夜猫子般支棱着耳朵四处探听，可惜，丝毫没有听到有人讨论此事，内心如同猫挠抓心般痒痒，过了半个月，找了机会问侯掌柜："我说老侯，看来你那套不管用。"

听二太太那么说，侯掌柜心中感到郁闷，其心里着急程度，与二太太相比，一点也不差。说实话，平日里二太太对自己不错，这事儿没结果，心里也觉得像欠了她什么似的。听闻对自己有些责备的语气，侯掌柜也做好了应对之词："看来东家对这小子的信任，不是一顿饭两顿饭能破掉的。"

"那怎么办？连一个乳臭未干的小子都摆不平，我看你这大掌柜怎么能长久做下去！"二太太眼神犀利，话语中不甚客气。

侯管家很有心计，知道只有和二太太捆绑一起，才能立于不败之地，便引导她："二太太，看来东家对那小子看得重，上次方法力道欠了点，得下猛药才行。"

二太太想着，这姓姜的和那妮子竟然去了月牙湾，若是他们真成了，哪还有自己的好果子吃？心中妒火中烧，便有些愤愤然地说："药方子你开就是，抓什么药你说，药钱我出。"

"有一个虎狼之方，药道是重点，不过可要太太出面才是。不知道二太太舍得不舍得？"侯管家那小眼珠放出狡黠的光芒，不断地吊着二太太胃口。

"只要能把那小子赶走，我有啥舍不得的？"二太太反问。

"二太太，东家最讨厌什么事？"侯长贵斜着眼睛看着二太太，卖着关子。

"最讨厌啥事？你还不知道？别和我卖关子，快说，你还要急死我不成？"二太太嘴里也没大没小了，有些着急地说。

“东家最讨厌的，莫过于男女苟且之事，这也是丁家第一条重罚的家规。可下重手给那小子设个套，让东家对他彻底失去信任才是。”侯长贵有些得意地说，好像胸有成竹的样子。

“你？你难道要，要我……？”二太太一听侯长贵这么说，顿时气不打一处来。自己虽说是以二房进来的，可也是读书人家出身。丁百万是什么人？就是续二房，不是为人妇道的好人家，他也不可能看上。再说，姓姜的这小子再是眼中钉，也用不着往自个儿身上泼脏水的法子吧！

侯管家一听二太太这么说，知道她误会了自己的意思，忙解释道：“二太太，您想哪里去了？我还没说完。是这样，你这房里不是有贴身使唤的丫头吗？让她做诱饵就好。”

二太太一听原来不是让自己打头阵，这才放下心来。两个人又嘀咕了一会儿，商量了一个万全之策。侯长贵笑道：“二太太，你放心，用不了多久，这姓姜的就会顶风臭十里，跳进黄河也洗不清，在黄县，怕是没他的立足之地了。”

二太太点了点头，严肃的脸上露出了些欣慰的笑意：“侯管家放心，这事若成了，你可是首功一件；将来二公子当了家，这个大掌柜可非你莫属呢！”

二太太也是指蛋卖鸡的主儿，二公子才十四岁，这许诺都是十年后的事儿了。

侯长贵把胸脯拍得啪啪直响，嘴里阴阴地说道：“二太太，您瞧好吧！”

二太太喝了口茶，看了看门口外，低声说：“但愿这次不要再有什么闪失。那媒人之事，怎么样了？”

“二太太，您就放心好了，栖霞牟家的二黑子回话，已托好人来给佳怡提亲，这门当户对，准能成。”侯掌柜满脸欣喜，用邀功般的神色回着二太太。

二太太没吱声，只是用眼瞟了瞟他。侯掌柜心里一惊，怕的是自己哪句话说错了，让二太太不高兴，忙又说：“二太太放心，这次事情做得机密，风雨不透。”

“你说啥呢？老侯，怎么？这事要好好操持，这事办利落了，不要让人家想到我们这里。”二太太犀利的眼神，透出一股狠劲儿。

第三章

清风明月望海楼　私定终身月亮湾

1

听说有人给自个儿说亲，是栖霞牟氏的二公子，佳怡心里有一千个不愿意。

原来，“二黑子”是栖霞牟氏当家人的外号，那牟家也是传承了几百年的大户人家，在栖霞就是这黄县的丁百万，这么说一点都不为过。栖霞、黄县两地儿，是相隔不远的邻县，这牟家和丁家每一辈都有几门子亲戚，论起来姑是妗子、姨是婶的不少，来来往往自然是很多。这两大家族的头面人物，每年初也都走动一番，互相撑撑场面。那一年，牟二黑子见了二太太叫嫂子，得，别人都没太在乎的事儿，小小的佳怡都记在心里了，气得站在一边没吃中午饭。自打那儿后，她就不喜欢这二黑子，不但在心里不喜欢这二黑子，接连着对他那儿子也不喜欢。当听说要撮合自个儿给他们家当儿媳妇，丁佳怡十二分不高兴，心里想着门儿都没有。她自个儿对这婚事不喜欢，别人可不知道，这媒人都上门了。丁百万觉得合适，但也没有自己做主，还是找了个空闲问：“佳怡啊，这都十七岁了。”

他这话还没落地，那佳怡就忙说道：“爹，男大当婚、女大当嫁，我知道。

不过，眼下我还不想出嫁。”

“对啊！自古以来都是这样，大了怎么能不出嫁呢？”除了跟自个儿闺女，丁百万和别人说话，可很少这么客气。

丁百万言语里客气，可那胡媒人不想停下来。给丁百万、牟二黑子家说媒的，虽不是富甲黄县，确是殷实之家，特别是胡媒人在京城也有几门远亲，城外有几百亩良田，从小就喜好说媒，人传二十年来，黄县县城有钱人家，十家姻缘有六家是这胡媒人促成的。本来，丁百万认为胡媒人也就是说说，三两次不成也就知难而退了。谁知，多年来胡媒人做这事锲而不舍，对全县旮旮旯旯的未婚男女摸得门儿清，脑子里有本活账本，如同山对水、雨对风，长工当娶贫家女，地主门对大富翁，什么人对什么人家，在她脑子里早配好了对儿。胡媒人凭着三寸不烂之舌两头跑来跑去，竟然让丁百万骑虎难下，不见面都不行了。

“爹也不是养不起你，可一个这么大的姑娘不出嫁，让人家说闲话。媒人都说好了，无论如何都要见一下。”丁百万再来劝佳怡的时候，都没再给她留回旋的余地。

“爹，可是我真没想找婆家，特别是那牟家。”佳怡也不甘示弱地回道。

“这可不是你一个人的事情。这人见也得见，不见也得见。日子都约好了，大后天他们来给你三堂伯家孩子过百岁，顺便见见。”丁百万抹不开这个面子，强硬地回道。

听爹这么一说，佳怡一下子意识到了什么。她知道爹的脾气，吃软不吃硬，硬呛没用，只能顺着来。按丁百万说的，她就只能等大后天和牟家公子见面了。事情若是那样简单，佳怡就不是那主意大如天的佳怡了。这佳怡可能从小没有娘的原因，有自个儿的主意，想事做事周全，也知道怎么对付那强硬如南山石头的爹爹。只见她皱了皱眉头，笑道：“爹，若是看不中咋办？若是看中了，不管人家有多少钱，爹该陪嫁还是要陪嫁，我不想花人家的钱过日子。”

那丁百万一听闺女说陪嫁的事情，那紧悬着的心一下子松了下来，说道：“别的不敢说，爹给你的陪嫁，够你花三辈子的，这个你尽管放心好了。我这回头就找人回信。”

2

草草吃了点晚饭，佳怡便躺在床上了。

今夜里，感觉可不是以前那软绵绵令人发困的床，简直是那烧热的铁鏊子，自个儿好似那热鏊子上的面饼，翻来覆去睡不着。看着相亲的日子一天天逼近，表面平静的佳怡心乱如麻，心想若嫁给那个自己不喜欢的男人那还不如不嫁，可父命难违，眼瞅着这亲不相，是不行了。但怕的是一旦依了“父母之命”开了头，后面就更依不得自己，后面这定亲、成亲，怕会是接踵而至，难以更改。不行，自己的命运，不能掌握在别人手里，这亲，不能相。可自己无奈中都答应了爹，怎么办？佳怡坐在房间里，感觉如同在牢房里一般，想着此时此刻，竟然无一可依靠之人，只能靠自己了，可自己能怎么办？怕是只有一个字……逃。

当这个念头冒出来，佳怡自个儿都被吓了一跳。自古以来，这逃婚可是大逆不道，被人耻笑一辈子的事儿，往前里说丢八辈祖宗的脸，往后里说让孩子们抬不起头来，成为别人茶余饭后的谈资。但眼下又能有什么办法？可逃婚又怎么逃？别人逃婚还有个男伴，自己眼下连个伴都没有。世聪没在家，连个商量的人都没有；舅舅平日没啥走动，怕他不敢管、也管不了这事儿；丫鬟小英啥都不懂，让她知道了怕是会坏事。那怎么办？她这匆忙中想起了来远，对啊，世聪临走前还说了，自己不在家，万一有啥事可以找来远商量，自个儿着急中怎么就忘了呢？可、可是，自己这事怎么和来远开口？世聪在时虽还见面打打闹闹的，可眼下他是自家的伙计，面都见得很少，自然是生分了，偶尔见一面那心里怦怦乱跳得也顾不上说话。不过，眼下的事可拖不得，看来非要他帮忙不可了。

3

落日的余晖将西面的天空照得异常白亮，而东边的天色逐渐暗了下去，丁家的钱庄已经打烊。来远忙完了手中的活计，钱款也都入了库房，见该回家的店员都走了，又查看了一下门窗，见一切安好，嘱咐两个看护看好这外门，便走出门口，给他们买点东西。他这刚走出门没几步，就听一个女孩子的声音叫道：“来远哥、来远哥！”

“谁呢？”听到有人喊叫，来远吃惊地回过头，朝着来声的方向看去，只见拐角处有一人站着，影影绰绰是个女孩子的样子，他走近几步才看清，原来是佳怡。他便又紧走上两步去问："佳怡，你怎么自个儿在这儿？"

"来远哥，你可要救我！"佳怡的话带着哭腔，这话一出口，可把来远吓了一跳，便问："怎么了？"

"来远哥，爹要我相亲，可我确实不喜欢那人，想出去躲躲，世聪又不在家，你陪我出去行吗？"

一听这个，来远心中惶然，心中的疑惑脱口而出："那怎么成？"

"可是，我不想就这样了，你能忍心看我这样？若世聪在，他肯定会帮我的。"丁佳怡说着，那泪水竟然如断线的珠子，扑簌簌滑落了下来。

听佳怡说起世聪，来远颇为震动。对啊！他临走前嘱咐过自己，要好好照顾佳怡，自己还亲口应承了的，眼下她有了难处，自己竟没打算帮，岂不是失了兄弟之约？但这不同于别事，父母之命、媒妁之言，是家里人给她提亲。自己若领着她出去，那丁百万知道后，还不打断自己的腿？但自己若不帮，那佳怡怎么办？沉默了一会儿，姜来远一脸严肃地说："怕的是别帮不到好处，反而害了你。"

"这么说你答应了？"佳怡的脸色顿时由阴转晴，说道，"若是那样，我也怨不得你。"

"不是怕你怨我，怕是对你不好。你可要想好了，还未出嫁呢！传出去，可好说不好听。"来远说的倒是实话。

"都啥时候了，还顾得上好听难听。赶明儿，你备好车马，准备些吃食之物。后天一早，你去北街十字路口大丰商号门前等我。"说完，丁佳怡把一个装钱的袋子递给了姜来远，转身离去。

姜来远拿着袋子，有些发怔。

4

虽然是相亲，也仅仅是正式的提亲而已。但对丁百万这大门大户的人家而言却是一件大事，酒席要摆自不待说，单是下人们洗洗涮涮费的心力，也不比一般大户人家差，天不亮就打开了大门，下人们进进出出忙活着自己的活计。

佳怡一夜未睡踏实，听到屋外走动声大起来，估摸着那大门打开了，便悄无声息地起来，穿戴好原来准备的衣服，挎了一包袱悄然出门，三转两转，趁人不注意出了大门，快步向北街的商号走去。老远就见商号门口有马车在那边停着，有人往这边张望着，她走近刚要开口，就听有人问：“你是？”

佳怡听出是来远的声音，忙应答道：“是我，走。”

佳怡便顺手将包裹放到车上，一手扶着车帮，一只脚踏到车上，使劲往上抬腿，可是两次都没上去，嘴里忙喊：“来远哥，帮我！”

听佳怡叫自己帮忙，一手掀着门帘的来远心中怦怦直跳。这、这可怎么办？男女授受不亲呢！唉，可是人都出来了，这车却上不去。怎么说也不能让那赶马车的老刘帮忙吧！想到这，他便放下掀着门帘的手，用左手拉着她的手，使劲往上一拉，佳怡便上了车。待松开后，来远那手仿佛攥着什么似的，脸上一阵发热。来远的手虽然松开，佳怡内心却顿时升腾起一种异样的感觉。看来，今天这行程和原来的目的，已大不一样了。

见佳怡坐定，姜来远便让车夫赶车往北走，自己也跨上马跟随马车出了北门。那太阳已经升得老高，车有些颠簸，坐在车内的佳怡掀起门帘，时不时地看着外面，看那骑着马的来远虽是短衣襟的打扮，但浑身上下干净利落，坐在马上雄姿英发的样子，心中顿生情愫。是啊！平日里一直将他当作和世聪一样的哥哥，自己也从未想过要找婆家的事，牟家提亲的事赶到了眼前，想来自己已经十七岁了，也是该到谈婚论嫁的年龄了，可自己对牟家的大公子不满意，而对哪个满意呢？来远？不行！佳怡对自己冒出的这个念头吓了一跳，平日里一直拿他当哥哥看待，怎么能成为自己的男人？不过，自己认识的男人中，还真没有能和他比的。那牟家虽说有钱，有钱又怎样，自己并不稀罕他家的钱；来远虽没钱，但他聪明，连世聪哥都向他请教问题呢！而牟家那个公子，据说上过什么新学，也出国留过洋，怕是个什么半瓶子醋。姜来远虽没有太多言语，但那眉眼自己喜欢，好像就知道自己想什么似的；而那个牟家的，不能说一无是处，可怎么也不对自己的心思。这人可不能比，佳怡把这两个人在心里一比较，感觉不是那马车拉着人跑，而是马车在拉着她的心一样，整个人不得安宁了。

5

海滩南侧是密密麻麻的树林，沿海边一字排开，往两侧无限延展开去，东西向是一望无际的白沙滩，往北是碧蓝的大海。北风已逝，东南风乍起，湛蓝的天空，白云舒展，三三两两的海鸥在海面盘旋飞舞，或觅食，或嬉戏；忽而落于水面，如小船自如地摇晃；突然又翩然而飞，翱翔于天际。真是海阔天空，自由自在。佳怡看着来远，有些自言自语地说："能做一只鸟多好，可自由自在地飞到自己想去的地方。"

"就是鸟儿，也没有完全的自由，早晚也要回到自己的巢里去。"

"来远哥，你说鸟儿都有伴吗？"

"应该有！"

"肯定有落单的。"

"你怎么知道？"

"在天愿作比翼鸟，在地愿为连理枝，既然是'愿'，说明就还有没有伴的。看来，这飞鸟和人，是一样的。"佳怡貌似平静地说着。

两个人在白沙滩上走着，看马车夫离得很远了，佳怡一下子站住，用娇柔的眼神看着来远，问："哥，栖霞的来说亲，你怎么不托人来？"

佳怡的话让来远有些蒙，他沉思了一会儿，慢慢摇了摇头，说："我家里地没几亩，房无几间，怎么说亲？"

"你觉得说亲还需要房子和地吗？"

"这……"来远有些答不上来，说需要，显得自己太俗，也不是佳怡的意思。说不需要，岂不是自作多情？

"你觉得我怎么样？"佳怡憋了好久的话，终于在这里说了出来。

来远是聪明人，也不是不懂事理，见佳怡说这话，必是出于真心。无论如何，不能伤了对方的心才是，于是他既没有肯定，也没有否定，只好说："我拿你当妹妹呢！"

"我不要你拿我当妹妹。"

"可是，眼下我真顾不上考虑婚事！"

"等，我可以等！"说着，佳怡一下子把来远抱住，来远回过神来，两个人拥抱在一起。

太阳之下，大海之滨，两个年轻人长久地拥抱在一起，佳怡把自己珍藏的玉佩给了来远，说这玉佩挂在他身上，就像自己在他身边。来远小心地系在内衣上，想着那书上的海枯石烂，也就如此罢了。多年之后，这月亮湾成为方圆百里的爱情圣地，就是从他俩这儿兴起。

6

日头升到当空，不知不觉已是晌午。

来远和佳怡回到马车边上，车夫取出了早准备好的烧饼、熟牛肉，热水瓶里带着热水，不一会儿吃饱喝足。

“估计我爹这时候火大了。”佳怡幸福的脸上，压不住内心深处的一丝担忧。

“嗯，他不得把黄县城给翻遍了，晚上你回去不把你关起来？”

“有你，我不怕！”佳怡认定了来远，坚定地说。

两个人吃完饭，在海边呆呆地看着，半下午，来远说道：“该往回走了，这几十里路，到家就该黑天了。”来远见佳怡累了，与她商量。

他们把一应物品收到篮子里装到车上，佳怡又上了车，来远依旧骑马跟随，这一车人马便离开了海滩向黄县县城走去。刚过徐福村，西南侧的望海楼若隐若现时，忽然一人骑马飞速奔来，在来远身边勒住马缰绳，马停了下来。该人吆喝道：“这不是姜伙计吗？”

见对方已经认出自己，姜来远也仔细端详，原来是丁家宅院里的王伙计。见他在问自己，来远只好答道：“正是。这个点了，不知小哥哪里去？”

“姜伙计这是去哪里了？”王伙计喘着粗气问。

来远本不会撒谎，但见这伙计如此急匆匆的，心中就往佳怡这里想，便顺口说道：“我带家人串了个亲戚。”

王伙计看了看车，沉思了一会儿，说道：“大小姐不见了，东家派我们出来找，那牟家只等到半夜，说若是半夜谁能找到，赏纹银一百两。”

来远心中暗暗庆幸，幸亏自己刚才掩饰得好，看来这丁百万还真急眼了，下了重赏，但又听说半夜，心中疑惑，便问道：“为何是半夜？”

“这很细的我们不知道，不过听他们私下传，栖霞那牟二黑子火大了，东家下不了台，只好定为今天半夜为限，到底为啥，咱下人谁敢问。”那伙计一边说，一边东张西望。

“唉，今天若不串门，说不定我也出来找，能发笔横财，你看看，耽误这好差事了。小哥，你若找到领了赏钱，可别忘了请兄弟们喝酒。”来远一边开着玩笑，一边用话掩饰着。

“这个要看运气了。东家说了，小姐若是去了哪个方向没被找到，哪个方面的人要受责罚。谁知大小姐去了哪里，这东西南北分别撒出了十个人，赏钱领不着没事，可别受处罚就好，不和你啰唆了，我要再找找看。”说着，拍马向北疾驰而去。

来远见对方走远了，忙侧过身来低声道：“看样子现在还不能回去，咱找个地方躲一躲？”

车内，佳怡把刚才对话听得清清楚楚，但听这伙计话音儿，现在回去，这一天就白躲了。她盘算了一下，亲戚家不能去，旅馆怕是都被续上话了。她微微掀了掀门帘，见远处的望海楼在夕阳的余晖下傲然挺立着。嗯，去那边躲躲也好，本来上午还想去看看，怕家里找来没去，这个点了，估计家里人都去问过了，躲一下反而会更好。想到这，佳怡说道：“和把式说说，去望海楼。”

那车夫听雇家让自己去望海楼，自然是满心应允。他从刚才的话语中听出，车上坐的是黄县第一大财主丁百万的姑娘，心中的疙瘩才解开了，怪不得昨天这小伙子出手如此大方，这一天给的工钱，比两天的还多。车把式将车一拐弯，向西南走去，也就三里来路的样子，便是望海楼了。下了车，佳怡说道：“我们把马留下，师傅先把车赶回去吧。”来远又多给了他些钱，嘱咐他不要对任何人说起他们的去向。这车夫老刘自然是连声应诺，独自赶马车而去。

来远一手牵着马缰绳，一手提着篮子，佳怡提着包裹，两人并排着向望海楼大门走去，刚进去走了没几步，见一五十多岁老者迎面走来，像是管事的，未等来远开口，这人问：“两位施主，今日天色已晚，别来无恙！”

“我俩远途而来，久闻望海楼之大名。今日幸见，望能详观一二。”来远继续撒谎，不好说自己是黄县人。

“这，主要是今日天色已晚，这楼有规定，春日酉时一刻必须关门，待到来日辰时才能开门。”这管事的说道。

“不能通融通融？”来远也听说过这个规矩，他还是不甘心。

“施主，这望海楼‘敕封’的关门规矩都几百年了，任何人不得更改，无论什么时日，到点关门，除非来了圣旨，才会有所改变。”管事用浓重的黄县口音强调着。

“我们若进去，那只有住下了？”佳怡一旁搭腔。

“我们这只有桌椅，并无床铺，若要住下，可只能在客厅里，要走可要等明日一早了。”管事的说着里面的规矩。

“那好，今晚我们不走了。这是今晚的茶饭钱。”佳怡说着，从包裹里掏出一锭沉甸甸的银子交给了管事。那管事接过来直压手，好家伙，足足有十两之多，心中自然高兴，道：“贵客请进。”

来远和佳怡两个人进了院子，管事让人把马牵到后院，那门也吱吱呀呀地关了上去。三个人进了望海楼，登梯上楼之后，方才进了三楼的客厅。

所谓的客厅并不大，仅仅是三楼东南朝向的一个房间。窗户开得倒不小，往东南看去便是黄县城。县城在落日的余晖下显得祥和平静，淡淡的炊烟袅袅升起，又四散开来。县城上方烟气霭霭，如同先人描绘的人间仙境。可又有谁知道，在这仙境下埋藏着多少令人忧心的故事。这往东是一望无际的大平原，往东北望去，远处是山海交错的天际线。望海楼的影子无限地拉长着，一直隐到黑黑的天边。

实际上两个人都累了，坐在椅子上喝了些茶水，眼看着外面天色暗了下来，等了好一会儿，管事就端上了饭菜，是简单的炖豆腐、炒鸡蛋、海鲜疙瘩汤等饭食，虽不及家里做得精致，但还算可口。用过之后，管事和下人上来收拾了碗筷，提了两壶热水，嘱咐了茅厕等事宜，便退出了。

月亮升起来了，这三月十六的月亮正是最明亮之时，四周一片寂静，仿佛天地间只有他们两个人。此生若此，夫复何求，说这话的人应该也是这个心境吧。

“这楼上的月亮真好，以后能天天这样看月亮就好了。”佳怡打破了沉默。

“这望海楼可是黄县首屈一指的盛景，好久前我都想来看，没想今天来了。”来远赞叹着这天地间的造化，想着人生真是奇妙，竟然以这种方式来到望海楼。

“好像有一首诗是说这望海楼的。”佳怡问，有考一考来远的意思。

“诗文倒是不少。”来远脱口背了几首。

不知过了多久，忽然见远处有火光渐渐近了，来远注视着，只见那火光原来是骑马的人举着火把，快速地靠近了这望海楼门口，佳怡说道：“莫不是来找我的。”

过了不久，楼梯渐响，有人敲门，来远打开后见是管事，那管事满脸焦急地问：“刚才丁家来人，我说这楼里不曾住人，他们说如若查明私藏他家人，要告官府。”

“他们好像没走？我们如何能离开？”佳怡有些忧心地问。

“呵呵，这难不倒我们。实不相瞒，这望海楼下有地窖，直通到院外的树林。

天亮之前两位直接出去就可。还望两位以后万勿对人言起此事。”管事的面色如水般说道。

“那马怎么办？”来远还是不放心。

“暂放此处，过些时日来取便是。”

“多谢！天亮之前，我们出望海楼。”

7

还真让佳怡给猜对了，这火把还真为他们两人而来。原来，早上丫鬟要伺候佳怡起床时才发现她不见了。起先，丫鬟认为小姐自己起来到院子里转转去了，也没太在意，可等到吃早饭时，仍不见人影，她便着急地到处寻找，找遍了整个院子也没有找到。这时，丫鬟才慌了神，急忙去和丁百万汇报。

这丁百万一听，顿时大悟：坏了，自己错看了这闺女，她表面顺从了自己，实际上暗地里在想着法子，今个儿是相亲的日子，她这一跑，那亲咋相？一开始，丁百万还不想声张，暗地里派心腹四周寻着，半上午各人回报踪迹全无。他这心里正发着毛，本家三堂弟来催：“大哥，栖霞牟二黑子来了，先让他们过来？”

“先别了，还是我过去！”丁百万强装着笑脸说道。

“哥，哥，是不是让那牟二黑子来咱家，这样佳怡也好顺便看看，若你先去了那边，那佳怡和他那公子见面，可就？”三堂哥嘴里好像含了块热地瓜，含含糊糊地说。

丁百万和他堂兄弟陪着牟二黑子，从东海扯到渤海，从北京扯到南京，一直扯到晌天，茶叶都换了三次，喝得有些胀肚子。丁百万不说那事儿，其他人也不好说，只好支支吾吾地开了酒席。

酒过三巡，菜过五味，丁百万的三堂弟借着酒劲，有点磕巴地说：“大哥，今天牟家老少都来了，按说上午见见才是。”

“小女有事出去了，下午再见不迟。”丁百万只好用话搪塞着。

那牟二黑子也不是善茬，他早就感到不对劲儿，只是碍于脸面不好说。这半斤“黄县古酿”进了肚子，端着的那份矜持早就不见影儿了，接着丁百万的话题说道：“丁老弟家里事多，这婚事儿无所谓。”

这话听着轻松，可够噎人。什么事儿比这终身大事还大？丁百万知道自己不占理儿，但确实没法接话，只好表露出歉意说道：“真对不住，确实有些失礼了。”

“咱都无所谓，关键是孩子们，他们的日子还长着呢！”牟二黑子这么一说，怪罪味道就有了。丁百万那可是人精，他心里这个气，自家姑娘跑了，对方还在讽言讽语地说着风凉话，便忍了忍，用推托的话说道：“孩子大了，过日子还要靠自个儿，儿孙自有儿孙福。”

这言不由衷的话扯了几个时辰，日头可就往西走远了去了，三堂弟有些按捺不住，说道：“大哥，要不让嫂子和佳怡也过来坐坐？”

“这、这，这个吗，好，她们回来，就过来，就过来。”丁百万吞吞吐吐地说着，眼神四处瞟，不敢看牟二黑子。

“我说兄弟，这事儿都提前说了好几天了，怎么还回来？是不是闺女不乐意了？”牟二黑子借着酒劲，说出了心中的疑虑。

“这、这个吗……”丁百万支支吾吾，嘴里如含了口热地瓜。他真后悔答应了这门婚事，说实话，打小还真没受过这难为。

“如这样，就是兄弟不对了。这要传出去，知道的是你家闺女不愿意，不知道的还以为咋回事呢，传出去可好说不好听。不过，牟家还没那么差，还不至于说不上媳妇来逼婚。”牟二黑子财大气粗，说话嘴里也不饶人。

“牟兄可别那么说，既然来了，无论如何也要让他们见一面。”丁百万见人家那么说，咽不下这口气，也抹不开那面子，只好硬咬着牙往上顶。

“眼下礼乐崩坏，父母之命媒妁之言的事，也不能当真了，丁兄弟可别受为难。”都说牟二黑子是土财主，可说出来的话照样有尖有刺。

“再怎么着，也见一面。”丁百万咽不下这口气。

“啥时候？从黄县到栖霞，可小二百里地呢。”牟二黑子说着。

“今儿下午别走了，天黑见不到，这事算我对不住您。”丁百万心里琢磨着，自己那小妮子无论如何可挨不到天黑。

“这么说，今晚上咱接着喝？这样，到半夜。见着见不着，赶明儿一早我就走。”牟二黑子给丁百万画出了杠杠。

“好，就这么定了。”

丁百万借着酒劲回了家，家里上上下下看他黑着脸都吓得大气不敢出，到了这时候捂也捂不住了，只好发动人到处去寻大小姐，并且开出了奖罚措施，几十号人便四处寻了开来。

8

丁百万没有了以往的安逸，虽还端坐在太师椅上，心里如同坐在老虎凳上差不多。眼看太阳就要落下去，东墙上已经没有阳光，各路人马纷纷前来报告未曾寻找到大小姐，丁百万的脸色越来越阴沉，忽然王伙计站出来嘀咕道："在望海楼北遇见了姜来远。"

"姜来远？干什么去了？"丁百万突然问道。

"他说和家人走亲戚去了。"

"家人，还有谁？"

"该是坐在马车上，没看到。"

那丁百万紧皱着眉头沉思了一下，道："他家是北马镇，怎么去那边走亲戚？他那马车往那边走了？"

丁百万的话说到这里，那王伙计顿时醒悟过来，若回北马镇这可要走夜路了，莫非？他可不敢乱说。那丁百万吩咐道："快，带人去城北。"

9

当两个人从小树林里出来，天色已经微亮，穿出小树林，一路向南，当走近城门口时，佳怡说道："你回钱庄吧！我自己回去就行。"

"那不行，我得送你回家，要不你爹问起来，怎么说？"

"可爹要怪你，咋办？"

"怪咱俩总比怪一个人好，我也为你分担些。"

听来远这么说，佳怡倒放下心来。看来来远是一个重情义，敢担当的人，两个人便一前一后往丁家大院走去。不多久，便见有人事车，来远招呼了一辆，让佳怡坐了上去。

10

“大小姐接回来了。”

门人飞快地跑进院内向丁百万汇报，他本是想邀功，没想到挨了一顿斥责：“大呼小叫的，成何体统！”

佳怡若无其事地带着包裹进了院子，到这时候来远倒有些犹豫，自己跟着算哪一套？无名无分呢！“来远，进来。”佳怡招呼着。

这丁百万见闺女回来了，反而没有了昨日的气愤，镇定得出奇。看来混到这个份上，内心必然有过人之处。他早已经知道天未亮那牟二黑子已经带着人回栖霞了，反正这个梁子已经结下了，剩下的就是自家的事了。丁百万可是明白人，外人惹了就惹了，还是自家闺女重要，他琢磨了一晚上，想象着各种可能，还真没想到来远跟着佳怡进来。没等他说话，佳怡倒先开口了：“爹，昨日我让来远哥陪我转了转，牟家那事，对不住爹了。”

这丁百万虽说要面子，可心里清楚，什么面子也不如闺女囫囵着回来重要。可闺女与一个男人出去了一天一夜，传出去这脸面往哪里搁？但埋怨又有啥用？闺女大了心也大了，真急了眼有个三长两短，连里子都没了，甭说面子了。想到这，只好强压着火气说：“都过去了，好好歇歇，我要出去两天。”说着，戴上帽子，转身出去了。

佳怡也知道爹爹肚皮怄气，没想到事情这么缓和地过去了，便与来远互相看了一眼，默默地出去了。

11

丁家大小姐和下人出去了一天一夜之事，很快就传遍了丁家大院的旮旮旯旯，大部分下人不敢嚼舌头、瞎议论，让东家知道了可是丢饭碗的事情。可有人不怕，谁？侯掌柜。他掂量了好几天，便又找了个机会和二太太商量：“二太太，那事情，准备得如何？”

“准备好了，该下手了。”二太太眉毛直挺，恶狠狠地说。

“是该下手了。这事还怪了，平日里东家最嫉恨这男女私奔之事，可姓姜的那小子跟大小姐出去了一天一夜，丝毫不怪罪，是何缘故？”侯掌柜有些感慨，他在套二太太的话，看她对这事有几成把握。

“老侯，你可别装傻充愣。老爷容不下男女之事，是容不得别人。大小姐是自家闺女，做得再错的事都可原谅。再不下手，木已成舟之日，第一个辞退的，恐怕就是你这掌舵之人，米成熟饭之时，怕那掌勺的就不再是你了。”二太太是读书识字之人，这话如同锥子一样，扎得侯掌柜心里直流血。

侯掌柜见二太太着急，只好端出自己的计划道：“这眼看就是端午节了，咱那连环计，天热时候最好。”

“若等天再凉下来，那可是瓜满田、果满枝了。”二太太的话，明摆了是让侯掌柜快下手，心里看来也是着急坏了。

“二太太放心。这小子吃客户白饭，诓大小姐外出，让老爷难堪，已是两次大错。事不过三，这次让他浑身是嘴，都说不清楚。六月底，保证让那小子滚出丁家大院。”侯掌柜咬着牙，皱着眉头愤愤地说道。

第四章

半夜被施连环计　遭人陷害愤离去

1

天暖和了，庄户人就不得空闲了。清明前，那麦苗返青，一天一个样，很快就恢复了生机。给小麦浇水、施肥需要人，果园里的各色果树，更是需要很多人手。清明后，花生地要整理，小麦长得飞快，接着就拔节、抽穗。南风吹得紧时，麦子就黄了。

田里的麦子基本收完，各柜上都抽人帮着打麦场，整个丁家大院里的人手自然非常紧张，丁百万也不得清闲，一早就跑出去巡查，等忙完一天吃完饭再去麦场转一圈，嘱咐护院的人防火防盗，自然是累得够呛，顾不上干别的，洗漱完毕就小半夜，躺在宽大的楠木大床上要沉沉睡去。二太太在一侧一只手给他揉着肩、另一只手摇着蒲扇说道："老爷，最近我心里有些犯嘀咕，我那丫头五翠丢了几样东西哪！"

丁百万迷迷糊糊中听媳妇这么说，有意无意地回了一句："一个丫头，一没有金银珠宝，二没有翡翠玉石，有啥可丢的？"

二太太道："老爷，虽说那丫鬟没啥值钱的东西，可女孩子那些东西被偷，终归不是好事。”

丁百万道：“她丢了啥东西？还值当你这么挂记着和我说？”

二太太道：“五翠贴身的衣物丢了。”

丁百万道：“啥贴身衣物？”

“人家还有啥贴身衣物？就是这个呗！”二太太说着，拿着丁百万的手伸到自个儿大腿根部，扯了扯那月经带子。

丁百万一听这个，心里有些吃惊，本来有些迷糊，一下子清醒了起来。但他没睁开眼睛，知道这事情不好处理，便轻描淡写地说：“说不定是被猫叼走了。”

二太太听丁百万这么说，便道：“这事可不是一次两次了，要小心才是，那五翠是个丫头不打紧，咱自家的那几个孩子还小，要被别人欺负了可就不得了了。”

“你就不会想想好事，看你都想到哪里去了？”丁百万话音刚落，就听外面有人喊：“抓贼了、抓贼了……”

院子里顿时灯火通明，一声紧似一声的锣声催命般响了起来。

密集的锣点，是院子内发生了大事的信号。丁百万忙从枕头底下掏出手枪，骨碌一下子翻身下床。二太太顿时脸色煞白、瞪大眼睛惊恐地喊道：“老爷、老爷……”

“别怕，有我在！”丁百万一边说着一边穿衣服，提着手枪打开房门，看了看门口没人，便走了出去。

刚到门口，院子里的锣声就停了下来。负责巡逻值班的侯管家上气不接下气地跑了过来，丁百万厉声问：“发生何事？”

侯管家气喘吁吁，紧张地说道：“老、老爷，刚、刚才五翠那边遭贼了！”

“慢慢说，慢慢说，五翠那边遭什么贼了？”丁百万有些不解地问。

“刚才五翠去茅房被人偷了东西，她大哭喊抓贼，现已回房间了。”侯管家正说着，站在丁百万边上的二太太着急地说道：“侯掌柜，五翠怎么了？”

侯管家道：“回二太太，五翠刚才丢了东西。”

二太太一听，立马号了起来：“五翠啊，俺那可怜的五翠！老爷，您可要为我那五翠做主啊！”热闹了一天的夏夜格外寂静，二太太高亢的号声传得格外远，丁百万气呼呼训道：“号啥号，还不知道啥事就这么哭！怕别人都不知道咋的？”

二太太一听这个，忙止住哭声，有些委屈地看着丁百万。

丁百万紧皱着眉头沉思了一会儿，一扬头，说："走，看看去。"

此时，整个院子已是灯火通明，十多个家丁围在丁百万住的小院门口候着，见东家出来了又都一块儿跟着往五翠住的地方走。

五翠是二太太的丫鬟，住的地方隔着丁百万的小院当然很近，转了一个弯、过了个门洞就到了。当他们来到五翠门前的时候，早有两个年纪大的老妈子在陪着安慰她了。房间内的人也知道东家来了，忙带着五翠出来见过老爷。五翠刚才受过惊吓，脸上泪痕尚未褪去，二太太见了忙扑上去搂着她，关切地问道："翠儿，你这是怎么了？"

见主子来了，五翠"哇……"的一声，号啕大哭了起来，直哭得她自个儿天旋地转，旁人感觉天昏地暗。二太太见自己人受了委屈，也不管刚才受过男人的呵斥，忍不住也抽抽搭搭哭了起来："老爷，您可要为翠儿做主啊！这翠儿天天忙里忙外的，怎么也赚不出受人欺负啊！"

2

丁百万见这半院子的人都在看着，两个女人都哭哭啼啼的，要想大事化小、小事化了，恐怕收不了场。还有，这事若不查个清清楚楚明明白白，院子里可没法安生了，传出去也丢不起那个人。他紧锁眉头，怒气冲冲地问："这都半夜了，哭什么哭。五翠，到底怎么回事儿？"

见老爷说话不高兴，五翠也不敢再哭，便哽咽着说道："刚才去茅房，没、没想到……进去了个人，要、要使坏。一开始，我没敢喊，后来急了才喊抓贼，那人便跑了！"

"跑了？怎么会跑了？看清人了没有？"丁百万问。

"天太黑没看清，那人脸上包着黑布，没看清脸面。"五翠一边擦着眼泪，一边说道。

丁百万回过头来问侯管家："巡逻的人看见人跑了吗？"

侯大管家用很肯定的语气说："这是女眷区，巡逻的在外围，没事一般不来这边转。但没见人跑出院子。"

"这么说，是我们丁家大院里出内鬼了？"丁百万满腹狐疑。

“五翠，伤着没有？少东西了没有？”二太太爱怜地摸着五翠的头说道。

就见五翠看了看丁百万，又看了看二太太，满脸委屈地低声说道：“嗯、嗯，少了点东西。”

“少了啥东西？”二太太急促地问道。

“嗯，算了，不是值钱的东西。”五翠欲言又止，看来有什么难言之隐。

“五翠，少了什么东西说才是，若不说，以后说不定还会发生这样的事；还有，这么半院子人都为你起来了，你不说，算咋回事？”二太太道。

“太太……”五翠还是支吾着不太愿意说话。

“五翠！怎么说话呢？”边上的丁百万厉声道。

“对不起老爷，五翠错了。是二太太！”晕了头的五翠吓得嘴已经不利落了。站一旁的二太太，脸色异常难看。嫁给丁家都这么多年了，自个儿男人还没有打算摘掉自己这二太太的帽子，就在这个时候还在计较五翠的口误，她心里哪能舒服得了！忙说道：“五翠，快说，这么多人都在这里等着！”

五翠见二太太都着急了，忙说：“二太太，我肚兜被人扯了去了！”她这声音虽小，却如同半空的炸雷一般，不少人惊得目瞪口呆，露出了惊异的神色。

二太太一听这个，顿时号了起来：“翠啊！俺那翠啊……”

丁百万一听这个，竟有些不相信自己的耳朵，自己平生最不能容忍的，就是这男女苟且之事，可在自己大院里竟然发生这不堪耳闻之事，还发生在自己女人身边之人身上，震惊程度可想而知，又加上老婆又哭又号的，便厉声喝道：“哭啥哭，我们院子里竟然有这样的事情，还好意思哭！侯管家，既然人没跑出院子，给我搜！”

二太太闻罢，佯装劝阻道：“老爷，这次五翠就吃了这亏吧！这深更半夜的，若是搜将出来，可就不好了！”

她这么一说，丁百万脸面反而挂不住，怒斥道：“如不搜出来，那丁家以后怎么过？搜出来该家法家法，该见官见官。”

按说，在这么大的丁家大院找个小肚兜，应该是很不容易的事情。但老爷发话了，下人不敢怠慢，便赶紧忙活起来。侯管家安排道：“刘八、小齐，通知看大门的，要盯紧了。任何人不准走动出入，其他人从这边把男人们住的屋子搜起来。不过，要悄悄地、不要出声。”说着，下人们便开始挨着叫开房门搜查，搜查完了的接着加入搜查的队伍，很快就把几十个人住的地方都搜了一遍，但却一无所获。最后，一行人转到两个少爷住的地方，侯管家看了看丁百万，又看了看其他人，说：“老爷，姜来远住这里，是少爷原来住的地方，就不用搜了吧？”

丁百万想了想，道：“来远这孩子我知道，不会干这事。”

他们这正说着，房子里灯亮了。众人转头看时，门被打开，来远探头看了看，出来走到大家跟前，双手抱拳道：“东家，不知这是？”

丁百万看来远出来，觉得有些不好意思，这么一大帮人在他门前站着，若说将明摆着不是怀疑他吗？但若不说，倒显得没啥由头，很突兀，便说：“刚才五翠丢了东西，挨着搜了过来。”

来远满脸疑惑道：“丢了啥东西？”

丁百万也觉得羞于开口，但见来远问起来，便回道：“倒没啥值钱东西，是个花贼！”

来远的脸腾的一下子变红了，问：“都搜过了吗？”

丁百万微微摇了摇头，皱了皱眉头，说：“其他地方都搜过了。”

来远何等聪明，顿时明白丁百万话中之意，看来就差自个儿这里没动了。这么多人在自己门前站着，不就是要打算搜查吗？便说：“东家，若要大家放心，还是要搜一下的才好。”

丁百万一听来远这么说，感觉他这里肯定没啥，又觉得有些小题大做了，若是搜了，岂不是真把他当作怀疑对象？想着还是谦让一番，说道：“其实，若没事，不搜也好，只不过是例行一下公事，不能坏了这规矩。”

二太太一听，自个儿男人对来远明显有偏袒之心，自己不烧把火，弄不好这事要黄，便说：“来远是自己人，就不好搜了。”

来远一听，这二太太不愧是读书人家里出来的，这不是明摆着说其他人都证明清白了，就自己有嫌疑吗？当时脸就有些发热，问道：“二太太，为何我这里就不好搜了？”

二太太本不想把话说太多，省得别人疑心，装作退让的意思说道：“老爷，我看这事就算了吧！五翠是个丫头，只要不被外人占了便宜就好。”

好一个不被外人占了便宜就好。傻子都能听出来，话中之意不是明摆着说来远有很大嫌疑吗？丁百万一听自个儿女人那么说，心里有些不爽，自己刚才本来是谦让的话，反而又多出了这么多口舌，便说道：“来远，你看怎么办合适？”

二太太见自己男人还是犹豫，便装作可怜的样子哭道：“俺那可怜的翠啊！

这样，俺那翠以后可怎么嫁人呢？”

二太太的哭叫声让所有人下不了台。姜来远忙道：“伯父，既然有了这事，该一查到底才是。若不查，以后岂不是互相猜疑，人人自危？”

正说着，后面有一女子说话道：“爹，这半夜的是干吗呢？吵吵嚷嚷地！”

闻此声，围着的人闪开，原来是丁家大小姐出来了。丁百万一见女儿，便说道：“刚才有人偷了东西，在挨着搜呢！”

丁佳怡问：“找到了吗？”

丁百万没好气地说：“若是找到了，就不用在这里了。”

丁佳怡问：“丢了啥东西？”

丁百万真有些说不出口，只好说：“丢了女人用的东西，这和你没关系，快回去睡觉吧！”

丁大小姐问道：“找不到怎么办？”

丁百万道：“只要在这个院子里，早晚要找到。”

边上的丁小姐一听不高兴了，说道：“爹，这么多人在这院子里，搜不出来怎么办？”

听闺女这话，丁百万倒有些发怵，这要是搜不出来，深更半夜的可收不了场，赶明儿全黄县可就出名了。他正踌躇中，边上的二太太可不想放弃这个机会，有些悲情地说：“五翠，以后这样的事就别作声好不好！”

一听这个，丁佳怡知道后娘说话的意思，听得出里面一股酸溜溜的味道，心想这事还没弄明白任由她这么说，以后可扯不明白了，便道：“爹爹，这么多人都起来了，可要查明白的好，若是查不明白，以后可都说不清楚了。”

二太太一听，该把他们逼到墙角出不来才是，便说道：“其实，物证倒不一定说明什么。就是搜出来，死不承认，又能怎样？”

闻听此言，丁小姐气冲脑门，厉声问：“若是搜不出来怎么办？”

二太太那话转得快：“搜出来或搜不出来，都是老爷发落。别人哪能做主。”她这一句话，意思是搜不出来那是没搜出来。若从来远这里搜出来，也不见得老爷会把他怎么样。言外之意，丁百万有包庇姜来远之意，这又把皮球踢给了他。

丁小姐一听这话，回过头来问来远：“这事和你无关吧？”

来远一听这个，有些生气道：“啥事？我哪能干那事。”说完了，来远又有些紧张，他看着丁小姐。丁小姐看来远在盯着她，知道有事，仔细一想心中大惊，暗叫："不好，自己的东西在来远那里，这若一搜查，岂不是露馅了。"便有些着急地和爹爹说道："爹，来远不会干这事，他们欺负人。"

二太太一听这个知道是冲着自个儿来的，虽有些气恼但又不敢发作，只好朝五翠身上撒气道："我说你这个死五翠，怎么招着花贼了，你也没看看你啥身份，人家会看上你？人家有人护着，以后再遭了也不要哭叫。"

周围的人一听二太太的这一番话，有意思，可真是话里有话了，这话不是明摆着说有人护着来远吗？丁小姐一听这个，也不客气地说："爹，到底真遭了还是假遭了还不知道呢！"

二太太一听这个，想这大小姐说得倒不是没道理，今天若查不出个结果，岂不是成了五翠无中生有造谣？若是五翠造谣她自个儿合不着往自己头上扣屎盆子，那自个儿岂不成了撮弄者了，便厉声说道："五翠，你要知道这事的后果，若是有半句假话，可是要送往官府的。"

五翠一听这个，扑通一声跪下哭道："二太太，打死五翠也不敢撒谎，五翠若是撒谎，天打五雷轰！"

见五翠发毒誓了，二太太带着哭腔向丁百万说道："老爷，你看怎么办？"

丁百万见她娘俩杠上了，看样子五翠不是撒谎，知道这么僵持着也不好，回过头来对闺女说："妮子，看来，五翠不是撒谎的样子。"

丁小姐听爹爹这么说，有些撒娇道："爹，没别的意思，我的意思是来远定不会做这事儿。"

丁百万也不相信来远能做这下三烂之事，但见若不搜一搜，无法和这么一帮人交代，便说道："我也知道来远不会干这事，不过不搜一下，可怎么和大家交代？"

丁小姐想了想，自己那东西就是搜出来又能怎么样？爹爹也不会怎么着，便道："还是按规矩来吧。"

没有了阻碍，丁百万看了下侯管家，吩咐道："侯掌柜，你带人去看看。"

侯管家见东家发了话，带着两个人就要往房间里走，一下子又停了下来，说道："东家，是不是我们一块进去，要不不好说。"

丁百万看了看来远，那意思是让来远开口，来远想着不做亏心事，不怕鬼叫门，便说："好的，想去的一块去看就是了。"

丁百万看了看大家没作声，跟着侯掌柜往里走，来远也跟着进去，后面的人也跟着围到了房间门口，其他人在外面等着。

3

本来，这大房间是来远和世聪一起住着，现在世聪不住了，也就显得空旷。刚才，来远在睡梦中被惊醒，床上的东西也没动，好在是夏天天热，床铺上也没啥太多东西，边上有张书桌，上面放着不少书，东北墙角上有一个柜子、一个箱子，估计是来远的被褥和洗换的衣服，侯掌柜道："来远，那不客气了？"

来远道："随便！"说着，过去敞开了自己的两个箱子。

侯管家示意两个小伙计，床上把被单凉席一掀开就看清楚了：啥也没有；箱子里就麻烦些，一件件东西往外取，突然，来远说道："停、停……"

侯管家手下的两个人忙停了下来，回头看着丁百万。

丁百万问："来远，有啥事？"

来远道："东家，里面有件怕碎的东西，我得先取出来才是。"

丁百万道："什么怕碎的东西？"

来远道心里暗暗叫苦，这话怎么说？可真没法说，便说道："那是我自己私人的东西，很小的，和五翠的东西无关。"

丁百万见来远这么说，心想谁还没有件自己的东西了，既然和五翠的东西无关，自己就不该干涉人家才是，便说道："你先去拿出来，别到时候给弄坏了。"

丁百万发了话，姜来远只好来到箱子边，把手伸到最底下，用手指捏着一个东西慢慢拿出来。他把动作进行得很慢，那意思是让大家看清楚，这东西很小，不是五翠丢的东西。其实，侯管家和丁百万几个人也都看清楚了，门口的人也瞪眼瞅着，姜来远到箱子边往外取东西，那东西很小，还系着一根红绳在他手下晃悠，看样子肯定不是五翠丢的东西。姜来远将东西放入口袋，其他人也就没说什么。站在丁百万身边的侯管家皮笑肉不笑地说："来远，没啥怕碎的东西了吧？"

姜来远感觉气氛不对，但也没有什么办法，只好回道："没别的，搜就是了。"

来远箱子里的东西并不多，冬天的衣服被褥带回老家去让老娘洗换了，就是几件单衣。一一打开对着灯照着看了，没啥。这时，侯管家敲了敲箱子，很薄，箱子壁是实心的，一个伙计问："大掌柜，床还看吗？"

侯管家扭过头看了看大家，双手一摊，问："别人的都看了，来远的不看，不太好吧？"

丁百万反问："床有啥看的？"

侯管家扭过头很认真地看着东家，说："别人的竹子床腿都是看了的，东家还记得不？几年前，徐福镇徐大财主家里失窃，东西就是藏在床腿里。"

经侯管家一提醒，丁百万倒记起了那件事，觉得他知道得多，做事儿也尽心，到年底了，该多发些钱粮才是，忙说道："该看就看，要给来远个清白，堵住别人的嘴。"

来远也附和说："还是看看，不要留尾巴。"

侯管家见他们都说了，示意两个人把床上的东西都取了下来，两个人轻轻一抬，就把这竹子床给翻了过来四腿朝天，一个伙计拿着一根细棍往床腿里捣着，第一个啥也没有。当捣到第二个时，只伸进去一半，便捣不下去了，那伙计抬起头，说："嗯？好像有东西。"

他的这话不打紧，屋内的气氛一下子紧张起来，丁百万、侯管家连忙围上，丁百万道："有什么？"

姓孙的伙计好像发现了什么，说："东家，您试试，里面软软的，不像是竹子节。"

丁百万有些吃惊地说："取出来看看。"

姓孙的伙计往外挑了挑，伸进手指头去往外拉出了一件东西，这长长的是啥东西？其实，来远还真不知道。丁百万一看这东西有些疑惑：这不是女人用的月经带子吗？五翠丢的，怎可能是这个东西？

这时，孙伙计已从另一根床腿里取出了另一件东西，托在手里给大家看。丁百万看后心底顿时腾升出一股怒气，脸色霎时变得极为难看。但他仍压制住怒气，问："来远，这是怎么回事？"

来远一看从自己床腿里搜出了这样的东西，脸腾的一下子红了，那个月经带子自己不认识，但是孙伙计拿的这个肚兜是女孩子用的，他是知道的，却又感到莫名其妙，忙说道："东家，我、我真不知道。"

丁百万知道难题来了，回头朝门口看了看，道："五翠，进来好好看看是不是你的东西？”

这时的五翠已不慌乱，急忙从外面进来，接过东西走到灯前，反过来、正过去看了看，朝丁百万抬了抬头，说道：“老爷，是我的东西。”

丁百万看五翠这么说，心中暗暗叫苦：不好，这可怎么办？便厉声问：“五翠，可不能看错了，这可不是开玩笑的事情？”

来远一看这个，知道大事不妙，心中着急起来，从自己屋子里竟然搜出了这样的东西，忙说：“不会，我啥也没干！不可能的，怎么会？”

五翠拿起那个肚兜放在手上，拎起一个角仔细看了看，道：“老爷，这个地方有个豁口，我用红线钩起来了，我自己钩的，错不了。这个东西我丢了半个月了，我认得自己的东西。”五翠这么一说，丁百万记起刚才自己的女人说过五翠丢了东西。

丁百万道：“来远，我相信你；不过这东西确实是从你屋里搜出来的，怎么才能说清楚？”

亲眼看到他们从自己屋子里搜出了东西，来远脑子有些转不过来。他心里明白了，看样子是着了人家的道。为啥会这样？有人要陷害自个儿。前段时间去徐福酒楼吃饭，有人给自己下套儿是确凿无疑了。这招可更狠，无疑也是有人给使绊子，从自己屋子里搜出东西，怕是百口难辩了。哼！此等下三烂之事，一千年前就有人这么干了，来远忙说：“东家，可否记得‘张都监设计害武松，豹子头持刀白虎堂’之事？”

听来远说起水浒的事情，丁百万可太熟悉了，便说道：“怎么不知道，你觉得今晚之事，有人陷害你？”

来远誓言旦旦反问：“东家，若是我做的，我丢哪里不行？还放在自己的房间里，岂不是个罪证？”

来远这么一说，丁百万也咂摸出味道来了，还真说不定是有人栽赃陷害！谁可能栽赃？若是栽赃肯定少不了五翠，便回过头来朝她走近了一步，用严厉的眼神看着五翠道：“五翠，你知道栽赃陷害是什么罪过？那可是要送官府的！”丁百万知道，凭五翠的胆子搁不住吓，三唬、两唬就吐出实情了。

五翠一听这个，扑通一声跪了下来，忍不住大哭起来：“老爷，打死五翠也不敢撒谎，前段时间丢了两件东西，除了跟二太太说起过，没跟任何人讲起，这件，可是刚才丢的。”

"那丢了时间久的，不敢妄下断定。今夜里刚丢的这件，确信是你的吗？"丁百万虽这么问，倒是希望这五翠不承认。

五翠站起来，又拿起那肚兜仔细端详了一下，一边点头一边很肯定地说："老爷，这真是我的。前段时间我自己刚做的，边上有个豁口，用红线钩起来了。是我自己钩的，错不了。"

正在此时，二太太急匆匆进来了，对着五翠厉声道："我说五翠，你可要记清楚了，这来远和世聪可是最好的兄弟，你若是诬赖他，可知道后果！"二太太的这话虽是朝着五翠说的，但无形中说的是来远，实际上是说给丁百万听的，意思是：现在证据确凿，看你有啥办法？还能对来远网开一面？

五翠一听二太太这么说，忙跪下哭道："老爷、二太太，我只说这东西是我的，没说这事是谁干的。"

在二太太身边混久了的人，那话说得可是滴水不漏！

丁百万看了看姜来远，威严中含着关切问："来远，若非亲眼所见，谁说是你干的，我都不相信；可五翠的东西刚丢不多久，就从你这里找出来了。你说是怎么回事？"

姜来远明白，事情到了这个程度，自己就是浑身是嘴，也说不清楚了。但事情确实不是自己干的，无论如何也不能承认，便说："东家，这东西虽是从这里找出来的，但我并没有干见不得人之事。"

丁百万盯着五翠，问："五翠，要不就是你撒谎了？"

五翠吓得浑身瑟瑟发抖，忙说："老爷，打死五翠也不敢撒谎。我一个女孩子家，撒这谎，以后还能嫁出去吗？"

丁百万平时很有主意的一个人，做买卖与官员打交道，那都不是问题。可这风月之事，他还真没处理过。但人言物证俱在，一下子让丁百万犯了难。若是有人陷害，肯定离不开五翠的配合；但见五翠言之凿凿，丝毫无撒谎之意。再说，单凭五翠自个儿，怕是也无陷害来远的由头。若是陷害来远，想不出对她有啥好处。若是有人陷害来远，该是后面有人搞鬼才是。到底什么人会陷害来远呢？一般人根本犯不着，但是到了这个程度，想一下子把后面的人给挖出来，恐怕是不可能。可要从来远这里说，会稀罕这个丫头？不可能，去年给他说的亲，哪个不比五翠好？他都没应口。一般女孩子，他是看不上的；难道是稀罕五翠的东西？听说世上有稀罕女人什物的花贼，难道这来远就是这样的人？若是那样可就不得了了。想到这里，他猛然记起刚才来远从箱子里取出了件东西，那物件不大，系着红绳，似曾相识，丁百万心中一震，脱口问：“来远，刚才你从箱子里取的是啥东西？”

见丁百万如此问，姜来远心中一凛，心跳有些急促，心想：这可怎么办？如何说？他那迟疑的神色大家都看出来了，看来，这来远定然还有什么事藏在心里没说，二太太在一旁添油加醋地影射道：“老爷，来远还小，就饶过他这一回吧！若是都弄清楚了，他以后就不能见人了！”

二太太这话着实厉害，乍一听，像是息事宁人，事情到此为止，还给来远求情说好话之意。可若就此拉倒，则坐实了今晚上之事，都是来远干的，那话音里还隐含着来远有更多的事情。一听这个，来远不干了，径直说：“这个，和今晚之事无关。”

丁百万道：“那看看还不行了？”

听丁百万这么说，来远心里可犯起了嘀咕，到底是给不给看？若是看了会怎么样？若是不给看，今晚岂不是无法收场了？不给看，岂不是证明自己心里有鬼，若是丁家再说丢了其他东西，怎么办？想到这，便从口袋里掏出刚才的东西，放在手心，将手伸在丁百万前面。

丁百万接过这东西一看，心中大惊道：“这东西怎么在你这里？”

二太太早就看清，来远手里托着的是一个玉环。那煤油灯虽不是很亮，但那玉环质地晶莹剔透，在灯光映衬下，显示出是很不一般的货色，那鲜红的丝质红绳也不是一般的手工。二太太觉得好像在哪里见过，特别听自己男人说的那话，好像认识这东西，便问：“怎么？老爷，你认识这东西？”

丁百万见刚才自己说漏了嘴，也不好再改口，但见这东西在来远手里，心里有些发痛，生气地说道：“来远，你说清楚，是怎么回事？”

二太太一听，刚才的事来远说不清楚，好像自己男人也下不了决心，可自己男人明显对这件事的兴趣超过了刚才五翠的事情，好像来远也不想说清楚这件事，忙趁热打铁说道：“老爷，是不是你也丢了东西？”

丁百万明显有些着急，有些冲动地说道：“来远，你要说清楚，你说不清楚，若是报了官，我可就管不了了！”

4

五翠在一旁不作声，她是不愿意报官的：事情摊到了自个儿头上，没得办法。丢了羞于启齿的东西，报了官只能让更多人知道，自个儿以后哪还有脸见人？若是以这玉佩的事报官，就把自己给脱出来了。二太太一听，心里有些高兴：若是以五翠之事报官，一来丁百万面子上挂不住，二来肯定不会那么简单就结束，说不定会扯到自己这来；若是以这玉佩之事报官，就和五翠没啥关系了，和自个儿也就没任何关系了。丁百万刚才一着急，说出报官也是无意之言。他怎会愿意将此事说到外面？传将开来，岂不是让人笑话？

没想到，来远却说："报官就报官。"

二太太一旁说道："来远，报了官，老爷可就管不了了。"

侯管家一旁也煽风点火道："县衙的夹棍可不好受！"

二太太瞧了瞧侯管家，阴阳怪气地说道："侯掌柜，你可要长长脑子，来远能去吃夹棍？来远可是廪生，不上刑的。"

话都说到这份上，虽是六月天，来远心里却一阵阵发凉，看来是有人要置自己于死地。就在这时，丁佳怡一边往里走，一边说："爹，怎么回事儿？"

丁百万一听这个，本不想守着这么多人问，可眼下顾不了这么多，将手伸到女儿跟前张开，说道："闺女，这是怎么回事儿？"

丁佳怡一看，明白了怎么回事，顺手拿了过来，说道："爹，这是我送给来远哥的！"

见佳怡这么说，丁百万知道了怎么回事儿。原来，这玉佩是大太太从娘家陪嫁过来的，也是大太太日常佩戴之物，丁百万自然是熟悉。大太太病重时嘱咐过丁百万，自个儿去世后，从娘家陪嫁过来的东西自然留给了女儿。丁百万当然应允，他家里有的是钱，再续弦时根本也不用打这东西的主意，新娶的媳妇自然也不会对原来太太的东西感兴趣。等丁小姐十五岁那年，丁百万就把一些穿戴的好东西交给了女儿。见丁百万沉默不语，其他人也清楚了怎么回事儿。玉佩的事真相大白，也就没什么好见官不见官的了。

一旁的二太太好像提醒大家，不要把五翠的事忘了："五翠，以后可要小心，不能再让这样的事情发生了。"

丁佳怡关切地问："爹，没来远啥事了吧？"

丁百万知道就这么耗下去不是办法，再说也捂不住，便说道："五翠刚才丢了东西，在来远这里找到的。"

丁佳怡一听着急了，大声说道："不可能，来远哥怎么会偷五翠的东西？来远哥，你说话啊！"

来远一旁用无助的眼神看着丁小姐，淡淡地说道："东西是从我这里搜出来的。不过，事儿可真不是我干的。"

丁佳怡着急地说："爹，你听到了吗？来远哥说了，这事真不是他干的。"

丁百万道："闺女，我也不相信是来远干的。可刚才大伙儿都看见了，东西是从他床腿里搜出来的，来远自己也在场。"

丁佳怡气愤地大声说："哼，这不是很简单的事情，栽赃、肯定是栽赃！做这事儿，不怕老天爷打雷给劈了吗？"

丁家的大小姐把这事一口咬定是栽赃，很是出乎所有人的意料。

院子里的人都知道大小姐的脾气，她五岁就没了亲娘，丁百万对他就格外上心、疼爱，虽说是又续了弦，可为了怕她受委屈和这个后娘弄不上事情，就特意托给自己的妹妹带，直到十四五岁才在家里常住下来。家里人多倒不寂寞，但是这姑娘虽说爽快，却对自己的后娘怎么也热情不起来。丁百万不想让闺女受委屈，想着几年后给找个好人家嫁了，也就由着她来。刚才她大叫栽赃，倒是给了丁百万一个解脱的好办法，忙说道："今晚的事情有些蹊跷，天也不早了，大家先回去睡觉，有事明儿再说。五翠，以后把自己的东西收拾好；侯管家，以后女眷那边的门要看好。"

5

虽说丁百万嘱咐了这事情别乱传，但呼呼隆隆了半夜的事情又加上这么多人看见了，怎么会封锁住消息。第二天，来远到钱庄的时候就感到其他人看他的眼光不一样，吃过晚饭回房间的路上，丁佳怡截住他问："真的要离开？"

"还是离开的好。"来远脸色也非常不好。

"还是不要离开，只要不是你干的，终究会水落石出的。"佳怡安慰着来远，虽然她昨夜里也一直没睡好。

"相信会水落石出。但是，如果再在这里，对大家都不好。"说着要解佩戴在身上的玉佩。

“怎么？要了我的东西，就这么还我吗？”佳怡对来远的信任不减，不想这么快就了了这段感情。

“那，那……”来远嗫嚅着，不知道说什么好。

“如果你没做那事，东西不用还我。如果做了那事，东西可以还我。”佳怡给来远一个将局。

“这？”来远不知道怎么做才好。

“去哪里定了吗？”佳怡问。

“还没有定，过几天再看看。”来远心里郁闷，这次的打击不次于上次停止科举考试，那次是前程没了，这次是连名声都没有了。

“不管你去哪里，我等你。”佳怡说得很坦诚。

“我这从头开始，还不知需要多久，方能安顿下来。万不可耽误你的终身大事！”来远思忖着，这么说，佳怡就会知难而退。

“这样，三年如何？你等我三年，我等你三年，三年为限。三年内我们都不找别人，好不好？”佳怡是明事理的人，互相等，没个准日子不行，觉得有三年期限，足够解决一切问题。

听佳怡这么说，来远觉得这么应下来也不错，这佳怡都十八岁了，三年后就二十一岁，恐怕她等不了，便说：“一言为定，就三年！”

6

来远提出要离开丁家，一点不出乎大家的意料。大家都知道，没有丁百万明显的极力袒护，那事情不能那么了结。但事情已经到这个程度，来远自己知道，再在这里待着，也没啥意思了，离开是非之地，是解决此事的最好办法。

当姜来远提出要走时，丁百万很客气地做了挽留，留足了面子。但来远去意已决，推辞了丁百万送给他的一百两白银，把自己的东西打好包，送到了同学那里，和宋掌柜把业务交接了，同时告别。

临别当口，宋掌柜告诉他：“我相信你没做那事情，该是有人给你下了套儿，明摆着要赶你走。若是不走，说不定还会生出什么事端来。”

“宋师傅，您觉得谁有可能这么做？”偌大丁家大院几百人，来远心中的郁闷无人诉说，憋了好久的话，今天说与宋掌柜。

“是谁给你下的套儿，我不敢妄自猜测。不过，肯定是不愿意你留在此处之人。”宋掌柜确实不知道是谁，但是能猜出是哪一类人。

来远眼里含着泪水，那声音从喉咙深处发出：“可背着这么个黑锅，真有些不甘心。”

宋掌柜为人忠厚，从姜来远身上看到了自己年轻时的样子，对他的遭遇很是同情，对其离开很是不舍。但丁家大院太大，其中的弯弯绕太多，自己这么多年，也有很多不明白之处，更无法与姜来远讲清楚，只好无奈地说：“这钱庄你已干大半年，基本路子已通。既然有人防着你，留在此处怕也难以施展手脚，出去闯闯是对的。看来，丁家大院里出内鬼了，长期待在这里，也不见得是好事。走吧，到大地方去。”

7

回到上姜家村，来远去见过朱老师，说了自己在丁家的遭遇，朱师傅告诉他：“这在丁百万的庇护下都有这样的事，看来还是离开的好。不过，你自己有啥打算？”

来远道：“丁百万人称‘丁半县’，话说的虽有些夸张，但县城里小半的商家和他家人有瓜葛倒是真的，以这个方式离开他家，倒不好在黄县立脚了。”

“是这么个理，黄县再大也不如烟台大，人往高处走，水往低处流，具体去哪里，怎么干，你自己拿主意才是。”朱师傅见过大世面。

“学生记下了，回家和娘商量一下，可能要到烟台去。”

当来远和他娘提出要到烟台去的时候，来远娘很有些舍不得，道：“黄县县城隔咱们这里二十多里地，一个时辰就到了，可烟台到这里二百多里地，娘以后见你，就难了。”

“娘，不用担心。以后在烟台立住脚，我接您过去。”来远宽慰着母亲。

“我现在还好说，有你两个姐，只是你一个人去烟台，娘不放心。”来远娘道。

“烟台开埠都四十多年了，做买卖的多，用人的地方也多，不愁找不到活路。我们镇上不少人在烟台，不会落了单。”来远的话也是给自己打气。

“去烟台，记得去看看你谢叔叔。他在那边多年了，地头熟、认识人多。”来远娘嘱咐着。

“娘，我知道，我这去烟台，就先投奔他。”来远竭力装着平静的样子。

“不过，娘告诉过你，好铁不打钉，好汉不当兵，可别忘了！”来远娘话里有话。

“娘，儿这辈子不会去当兵。”

娘俩儿成宿成宿地说着话，互相宽慰着。来远又去两个姐姐家走了一趟，嘱咐姐姐照顾好娘，二姐让娘住到自己家，来远也就放心了，便辞过他们，赶往烟台。

夏日里暖和，来远只是带了简单的被褥和书，还有家里仅有的几块银圆，算是轻装上阵。从家里出来得早，到镇上花了五分钱跟上了去县城赶集的马车，到黄县县城后，又花了一角跟上了到烟台运货的马车，在小门家镇住了一宿。第二天跟着顺风车，很早就进了福山地界，过了这福山，就是烟台了。

第五章

离家辗转到烟台　茫然无定谋未来

1

此时，烟台的地盘并不大，仅仅是隶属福山的一个区，下辖芝罘的几个小渔村而已。烟台人口虽不足五万，但东海关、登莱青兵道，都设在这一片狭小的区域内，而此两个位高权重之位，又为同一个人担任，其影响和权力远大于福山县令，故烟台的名声与其所管辖区域大小，并不成比例。一来因其已经开埠四十多年，扼黄海、渤海之咽喉，为京津屏障，列强早窥伺已久；第二次鸦片战争中被开辟为通商口岸，那《烟台条约》就是专门为此签订，足见其在世界各国列强心目中的地位。很多年前，烟台便开通了到天津、上海、牛庄（营口）、海参崴、日本等地的航线，至此，烟台对内可及山东半岛及河北、河南一带，外则通东亚南亚各国。所以，这烟台不仅仅是山东，而是整个大清国北方的重要门户了。

旅店隔着码头不远，姜来远安顿好后，先洗了把脸，稍微休息了一下。见时间还早，他出了旅馆顺着马路向东走去。如高山般的轮船离港时发出震雷般的汽笛声，如潮的人流中夹杂着黄发碧眼的外国人，景象是在黄县看不到的。特别是往东走不多久，就见那一排排二、三层的楼房，错落有致地沿着海岸排开，问过几次路人，一直沿着北边走了好久，才找到了海军学校的具体位置。

来远边走边看，这里海边的景色和黄县的海边大不一样，黄县的海边是沙滩，空地多，景色虽美但人烟稀少，略微显得单调了些。烟台海边楼房鳞次栉比，人烟繁茂，碧海蓝天配红瓦绿树，一派欣欣向荣的景象。特别是烟台山南侧的北洋海军采办厅、气派的海关大楼，是黄县不曾有的建筑。从那些大楼里进出的人面貌神态也好得多，想必日子过得宽裕。不远处，海面上巨大的轮船鸣着汽笛、冒着烟在海上缓缓行驶着，成群的海鸥盘旋在海上觅食。夕阳下，烟台山上白色的灯塔格外耀眼，山上的树木越发葱茏。夕阳西下，东边的天色渐渐暗了下来，姜来远无暇多看，赶紧往回走，顺便找个小店吃了碗打卤面，回旅馆休息。

第二天一大早，姜来远提上了一袋花生，赶到东炮台附近的海军学校。这时，海军学校建校不久，校园并不大，一切还都是新的。岗哨听说是找谢督学的，问过姓名之后便跑进去汇报。不一会儿，就见谢督学跟着岗哨出来，老远便向来远打招呼道："来远侄儿，什么时候来的？进来、进来！"

姜来远见谢葆璋亲自出来迎接，一边往里走，一边说："谢叔叔，我昨天傍晚来的，怕找不到您，今一早就来了。"

两个人边走边聊，穿过几排房子，便到了学校的后院，是一溜十来间青砖灰瓦不高的平房。往东走过几间，门口一中年女人领着一小孩迎了过来，那小女孩张开手臂往他们这里扑过来，谢葆璋连忙伸出两只手将其接住，指着姜来远对小女孩说："这是你来远哥哥。"

小女孩大声叫道："来远哥哥。"

姜来远忙答应了一声，对中年妇女道："这是婶娘吧？"

谢葆璋点了头，说："对，正是你婶娘。"

姜来远忙放下东西，双手抱拳施礼道："婶娘好！"

"哎！"谢夫人应了一声，上上下下端详着来远，道，"你就是来远，你叔叔常说起你来呢！来、来，屋里坐！"说着，将他让进屋里。

"这是妹妹吧？"姜来远看着谢葆璋怀里的小女孩，问道。

"对对，正是小女。"姜来远伸出手做出要抱的样子，小孩一扭身子，趴在了谢葆璋的肩膀上。

谢葆璋家里的陈设极为简单，北墙上挂着一副对联"穷达尽为身外事，升沉不改故人情"的条幅，那字刚劲有力，一看就是出自名家之手。靠墙是一张方桌，两把椅子，摆设又与北方的一般人家明显不同，看出是南方人的习惯，落座之后，这小女孩跑过来缠着来远，来远低下头问她："你叫什么名字？"

小女孩说道："我叫莹哥。"

"你不是女孩吗？怎么叫莹哥？"来远把她抱起来问道。

"我也不知道，你问我爸爸。"小莹哥说道。

谢葆璋笑道："这是小名，莹是名字，哥是南方人的习惯。"

这时，谢夫人已经把茶泡好，忙接过孩子道："你们喝茶，你们喝茶。"说着抱着孩子出去了。

聊过一会儿闲话，谢葆璋问姜来远："你是来打算长住，还是顺便路过？"

"感觉在黄县那边不合适，想来烟台谋生。"姜来远说出了自己的想法。

"想过做什么了吗？"谢葆璋听姜来远说来烟台谋生活，便问其最要紧的事情。

"暂时没想好做啥。先过来看着找找，干过钱庄半年，看能不能找到这样的活计。"姜来远简单说着自己的情况。

"你干过钱庄？干了多长时间？"谢葆璋问。

"满打满算干了半年多点，不能说很熟，基本的都能应付了。"姜来远感觉内心里底气还是不足，不敢把话说满了。

听姜来远这么说，谢葆璋沉思了一会儿，觉得应该出手帮他一下。年轻人初来乍到，在一个新地方啥都不熟悉，很不容易，帮一把，上了路就好了。正巧自己手底下有个活儿，临时需要人帮忙，便说："那记账没问题吧？我这儿管杂物的小王回济南了，他父亲的病恐怕不好办，他这一会儿半会儿回不来。正好，可先安顿下来，再图长期打算，你觉得如何？"谢葆璋道。

这时的来远正好到了人生的低谷，自己肚子里的学问在这人生地不熟的地方没啥用处，如无进项很快就流落街头，眼下最要紧的是能找个吃饱饭的地方，便说道："能有吃住的地方就好。"

"行李带来了吗？正好，这样也有由头在这里住了。"

"带来了，还在旅馆里。"来远应着。

"一会儿去取来，我给先安顿地方暂时住下。"谢葆璋知道一个年轻人异乡谋生的难处，想办法解决他的后顾之忧。

2

安顿好住宿，姜来远算是暂时避免了流落街头。他写了两封信，一封给朱师傅，告知自己一切安好；一封给母亲，说见到了谢叔叔，已经安顿好，让其不要挂念。他找到了在烟台开铺子的北马老乡把信送出，便抓紧把小王平时干的那些事情给拾了起来。当然，对未曾干过此类活计的人来说，这些活有些棘手。姜来远不同，在丁家大院干的活，比这要求高得多；接过来的活，就是买点东西，记好账务，跑跑银行而已。很快，姜来远就适应了这学校的生活。海军学校就在海岸边上，正逢夏季，海军学员的游泳课就在海里进行，闲着无事之时，来远也过来看，见谢葆璋游得飞快，感到很惊奇，便问周边的学生："谢校长这么大年龄了，游泳还这么快？"

那学员道："谢校长说过，当年他若是游泳水平差，估计早就为国捐躯了。故其对游泳课异常重视。只有比他快的，才算优良等级。"

来远惊奇地问："这话怎么说？"

"威海卫战役时，军舰沉没，谢督学是在冰冷的海水中游上来的。"这学生说这话时，两眼瞪得溜圆，一脸自豪，话语里充满敬意。

听罢，姜来远心中沉甸甸的，压在心底的思绪一下子又浮了上来。自从父亲去世，这么多年来，听娘说起过父亲，也和他们一起去祭奠过，但一直无从张口细问。关于父亲，姜来远自己几乎没有什么记忆，怕母亲伤心，更不知如何问起。他只想着好好读书，功成名就后让母亲过上好日子。现在那条路阻断，距离那场战争也越来越久远，可自己越来越渴望知道那场战争的信息，对父亲、对那场战争了解最真实的，恐怕就是这谢叔叔了。姜来远思前想后好几天，抽了个时间和他聊起父亲的过往，还有那场令人难以忘怀的战争。

那是一个夏日雨后的傍晚，残阳坠海，满天晚霞，海风吹走了蚊虫，涛声阵阵中，如同传递着以前的回忆。两个人坐在海边的竹椅子上，享受着难得的清凉和闲暇，姜来远从海战问起："叔叔，威海卫那场战役，大清海军没了多少人？"

谢葆璋仰起头看了看天，轻微摇了摇头，声音突然低了下来，有些惨然地说："威海卫战役四千海军，生还者不足四百。你父亲如果活着，今年也四十一岁了。太可惜了，都那么年轻。"

对于父亲的死，姜来远听过很多次。父亲身着海军服的照片，被默念过无数次，在他心里已成为永恒。他没再问父亲的信息，而是问起那场战争：“谢叔叔，甲午海战输得那么惨，这么多年过去了，您是怎么想的呢？”

“那场战争是我们败了，败得彻底，败得没了心气；但败得真令人不甘心。那场战争牺牲了那么多人，其中就有你的父亲，我看那场战争失败后，最大的收获是惊醒了国人，中国要富强、要发展，关键是人才。”谢葆璋有些语重心长地说着，仿佛又回到那峥嵘岁月。

“可是，我们中国难道很缺人才吗？”姜来远把一直藏在心头的疑问抛了出来。

“我们大清国不缺人才，缺的是让人施展才能的办法。”谢葆璋语气坚定而又自信。

谢校长的话一语破的，深深打动了姜来远，他那报国为民的念头从内心深处爆发出来，说：“可惜，我娘说我除了不能当兵，做啥都行，只要走正道。”

“其实，作为一个人，报效国家的路径很多，不一定当兵。但是无论干啥，有一个健壮的体魄特别重要，只有身体好了，才能承担繁重的任务。如果可以，你可练习游泳、跑步。同时，这不仅仅能强身健体，还能锻炼意志，西方国家的民众对体育锻炼尤其重视。”谢葆璋留过洋，对东西方的差距看在眼里、急在心里，平日里只能利用自己的微薄之力，用话语、用实际行动影响着身边的人。

来远默默记住了谢叔叔的话，正好到了游泳的好时节，便跟着一板一眼地练了起来。还好，这大海就在眼前，一个铜板都不用花，什么时候得空就什么时间去，只要不耽搁手中的活计。通过一段时间的练习，来远得出经验，这游泳和学习一样，关键是要有耐心。来远想着自己学得晚，只好采取多练习、不停止的方式，本着一日多一尺，千日多千尺；一日多一丈，千日多千丈的原则，日益精进。为了增强体力，姜来远每天早起去沙滩上跑步，一开始腰酸腿疼，不多久就习惯了，一口气能在海军学校和烟台山之间跑两个来回。一个夏天过去，整个人黑了，壮实了，游泳水平竟然超过有很多年游泳经验的老手，能去深海里游个来回，还跟着赶海人学会了遇到腿抽筋等紧急情况如何处理的办法，令谢葆璋海军学校里的老师们刮目相看。

天气凉了下来，来远在谢葆璋家过了中秋节，一日他正在账房记账，忽然有人跑来，手里持着一封信道：“来远，有你的信。”

来远接过来一看，见封底是黄县丁家，心中很是纳闷，便拆开了看，只见写道：

来远贤侄：

别来无恙！

前些时日在荷塘中发现一肚兜，与贤侄屋内那件一致，经查为侯管家联手他人诬陷于你，望能原谅，盼回。

后面是丁百万名字和日期。

姜来远默默收起信，只是知道那天夜里的事情有了了结，并不知晓其中原委。毕竟事情落实了，佳怡没看错人。信中并没有说事情的来龙去脉，那事情说起来却不简单，而且很巧合。

3

原来，就在中秋节前，丁百万偕友人逛自己的花园。此时节，花已少，叶已衰，池塘中的藕叶不少已经破碎，或者弯折在水里，零散的莲蓬倒有一些。丁百万一时兴起，说要吃自己池塘里的醋溜藕丝。东家的话就是圣旨，那跟班的伙计吴生倒很勤快，挽起裤腿下到池塘，采上了几块鲜藕。待两腿是泥的吴生上来，一方布帕漂在了水面。丁百万靠过去盯着布帕，问道："吴生，你看那是什么东西？"

吴生看老板感兴趣，忙又下水，一把将其抓了过来，口中道："咦，这啥东西？这里面怎么会有这个？"

"拿给我看看。"丁百万有些好奇地问。

吴生又拿着布帕在水里晃了晃，便拔腿上岸，顺手把东西递给了丁百万。丁百万也没管什么东西，顺手接过瞧了瞧，皱了皱眉头，暗中思忖：这是什么玩意儿？这是照以往，丁百万早就扔一边了。今天他动了好奇心，两只手托着展开一看，该是一个肚兜，绳带已烂得差不多了，肚兜的花色虽有些模糊，前下角有个豁口，还用红线钩了。怎么有点眼熟呢？这不是那天夜里五翠丢的东西吗？怎么又会在这里呢？是五翠丢进去的？应该不会，院子里有规矩，不准任何人往池子里扔东西，这个规矩五翠不是不知道的。难道？不对。这丁百万心里犯了嘀咕！

那天来远死咬牙不承认，看来，这里面不仅仅是误会的问题，该是有一个很大的阴谋才是，这让丁百万一下子想到了无数可能。但见朋友从那边走过来，丁百万忙掏出手帕将这东西包了收了起来，低声对吴生说：“这肚兜的事不要对任何人说起，若走漏风声，拿你是问！”

丁百万为人比较厚道，念着不少人要回家团聚，八月十五那天就没太铺张，给其他人放了假，愿意回家就回家。八月十六晚上，丁百万又单独准备了一场，把下人又聚拢一块儿乐呵乐呵，月饼、瓜果等农家稀罕玩意儿，准备得很齐备。俗话说：十五的月亮十六圆。这十六的月亮出来得晚些，但那大红灯笼高高挂起，院子里依旧是亮如白昼，下人们品尝着平时常见但未曾吃过的好东西，自然都是满心喜欢。见吃得差不多了，吴生托着一个托盘，上面用竹子罩子盖着，丁百万道：“大家月饼也吃了，还有一件好东西让大家看看。”见东家这么说，二太太一旁兴奋地说道：“大家可要看好了，老爷给拿出来看的，可不是一般东西。”五翠跟在二太太边上，急切地围着，自从出了那件事情以后，二太太对五翠格外好，让五翠觉得虽在丁家大院受了委屈，却是更有家的感觉了，对二太太服侍得更周到。丁百万见大家都围了上来，伸出手慢慢掀起了那竹子盖子，好多人尚未看清楚是什么东西时，五翠大叫一声：“鬼、有鬼！”竟然身子一歪，晕了过去。

见五翠晕倒了，场面顿时有些混乱，其他人连忙施救。本来丁百万说完这个想看看大家的反应，倒没想到五翠会晕倒，一边自己媳妇也脸色大变，口中直呼：“怎么可能？这怎么可能的事？”说完用手捂着嘴，一副惊恐的模样。

丁百万边看着其他人的反应，边说道：“不要慌、大家不要慌，等五翠醒过来说话。”

几个老妈子摁人中、掐大腿，好一阵折腾，那五翠才醒了过来。就见五翠在柳妈的身上靠着，有些惊恐地说道：“二太太，有鬼、有鬼！”

这时，二太太好像和五翠受了同样的惊吓，也不说话，眼怔怔地发直。丁百万说道：“五翠，莫怕、莫怕，这么多人都在这里呢，哪有什么鬼？你自己看看，这是不是你那件东西！”

有老妈子把那东西递给五翠，五翠哆哆嗦嗦地接了过来仔细端详了端详，颤巍着说道：“老爷，和我的一模一样，连这个豁口都是一样的。不过，我那件已经用剪刀剪碎，烧了的呀！怎么会又出来了？”

看五翠刚才晕倒，又听她方才所说，不像是撒谎。丁百万心里倒慢慢清晰了起来，既然这事情和五翠无关，那和来远也就无关了。看来这事情不简单，背后该有人做了很大的手脚才是。是谁有这闲心这么做？肯定不是烧火、扫地的人干的，那些人无此手段、也无这个必要；可今天人多，恐怕一时无法弄清楚，但可算给来远证明清白了。至于谁背后使的鬼，倒要慢慢从长计议，反正出不了这个院子，等等他自己就会蹦出来现形的。想到这儿，丁百万道：“我们丁家出怪事了，烧了的东西又回来了，有本事去东坡里造个丁家大院试试，哪个做的，自个儿找我说清楚，今晚就先这样，各自回去好好想想！”说完转身离去，其他人依次散去。

丁百万这招叫无招之招，很出乎大家的意料。

别人都好说，知道东家心里烦，躲着就是了。可二太太躲不开，见丁百万要回房，连忙也跟着往回走，可那两腿好像不听使唤似的，走得不甚利落。回到房里，丁百万该说说、该笑笑，依旧是洗脸、洗脚、办事，那事办得比平时更卖力。本来，二太太想借着男人在自己身上干的时候说那事，可怕败了男人的兴致不敢开口。可事情办完后他又沉沉睡去，二太太更是不敢打扰，可她心里有事，瞪着大眼就是睡不着。丁百万起夜，她又闭上双眼装作睡得很浓。一大早男人起来，她也要往上起，想借着男人洗脸的工夫说说这事儿，可丁百万说：“天还早，我去东坡里看看那麦芽发得怎么样。你再睡一会儿。”见男人那么说，二太太那无力的身子倒也不愿起来了。

等了一天，丁百万也没回家吃饭，问过管家，管家说去商铺、钱庄转转去了；挨到晚上，丁百万回来了，从脸色依旧看不出什么，不知道他在想什么，这是二太太最担心的事情。她这前怕狼后怕虎地想了一天，怎么和他说五翠被袭之事，可真难为情。这事如同纸里的火，是包不住的，自己倒没啥可怕的：自个儿是他女人，又是两个孩子的娘，就是做了出格的事，最多呵斥一顿，不会怎么着自个儿。关键是侯大管家，还有那天晚上帮忙的孙大成，这一旦捅出来，恐怕他们两个的饭碗难保。自个儿是事情的始作俑者，怎么和他们两位交代，是个大难题。

犹豫中，又是一晚过去了。白天丁百万依旧是忙，平时很有主意的二太太，这时左怕狼右怕虎瞻前顾后，茶不思饭不想患得患失，就这么过了三天。这几天，她觉没睡好，饭也没吃几口，整个人就支撑不住，容貌也变了，竟然很有了患病的模样。

二太太病了，可是院子里的一件大事，大夫自然是请得最好的，遵照大夫的方子在自家药铺抓了最好的药，伴着鹿茸、人参等补品，一样儿也不少。可几服药下去，二太太的病仍不见起色，城里开始有人传闲话：丁家大院里闹鬼了，二太太被鬼附体了。

虽说是外面已谣言四起，但丁百万并没着急。他知道，这个事若没有结果，最多就是谣言，有人靠不住；是真是假，自己最清楚。果不其然，第五天晚上，二太太一见了丁百万，梨花带雨般地哭将起来："老爷，我错了！"

看来，二太太是真熬不住了。

丁百万不想太刺激她，但也不想就这么让她简简单单滑过去，故作惊讶地问："家里的，你有啥错？"

二太太一听自己男人这么说，知道他是生气了，话语中也没有原谅自己的意思，更是悲从中来："老爷，你就不能原谅我的过错？是我一时糊涂，听信他人谗言，才做出这等傻事。看在两个孩子的面上，就原谅我一次吧！"

二太太把前后过程说了一遍。丁百万听罢恼怒异常，但他面上依旧表现得非常大度，嘴上也没有说狠话，只是说："我这还好好的，就要考虑我死了之后吗？"

这话听起来平淡无奇，却是极其凶险之语，也说中了这事情的本源。二太太知道犯下大错，丁百万很难原谅，只好拉下脸皮请求获得宽恕："当家的，我错了，以后再也不敢了。看在孩子的分上，饶过我。家中之事，以后我再也不妄加干涉了！"

"知道错了就好，你是一家之主，是孩子的娘，不应该有偏心。既然错了，就要有认错的胸襟，看怎么把这事儿圆过去。要不，我丁某人怎么管理这一大家子人？"丁百万想借这事整顿整顿，要不，丁家大院将会永无宁日。

"我给大家认个错，参与的人重罚！"二太太低下不服输的头颅，她深知，不认个错，是搪塞不过去的。

"怎么可能？可不需要。"丁百万露出了难得的笑容。他笑二太太，自己怎么可能让家里的女人给下人道歉？媳妇也明白自己不可能让她给下人道歉的。

清楚了事情的来龙去脉，丁百万恼怒异常。不过，恼怒归恼怒，事情还要处理。思前想后，丁百万并未对侯长贵和孙大成进行严厉惩处，只是悄悄给了两个人部分银两，嘱其好自为之。侯长贵知道，自个儿做了如此丑事，再也无法在黄县立足，只好远走他乡，很长时间鲜有人知其踪迹。另一个帮凶孙大成，也只好灰溜溜地躲到别处，苟且谋生去了。

丁百万心里有数，自己家大业大，不可得罪小人，侯长贵对自己家中之事所知甚多，背后还有自个儿媳妇的原因，更不能与这样的小人结仇。

世上没有不透风的墙。

二太太联手他人陷害姜来远之事大白于天下，还了姜来远的清白，事情也算过去了。况且，二太太也给丁佳怡当面道了歉，可受了委屈的丁佳怡跑到她爹屋里大哭："娘啊！俺那亲娘啊！你在地下可知，亲闺女在被人欺负啊！"

这些年来，丁百万天不怕、地不怕，就怕这闺女哭。

丁佳怡一哭，丁百万如坐针毡般难受，自己老婆没了时，这闺女才五岁，啥都不懂。没娘的孩子苦，天下人都知道，丁百万觉得对不住孩子，可这也是没办法的事，唯一挽回的办法就是不让她受委屈，有事尽量依着她。后来续了弦，更是怕这闺女吃亏，平日里，捧在手心怕掉了，含在嘴里怕化了，事事尽量随着她。这次受了这么大的委屈，丁百万也觉得很过意不去，他拉着佳怡的手说："闺女别哭、别哭。要啥，爹爹依了你还不成？"

听爹这么说，丁佳怡内心更感委屈，那哭声更大了，边哭边说："爹爹，我说来远哥不会干那事，你们都不相信，净信那些个人的话。现在，来远哥怎么办？"

是啊，那姜来远怎么办？丁百万也颇感后悔。不过，当时确实没办法，听闺女话音儿里，知道这闺女大了，不该留了，忙说："人谁还没有个错吗？不就是那个来远，我找人说亲去。"

丁佳怡一听爹这么说，破涕为笑道："爹，你还好意思去说亲？这样可不反了架子？"

丁百万知道女儿心思，脸一绷，装作严肃地说："为了闺女，我这张老脸也不要了。先给他写封信，收到他来信后，我去趟烟台。"

"爹，你知道来远在哪里？"丁佳怡惊异地问。

"我说闺女，你把爹当成什么人了？虽说来远到烟台没跟丁家的任何人打招呼，但这烟台地面上还有能躲过我眼睛的事儿？"丁百万有些得意地说着。

原来，虽说来远是悄悄地到了烟台，但丁百万商家遍布黄县城和烟台的交通要道，来远的一举一动，早有人告知于他。

4

平日里，丁百万几乎每个月都到烟台，对烟台市面上熟悉得很。这次他到烟台，直接找到了谢葆璋，讲了整个事情的来龙去脉，并说明了来意。谢葆璋点了点头，说："我还一直纳闷，来远在你那里好好的，怎么跑烟台来了？原来还如此曲折。丁员外，这事情得看来远的意思，他若是不同意，谁也没办法；他若是同意，还要问过家里才是。"

丁百万听罢，忙说道："等中午来远过来，麻烦您给好好说道说道。"

来远被邀请去谢葆璋家吃午饭，他本不想去，但听说有客人要陪时，便不好再拒绝。但当他一进门看到坐在椅子上的丁百万时，心中错愕，满脸尴尬，但还是连忙施礼道："伯父，您来了！"

丁百万一改往日深沉的模样，和颜悦色地说："来远，上次的事很对不住了，我特意来看你来了。"

来远听丁百万这么说，虽心中还挂记着上次的事情，但也知道事情不能没完没了，况且人家早已写过信，也算是道歉了，自己还是要有个高姿态才是。想到这儿，姜来远忙回话："伯父，那都是误会，本不关您的事，不用再提。"

丁百万叹了一口气，摇了摇头，说："上次太草率了。不管怎么说，我是一家之主，在家里发生了那样的事，与我脱不了干系。现在，这边怎么样？"回黄县的话到了喉咙眼，丁百万又给咽了回去。

姜来远心静如水，心平气和地说："回伯父，来远在烟台也几个月了，在这军营里早睡早起，闲暇之余跟着当兵的锻炼身体，身子倒壮实了不少；原来俺娘不让俺学浮水，现在从这海边下去，一口气能游个十里八里了。还能在海军学校和烟台山之间跑两个来回。"

"来来，边吃边聊。"谢葆璋让他俩坐下来。

三个人闲扯了些别的，谢葆璋看差不多了，便对来远说道："来远贤侄，今年十九了吧？"

姜来远答道："是的，谢叔叔，刚过了十八岁的生日。"

"这男大当婚、女大当嫁，丁员外的千金你也熟悉，你觉得怎么样？"谢葆璋直截了当，说出了丁百万的目的。

说实话，这是自己日夜期盼的，但变化也太快了，自己经历此变故，也明白了好些事情，已下定决心暂时不娶亲，至于自个儿和佳怡的事情，他认为急不得，过段时间再说。想到这儿，他忙说："谢叔叔，上次的事让侄儿想了很多，男人到底是先成家后立业，还是要先立业后成家，各人想法不同。我认为要先立业。我已下定决心，不立业，三年内不成家。"

姜来远的话大大出乎丁百万的意料，可自己那女儿能等三年吗？他这么说、这么想，恐怕还是上次的事由引起，想到这儿，他忙说道："那事情都过去了，看来，侄儿是不肯原谅老夫的过失了？"丁百万虽内心里自责，但不会轻易在人面前低头。

"伯父，我现在确实啥也没有，还要养老母，她过来也会受苦。"来远说的都是实情。

"来远，钱不是问题，我现在最不怕的就是钱。这烟台还有咱的两个钱庄，也有几个铺子，港口那边也有咱的几个货栈，你若不愿意回黄县，烟台这边的买卖都由着你来管就是。"看来丁百万是有备而来的。

话已至此，丁百万满想着来远无话可说，但是没想到来远的反应极快，脱口说道："谅来远三年的时间难以更改，不过，我还要约法三章！"

听姜来远如此说，两人颇感惊异。特别是丁百万，差点没惊掉下巴。他想着自己女儿虽不说是金枝玉叶，也就不能和京城的王公贵族的格格比，但在烟台，甚至是整个山东地面上可也是数得着的，想说媒的一般人都靠不上边，你这还约法三章，莫不是要借着那事，狮子大开口不成？哼，这小子还要等等，看他怎么说！谢葆璋也用疑惑的眼神看着来远道："贤侄要学刘邦呢？"

来远知道，自己提的约法三章，可能引起了他们的误会，忙解释："目前，我事业无起色，财力不足以安家，不能让她来受苦。第一，我要三年后才谈论婚嫁；第二，要接我娘来同住；第三，我要在烟台安家、不回黄县安家置业，不要任何陪嫁。"

来远说了自己的要求，丁百万暗叫惭愧，看来这小子有志气，除等三年有些执拗，其他的两章可都是忠孝仁义的。从他的这要求来看，既然提出不要任何陪嫁，那让其执掌烟台的买卖，也就断无可能了。要常驻烟台而不回黄县，怕也是不想和自己的买卖扯上关系。至于接他娘来住，自是天经地义之事，便说道："就这三点？别无其他？"

来远回道："别无其他。"

5

此时之大清，又是宪政、又是出洋考察，各种论调莫衷一是，已处于政经风雨飘摇、人心涣散的状态。但大清户部银行烟台分行的成立，是总办的一件大事，也是烟台当地的一件大事，上面派来的监督之人极为重视，考试自然是非常严格。姜来远借着在丁百万家和海军学堂的底子竟力挫群雄，特别是那一手漂亮工整的小楷，记在账本上清清理理，竟无半点墨迹涂改之处。主考官查看履历，见其竟为县秀才第一名，面试时，又见其一表人才、落落大方，一问一答从容至极，心中甚是喜爱，暗暗称奇：烟台这不大的地方竟然有此等人才，怪不得京城有山东人才尽出胶东之说。其喟然长叹道："废止科举阻塞了此等人才的官宦之路，真乃罪过、罪过。"

有正直官员的把关，丙午年冬月，姜来远毫无异议地进了大清户部银行烟台分行。

大清户部银行在北京城里开张，也不过三年，虽说成立的时间不长，大清国也没多少办理银行的经验，但它在北京参与管理的毕竟都是帝国一流的人才，又背靠掌管全国财经大权的户部，虽说庚子赔款使国疲民弱，但每年从银行走的流水就不是一个小数目，特别是烟台开埠四十多年，开西化之风日久，领衔山东经济发展的龙头，只烟台海关，每年就有几百万两白银的流入，加上烟台兵器厂、海军学校、军队等与户部来往密切的单位，一时间，大清户部银行烟台分行的业务开展得风风火火。

第六章

闻理想热捧新党　送镜心远赴奉天

1

来远进了大清户部银行干事，自然是从最底层的会计记账开始，虽不是专门学这个科班出身，但毕竟粮店、布店、钱庄都待过，有在丁百万家的底子，加上在海军学校的账务处理，也常与银行打交道，很快就成了业务熟手。加上大清户部银行收到很多京城来的信件，姜的字写得好，又兼了送信、回信之任务，与烟台各衙门口、军队、学校便有了往来；除了官家之外，烟台的商家也结识了不少，加上他虚心好学，往来信件写得行云流水，在烟台市面上，倒有不少人知道他了。

忽一日，徐镜心找到住处来，看到他桌子上摞的书，便问："兄弟这几本书看得怎么样？有何心得？"

来远稍微迟疑了一下，微微皱了皱眉头，回道："粗看两遍，但有隔靴搔痒之感！"

徐镜心扑哧一笑，斜了斜嘴角，微微摇了摇头，说："以兄弟之才，仍有隔靴搔痒之感，那常人读起来，岂不是要相隔十万八千里了？兄弟觉得为何差距这么大？"

听了徐镜心赞扬自己的话，来远显得有些不好意思，说："可能兄弟的经验不够，不接地气之故？”

徐镜心摇了摇头，回道：“怕不是这个原因。该是眼下中国现状，与书上所言相距甚远，故有隔靴搔痒、离题万里之感。”

来远还是有些疑惑：“书上说的一定对吗？怎样才能不那样？”

徐镜心点了点头，用非常肯定的语气说：“书上说的是原理，不能说完全对。但外国已证实可行，看眼下泱泱中华和欧美、日本诸国之差距，根子在于我们的皇权，而不是其他。国外做生意，凭法律保障；我们做生意，凭人情世故，故有书上所言和现实相距甚远之感。若要两者统一起来，唯有革命、唯有消灭清朝政府、唯有建立三民主义之共和国，才会有完善的法律制度做保障，人人依法办事，百姓方能安居乐业。到那时，就不会有隔靴搔痒之感了。”

姜来远怔怔地听着法律、革命等新鲜词语，似乎理解，但又确实不懂，便问：“什么时候，才能做到像你说的那样？”

听姜来远这么问，徐镜心并没作声，他将胳膊伸进内衣口袋里，掏出一封信递了过来。姜来远接过打开，是世聪的笔迹。就见信中写道：

来远弟：

一切安好！

一年来，兄已游历日本全境，见日国之繁华、民众生活水准之高超出愚兄之想象，其工业之发达非用语言能表述，政治之清明更是闻所未闻、想所未想。眼下，日本国人人有目标、有依靠。具体情形，镜心兄会代为详述。

兄世聪呈上

看到这没有日期的信，来远有些疑惑。

信中尽说了日本的好，也没具体说明如何好，为啥好，感觉这信多此一举。自己去年就与徐镜心熟识，两个人交流并无甚隔膜，而世聪信中着重强调，要多听听他的意见，不知是何意？便说：“世聪此信，未明何意。”

面对姜来远的疑惑，徐镜心知无须再绕圈子，便说：“以兄弟之才，心中定会明白。世聪是你最好的弟兄，也是最信任的人，现在官府查得严，他有好多话不方便在信中说，但已差人捎口信给我，他在日本已加入同盟会。”

世聪已加入同盟会？姜来远心中一凛，有些骇然道：“同盟会啥情况？是不是那个姓孙的组织的？”

从方才对话中，徐镜心知其对同盟会已了解不少，便说：“兄弟所言极是。同盟会的组织者正是孙先生，其宗旨是‘驱除鞑虏、恢复中华’。纵观世界诸强国，欲打破皇权，无不依靠组织，把有共同理想之人聚合到一起，通过组织的统一行动，大家齐心协力才能完成目标。”

聪明人不用说太多。此时，姜来远已明白徐镜心找自己之本意，便问：“这么说，徐先生也是此会中成员了？”

话已至此，无须隐瞒，徐镜心坦然道：“对。在下不仅仅是同盟会的成员，还是山东的主委，也就是山东同盟会的负责人，负责整个山东同盟会成员的联络、活动。兄感困惑，以弟之才智抱负，怎能困守于这银行，做一个小小的职员？长此以往，岂不荒废了大好年华！”

徐镜心之言，算是说到了姜来远内心柔弱之处。究其原因，盖因自己跟随寡母生活，读的是四书五经八股文，周边也无人谈这样之事，今听先生之言，方觉脑洞大开，知己所知甚少，便毫不掩饰地说：“说来让徐先生笑话，本想着‘学得文武艺、货与帝王家’，凭科举、走仕途、救百姓黎民于水火之路，可惜此途已经阻塞；今又转向朝廷提倡的实业报国、提升民众福祉之路。去年先生捎回之书，也很明确地说了这个道理。”

徐镜心怎能不清楚，自己从小读四书五经，就是想走科举之路，以实现学而优则仕的理想。但大清将科举废止，按原来之路已不可能，但姜来远作为一个有报国之志之人，其内心怕是难以就此罢休。如果无领路人，大多数人会懵懵懂懂终于乡野，人生平淡如水、一事无成；若方法得当，他极有可能成长为一担当大任之才。想到这儿，徐镜心便说：“加入同盟会，一起推翻这腐朽的大清王朝，建立民主文明之国家，成立依法办事之政府，方能使天下太平，人民安居乐业，届时，中华民族必将屹立于世界民族之林！”

徐镜心的讲话激情澎湃，“民主”“文明”等耳目一新之词语，令人顿感眼前一亮。但姜来远又充满疑惑地问：“康梁主张的立宪，不打算实行了吗？朝廷不是已派出考察团了吗？”

“哼。”徐镜心鼻子的声音，表示其不屑一顾，对所谓的考察不抱有什么信心，他激愤地说：“立宪？依我看，君主立宪在中国万万行不通。几千年来，中国哪次改朝换代没有经过大流血？想轻轻松松让大清把皇权放下，是不可能的。世聪是你最好的朋友，他已将国外的亲身经历告知，还有啥可担心的？”

徐镜心鞭辟入里的一番话，既是摸索了多少年总结出来的看法，也是一众人的共识，算是说到了来远内心最柔软的地方。本来，他不是没想过出国，但确实力有不逮。一来，钱确实是个问题，二来，自己也放心不下家中的老母，故未能成行。可一个风华正茂的年轻人，哪个不喜欢到外面看看？当时和世聪约定，他会把最新的消息传递回来，从这一年捎回来的信息来看，眼下的中国，若按修身、齐家、治国、平天下的路子，是走不下去的。世聪这信明着没说什么，但实质已经指明，让徐镜心来劝自己加入同盟会、闹革命。

年轻人的不羁之心，最容易接受新事物。

此时，姜来远正值十八岁，鲜衣怒马正少年，虽在为稻粱谋，心气却仍高。但见多年的官场腐败、民生疲敝，朝廷除了打败仗、签条约、割地赔款，别的什么也做不成，免不了深感失望。作为年轻人，空有报国之志，但无处施展，失望之余又感觉无其他出路，加上这周围人的引导，让他那相对沉寂的心，又活泛起来。见来远不作声，徐镜心知道，此时其难以最终下决心，但他知对这样的人不能逼迫，最好的办法是给其留道缝隙，聪明人通过这缝隙看透事情的本质，通过分析抉择，做出明智的选择。想到这些，徐镜心便说："倒不太着急，你目前的身份更利于隐蔽，暂且不要抛头露面，暗中帮助同盟会员就可。过几天，我再给你带些书来看。"

"甚好！"来远急切地盼望着能看到这些书。

"看哪一天你有空，我们一起去拜访一个朋友，为学校筹些款子。"徐镜心邀请姜来远到外面转转，开阔一下眼界。

2

徐镜心带姜来远去拜访的朋友叫邱丕振，此人身世可不简单。

世人称邱家财雄北海、富冠胶东，当家人邱金项可是方圆几百里为人称道的人物。邱家虽住在沙河镇大珍珠村里，但买卖行遍布掖县城、烟台、济南、北京等地。单说邱家的钱，在胶东并不太稀罕，黄县的丁百万、牟平的牟二黑子，就钱而言也能和他论道论道，但有一样他们是没有的，啥？人家邱金项有十个儿子。按说，大户人家三妻四妾，有十个儿子又有何难？但邱家的十个儿子个个尊老爱幼、勤奋好学，非常有出息，老五邱砥之和老七邱丕振均留学日本，学有所成。邱砥之回国后在珍珠村创办“掖西公学”，招收了学生几百名，声望日隆；同时，其颇有经济头脑，在潍县创办“济和制烟公司”和“爱群印刷所”等筹措资金，一时间，令世人瞩目，颇有超过老爷子之势。而老七邱丕振，于光绪二十七年考入济南武备学堂，光绪二十九年被选派入日本振武学校学习；在日本与部分学友共创“利群社”，宣传民主革命思想，鼓动推翻清王朝，徐镜心与其相交甚久，颇为交心。前些日子因其患病回国疗养，可这疗养期间也没有静下心来，前来探视的亲朋好友，络绎不绝。

邱家非常重视徐镜心的探视，特别是邱老爷子对其早有耳闻，知其聪慧过人、志存高远。徐镜心郑重地把姜来远介绍给大家，邱家人见其对此年轻人礼遇有加，自然是不敢怠慢。正常招待过后，邱老爷子便屏退旁人，只留五子砥之、七子丕振作陪，与其谈论时局。邱老爷子虽早已过天命之年，但对天下大势还是非常关心，对十个儿子的前途也有所考量，说话也不拐弯抹角，上来就问：“徐先生归国，当负有大任。对眼前时局有何看法？如何应对？”

“邱家乃胶东望族，伯父乃族中掌门，您的学识与视野非常人能比，镜心所言若有不对之处，望伯父海涵。”徐镜心基本知道这邱家老爷子的想法，但还是不想太冒昧，照例要客套一番。

“呵呵。镜心，来这里就是到家了，但说无妨。”邱金项自然理解徐镜心的想法，便安慰他道。

“甲午大败，特别是庚子事变以来，败亡心态日盛。后虽权倾朝野，但久居深宫，不思进取，自知难以为继；之前帝有破旧图强之心，但变法失败遭到囚禁，只是个名义上的皇帝，毫无权柄；大臣人人自危，能者蛰居潜伏以待来日，庸者昏头昏脑醉生梦死，整个朝廷上下腐朽糜烂日久，国事不彰，外国入侵，国家面临四分五裂之危险；黎民百姓处于水深火热之中，此情断然不可长久。侄儿眼下作为同盟会的山东主委，打算在烟台建所学校，一来培养人才，二来作为各地革命者的落脚之地，只是苦于资金短缺，特来向伯父求助。”

闻听此言，邱老爷子皱紧了眉头，那宽阔的大脸变得越发凝重，好一会儿才放松下来。他没有拒绝，只是说了自己的困难：“老五已在这儿办了新学，花费甚巨，再去烟台办学，有无此必要？”

“伯父，五弟在珍珠村所办之新学，对促进掖县发展居功至伟。但此地毕竟小了，交通不是太方便。还有，把如此多读书人聚集在大珍珠村，将来一旦有人追究起来，怕会城门失火、殃及池鱼，应尽量避免的好。”徐镜心的分析可谓中肯。

邱金项连连点头，他问：“这事不是没考虑，只不过都是老五操办，我也并没想那么多。你若在烟台办学，是怎么打算的？”

“伯父，烟台交通便利，作为同盟会北部所在地，与东部的上海、中部的武汉、西部的重庆、南部的广州齐名，其港口停泊往来于天津、大连、釜山、上海、日本及通往欧美的轮船甚多，若设置一学校，利于接待往来于各地的革命志士。再者，烟台距京津、大连，只一天路途，远近合适，进可攻、退可守，已有不少人对此地感兴趣，济南的刘冠三也极力赞成。若办成此校，济南、青岛、烟台三地成犄角之势，一旦天下有变，三地共同举事，山东局势则定；若缺一角，则大势不稳。”姜来远在徐镜心的暗示下，寥寥数语便说明了办理学校的必要性、迫切性。

“在烟台官府眼皮底下，如何做好隐蔽？人员准备得如何？”邱金项继续追问。

“人员不成问题，有几个骨干已定了下来，姜来远在银行任职，方便往来沟通信息。我想把丕振兄弟也带过去，不知伯父是否割爱？”让人家儿子做这杀头之事，一般富商大户怕是难以答应，徐镜心只好试探着问。

没承想，闻听此言，邱家老爷子脸色巨变，就见他剑眉倒竖，声如洪钟般说道：“带丕振一个？少些了吧！我有十个儿子，家里这万把亩地，有三个儿子就足够了，有两个在北京济南经商，他们都拖家带口，不适合做这事；其余五个男孩，若不嫌弃，愿全部托付于徐先生，可否？”

邱老爷子一番话，让徐镜心大为震惊，极为感动。他哪里知道，刚才邱老爷子紧皱眉头，不是考虑钱的问题，也不是考虑学校能不能赞助，而是对整个家族的前程，做最后的决断。徐镜心为人真诚，不想为革命让这个大家族有灭门之灾，便说：“能赞助些钱，我带邱丕振兄弟一个足矣！要知，革命是很危险的事。”

“大丈夫当立于天地之间。我邱某一生光明磊落，没有啥不服气的。但是国家面临如此溃败的局面，自己岂肯袖手旁观？国家若亡，家以何立？吾若是年轻二十岁，必将亲力办学，可惜已风烛残年，难以担此重任。姜来远后生为忠烈之后，家中独子，尚且为革命不辞辛劳。我生养了十个儿子，如果国家败亡，儿子们都会成为受别人驱使的奴隶。我这十个儿子，一半为家、一半为国，宁可玉碎，不为瓦全，不枉做个堂堂正正的中国人！”邱老爷子的话尚未讲完，那眼泪便夺眶而出。

徐镜心闻此忠烈言，大受感动，扑通一下跪倒，一边流泪一边说道："伯父在上，受镜心一拜。您大恩大义、光耀千秋之举，必将为后人谨记！"

姜来远也大受感动，扑通一下跪倒："伯父在上，来远受教至深，接受小侄一拜。"

邱家的几个儿子也跪下还礼。

"起来，起来。不说那个、不说那个。若为那个，我把他们留在身边就好。"邱金项忙把徐镜心扶将起来，回过头来对两个儿子说道，"你们的想法我都知道，以后家里的事你们不用操心，今天也和徐主委说明白了，以后你们跟着徐主委好好干。钱，先取两万用着。"

3

深夜，来远在如饥似渴地读书，《扬州十日》《嘉定屠城记》等书，原先听朱师傅讲过；而那《革命书》写得慷慨激昂，可惜那作者邹容，才二十五岁的年纪，已病逝于上海的提篮桥监狱；而《警世钟》《猛回头》的作者为了唤醒国人，在日本海蹈海自杀，也年仅三十岁。他们为啥这么做？为啥要自杀？若有机会见一下，那该是人生之幸事！从他们激烈慷慨的文字中，更看到了中国的现状，改革，一定要改革，改革的措施在于唤醒民众，自己作为一个读书人，更是应该觉醒得比一般人要早、要快。来远心潮澎湃难平，暗暗下着决心。

见到了邱丕振几个兄弟，很是让姜来远感动。原来只与徐镜心交流同盟会之事，但毕竟是一家之言，不好定夺。世聪远在日本，仅从一封信也难窥其全貌。而邱氏兄弟家道如此显赫，依旧对革命之事如此热衷，加快了他对同盟会的认识。东牟新学的成立，让来远变得忙碌了起来，与各地有志之士的往来，令人应接不暇，单是代买船票之事，就让他忙碌异常。

事情不会一帆风顺，特别是人多了，必然众口难调。

这一日，东牟公学教室内，徐镜心等人在讨论着下一步的打算，有人提议组织一场起义，徐镜心竭力反对，几个人僵持不下，展开了激烈讨论。

"徐主委，现在到了该表现咱烟台同盟会实力之时。不能再窝在这小小的天地内自得其乐。"主战的徐晓生说道。

"不成，现在时机未到。一来我们人数不足，二来枪炮太少，而烟台海防驻有重兵，福山县衙也握有大量兵勇。我们若发动兵变，实属以弱击强。难以取胜不说，说不定会面临灭顶之灾。”徐镜心说的是实情，获得大多数人的认可。

这徐晓生是平度人，从小在东北长大，为人豪爽、性格火暴，恨不得立刻就拿枪与清政府干一架。但见少有人响应，坐在一旁的姜来远也没作声，他便露出平日里难一见的微笑，径直问：“姜来远老弟，你如何认为？”

谁知姜来远并没同意他的说法，也没反驳他的意见，只是说：“我还不是同盟会员，只是旁听会议，并无发言的权利。”

听他这么说，徐晓生的脸色顿时阴了下来，瞪大眼睛、双眉倒竖，气冲冲地说：“不是会员，来这里掺和什么？”

见如此场景，徐镜心忙打圆场道：“晓生兄弟，姜先生现在不方便加入会员，他在外围，有时候做事更方便。至于如何做，人多商量强于人少。”

“革命就是流血牺牲，在外围躲得远远的能干啥？真打起来，你能拿枪冲锋陷阵吗？”徐晓生的话咄咄逼人，并不接受徐镜心给他的解释。

“既然参加革命，有何不敢？”来远并没有被他吓住，立刻回道。

“这么说，姜先生是赞同现在就暴动？”别看徐晓生平日里粗拉拉，一副满不在乎的样子，但凡有利于革命的事情、有利于自己的事情，那话跟得还颇为及时。

一听这个，徐镜心顿时紧张了起来，向来远使着脸色。但来远心中自有主意，并没被徐晓生牵着鼻子走，说：“我等不惧为革命流血，但不一定赞成现在就暴动，要有策略。”

“那说和没说还不是一样？”徐晓生的话语中，透露着轻蔑的意味。

“非也。自太平天国以来，捻军、白莲教、义和团，等等。从南到北暴动不断，但均无一成功，为何？一来时机不成熟，二来方式不对，两者互为因果关系。同盟会是一个有文化的组织，是一个有高目标的组织，更应审时度势、量力而行，不能做无谓之牺牲。”来远由反及正、由表及里，侃侃而谈。

“咦，你小子年岁不大，到挺能白话。照你这么说，咱就这么等下去？”这徐晓生还是不太敢反驳徐镜心等人，欺负来远年岁小。

“不是等下去。既然大清政府是落后的、腐朽的，那它就会一天天衰败下去；而革命的力量是先进的、成长的力量，那就会一天天壮大起来。此消彼长，当有一天我强敌弱之时，事情会更容易成功，而不是在敌强我弱时行动。”来远说得有条有理，在座的几个老资格，包括一边的元老谢鸿泰也微微点了点头，赞叹来远才二十来岁的年纪，竟有如此地道的认识。

“那、那、那就等。等白了头，打不动了，由儿子们来干。”徐晓生的话不再是发牢骚，简直是开口骂人了。

“眼下最重要的是发展会员，积蓄力量。最近几天有些文章要发，东北那边也要过来几个同志，来远那边接待一下。”徐镜心怕再讨论下去不好收场，匆忙安排了几项重要的事，结束了会议。

4

姜来远与众多青年的密切往来，虽进行得秘密，但还是引起了周围人的关注，特别是对人和事观察仔细的谢葆璋，早已对其行为上了心，他找了个时间带上小婉莹，与来远一块去海边散步。年仅七岁的小莹哥独自骑着一匹小红马走在最前面，谢葆璋骑一匹高大的白色战马，来远骑着一匹个头稍微小的黑马并排在后，他们从金沟寨海军学校出来，往西走不远就是月亮湾，秋风阵阵，卷起海上层层的白浪不断地向岸上涌来；松涛声声，仿佛在诉说着秋的信息。银白色沙滩一望无际，三匹马走在上面只是听见那“噗噗噗”的声响，完全不同于马路上清脆的马蹄声响。

“来远，最近挺忙的？”谢葆璋有意无意地问着。

“回叔父，还可以，比较忙。”来远也含含糊糊地应着。

“眼下时局有些动荡，你有何看法？”谢葆璋的话并不直截了当，也不直言他参加革命的事情。

闻听此言，姜来远摸不着头脑，不敢贸然回答，也不好太敷衍，只好说：“时局动荡不止，局面怕维持不了多久。叔叔您怎么看？”来远又把同样的问题抛了回去，听听他是如何回答。

“时局溃烂至极，怕是难以挽回。但我享大清俸禄几十年，不能做不忠不义之事，况且身为军人，护国卫家为本职。你们年轻人无此负担，最近报纸上常有言辞激烈之文章，听说有个姓徐的在‘东牟公学’那边聚集了不少活跃的年轻人。”谢葆璋的话不长，说到要害处戛然而止，但字字要害、直击来远的内心，就是平常人，也能听出其话外之音，更不用说来远如此聪明之人。他忙接过话道：“谢叔叔放心，来远当心便是。”

这话回得恰到好处，一来承认了对方的所言之事，二来也认可了对方的建议。他们正聊着，就见前面一小孩迎面朝婉莹骑的那小红马跑过去，两人见此状大惊，不约而同地跳下马往前面跑。可距离尚远，眼见那小红马就要把这小孩给撞倒，没想到这小红马认人似的，突然停了下来，接着倒退了两步，竟然又横着踱了两步、躲到了一边。当谢葆璋跑过来抱起小孩时，远处一女人口里喊着跑了过来，该是小孩的母亲，想必是吓坏了。那小婉莹也嚷嚷着从马上下来，亲了亲小男孩，那女人好一番道谢，便抱孩子走了。

经此一折腾，可能小婉莹也骑够了马，三人便牵着马往前走，小婉莹看了看来远，用稚声稚气的声音问来远："来远哥，你怎么不当海军了？"

她这一问，还真不好说了，来远想了想，笑道："海军学校不要我。"

"为什么不要你？将来还要打仗的。"

"打仗的时候，我再当海军。"来远面对眼前可爱的小孩子，陷入了沉思。

谢葆璋看了看四周，喟然长叹："眼下山河破碎，日本人占着大连、英国人占着威海、德国人占着青岛，唯有这烟台，尚在我们中国人自己手里。吾身为朝廷命官，当务之急是练好海军、保卫烟台，同时为收回其他港口做好储备人才。"

5

要想人不知，除非己莫为。姜来远虽没成为正式会员，却为此迎来了一场牢狱之灾。

姜来远忙完行里之事，天色已昏暗，他与同路的刘小和刚走出银行大门，几个捕快突然出现在他们面前，一个捕头模样的人询问："哪个是姜来远？"

姜来远虽不知何事，忙应道："我就是。"

这人看了看，点了点头，从口袋掏出拘捕令，厉声道："你被人告发私通革命党，麻烦走一趟。"两个巡捕突然扑上来，抓住姜来远的胳膊。

见此情景，刘小和慌忙吆喝："官爷，冤枉！姜来远天天在这里上班，怎么会私通革命党？"

"抓他抓错了？那该抓的就是你了？"捕快头目语气蛮横，吓得刘小和不敢言语。

"上车。"一个捕快吆喝着。

“少啰唆，在这里说了没用。”捕快头目早已不耐烦，不分青红皂白，推推搡搡将来远押上马车，疾驰而去。

巡捕房内，早有人准备停当，签字画押办完手续，来远便被带入问询室，一胖墩墩捕快说道：“底下何人？报上名来。”

“姜来远。”

“干何活计？”

“大清户部银行会计。”

“有人告你私通革命党，你可知罪？”

“无风无影之事，怎知罪？”

“徐晓来，你认识吗？”这警察与另外一人望了望，鼻子里哼了一声，用手将桌子拍得震天响。

一听这个，来远心中咯噔一下子，莫非是徐晓生告发自己了？按说不会的。自己远不如徐镜心、邱丕振他们重要，若立功，应该告发他们。嗯，事已至此，只能死不承认，拖时间，谅他们也没办法。想到这儿，姜来远便说：“不曾认识什么徐晓来、徐晓去。”

“你说不认识就不认识？我可有证人。”

“本不认识，何来让我说认识？”

“徐晓来是徐晓生的本家兄弟。他现在弃暗投明了，你若能够悔改，揭发同党，将功补过，方能饶你不死。”短短几句话，胖捕快把事情的来龙去脉，说了个清楚明白，算是解开了来远心中的谜团。清楚这些，来远心中有了数：这个徐晓来并不认识自己，只要自己咬牙不承认，他们也不会怎么着自己，拖一会儿是一会儿。就这样，姜来远在捕快的威逼利诱中，挺了两个小时，想必这两位捕快是饿了，嘀咕了几句走了。好一会儿，进来两个人，不是刚才那两位，胖的比刚才的更胖更矮，瘦的更瘦更高。这胖子进门还没站定，“啪”地一拍桌子，口中骂骂咧咧：“罪犯姜来远，还不从实招来？”

“小民无罪，何以招得？”

“有人告发，证据确凿，还要抵赖不成？”

“怎能凭一面之词就抓人，还有没有王法？有没有人权了？”

“人权？凭你这一句话，证明你就是革命党。”这胖乎乎的家伙，可得着理了。

“为何？”来远刻意问。

"不是革命党，说不出人权那样的话。最不济，你也是深受革命思想毒害的潜在革命分子。"胖子的话，看来比秦桧的主意都高明。

"冤枉，我要投诉。"

"冤枉？投诉？我手底下从来不冤枉人。俗话说'人是苦虫，不打不行；人是木雕，不打不招'，来呀！尝过这夹棍的厉害之后，就知道是不是冤枉了。"胖子话音刚落，就见一个人扛了夹棍进来，"哐啷"一下扔地上。这夹棍用枣木制成，中间用牛皮连着，上面日积月累的暗黑血迹直慑人的心魄。据说，任凭铁打的汉子，也耐不住此夹棍三五下，就是不招，这双腿十之八九也会残废。见此情景，来远心中"咯噔"了一下子，怎么办？招了，怕也是个死，不招是个残，他这正想着，两边已有人上来收拾刑具，把他双腿给放夹棍上了，那胖捕快道："招也不招？"

来远心一狠，牙一咬，说："不招。"

"来，上夹棍。"这胖捕快话音刚落，来远身边两人就要使劲，来远仿佛听到自己骨头咯吱咯吱的声响。就在这危急关头，门忽然被打开，一捕快慌跑进来道："队长，且慢。"

众人一愣，就见刚进来之人趴在胖捕快耳边耳语了几句。那胖捕快眉头紧蹙一块儿，口中喃喃道："谢校长？真是谢校长找来了？"

"是他，他在局长办公室呢！局长让您过去。"

"好吧！稍等，看好了，别让他跑了。"那胖捕快说完跟人走了，只留下他们几个待在房间内。过了好久，刚才送信的这位才来招呼道："姜先生受惊了，走吧，没事了，没事了。"

出了衙门已是夜里十点多了，谢葆璋嘱咐了来远几句便回家了。来远这时才知道，是刘小和跑去给他送的信，要不是他前来搭救，怕是会非常麻烦。

6

姜来远从衙门里走了这一遭，知道自己已暴露，只好时时愈加小心，不再主动与他人接触。他好几天未曾见同道之人，正在疑惑学校那边如何之时，忽见街头贴了徐镜心的通缉令。来远思忖，他该已经离开烟台。腊月十五晚上下着小雪，忽然徐镜心来访，来远错愕之余，连忙将其让进屋里，道："可担心死我了！"

“所追甚急，要去大连，先躲一下。”徐镜心拍了拍身上的雪，一边喘着粗气，一边说道。

来远忙把徐镜心让进屋内，见他还没吃饭，便往火炉里加了煤，切了些熟羊肉、白菜用热水煮了，又加了些大白馍，给他盛了满满一大海碗。徐镜心一边吃着，两个人一边聊着。“为何这么匆忙？那徐晓生怎么回事？”来远问。

“最近文章写得太多，加之学校那边人员往来频繁，被官府察觉。那个徐晓生的本家兄弟徐晓来可能由于家里的原因与徐晓生闹翻了，徐晓来叛变了，幸亏他并不太掌握内情。通缉令你肯定也见了，眼下我在烟台是待不下去了，友人给联系了盛京一家报社，我去躲避躲避风头，顺便活动活动。”徐镜心一边吃着，一边简短地说着最近的变故。

“看来外面贴的通缉令不少，想必车站码头都已被严密封锁，正常走出去怕是万难了。”来远想象得出此时的状况，与他介绍了烟台这边的情况。

“这我知道。不过吾有一想法，要弟帮忙。”徐镜心的话，让来远很是吃惊，忙问：“什么方法？”

“当下谢葆璋身为海军学校的校长，若能让他帮一下，当能使兄脱离此地。”徐镜心的话让来远茅塞顿开，但又面露愁容。想着前几日自个儿刚从警察局走了一遭，幸亏被谢校长担保方能出来，接着再麻烦他这事，是有些过分了。但他在烟台怕是不能长久耽搁，海军学校倒是有几个会员，镜心没提起，估计是他们都办不了这事，看来不到万不得已，他不会让自己出面找谢校长的，想到这，便说：“镜心兄毋急，我这就去找他。你先吃饭，把门关好。”来远知道事情紧急，这事片刻不敢耽搁，嘱咐了徐镜心哪里也不能去，便顶着风雪往海军学校赶。

7

当来远将徐镜心的情况说明，谢葆璋脸色顿时紧张起来，急切地说道：“今傍晚时接到命令，要全城戒严大搜查。不用说坐船去东北，就是想躲进南山，怕都是万难了。”

听闻此言，来远顿感急迫，切声道：“徐镜心乃当今义士，学富五车，为人豪爽，叔叔若不搭救他，此乃我山东的损失，也是中国的损失。”这是来远第一次当面请求谢葆璋帮助，就连其从黄县流落到烟台毫无着落之时，也未曾如此开口相求。

谢葆璋皱了皱眉，点了点头道："秋天时我说过，看过此人之文章，分析问题入木三分，时政文章针砭时弊，振聋发聩，常想晤其一面，惜无缘得见。今日徐壮士有求，当接其来此处躲避，以图后策。"

谢葆璋自己往腰里别了手枪，与来远一块坐了一辆带篷的马车，两个持枪的卫兵跟着，一起向来远住的地方赶去。这时，那几个大的路口上已有卫兵把守，对过往行人进行盘查，三五人一组的搜查队，开始挨门挨户搜查了。看到这些，来远的心提到嗓子眼，真怕有人已经去自家里。可就在他们一行人拐过弯，借着影影绰绰的灯光，来远就见有人站在自己租的房子门前敲门，来远低声对谢葆璋说："叔，有人在我住的地敲门了。"

谢葆璋忙命令车夫加紧，这车夫"啪、啪"两鞭子，那马便扬起四蹄奋力直奔。"吁、吁……"当马车停下来时，已冲过了来远所住宅门口，刹车的声音和马的鸣叫，惊动了正在敲门的人。

谢葆璋和来远从马车上跳下来，径直冲到门前。

"怎么回事？怎么回事？"平日里说话一直很斯文的谢葆璋敞开嗓子，一副粗莽军人的样子喊叫着。

一头目模样的人正要发火，见对方穿着海军军装，还有两个持枪的卫兵跟在后面，顿时那话语便矮了几分道："我们奉命搜查逃犯，请问你是？"

"我是海军学校的谢葆璋，有一学员得了伤寒在此养病，我特来探望。"谢葆璋的话一出，这几个搜查的人顿时一愣，那脚不自觉地往一边挪着，谁不知道这伤寒可是要命的病，一旦沾上可是家破人亡呢！还有，这海军学校并不受地方节制，姓谢的那校长在烟台多年，哪个吃皇家饭的不知道？惹了他，怕是比得了伤寒还厉害。况且，他的人病了，还是伤寒，该躲远一点才是。那头目便说道："原来是谢爷，打扰了，打扰了。"

见这几个搜查的人走了，谢葆璋示意卫兵在门外等候，便与来远敞开门进入院内，房内的徐镜心对刚才外面的敲门声早已等得心急，见来远进了院子，方把屋门打开。

来远简单介绍，两人见过礼后，谢葆璋嘱咐着徐镜心："此地不可久留，收拾好东西，围上条围巾，当作伤寒病号。"几个人一边说着下一步打算，一边收拾着东西往马车上搬。

当把躺在马车被窝里的徐镜心拉到海军学校谢葆璋住处安顿下来时，已是半夜了，但谢葆璋意犹未尽，仍烧了开水沏了茶喝茶谈天。

“徐壮士之文章可是鞭辟入里、振聋发聩，不可多见，不可多见。”

“谢校长过奖了，只是眼下政治黑暗，徐某报国无门。谢校长乃海军名宿，桃李满天下，令人佩服。”徐镜心平日里侃侃而谈的气势，竟然无从施展。按其以往性格，早大谈朝廷腐败、各级官员沆瀣一气的话了。可今日受了人家帮助，再那么说，岂不是受人之恩，反而责其之为了？也是尽说些好听的话了。

“呵呵！敬仰、敬仰，徐壮士，谢某晓得。海军学校也有些个学员比较活跃，还望徐壮士多加约束，切勿轻举妄动，不可做无谓之牺牲！”谢葆璋并不严厉的话语，如同拉家常般缓缓而出，徐镜心和姜来远闻其言，如同干涸土地遇到甘霖，雨后的天空拨云见日般舒畅。

“那，多谢校长担待了。”徐镜心见话已挑明，便不再遮掩，又道：“来贵宅躲避，添麻烦了。”

“不用客气。只是听来远说你要去盛京，想必港口码头车站已封锁，若走殊为不易。”谢葆璋凝着眉头，思忖着说道。好一会儿，他才舒展开眉头说道：“也别急，这几天来远在这边住，陪着徐壮士，我探探路，想想法子。找机会送你过去。”

8

烟台港码头，三步一岗、五步一哨，徐晓来站在从码头到船上通道的末端，用那三角眼紧紧盯着进入船内的每一个人，身后两个警察持枪站立着。从半下午有人上船计算，徐晓来已站了三个多小时，正是小年关，又在风口，那个冷就不用提了。不过，他最近依附朝廷，得了些好处，算下来，这冷和累扛着也合算。他看了看就要坠下的夕阳，想着再过一会儿，今天的任务就算完成，也好回家过个小年。他这正想着，见两人从检票口有说有笑走进来，一人手中提一个大箱子，徐晓来本来就有些疑惑，忙活了近半个月，那些人踪迹全无，难道飞了不成？见这人提的箱子很重，该盘问盘问才是，要不显得自己不上心。两人走到眼前时，徐晓来厉声道：“站住！”

谁承想，这提箱子的人根本不买账，仍然往里走，那肩膀还蹭了他一下，差点将其刮倒。这更令徐晓来火不打一处来，吆喝：“站住！”声音尖且细，周边不少人因惊讶而侧目，两名警察顿时拦住两人去路。

这两位站在船舷边上，徐晓来拿着张纸对照着两人看了看，厉声问：“两位何干？不知道规矩吗？”

“我们公干，花钱买票坐船，不知有何规矩？”

“现在，捉拿通缉犯为第一要务。若不守规矩，当心被抓，进去的滋味可不好受。”徐晓来那口气，简直把对方当通缉犯了。

“我们为皇家服务，规矩比你懂。”这两位的话，比徐晓来的话更难听。徐晓来这些天被人伺候惯了，又手握缉查革命党的大权，感觉自己就是那钦差大臣了，哪受得了这番抢白，心中怒火中烧，勃然大怒道：“站住，给我搜查。”

徐晓来还把自己很当回事儿了，这一声令下，边上的警察便过来拎箱子。提箱子人将箱子往身后藏，就是不给，嘴里嚷嚷着：“你敢看吗？你可别后悔！”

“后悔？我在奉官命查革命党，怎来‘后悔’两字？”徐晓来说着来了兴致，也加入了抢箱子的行列。

看这样，这两位搁不住三个人围堵，箱子被夺去，提箱子的人又将钥匙给了他。那徐晓来将锁打开掀开箱子一看，见是满满一箱子枪，顿时脸变了颜色，“啪”的一声又将箱子合上，站了起来，嘴里嘟囔着：“有介绍信吗？”

“有。”一人说着，从口袋里掏出一封信，打开口，掏出一张纸，在徐晓来脸前一晃，道：“看清了吗？”

看到介绍信，那徐晓来脸色难看至极，一边点头，一边说：“原来是海军官爷，您早说有介绍信，不就得了！”

“哼，这也不晚。”这人说着，将信塞入信封，又将信封装入口袋，两人互相瞧了瞧，猛然向前一步，一人攥着徐晓来一只手，一猫腰抓起他脚脖子，可怜这徐晓来被抛出船舷，“哗”的一下子落入水中，周围的人都惊得目瞪口呆。

码头会客室内，谢葆璋隔着窗户见船舷那边已乱作一团，便与船务人员告别道：“我送这位贵客上船。”说着，便领着身穿貂皮大衣、头戴貂皮帽子、面戴口罩墨镜的徐镜心，和全副武装的姜来远登上舷梯，进了一等舱的房间。

谢葆璋低声嘱咐道：“带好介绍信，那边有人上船接。”

姜来远从大连返回，已是临近年关，回老家过完年回来，转眼就是元宵节，没想到在这元宵节上的一个义举，竟惹来了一个天大的误会。

第七章

元宵节见义勇为　八大家联手抢亲

1

正月十五闹花灯，是胶东的一大盛事。

晚饭吃完汤圆，搁不住几个伙计的软磨硬泡，姜来远被他们拉着去看花灯。见有灯谜，不少人围着苦思冥想，一旦有猜出来的，周围就有人叫好赞叹。来远书读得好，连续猜中了几个，惹得身边围了一圈人，忽然听人大喊道：“有贼！”

来远回头来看，见一女子惊叫：“有贼，有贼抢东西啦！”

来远忙问：“小姐，您丢了什么？”

小姐花容失色，满脸焦急地说：“不好了，我的玉佩丢了。”

身边丫鬟模样的女孩子惊叫：“那可怎么办？”

来远看得真真切切，一个人正拨开众人往前跑。来远忙拔腿急速向刚才那人追去，可怜那小子前面人多，并没跑多远就让来远十多步赶抢过去，用右手一把薅住衣服领子往后一拉，那小子往后一仰站立不稳，双手往上张着就要倒下来。来远见其右手攥着，想必那东西在他手里，便用左手抓住他衣服领子，抬起右手抓住他的右手腕子，使劲一攥往下一撸，那人手中的东西便落到来远掌中。那男子拼命挣扎，倒在了地上，也不怕人多被踩着，在地上一滚站了起来，踉踉跄跄往人群中挤去。

姜来远清楚，集市上的贼人大都结帮成伙，穷寇莫追，既然东西到手了，赶快还与那小姐才是。当他回头看时，就见那两位女子在灯笼下呆呆地立着，慌张失措的样子有些可怜。姜来远忙赶过去，将张开的手掌伸到那小姐眼前，轻声问："请问，此可是被抢之物？"

丫鬟忙伸出手接过递与小姐。小姐接过后皱着眉头看着，见红绳断处茬口很齐，想必是那贼人手中藏有利刃将红绳割断了。看心爱之物失而复得，小姐心中涌上感激之情，又看眼前这眉清目秀的男子，心口怦怦直跳，还没等开口说什么，那心直口快的丫鬟在一边说："多谢这位公子帮忙，要不我们可就惨了。请问公子贵姓？方便之时，还要登门答谢。"

灯光下，来远见那小姐的脸色发红，心中也是一怔，便说："区区小事，何足挂齿，在下……"尚未来得急说完，身边的人拥挤了起来，有人大声呼喊着："靠边站、靠边站，洋人来了，洋人来观灯了。"嘈杂声中，人群蜂拥着乱将起来，不少人往他们那边挤着，那小姐和丫鬟拉着手伸着脖子往这边看，可往他们中间挤的人越来越多，他们隔得越来越远。小姐和丫鬟脚下不稳，踉踉跄跄倒退着，看刚才帮她们的人越来越远，心中正着急，忽听有人大声叫喊："小姐、小姐，快过来。"

小姐回头看时，就见管家惶惶地往这边挤着，气喘吁吁地说道："小姐，这街上人这么多、这么乱，老爷叫快回家。"

郑小姐没有理会管家的话，回头又看了看刚才来远离去的方向，已经不见人影，方才被抢导致战战兢兢的心，顿时又失魂落魄的，只好攥紧了玉佩，丫鬟拉着她的胳膊，跟着管家默默地往家里走着。

2

原来，今晚上被抢东西的小姐姓郑，是烟台八大商家之一的郑老板千金，年方二九，身材高挑，相貌温润可亲，从小跟着念私塾，标准大户人家知书达理之女子。当她们回到家，免不了被责怪一番，吓得丫鬟差点没下跪。这玉佩可是郑小姐奶奶出嫁时从太姥姥家带回来的，算是传家宝，若丢了，那可真说不过去。毕竟是女孩子，郑老板再生气，也不能把她怎么着，在郑老板这边，事情也就算过去了。

这事，郑老板那边过去了，郑小姐这边可过不去了，几天来一直闷闷不乐，那丫鬟知道小姐不高兴的原因，私下里悄悄地问：“小姐，要不我找人打听打听，那人是哪家的公子？”

郑小姐见丫鬟那么说，也没必要隐瞒，只好怏怏地说道：“如能打听到甚好，不过福山这么大，找个人恐怕不是那么容易。”

郑小姐说的是很对，只是烟台往少了说也有七八万人，还有很多是往来的客商，更不用说福山县城过来看灯的人。在如此众多人中，寻找一个不知姓名的人，岂不如同大海捞针一般。况且一个丫鬟的话，最可能的也就是说说而已。

可人就是那样，越想忘掉越忘不掉。郑小姐对灯会上帮助他的人念念不忘，放不下了，其音容笑貌在她眼前直晃。慢慢地，郑小姐眉头越皱越紧，饭也吃得少，整个人竟然都瘦了下来。大小姐无缘无故地瘦了，病恹恹的样子，让郑家大院忙乱了起来。郑老板忙请了福山最有名的老中医、新西医都看了，药也开了不少回，可吃了一两个月，啥作用也没起。最后，郑老板花重金从天津请了最有名的医生，才给看透了症：是心病。

病看透了症，就好了一半。郑老板知道女儿得了相思病，一路问下病根来，方从丫鬟处得知是灯会上遇到一年轻人让小姐犯了相思病。郑老板心中很是郁闷，自己这两年来给她说媒的可都是烟台、福山市面上数得着的人家，可她都看不上，怎么会对一个灯会上只见了一面的小子这么痴迷，可这人连姓啥都不知道，怎么办？

想来，郑老板生意做得热火朝天，家里的钱多得花不了，自认为没办不成的事，可摊上这个事就抓了瞎，无奈下只好好言相劝。郑小姐也是开通之人，劝久了，应该是慢慢解开心结了，饭量也上去了，只是整天读书，对婚事还是只字不提。郑老板怕闺女憋出病来，借着去谈生意的机会，端午前带着她坐船去天津、北京转了一圈，权当散散心。

3

烟台夏日的海滩热闹异常，特别是月亮湾，更是声名在外。月亮湾形似弯月，海滩平缓，沙子细腻光滑，光脚踩在上面，如同踩在新米里，舒服至极。特别是海风吹来，凉爽宜人，既没有北京、济南的炎热干燥，也无杭州、上海的酷热潮湿之感，与青岛有差别，和大连倒有些相似。不过，这地方比大连好，没有日本驻军，还是大清说了算。特别是烟台山附近，十几家领事馆星罗棋布，每日晚饭后，那些大腹便便环肥燕瘦红发碧眼的外国男女，成群结队来海滩上纳凉，有的直接下海游泳，故成为著名的景致，也是烟台在外地有名的原因。这地方外地人喜欢，来远也不例外，特别是从去年学会了游泳后，只要天气不是特别坏，便抽空来游上一个多时辰。

这天晚饭后，太阳还未落下去，来远便来到海边把衣服用鞋子压好，在海里畅快地游了起来。那太阳在西北方接连着大海，极目望去，如同洒了一片金色在海中，天上有鱼鳞状的云，越往里游人越少。忽然间，起风了，来远见状，便要往回游，就听有人哇哇地叫着，来远回头看时，就见不远处一人在水中乱扑腾，看那状态，来远知道，这人出事了。正在迟疑间，风却更紧了起来。刹那间，海涌起伏着，一波一波往前赶，眨眼就起了浪花，且一浪高过一浪，那人在竭力回转身，却是逆风，那浪花更大了。久居海边之人都清楚，那水面波动高低起伏，没有白色泡沫起来的，叫涌。一旦涌起了花、见了白，才叫浪；在这海水较深的地方，一旦涌起了浪花，人的游泳技术就会大打折扣，更不用说在海水里救人，就是自己能顺利安全游出来，都不是一件容易之事。来远见情形如此危急，若不出手搭救，那人难以返回岸上怕是性命堪忧。他来不及多想，拼力顶着浪头，向那落水之人游去。

来远在那海军学校受过严格的训练，加上平日里刻苦练习，游泳水平已非常人可比。不一会儿，他便游到这人身旁。看来，这人明显是腿抽筋了。来远用脚踩着水，伸出一只手抓住这人的胳膊往上一提，另一只手扶着他的肩膀使他的身体平衡起来，这人的脑袋便露出了水面，脸色苍白露出惊恐神色。来远知道，一个人即便水性很好，落水之后也会惊慌，万不可双手去抱对方，一旦被其抱死，那可就危险了。好处是，敢在这深水里游泳之人，水性也都很好，有人帮一把，稳了稳心神，便缓了过来。他伸着手下去捏了捏腿，脸色也好转了些，嘴里喊着：“好了。”

来远大声喊着：“那快回岸边，风太大了，你先走。”

听来远这么说，此人便往岸边游去，来远跟在他后面，可惜那风浪太大，人在水中时隐时现，来远的心可提到了嗓子眼，好在是顺风，那浪从后背涌来，不至于太呛水，可那身子随着波浪漂来漂去，这胳膊腿根本使不上劲，待游到水浅的地方时，已经是浑身瘫软、四肢无力，连站立都不稳，摇摇晃晃，仿佛要倒下的样子。来远连忙一把将其扶住，从浅水里往海滩上走着。此人也不过十七八岁的年纪，身材高挑，眉眼周正，双目有神，看着有些面熟。待走到沙滩上，就见其双手一抱拳、躬身施礼道：“多谢大哥救命之恩，在下郑介亭没齿难忘。”

“哪里、哪里，救人于危难是人之本分，何必说谢字。你，怎么看来面熟？好像在哪里见过？”来远心中一怔，缓缓地说道。

两人披了衣服边走边聊，这时来远才知道，眼前这位是烟台八大家之一郑庄清的大公子……郑介亭，生于光绪一十二年，在北京户部做事，回烟台休假探亲。来远也把自己的情况一一告诉了郑公子。郑介亭对姜来远也有惺惺相惜，他拉着来远的手道：“大哥今日救命之恩，小弟当没齿难忘。若不嫌弃，可结拜为金兰之好？”

“救人于危难，人人为之。区区小事，何足挂齿。”

看这郑介亭年岁不大，倒是为人也豪气，便直接跟随来远到了他的住处，见来远住处简单，但是干净整洁，两个人相谈甚欢，姜来远也应了结拜金兰之事。便约好了时日，到郑府去做客。

4

郑家大院在瑞典驻烟台领事馆往西几百尺，四进深的院子背靠烟台山，高大的门楼飞檐高挑，有龙飞凤舞之势，两边威武勇猛的石雕狮子，已超出了商家应有的气派。可能是法度废弛，朝廷和地方已顾不上这些闲事，也可能是郑家祖上捐过候补知县，只要不雕龙画凤，就没人愿意管这些。郑介亭和他父亲郑庄清在门口站着，四周几个下人在侍立着。见来远从远处走来，介亭忙跑过去迎接。

来远见门口有人在接着，责怪着介亭道：“兄弟，这太阳这么毒，怎么还在大门外接。”

介亭道：“那天和爹说了我俩之事，虽说挨了一顿批，但很希望认识你，门口那位，就是家父。”

说话间，他们两个便到了大门口，未等来远开口，郑介亭便说道：“爹，这是来远哥。”

“叔父好，侄儿来远有礼了。”来远说着，双手抱拳，躬身施礼。

“欢迎、欢迎，早就盼你来了。里面请、里面请。”郑庄清也连忙还礼，将来远往院子里让。

三个人进了大门，绕过影壁，刚走到院子中间的花池边，就见二楼窗户猛然间打开，来远也禁不住往上瞧看，就见两个人站在窗口指指点点，其中一人有些眼熟！好像在哪里见过？来远正苦思冥想时，就见窗户关上了。

三个人刚走到客厅门口，就见两个女孩子从东面廊里跑过来，一人后面喊："小姐，慢点！小姐，小心。"

郑介亭看到她们，顿时很不高兴，说："这跑啥，还没叫你们出来呢！东奔西跑的，成何体统？"

前面那位忙停住，惊呼道："你？是你？怎么是你？"

此时，姜来远才猛然记起，方才两位在元宵节观花灯时碰到过，惊讶中脱口道："原来是你们！"

郑介亭满脸疑惑地问："你们认识？"

站在后面的丫鬟抢先一步，道："老爷，庙会上给小姐抢回东西的，就是这位公子。"

闻听此言，郑老板倒退一步，上下打量着来远，心中暗想：还是我闺女有眼光，怪不得都想得病了，这一表人才，虽说上下衣着平实无华，但上下透着一股精明的英气。他停顿了一下，转而朗朗笑道："原来你们早认识，今天可巧了。"

郑介亭也恍然大悟，真是踏破铁鞋无觅处，得来全不费工夫。他看了看丫鬟、又看了看来远，说道："我说兄弟，怪不得我妹妹都吃不下饭，原来一直想着你呢？看来，那天我在水里抽筋抽对了。"

来远听着有些摸不着头脑，看了看眼前这位小姐，又看了看介亭，说道："你，她是你妹妹？"

"对，怎么？还怀疑吗？"介亭说。

"那天在海滩上我还纳闷呢！怪不得看着你很眼熟，似曾在哪里见过，原来是见过郑小姐。"来远方恍然大悟道。

"来，屋里请，屋里坐。"郑庄清说着，把大家往客厅里让。

5

见主家来了，客厅里早已等候的人忙起身站立迎候，郑介亭把来远介绍给大家，接着把众人介绍给来远，都是郑家里说得上话的亲朋好友，来远一一见过。

管家到郑庄清身边耳语道：“东家，人都到齐了，仪式开始吧！”

拜把子是中国人的传统，有福同享、有难同当的想法，风行了几千年，特别是“桃园三结义”的故事，更是深入人心。在胶东，这个传统尤甚。今天到场的，都是郑家在烟台的亲朋好友、商家伙伴，两个人跪拜、磕头，喝过酒后，就算是一家人了。结拜仪式结束，大家在客厅里闲聊，等着吃饭。管家把介亭叫一边道：“大少爷，小姐叫您过去呢！”

介亭听说妹妹叫自个儿，忙应着：“什么事？我这正忙着呢！”

“郑小姐说有要紧事找你。”听管家的话，看来有要紧事，不去不行了。他怕来远被冷落了，回头看了看有人在和他说着话，便悄然出了客厅，沿着走廊往东走，上了二楼，来到洁唯的房间。

“少爷，你可来了，小姐可把您给盼来了。”丫鬟在一旁说着，满脸喜气。

“洁唯，啥事？没看我在下面忙着吗？”郑介亭问着妹妹。

郑洁唯看了看丫鬟，脸色有些发红，说道：“哥，能麻烦你个事吗？”

“什么事？尽管说，怎么还吞吞吐吐的？”郑介亭心里纳闷，平时这个妹妹很爽快的，今天怎么犹犹豫豫地了。

“哥，你能问问他定亲了吗？”洁唯轻柔羞涩的话语，如同刚从蛹里爬出来的蚊子飞的声，低得都听不清楚。

“这事嘛，你自己去问好。”介亭一本正经地说着。

“你，哥，你这是啥意思？”洁唯一时摸不着头脑。

“我是说，从小你自己那么有主意，都是自己的事自己做主，这事为何让我去说？”

“哥，要分什么事，这事嘛，父母之命、媒妁之言，哪能我自己去说？”

“唉、唉，这事怎么不能自己去说，这半年来全家人求医问药，都不知到底怎么了，没想到竟然是为了我来远兄弟。这样吧，若成了，怎么感谢我？”

“哥，你是哥，还怎么感谢你？你说咋样就咋样。”洁唯一听有戏，迫不及待地说。

“刚才你说父母之命，都啥时候了还打着父母之命的旗号，你若真听父母之命早就不害相思病了。自己想，还不去说，我看我说也不成。”没想到介亭那么说。

“怎么说起这话？”介亭的话让妹妹摸不着头脑。

“凡事要自己争取嘛！都什么年代了。”

“哥，求求你了，你只问一下他定亲了没有，若没有，再争取。”

“我的傻妹妹，只要还没成亲，定了都不算。”

“真的？哥，你能帮我？”

“不帮你帮谁，到时候好好感谢我就行。”

“好，哥，你快给问问去。”

“好，等着啊！”介亭说着，就下楼去了。

6

院内的树荫下，微微的风摇晃着树枝，远处的知了在断断续续嘶哑地叫着，来远和介亭在说着事情。介亭看了看来远，忍不住有些偷笑，缓缓地说道：“大哥，问你个事情，要说实话。”

“兄弟，有啥事尽管说。我们都是兄弟了，有啥不能说的。”来远见介亭这么说，心中很是疑惑。

“你看妹妹洁唯怎么样？”

“洁唯？嗯，挺好啊，怎么了？”

“嗯，好就行。再问你个事，你定亲了吗？”

“定亲？嗯，定了，还没换帖子。”来远倒一下子说不清楚自己终身大事的实际情况。

“那么说，是没有了？”

“也不能说没有，去年老家说了门亲，也算答应了，不过，我说好三年后才能成亲。”来远说着。

“家里给定的？还是自己定的？”

“自己定的。”

“家里知道吗？

“和家母说过。”

“母亲大人怎么说？”

“家母听我的意见。”

“你们没举行定亲仪式？”

“没有。”

“那，看来还没最后定呢！”

“定了，不想举行定亲仪式，到时直接娶亲就行。”

“那为何要等三年？”

“一来，年岁尚小，需要学的东西还多；二来，尚无积蓄，不能很好地养家；三来，要看女方是否真能看得上我。”

“那看来还是有变数，说的是哪户人家？能否和兄弟说一下？”郑介亭心中很是疑惑。

“黄县丁百万家的闺女，我在他家里干过，里面有些其他的事，一句两句话也说不清楚。”来远见介亭追问得急，只好把这本不想说的事情简单说了一遍。

介亭默默地听着，知道这事情不仅仅是他定没定亲这么简单，也知道自己妹妹的性子，从小不能说娇生惯养，可心里那主意大得很，这事情不开头还好，若是开了头，怎么收场，还真不好说。

来远走后，介亭搁不住妹妹的央求，只好应了下来。他又把这事情说给爹听，这一下子可让郑老板犯了愁，按说这来远已经是自己干儿子了，况且已有口头婚约，怎好去破坏人家的好事。可面对的是自己的宝贝闺女，自己啥都不缺，缺的就是闺女能否合她自己心意；可若要合她自个儿心意，怕难以合来远的心意，这可让郑庄清为难了。

晚间，郑庄清将王心斋叫到家里。八大家中，郑庄清与王心斋最为莫逆，和其他人可能说的更多的是商家上的事，唯有这家里的私事，郑庄清能跟王心斋商量商量。王心斋明白了前因后果之后，笑道：“郑老兄是出了名的明白人，怎么自家闺女的事情犹犹豫豫、吞吞吐吐了。他们又没定亲，那三年期限，怕是你干儿子给自己留的后手。”

“是吗？不大可能吧！”郑庄清满腹狐疑地说。

“怎么会不大可能。你想想，那丁百万家里既然都看上他了，还会在乎嫁妆啥的吗？明摆了就是还有活动的余地。咱家又不比丁百万差，侄女既然看上了，为什么不争过来？”王心斋说着。

“争过来？怎么争？”郑庄清没太明白王心斋的话。

“世上哪个人不稀罕钱？咱不能委屈了自家姑娘，备上厚礼，我给你说亲去。”王心斋说着。

“可，那丁家也不好惹，能成吗？”

“哥，看你咋说的，这话怎么不像平时了，想想咱烟台八大家害怕过谁？不用说一个黄县的丁百万，几十年来，这来烟台上任的税务长、福山县令，哪个上任不是第一个宴请咱八大家？想当年王懿荣回福山办团练，那上万两银子的经费不是咱八大家出了一半，丁家出的那点儿都排不上号。哼，不用说一个丁百万，就是三个丁百万，咱也不怕他。”王心斋信誓旦旦地说着。

“那、那就托付兄弟了，若是成了，哥可要好好谢你！”郑庄清有些感激地说着。

“怎么谢我？”王心斋说。

“到时候，这主婚人可就是你了。”郑庄清也开玩笑道。

“真是一个鬼子郑，这重谢竟然一分钱都不用花。不过，你瞧好吧！”王心斋信心十足地说着。

7

王心斋是个成功的生意人，做事儿很有章法，一二三四五理顺得清清理理。可以说，黄县地面上发生的大小事儿，不过夜他就能打听得明明白白。王心斋打听清楚了，姜来远是朱师傅的学生，受郑家委托带着礼物径直赶往北马镇，约了镇上的头面人物撮合此事。对方得知是烟台八大家的郑家来说亲，其大公子又在吏部做事，自然是很愿意成其美事，便一起到朱师傅家。朱师傅听来远娘说起过丁家的亲事，本不想出面说这事，现听说给来远说媒的是烟台八大家的王家，也是自己老相识王懿荣的本家兄弟，碍于面子难以拒绝，只好陪同他们到了来远家。

姜家屋内的陈设还是以前的样子。

来远娘张罗大家坐下，端上茶水，朱师傅说：“兄弟家，来远去烟台也一年了，亲事不知咋样了？”

“过年时倒说了两句，这好久没见他了，不知怎么样了。”来远娘说的是实话。

朱师傅看了看大家，只好说道：“这位王先生是烟台来的，他想给来远提门亲事，我倒听你说起过他和丁家姑娘的事，来听听兄弟家的意见。”

王心斋出了名的嘴快，听朱师傅续上了头，忙跟着说：“嫂子，郑家大哥的大公子已经和来远侄子结拜为兄弟，郑家全家上下对来远很是喜欢，而那郑家千金可是聪明贤惠、知书达理的好姑娘。来远不小了，到了成亲的年纪了，做娘的肯定也很上心不是？”

“谁说不是呢！他爹没得早，两个姑娘都出嫁了，我最盼的就是来远的终身大事。可是，现在一年到头也见不了他几回，也没法劝。”来远娘有些唏嘘地说道。

“就是，现在年轻人和原来很不一样，不大愿意听父母之言。”王心斋感叹道。

“不过，来远还是很孝顺的。前几天来信说，秋后就把他娘接烟台去。”朱师傅一旁搭话。

“我看也是，来远和一般孩子可不一样，三纲五常的事乱不了；这婚事上父母之命、媒妁之言的规矩肯定也差不了，想必这婚事该听嫂子的了！”王心斋不愧为生意人，三句两句就绕到来远娘这里，好像这婚事不是来远的事，是他娘说了算似的。

“不过，来远在烟台，我这一年也见不了他几回，怕是我也做不得主。”来远娘别的不清楚，也只好这么推托着。

一行人反反复复说了好久，来远娘硬是不表态。见不会一下子有结果，他们便打道回府，与郑庄清回话。

8

烟台八大家中的郑家要给来远说亲之事，如同长了翅膀一样，几天就传出去几百里远。丁百万听后大惊。起初，他并不太相信，可接连几个人当面向其寻证，容不得他不相信，心中暗叫：上了来远这小子当了。看来来远这小子是在耍自己，但听说来远娘并未答应，又听说郑家是王心斋去说的便不好直接上门去问，心中火急火燎地赶到烟台，他不是找来远，而是找谢葆璋。

谢葆璋听说这事，也有些着急，便寻了个空闲和来远说起此事。没想到姜来远很坚持自己的想法，说：“约法三章的事，肯定不改变。”

“可别人去你家里说亲了，你变心怎么办？”

来远道：“别人说亲是别人的事，我心里不会改变。”

“那既然不想再改变，为何不先定亲呢？”谢葆璋说的这些话，都是丁百万跟他说的。

“去年当着你和伯父的面说过，要三年，已经过了一年了，尚且有两年。”

“那是不是可以先双方父母见个面、举行个定亲仪式？”谢葆璋说着。

“叔父，这婚姻大事不是儿戏，容侄儿按照原来的约定。”来远坚定地说着。谢葆璋本来仅是传话，见来远这么说，也不好强求什么。

9

没想到，信心十足的王心斋空手而归，实在是很没面子，找几个人说起此事，有人不高兴地说：“那丁百万仗着自己有钱，竟把手伸到烟台来了。”

“是有些过分。别看他那么大的摊子，说不定哪天倒了，那姑娘就没人要了。”

“听说郑老哥家那娃在家里哭呢！”

“王哥，还想当证婚人呢！这白跑了一趟，知道丁家的厉害了吧！”

说者无心，听者有意。这些莫衷一是的话让王老板脸上很有些挂不住，他心里嘀咕：这么一个小小的银行职员，家里地无几垄、破屋三间，在烟台还是借住的别人的房子，能够这么绷着，还不就觉得有了丁家的依靠？若没了丁家那靠山，他还能到哪里去？还有你这丁百万，在黄县数得着你，可在烟台怕还没你说话的份，不给点厉害，你都不知道烟台还有个八大家，不知道烟台的水有多深。事想到这，在王心斋心里已经不是单为那郑家张罗婚事，还牵扯了另一层意思，两个事加在一块，倒比张罗自家闺女的事还着急，便找了郑庄清商量道：“看来这事，不能按一般的路子走。要想成事，须用些手段才是。”

“什么手段？”

“来远不是你干儿子了吗？那洁唯就是他来远的妹妹了，何不去他家里走动一下，大哥还天天看三国呢！这刘备招亲的事怎么忘了？”

“这，这合适吗？一个女孩子家。”

“哥，都啥时候了，不是咱闺女自个儿愿意吗！”

10

很是出乎大家意料的是，洁唯不假思索，便一口应允去黄县上姜家村。择日不如撞日，有钱的人家就有工夫。这郑庄清和王心斋安排了车马，带上人和礼品赶到北马镇，又请朱师傅一块来到来远家，说是来拜访干亲家，说亲的事只字未提。来远娘见到端庄秀丽的洁唯，心里虽说喜欢得不得了，可这是儿子的终身大事，前有丁家之事在先，自己无论如何也不能做这个主。

郑庄清带着女儿到北马镇来远家的消息，打破了千百年来的禁忌，那消息如同长了翅膀一般传遍方圆百里的村镇角角落落。不用说，这消息第一时间就传到丁百万耳朵里，连佳怡也知道了，让丁百万快想办法，丁百万不好推辞，只好又赶到烟台找谢葆璋想办法。同时找人传话，让姓郑的别做事太过分。

郑庄清说："来远是我干儿子，自家的事别人操不得心，你丁百万是来远的什么人？自家媳妇给人家设套害人家，还在想这事儿，荒唐。"那话传过来、传过去，中间人添点酱油加点醋，平淡普通的一件事就变得又咸又酸难听难闻又难看，和原来的模样相距十万八千里了。

"烟台八大家"威震胶东，声名远扬，这名号不是白来的。他们不仅仅是生意上的伙伴，在烟台亲戚连亲戚，骨头连着筋，抱团做事由来已久。一听说郑家在丁百万那碰了钉子，自然是都愤愤不平，三三两两凑一块议论："这个丁百万，不知天高地厚。"

"这个丁百万，不知道烟台的水有多深。"

"该让丁百万吃个苦头才是。"

众人议论纷纷，莫衷一是。"大家别等着了，这丁百万欺负到我们头上来了，还说丁家就是不缺钱，咱倒要看看他缺不缺钱。我看，先把他粉坊收购出口粉丝的生意给他断了。"

"对，这是个好主意，打掉他气焰，我们还能赚钱，也为郑大哥出口气。"

"瞎议论没啥用。只有真刀实枪地干一仗，他才知道我们的厉害。"

这八大家一听说做买卖，都瞪起眼来，一出手就是大手笔。

11

"东家，最近粉丝价格暴涨，我们都收不到货了。"当宋管家一大早向丁百万汇报这粉丝行情的时候，丁百万并没太将这事放在心上。他心里有谱，在黄县，特别是黄县镇，这粉丝是极为常见之物，从事粉丝出口经销的也有六七家，自家不但有粉坊，还是最大的采购商，负责供应俄罗斯、欧洲等地洋商行，也是自家来钱最稳定的一块买卖。价格上涨点，下跌点不会有太大影响。

“在黄县可能收不到粮食，不会收不到粉丝。”丁百万说道。

“东家，确实收不到，不是别的原因，是那些大粉坊、小采购商不卖给我们了。”宋管家的话，倒让丁百万吃了一惊，道：“怎么会？何故？”

“昨天我让人查了，最近烟台有些商家与他们签订了长期协议，比原来价高一成，明确说不准再卖给我们丁家。”宋管家的话让丁百万不仅是吃惊，简直是惊恐了。不过，丁百万是见过世面经过风雨之人，稍微静了静心，缓缓道：“看来，是有人指使。什么人都欺负到我丁某人头上了？”

毕竟是在黄县地面，也就是丁百万的地盘上，打听个事儿还是易如反掌。不到天黑，各方面的消息就反馈回来，宋管家急忙忙跑到在焦急等待的丁百万面前，有些底气不足地说：“东家，烟台八大家联手，这钱可海了去了。看来，他们真的想垄断这烟台的粉丝出口生意。我们下一步该怎么办？”

听宋管家说完，丁百万阴着脸，没作声。烟台八大家在粉丝上如此抱团，是他起先没有想到的。八大家竟然做了分工，每个商行分了三个乡镇，仅仅几天时间不知不觉就将整个黄县的大粉坊和经销商统统拿下，那些规模小、质量不稳定、产品无法出口的夫妻店被留下来。经过这么折腾，丁百万的粉丝生意竟然货源不足。这可令丁百万万万没想到，自家粉坊还要供北京、天津的几个老主顾商户，他们都是给王公贵族家送货，自然不能停，除了这个用于出口的都不及原来收的一成外，几个月下来那洋商行无货，自然会从别地采购，这样一来，那买卖断了，再起来就难了。这其中后果，丁百万比谁都清楚，坐以待毙不是他的性格，迎难而上才是他的所为，他点了点头道：“好，本来井水不犯河水，来我黄县寻事，我倒要领教一下八大家的实力。”

“东家，这八大家实力不容小觑，在烟台地面上不能说呼风唤雨，但‘八大家跺跺脚，烟台山抖三抖’的说法，在烟台确实很认可的。”宋管家深知丁百万的脾气，为人不错，但在买卖行里下起手来却是心狠手辣，不达目的誓不罢休，但眼下面对的是“八大家”，不能掉以轻心。

“这个你不用说了。八大家敢这么做，一来欺负黄县没人，二来不就是因为佳怡那亲事？想逼我就范？门儿都没有。这次若顺了他们，以后丁家的字号还怎么能在黄县立足？从东北、北京调回资金，这小麦暂且不收了，钱庄也不放款了，腾出库房，把黄县这一等的地瓜给我狠命地收，能收多少收多少。”

丁百万说到这里，宋管家顿时明白，原来是东家已知收购粉丝无望，便用收购地瓜的办法造成原料紧缺，最终逼迫粉丝价格上涨，用这手段对付八大家。

“东家，这地瓜量太大，我们难以控制总量。”宋管家提醒着丁百万。

“用黄县地瓜做出来的粉丝才正宗，一年也不过三百万斤的产量，用地瓜一千万斤，占地瓜总产量的四成；我们若收购一百万斤地瓜，就会引起市场恐慌；还有，城东头那靠官路的五十亩地别种小麦了，改成粉坊，多招人。”丁百万做了这么多年生意，心里有本大账，对行情摸得门儿清。

12

“不好了，课长，现在烟台八大家与黄县丁百万家赌气，一个欲垄断粉丝，一个欲垄断地瓜，市面上已是硝烟弥漫，我们的生意也大受影响。长此下去，我们会完不成采购任务，更不用说利润，怕是会受责难。”日本藤井株式会社科员小井向三井课长焦急地汇报着。

“从各方面看，我们暂时会受影响，但长远看对我们反而有利。中国不是有句古话吗，‘两虎相争，必有一伤’，等他们元气都伤得差不多了，收拾残局的只有我们，那时候得利的会是我们。”三井课长听完小井的汇报，似乎早已胸有成竹，有些得意地说着自己的看法。

“课长高明，想必会出现‘鹬蚌相争，渔翁得利’的局面，到时候课长就是渔翁了。”小井不愧为日本东京高等商业专科的高才生，一改方才紧张神态，马屁拍得不轻不重不缓不急，三井课长心里是无比熨帖和舒服。

“嗯，小井，你来中国也快一年，实习即将结束。相信你在烟台这一年，学到很多东西。眼下烟台八大家与黄县丁百万的粉丝大战，可是活生生的实例，是在别的地方难以见到的活教材。假如是你，怎么做一个好渔翁，才能将鹬蚌尽快收入盘中呢？”三井直接将这事当作事例，考验小井。

小井略一思忖，缓缓说道：“作为生意人，无论是八大家还是丁百万，皆是明事理之人，他们均会适可而止，不会无休止地亏损下去。所以，欲尽快得到利，第三方应迅速出手，才能尽快获利。”

“怎样做才能尽快？”三井有些急迫地问。

这小井忙靠近了三井，低头在其耳边嘀咕了一阵。三井脸色一会儿阴，一会儿睛，满脸疑惑地问："这样做会不会引起国际纠纷？"

"要么不出手，要出手就出重手。这纠纷越大，于咱越有利。"小井眨巴眨巴小老鼠眼，一脸狡黠地说。

听了小井的话，这三井上上下下瞅了瞅小井，有些惊喜地说道："年轻人，以后是把好手。"

13

经过一冬的鏖战，八大家虽争了些粉丝出口的生意，钱却没挣着，反而被丁百万搞得精疲力竭。越是不挣钱的买卖，往往越耗费精力，拖久了人就疲了，自然就没了起先与丁百万争个山高水凹的兴致。

"这个丁百万还是条汉子，竟硬生生挺了几个月，不简单。"恒茂商号的东家于子恒语气中有些赞叹。

"看来这丁百万还中了邪，为那么一个姓姜的穷小子下这么大的血本。"洪泰的东家满脸狐疑地在一旁搭话。

"刘老哥哪里话来，咱郑老兄不也是为了活口气？彼此彼此，只不过，这口气出的代价也太大了些。"

"不好了，东家，听说双盛堂的王老板被巡捕房抓去了。"几个东家正在恒茂茶室喝茶，下人慌慌张张地边跑边喘着粗气说。

一听这话，于子恒站了起来，打量着被下人领进来的这位，问道："此事当真？什么缘故？"

"我……我……我，"这人一边喘着，一边抖着身子，好一会儿才镇定下来道，"刚才我们东家被抓，从总理衙门发来的公文，直接被收监了，说是出口的货物有毒。"

"货物？什么货物？"这次不止是于子恒的惊叫，其他几个也如同被蝎子蜇了一般弹跳起来，惊问道。

"好像是粉丝，详细情况也不大清楚，我奉了王太太之命来送信。"这下人磕磕巴巴地说道。

"走，别愣着了，去王兄家看看去。"于子恒一声招呼，几个人便出了客厅来到街上，直向双盛堂王心斋家赶去。

14

当大伙儿赶到双盛堂王心斋家时，已有几位至亲好友赶到。只见王心斋的夫人坐在椅子上，掩面低泣着，下人断断续续地说着，义昌商号的徐诤臣从外面急匆匆进来，各人忙围上去问：“怎么样？打听清楚了吗？”

那徐诤臣分开众人，径直来到王夫人面前道：“嫂夫人莫着急，事情起因基本明了，有一批出口俄国的粉丝中含有砒霜毒药，一批人中了毒，俄国人告了总理衙门，现追究了下来。不过嫂子及各位兄弟莫惊慌，这些粉丝从哪家收来，何人经手均有详细记录，定会查个水落石出。相信心斋兄不会有任何责任的。”

“下人？下人不会这么傻，若是下人报复，给家人下毒该是很容易的事情。还有，心斋兄是出了名的和善，下人报复的可能不大。”刘云弟轻微点着头说道。

“云弟说得对，几十年来，从未听说黄县粉丝中有毒，今发生如此大面积中毒，必有人故意所为，傻子都能想出是谁。”于子恒说道。

“谁？能有谁？”众人吃惊那于子恒的说法。

“我们八大家的对手还有谁，这事故出在粉丝上，还能有谁和我们在粉丝这事上过不去？”于子恒的话说到这里，众人也好像都明白了所指，对啊！这节骨眼上出了这事，不是他还能有谁？

“来了，郑东家来了。”下人与各位打着招呼。

只见郑庄清急匆匆从外面进来，见大家都在，他说道：“弟妹，这事都因郑某而起，不过弟妹放心，我已托人写了状子，也与道尹大人托话，兄弟绝对是冤枉的。一万两银子的保释金也谈妥，兄弟在里面受不着罪，但官府也要走走形式，毕竟是总理衙门关注的案子。今夜我就坐船去天津，明天这时候就能到北京，总理衙门咱有人。”

“这么多兄弟们帮忙，我就放心了。”王夫人止住哭泣，对大家说道。

15

王心斋被抓不久，很快就被丁百万知晓。他这还没明白过来什么事儿，纳闷中就成了被告，告其有投毒嫌疑。丁百万收到官府送达的诉状后气冲斗牛，心想，好啊！你们八大家借着财大气粗，翻手为云覆手为雨，自己的粉丝出了问题，连带这粉丝出口也停滞下来，我不找你们赔偿损失就算了，无凭无据，仅凭想当然就说我有投毒嫌疑，难道没王法了吗？欺负人也不能这么欺负，他气呼呼地吩咐着：“宋管家，给北京唐大律师发电报，让他带三个最好的律师过来。”

“东家，他们四个人来，一天就几百两银子，用不了这么多人吧？”宋管家见丁百万有些气昏了头，打官司也用不了四个律师啊！

“为这粉丝的事都损失了三四万两银子了，还差这点钱？快发电报去。”丁百万确实急了眼。

16

八大家与丁百万互相斗法，整得是天昏地暗，那黄县的粉丝行业备受蹂躏、哀鸿遍野。因中毒事件，导致粉丝出口一度中断，各商家手中压了很多货，无力再收购，原先八大家签订的收购合同也纷纷毁约失效，粉丝价格已跌至平时一半。丁百万家存了几百万斤地瓜，也怕烂地窖里，便拼命将其推向市场，引起了市场价格猛跌，不到半个月时间，那地瓜价已跌得和土坷垃差不多了。

假的真不了。

双方请的都是顶尖的知名律师，几场辩论下来，那丁百万渐渐占了上风。原来经律师疑问，后来化验这些有毒的粉丝，是在粉丝里面而不是吸附在粉丝表面的，表明是生产过程中所为，与丁百万关联的可能性不大，就开始追究那生产厂家。那几个生产厂家自然是矢口否认投毒之事，按事理也不会，有谁会砸自己的饭碗，这就又使官司陷入僵局。

就在官司陷入山穷水尽之时，丁佳怡坐不住了。她耳朵里灌满了各种小道消息，为了自个儿，爹只账面上就亏了好几万两银子了，错过了收购小麦、棉花的计划，还有从钱庄上挪进来的收购资金，看不见的损失，怕好几万两都不止。事儿因自个儿而起，自己得想办法去化解。想好后，她与丁百万说去找来远，丁百万并没怀疑，便安排了车马让下人护着赶往烟台。佳怡并未去找来远，径直打听着来到郑庄清的家，找郑小姐来了。

丁家大小姐的来访，让郑洁唯大吃一惊，她倒不是怕姓丁的，而是佩服她能端得起，放得下，竟敢孤身登门来挑战。两人客厅内见面寒暄，其他人后离开，佳怡开口道：“我与来远，去年已有婚约，郑小姐前来插手，当属不仁不义之举。”

没想到，那郑洁唯一点也不含糊，立马回道：“丁小姐说与姜来远有婚约，可是无媒无证、空口无凭的。我家里可是正大光明托了人去提的亲。何来不仁不义之说。”

郑小姐的话不无道理，把丁佳怡憋了个大窝脖。是啊！来远与自己的三年约定，一无换帖、二没办理酒席，四邻八舍无一知晓。丁佳怡着急中哂笑：“这个别人知道有啥用？来远他自己心里有就可。若何？郑小姐去问过本人便知。”

“好，问他本人。”郑小姐嘴里说着，心里想着，只要没把话说死了，还留有活口，就有机会。

丁佳怡不置可否，自己端详着对方，问：“现在两家的事起了官司，这么下去对大家都不好。对此，郑小姐是何看法？”

“事已至此，非吾本意。官司之事和粉丝生意之事，本人皆不知情，但官司未了之前，不敢妄言。”郑洁唯心中还满腹委屈呢！因自个儿婚事，父亲的至交好友八大家全部卷了进去，我还没去找你，你却来找我了。

“不管官司结果如何，皆因你我而起。我们要合力解决才是，不知郑小姐意下如何？”丁佳怡说道。

“爽快，丁小姐是爽快人，如何解决，愿闻详情。”郑洁唯也毫不含糊地说道。

“我们一块去找来远谈谈，如何？”

丁佳怡“来远，来远”地叫着，一点也不生分，这让郑洁唯在心里矮了几分。不过，有机会当面锣对面鼓比试比试，我姓郑的从小在烟台长大，还怕了你黄县的不成？想到这儿，郑洁唯回道：“如此甚好。”

17

重赏之下必有勇夫。

八大家被逼无奈，出了重金征集粉丝投毒的线索。不多久，经常逛赌场的孙小七到官府告发，说“双胜堂”的下人吴生六发了财，赌钱都是大头，喝醉酒后说是自己玩得八大家和丁百万团团转。掌握此消息的官府如同捞着救命稻草，立刻将其传唤至县衙。没想到，吴生六是胆小鬼，只二十棍就招了：受日本人小井的唆使在巡视粉坊时下的毒，那毒物是由日本人提供。

府衙的人本来惧怕日本人，但受赏金的诱惑，还是派人去日本驻烟台领事馆要求拘人做证，被告知那人已实习结束，前些日子返回国内，无以对证了。既已找不到始作俑者，这吴生六也招供画押，成了投毒案事件的唯一主角。因此事引起的纠纷太大，他被判为死刑，等待秋后监斩。

经此折腾，各方人马都有些泄气，无了斗志。

18

当丁、郑两位小姐出现在大清户部银行营业大厅之时，顿时引起了周围人的骚动。最吃惊的还是姜来远，他张大了嘴巴，好久没有回过神来。待到别人提醒，姜来远忙收拾了桌面，与大堂掌柜打了个招呼，出来后低声问："你们怎么找这里来了？"

"来远，出去有话说。"佳怡说着，扭头出了大厅。

见郑小姐也跟着出去了，一头雾水的来远只好默默地出了大厅，往北走了十几步，拐过一路口，见两位站定了，来远问："有什么事？一块来了？"

"来远，郑家上门提亲的事你知道不？"佳怡心中着急，顾不上拐弯抹角，忙开口问。

"听娘说过。不过，咱的事我都跟娘说过了的。"来远忙解释道。

"可婶娘说你们并没回家定亲，面都没见过。"郑小姐插嘴道。

"这事我们自己做主了。相信母亲大人不会阻拦的。"来远坚定地说着。

"听到了吧！郑小姐，要知道，强扭的瓜果不甜。"佳怡有些得意，说出来的话带着几分挖苦。

"'父母之命、媒妁之言'也是古话。只要父母还没点头的婚事，怕是都当不得真。"郑小姐有些要赖了。

"郑小姐见谅。去年我和佳怡有约定，三年内就成亲。"来远的话很决绝。

"这么说，就是后年秋天之后了？"郑小姐追问。

"这个嘛，就不用郑小姐操心了。"佳怡忙用话打住郑小姐的问话。

"话可不能说得那么绝。若是你们约定的三年后不成亲，咋办？"郑小姐似乎找到了其中的漏洞。

听郑小姐竟然在打三年后的主意，佳怡知道碰上硬茬，还是让她断了这个念想，便说：“来远哥，你说。”

“已有约定，万难反悔。三年后若有他变，当属另议。”来远看了看佳怡，那眼神中带着询问，意思是这么答复是否满意。

“那么说，三年期到，你们若不成亲，当有另议了？是不是？丁小姐？”这郑小姐心快、嘴快，干净利落地逼问着佳怡。

看来，今天这主儿难缠，不快把她打发走，怕是会越说越多，越说越乱。佳怡一扫刚才有些软弱的低姿态，面若冷霜，凛然道：“对，郑小姐理解得很对：三年为期，断不可改。”

来远自始至终都没看自己一眼，郑小姐知其情势已不可挽回，在丁家小姐面前，自己讨不到什么便宜，那眼泪如泉水般涌溢出来，眼前模糊一片。但她心里不服，嘴上也不服：“好。那后年看。”说着，狠狠地看了丁佳怡一眼，转身离去。

19

“爹，我要出国留学。”郑洁唯的话让全家人很是吃了一惊。

闺女这病刚刚好，为了争一口气，又白白搭上几万两银子，本来就亏大了。本以为事情平息下来了，闺女又要出国，郑庄清有些不解地问：“国内好好的，为何要出国？”

“那个姜来远和姓丁的约了三年为限，当面和我说的。我出去待两年看看。在这里，我会憋出病来。”闺女的话让郑庄清既吃惊又无奈。不过，他倒打心眼儿里佩服自个儿闺女的敢爱敢恨、敢说敢做、敢放敢收、敢打敢拼。事已至此，出去转转倒不一定是坏事，他问：“自己想过去哪儿吗？”

“去法国吧！学了两年法语，到那边看看。”郑小姐面如静水，有些失落地说着。

听罢此言，郑庄清心中暗暗叫苦，盼着儿女有出息，能支撑门户，没承想闺女的心这么大，竟然成了烟台第一个出国留洋的女孩子。

第八章

施全力助收矿山　办节俭西式婚礼

1

收到徐镜心安全到达大连的电报，姜来远心里稍微安生了些。忙完年，银行开门营业，徐经理正在主持行会，各条线的人正在汇报着各自的工作情况。忽然，业务部的小张急切地推开门，紧步走到徐经理身边，俯首耳语了几句，就见徐经理脸色大变，点了点头，让小张出去了。

众人不知何事，徐经理清了清嗓子，用比较沉闷的声音说道："各位，刚才得到消息，招远大德钱庄倒闭了，咱借给他们的一万两银子，会有些麻烦。"闻此言，众人皆大惊失色。

招远大德钱庄倒闭的消息在大清户部银行烟台分行会议室一传开，如同将一块大石头扔入水缸中，引起巨大的骚动，人们交头接耳、议论纷纷。

"怎么会倒闭？他们经营得不是一直很好的吗？"

"招远那么多金矿，他们富得流油才是，怎么说倒闭就倒闭了？莫不是消息不真？"

在各人的议论声中，徐经理当然知道这事情非同小可，那一万两银子的借款虽说是有上级的暗示，但毕竟自己负责此事，既然发生了，还要自己想办法处理。他故意留充足的时间让大家讨论，以便每个人能更充分地发表自己的意见。见会议室内的声音小下来了，他问一边的张开元道：“张经理，你怎么看这事？如何处理好？”

“把钱借给大德钱庄，当时我就不太同意，德茂商行从德国人手中收回金矿之事，完全是不自量力，异想天开。”张开元的话听起来头头是道，不过就是标准的马后炮而已。

纷纷扰扰议论了好久，商量的结果是没人愿意去，徐经理只好征求来远的意见，问：“来远，要不你去一趟？”

“这个？”来远咂了一下嘴，心中一怔。去跟一家关门的钱庄催款，对谁而言都不是一件好事儿，都要回来，是不可能的；只要不能全部要回来，要多少都是不尽职。但徐经理开了口，若是再推辞，岂不是让徐经理过不去？虽然迟疑，但还是应下道：“若大家觉得我去合适，我就去。”

2

大德钱庄的倒闭，发生得有些突然。大德钱庄的实力没问题，问题出在当地五贸商行的老板，两万大洋未能及时归还，后经谣言一传，引起挤兑，才使它陷入不可自拔的境地。当然，大德钱庄被人骗还是因篱笆没扎紧，自身出了问题，而它这自身的问题也不简单，是五贸商行的老板拿了招玲金矿的担保函来贷的款，那招玲金矿又是招远最大的金矿，加上又属于德国人的矿，他们矿上每年产几千两金子，用富得流油来形容的话，人家那油流的都是香油。这一连串的追究下来，问题出在这担保函上，大德钱庄成了被告，担保函章是真的，可签名那人调到非洲去了，银行的业务签章签字皆有留底，本无死无对证的说法。可这招玲金矿死活不认，官府拿它没办法，封矿、抓人的事，对中国人干得出来，对德国人却想都不敢想，三拖两靠。这大德钱庄就倒了。

大德钱庄一倒，在它那儿存钱的主儿可倒了霉，那招玲金矿更是私下得意，没人追究他们的责任了。但钱庄倒下来容易，把事处理完可不是件容易的事儿，不少存钱单位死马当作活马医，派了人来盯着，尽量争取着能弄回去多少是多少。

“这些德国商人可真黑，不但占我们的金矿，还合伙骗钱，这样下去，还有咱们的好日子过吗？”

“何止这一个矿。从青岛到济南近千里铁路线，沿线两边三十里矿都是德国人的，坊子煤矿，博山煤矿，铁矿尽属德国人所有，这铁路不修他们倒占不了这么多矿，铁路一修，都是他们的了。”

“还不止这样呢！那铁路本不走博山，德国人为了占有博山的铁矿、煤矿，将铁路拐了个弯儿，这些德国鬼子。”

人们凑一块本来是为了多从大德钱庄讨些钱回去，说来说去找到自己亏钱的原因了，成了声讨德国占领山东的控诉会。大家正聊中，有人跑进来一边喘着粗气一边说：“各位不好了，‘招玲金矿’塌方了，死人了。”

大家一听，“呼”的一下子都站了起来。

“塌方？”

“死人？死了多少人？”

顿时人群有些骚动，“嗡嗡嗡”的议论声蜂起。

“金矿很少塌方的，消息确凿吗？”

“这是个新巷道，估摸着人不少，县长派人去了。”话说到这儿，这信儿确凿无疑了，很少有人能造出这么有鼻子有眼的事儿来。

“他们若出了大事，这大德钱庄的事儿，更没影了。”

“兄弟，你还指望着德国人给大德钱庄赔偿吗？你想得倒美。”

大家在纷扰中过了中午，半下午时又有消息传来，县上派去的人，被招玲金矿护矿的人给打了，县长老黄又派人去抓矿上的人了。

听说县长老黄派人去金矿抓人，大家更来了兴致。其实，县长老黄并不老，才四十挂二，只不过是广东人，和当地人相比，个子矮一点、眼睛小一圈、鼻子扁一点、嘴唇厚一点，特别是那张脸，比海边让海风吹了几十年的人都黑，乍一看，好像六十多岁的人，所以县上人都叫他老黄。按说，这老黄四十岁才当上县长，做省长不算大，做县长就迟了。他也知人家叫自个儿县长老黄，不是说自个儿资格老，是因和山东巡抚之子是日本留洋时的同学，巡抚对他能高看一眼。老黄很想做出些成绩，趁着巡抚在位，自己也能再往上升升。他自恃有这层关系，上任以来倒不怵头，办起事来嘁里咔嚓，一点儿都不含糊，很快就把当地几个富户收拾得俯首帖耳；就连山里的几股土匪，也都转到招远与栖霞、平度的交界处，少敢在老黄管辖的地界内活动。一时间，招远竟然山宁水静，快成模范县了。但当老黄县长接到报告，说自己手下人被打，顿觉前一年的劲儿都白费了。这打的哪是下人？打的明明是自己的脸啊！老黄大学是学法的，觉得自己人挨了打，就是去北京，这理儿也在自己这边。一怒之下，老黄便忘了这招玲金矿是德国人的，当派去抓人的二十个士兵还没回来，济南的电报过来，安排副县长暂时代理他的职位，山东巡抚从济南派来了一位姓朱的副局长担任招远县长。

正当大家都大眼瞪小眼盯着新来的县长，看他是否有更好的办法处理老黄留下的未完成的事业时，这朱县长倒采取了无为而治的手段：撤回了士兵，就当啥事儿没发生一样。没承想，县政府的雇员不干了。本来，招玲金矿打的是县政府雇员，这些雇员由县上发工资，但在大家眼里就是县长给发工资。按说，县长不给做主，这些雇员自然是屁都不敢放一个；其他人没挨打，自然也无由头闹。为啥挨打的这些人不干了呢？因为他们清楚：一朝天子一朝臣，县长换了，腾出手来必然更换些当差的，很多人的饭碗将会不保。这才是每个人最为关心的大事。那些挨了打的便戳事儿，说了下一步的处境，撺掇那些没挨打的也凑了份子，选了个大家都信得过的做领头，私下里去找老黄。好多人认为，这老黄是个外乡人，下台后觉得没有脸面，必然会自认倒霉卷铺盖走人，那事儿也就结了。可这老黄不那样，不按一般人套路走。搁一般人，县长的帽子被拿下，啥脸面都没了，一辈子最不愿回的就是被拿下这地儿。可这老黄县长不这么想，他没回广东老家，也没回北京司法部谋职，更没去济南找同学的爹求情，就在一朋友家猫着养神，好像在等待着什么。当见原来下属凑了份子弄事儿，知道人心可用，不是他一个人在战斗，便带上钱去了玲珑镇召集了死难者家属，代他们写状子。这老黄懂法，给死难者家属讲，每个人赔三十块钱？不行，三百都不行，人活着得治口气。这老黄又有钱，联合了其他矿主筹了部分钱，给了矿难家属每人三十块，并暗示他们应该再争取。这死了人的人家更不依了，闹事儿的情绪高涨起来，一致赞成拥户支持老黄。老黄给每户人家写了状子，中英德日俄文一式五份，招远这边头天受理，第二天济南、青岛、北京、上海的报纸上已登出诉讼新闻。这朱县长想盖都盖不住，心中大骂老黄，本来心中窃喜他给腾出位子，没想到，这家伙把自己架在火上烤。

事本来无所谓大小，只要不扩散，不让上级知道，天大的事儿都不是事儿。但这事儿一旦捅到报纸上，弄得世人尽知，特别是上级知道了，小事儿都成了大事儿。本来，老黄对事情的前前后后是非曲直明明白白，加上他又干过县长，因此事被免职，成了受害者，更多人相信他的话。这老黄虽四十岁才当上县长，可他十八岁就中过秀才，挨老师板子多，国学底子厚，诉状中将事情的来龙去脉前因后果讲得清清楚楚；这老黄出国留学读的法科，又在司法部干过，状子中法律条文运用准确娴熟无懈可击；就连诉讼目的也说了不仅仅是钱的事情，是外国人在管矿中目无法纪、无法无天。事后有人说，这老黄做县长时有一大半人骂他不作为，这不做县长了，倒成了青天老爷人人叫好了。

事情到了这份上，就不仅仅是矿难死人赔钱的事儿了。各大报纸都不甘落后，财力雄厚者便派出记者来招远采访，发出一篇篇后续报道。到后来，不仅仅是记者来了，一直关注胶济铁路沿线两侧被外国人占领矿产之事的记者，也涌来看这事件的走势。一时间，那招远顿时成为全国舆论的焦点，老黄也成了为民请命的英雄，整个事件的走势如同一匹受惊奔跑的烈马，狂奔在崎岖曲折的山间小道，停不下来了。

3

“收回矿权，收回路权，我们自己的家园，我们国人自己做主！”烟台港前大街路边，一年轻人挥动着手势，脸色涨得通红，慷慨激昂地讲着。周围黑压压围了一片人在听着，偶尔也有人窃窃私语。

姜来远站在外面，悄悄地问身边一戴帽子的年轻人：“这人是本地的吗？”

“听口音就不是本地人，好像是从济南来的。”这戴帽子的人说道。

“好像是叫什么丁惟汾，来宣传护矿的事。”边上另一人回过头，说道。

丁惟汾？名字好熟。姜来远努力回忆着，好像听徐镜心说起过。对，就是这个人，几年前听徐镜心说过几回，这人在济南教书，很有号召力。姜来远一边想，一边挤到前边，认真听其讲话。

掌声响起来，演讲的年轻人走下台。其他人接着讲了起来。

姜来远走到年轻人身边，低声问：“请问，阁下可是丁惟汾先生？”

该年轻人一怔，上上下下端详了一下姜来远，但自己并不认识。可是其能叫出自己的名字，想必是在哪里见过，或许自己忘记了，便说道：“正是，请问您是？”

姜来远笑着说："在下姜来远，与徐镜心是黄县老乡。"

闻听此言，丁惟汾顿时满脸惊喜，紧紧握住姜来远的手，有些激动地说："原来如此。幸会，幸会，找个空地说说去。"

两人来到一无人的墙边，互相说着各自的情况。原来，丁惟汾他们最近发起了胶济铁路沿线护矿运动，招玲金矿矿难事件让县长老黄一张扬，这护矿运动更是师出有名，要把它当作一个切入点，将整个护矿运动推向一个新高潮。

来远听了丁惟汾的介绍，心中大体有数，又想到自己来招远的任务，便问道："最终目标是什么？估计能到什么程度？"

"目标是将山东矿权全部收回。不积极主动地奋力争取，它们是不会自己回来的。要想争回来，重要的是要唤醒民众起来抗争。"丁惟汾说着行动的目的与措施。

"这些矿可都是有协议的，单独争怕是很难，没有一定补偿，外国人怎肯如此轻易放手？"来远仔细考虑过其中原委，说出了自己的想法。

"兄弟说得很对，这个要从长计议。说起来你们与这招玲金矿也有瓜葛，想过怎么能帮助这矿赎回来吗？"看来，丁惟汾对来远的建议还是比较认可。

来远低头想了想，说："若有外力施压，让德国人知难而退，他们开矿还不是为了赚钱？给他们适当补偿将矿收回来，方能更易达成目标。"

丁惟汾边听边点头道："对，这个方法可行。我们可着手准备，内外夹击，威逼利诱。"

丁惟汾出面联系了已下台的县长老黄，来远招呼了已破产的大德钱庄老板与债权人一起，商量问题解决之策。老黄是聪明人，听丁惟汾说完，便带头鼓掌赞成。如按这办法来，自己就成英雄了。有了共同的利益，他们便召集起来开会研究此事，确是非常必要。

4

会议室设在大德钱庄内，听说有了解决问题的可能性，能到的自然是都到了。老黄把事情一讲，大家都拍手称快，这样一来收回矿权，二来能将大德钱庄救活，三来个人借给大德钱庄的钱能收回来。这可是一举三得的好事，做梦都想不出。各人鼓完掌，叫好声停下来，大德钱庄老板环视四周，粗声粗气地说：

“事儿是好事儿。不过，谁拿钱赎矿，可是个大问题。这矿可是德国人嘴里的肉，想抠出来，可不容易。”

丁惟汾看了看来远，示意他再说一下解决这事的突破口，来远会意，便说道：“此事牵一发而动全身。若能收回矿，功在当代、利在千秋。东珑金矿在大德钱庄有一万五千块钱未收回，可用东珑金矿作为收购主体将招玲矿收回负责运营，我们再注入部分资金将‘大德钱庄’盘活，设定还款期限，前几年收益负责归还各债权人欠款，如此，各位资金能全部收回，大德钱庄能够起死回生，东珑金矿无甚损失，矿权也能回归国人手中，岂不是皆大欢喜之事？”

来远将方案一说完，众人议论纷纷，一债权人道：“姜先生，这大德钱庄欠大家近二十万两，再让大家投钱收金矿，岂不是将我们卷入更深？再出事，怕是连我们也跟着破产。”

来远看了看大家，气定神闲地解释：“大德钱庄欠大家二十万两，若走破产清算之路，各位只能收回三成资金。若给大德钱庄一定的时间，待招玲金矿盈利后，补充欠大德钱庄的几万块钱亏损，钱庄的经营就能很好地维持，欠大伙的二十万资金，能都完完整整地回来，不会再有损失。”

“那要再投入多少？德国人死不撒手咋办？”有人问。

站在一旁的老黄看了看丁惟汾，信心十足地说道：“目前招玲金矿已经停产，它一天不生产就亏几百两，他们拖不起；少则四五万两，多则六七万两，就能将其拿下来。”

“多久能赚回再投入的钱？”有人问，这才是大家最关心的问题。

“这招玲矿去年产金两千一百一十二两，每两黄金折合十两白银，几个外国人工资高，好多钱都让他们吃了。若都由中国人来管理，一年怎么也能有一万多的赚头，少则两三年，多则六七年就回来了。”东珑金矿的老板说。

“其实用不了那么久，若是东珑接下来，资金是我们的，他应算是借款，只要按时给我们利息，我们这资金就算盘活了。”来远补充说道。

“那是自然。这钱是大家借给大德钱庄，大德钱庄借给我，利润先还收购资金，其后弥补钱庄亏损，最后才算我的。”东珑金矿主话音刚落，一债权人说道：“姜先生，你们大清户部银行最有实力，‘大德钱庄’欠你们也最多，你回去再筹集资金来做个表率，可以不？”

话说到这儿，来远看了看大家，道：“既然这样，我回去尽力争取一下。”

5

觉得事情理所当然，实际上去落实的时候，还真不是那回事，根子不一定在事情本身，而是在其他方面。来远赶回烟台，将招远这边的情况做了汇报，徐经理召集分行的主要负责人对来远的汇报做了分析，本认为超出原来预计的方案各人皆大欢喜才是，没想到还有异议。那张开元说道："这样再投入一万两，万一打了水漂，谁负责任？"

嘚嘚，这家伙来了个万一，徐经理很不爽，问："你认为怎么合适？"

这张开元转了转眼珠，有些深沉地说道："咱再投入一万两银子可以，要保证优先归还咱的资金。还有，原来大德钱庄拖欠咱的一万两，也要重新签订合同，三年内还清，不能拖。"张开元的话大义凛然、义正词严，不知道的好像是来远去那边忙活了二十多天，带回来的条件是出卖了大清户部银行的利益还是怎么着？那徐经理心中窝着一肚子火，但发不出来，只好尴尬地看了看来远，说道："能否再争取一下？"

听到这话，来远禁不住勃然大怒。这条件一改，虽说钱还是那些钱，但事却不是那个事了。他若一更改，原来那么多人都要另外谈，还有，负责接收招玲金矿的东珑金矿未必愿意，如按这方案，人家六七年后才见效益。

心想这是什么家伙，在家里等着现成，别人去辛辛苦苦谈来了，他这上嘴唇一碰下嘴唇就把事给否了，不知道心里还有没有"羞耻"二字；不过，发火又有什么用，自己已经去了这么多天，事已经谈差不多了，这火一发，摊子一撂，这事不就耽搁了，这一耽搁，怕是要从头开始；再从头开始，这事就难了。况且，自己已经开了头，别人再无接手的可能，到头来怕是还得自己去理顺。罢罢罢，既然已经开始了，就要坚持做下去，别人说风凉话，怕的就是自己能做好。嗯，自己偏要好好做下去，把事做完，这火不能发。想到这，来远将到嘴边的话又咽了下去，笑了笑，改口说道："既然张协理认为那样更合适，我就再跑一趟，做做工作。不过，若协调不下来，我也没办法；若协调下来，是否还要更改？"

来远问是否还要更改？明显是对着张开元来的，虽没直接表明他不满，但却摆明了，今天这要求是你提的，若按你这要求办了，下一次可别变卦。那张开元见姜来远把话说到自己脸上了，再说别的就有点过了，便说："若能达到这要求，也好和总行交代。”

好嘛。张开元这一句冠冕堂皇“好和总行交代”的话说出来，姜来远又骑一天马回了招远。好歹大部分人没撤，都在等着他回信儿呢！来远不好和盘托出，对大家说：“与北京电话沟通，总行对原来方案不大同意，要追究徐经理责任。”

他这话音未落，人群中便炸了锅一般，东珑金矿老板说道：“姜先生，这条件够优惠了，咋还不同意？”

“大伙若不同意这个方案，那就等‘大德’破产吧。若是那样，你们立马就损失五千块。”有人嚷道。

听了这些，来远觉得不能不作声了，便向大家招了招手。众人见他还有话说，议论声逐渐变小，会场内渐渐静了下来，来远清了清嗓子说：“总行不同意将资金单单借给大德钱庄，要求再加的一万元，直接借给东珑金矿，并且由大德钱庄担保；原来给大德钱庄一万元转给收回的招玲金矿，期限最长三年，大德钱庄也有偿还责任。”来远这话一说完，下面人松了口气。不过，还是有人议论：“你这一变，我们的咋办？”

众人莫衷一是。

见无人表态，姜来远便双手一抱拳，向大家施过礼后，说：“很对不住各位了，姜某受银行之托，来处理此事。本想，原来方案也对原来债权人是极大的照顾，这还是在丁惟汾先生、黄县长努力将矿山收回的基础上才能达到的效果；但内部确有争议，烟台这边也说了不算，姜某别无他法；而各位皆为东家掌柜，是说了算的人物，是否可让大清户部银行一马？日后若有用得着姜某的，在下定然在所不辞。”来远真切的话语真实而不造作，周围的人大眼瞪小眼，都不好表态，那老黄开口道：“这姜兄弟在收回矿权办法中也是出了力的；大清户部银行是国有的，事是难办一些；大伙看这样行不行？大清户部银行新贷款和原在‘大德钱庄’的债权按他们方案执行，其他的按原来方案执行。若大家不同意，这钱三天内不到账，矿收回约定期限一过，原来计划就全泡汤了。”

其他人别无选择，就依了来远的方案，各家各户回去分别筹款，做资金贷款手续。来远让伙计回去办理手续，自己与丁惟汾、老黄他们商量收购招玲金矿的具体事宜。

6

“来远，这都过年了，当年与丁家小姐约定的三年期限也到了，是不是该把那婚事尽快办了？前些日子丁员外给我来的信中，顺便说起此事。”谢葆璋把丁百万托付他的事情说给姜来远。他说的顺便，其实是为了掩盖丁百万的着急，关键是那丁佳怡更着急，像她这样年纪的女孩子，不用说丁家这样的大户人家，就是小门小户贫寒人家的姑娘，也大都出嫁了的。

听了这个，来远心中暗生惭愧。这事他倒没忘，怎么能忘呢？自己与佳怡可真正的海誓山盟，其间虽有郑家小姐掺和，经受了些风浪，但并没对两人感情有丝毫动摇。但近两年来，姜来远所历之事甚多。这事情一多，日子过得就快，个人婚事在心里占的就少。见谢叔叔提起这事情，想来自己已二十二岁，也该到成家之时了。可自个儿在烟台地无一垄、铺无一间，两间住房还是租的。要她的陪嫁，自己不甘心，也早明确说过不要。家徒四壁的境地，她可受得了？假设她愿意，她爹愿意吗？想到这儿，来远说：“当时怎么说的，就怎么办，简单就好。不过丁伯父可别不愿意。”

“简单？再简单也要三拜九叩、迎亲、回门不是？”谢葆璋有些不解地问。

“我看那西式的婚礼就很好，到海边一转，就成！”来远的话让谢葆璋更是迷惑，道：“你，你信教了？”

“不，我没有信教，想借这婚事，把辫子剪了。”

“嗯？”谢葆璋微微皱了眉头，过了好久才吐了一句，“街面上虽有不少剪了辫子的，但大都是留洋回来的，你若在洋行做事，这倒没什么；你可是在户部银行做事，这慈禧和光绪虽去了，上面对革命党的活动可很注意。这辫子可不仅仅是根辫子，还是个护身符！”谢葆璋的话虽然委婉，但摆明了不赞成来远剪辫子。不过，他并不反对举行西式婚礼的想法。

姜来远仔细一想，觉得谢叔叔的话很有道理，便说：“在秋天可行不？那个季节好，还有，我想把婚礼办得简单一些。”

“行，那就定在秋天。”

7

自古以来，婚嫁皆为大事。

姜来远提出要举办简单的西式婚礼，丁百万很是不理解，说两个人既然都不信基督教，也不是留洋回来的，举行西式婚礼有些不伦不类，会被四周人说闲话。姜来远说图的是个简单。为了图简单而举办西式婚礼，更是让丁百万难以接受。这对外嫁姑娘，就是平常小康人家，也是要明媒正娶，只有吹吹打打，亲朋好友四邻八舍聚聚，吃个饭，才算交代过去的。况且，自己这大门大户，如果不动声响地把姑娘嫁了，知道的是年轻人新思想新思潮、移风易俗，不知道的还认为自个儿姑娘跟人家私奔了，或者做了什么见不得人的事呢？成何体统？可不能四处解释是女婿提出图简单省事吧！

姜来远知道丁百万的意思，自己与丁佳怡的事情，所谓的明媒正娶不过是让谢校长做了个媒人，能这样，丁家对自己算是到了放任自流的地步了。但举行西式婚礼确实不是自己一时的心血来潮，不是觉得自己家境不好避免寒酸和自卑，也不是刻意躲避丁家客人的评头论足，是深思熟虑的结果。藏在姜来远内心里的一个秘密，是他想着能够节约些钱帮助徐镜心置办些东西，以实现大家美好的愿望。

见姜来远不说话，怕是没有改变自己主意的意思。丁百万思忖着，就是自个儿认可他的想法，也拉不下这张老脸啊！自个儿这辈子经历了那么多事儿，几千两银子的买卖都是一念间就能拍板，但几乎没有碰到这样拿不定主意令自个儿为难的事儿。既然自个儿姑娘愿意，人都是人家的了，还在乎这个形式干吗！自己就别在这方面较劲了。想到这儿，丁百万只好说：“你自个儿问问她去吧！”

得了这样的允许，其实也就等于默认了姜来远的想法。这在黄县地面上，他这样家庭的女孩子可要裹小脚，大门不出、二门不迈，结婚前很多人都不认识的时代，丁百万的做法简直是破天荒了。当丁佳怡听姜来远说要举行西式婚礼时，一时也无所适从。但听来远解释清楚后，便同意了他的想法。

丁家大小姐要出嫁的消息很快从丁家传到黄县的大街小巷。不久，烟台十八县，北京、济南的亲朋好友便已知晓，信件和电报雪片般飞来。好多人奇怪的是丁家迟迟不发请柬，丁百万又差人一一回信，说女儿女婿希望婚礼简单。一众好友又纷纷称奇，丁家上上下下也开始嘀咕，为何大小姐不置办嫁妆？当大家陆陆续续得知大小姐要举办西式婚礼的时候，很多人一时蒙圈了。那些想着给大小姐置办嫁妆时，手里沾点油花花，赚点辛苦费的梦想，破灭了。

秋风起，菊花开。

姜来远要举办西式婚礼的要求得到了丁家的首肯，丁百万失去了对婚礼的发言权，这些年来世道变化太快，他也不太关注这些事情，后面的事情他就更不便干涉了。既然是西式婚礼，就没必要放在上姜家村了，更不能放在黄县县城，去烟台需要来来往往，更是麻烦至极，与简单的目的更是相去甚远，不必考虑了。本来，姜来远想把婚礼地点放在望海楼，但想着望海楼距离县城太近，迎来送往看热闹的人会很多，最后定了去海边沙滩。他们从烟台找了个牧师，租了外国人结婚用的花架子，丁家人还是带来了红红绿绿的绫罗绸缎作为花幛，两人装束倒是长袍马褂大红罗裙的中式打扮，碧海银滩大地长天，三拜九叩后，两人沿着沙滩走出去好远，好远，远得那些帮忙的人听不到他们说话。姜来远对身边的新媳妇说："来这里举行婚礼，想得最多的是什么？"

"誓言，我们三年前的誓言。"丁佳怡怎可能不知自己意中人的想法，只不过一直不说破罢了。

"听说崖州有巨岩，刻有'天涯海角'四个大字，这黄县虽然没有天涯海角的石刻，但却有海枯石烂心不变的我们，应该让大海来见证我们的誓言。"姜来远将媳妇揽在怀里，两个人看着大海的波涛延绵不绝，感叹自然的造化，人生命运的起伏。

虽然婚礼在海边举行，但还是有不少人从县城赶了过来看稀奇。不久整个县城便传开了，丁佳大小姐嫁了个穷男人，穷得拿大海说事儿。不过，丁家大小姐在海边举行婚礼虽然很多人觉得稀奇，但婚礼时到海边走一圈，逐渐成为当地有钱人家的习惯，渐渐在老百姓中传了开来。结婚当天去看海，就始自姜来远和丁佳怡他们俩。

第九章

遇恩师竭力提携　遭波折冤家聚首

1

李协理要调去济南分行工作的消息传开，顿时在烟台分行内掀起了轩然大波。都知道，分行一正一副是户部银行雷打不动的制度，大家关心的不是李协理去济南分行做什么，而是谁接替他的位置。得知李协理要调离的确切消息，上面也没有说安排谁来，徐经理感到很是奇怪。他对手下几个人翻来覆去掂量了几次，便找了个合适的时间，约姜来远交谈。

办公室内，徐经理坐在椅子上，看着桌子对面的姜来远，也不绕圈子，径直问："李协理要调任济南，位置空出来了，你有什么想法？"

来远没有这方面的心理准备，明白徐经理的心思，作为一个年轻人，自己不好太表明什么，说想干吧，有贪官恋权之嫌；若说没想法，又表明自己不上进，违背了对方好意。无奈之下，姜来远只好说："我这刚来行里才不足两年的时间，这事怎么合适，还要看您的意见。"

"论年龄，你是小一些，但是两年的时间也不算短，各岗位你也都经历过了。说实话，我很放心，没事的时候多关注一下各方面的业务，争取一下。"徐经理虽然没说什么，但表明了肯定的态度。

姜来远见徐经理对自己的期望很高，也不想再打退堂鼓，爽快应道："一定全力以赴。"

2

酒楼房间内，窗户正对着是月牙湾，靠窗的小桌两侧坐着的，分别是大清户部银行烟台分行度支科长张开元和会计老王。两个人都喝得面红耳赤，张开元眨巴眨巴绿豆大的小眼睛，似想说，又不想说，欲说还休了好几次，但最终还是张口道："老兄，这李协理要走之事，准确否？"

那老王知道，这张开元是出了名的铁公鸡，净往上看，不会无缘无故请自己喝酒。拿人手短，吃人嘴软，不能白喝人家的酒，得给人家点好话才是，便说："我说兄弟，这次李协理要调走的消息是板上钉钉千真万确。听说，这几天徐经理和姜来远走得很近，经常在一块嘀咕什么。这次的空缺，可真是一个千载难逢的机会，千万莫要错过。过了这个村，可没这个店。"老王挺胸抬肚，口吐酒气胸有成竹地说着，那神态好似他能掌控大局。说完，老王心中得意，自顾自地端起酒杯呷了一口。

听老王那么说，心中美滋滋的张开元，白白净净的脸变得有些潮红，估计是压抑不住内心的激动，便问："那，你觉得徐经理能定几成？"

"这个嘛，还真不好说。虽说徐经理有建议权，但决定权不在他那里，还是在总行。"老王虽无职无权，但这么多年，也摸清了些路数。

"那，要去总行说这事吗？嗯，若早了，怕是不好开口；若晚了，定了就没意义了。"张开元瞻前顾后，掂量着下一步怎么办合适。

"兄弟说得对，在没提这个事之前，还真没法提前去跑，若是一旦被姓徐的那小子知道了就不好了。不过，眼下与你你竞争最大的是姜来远，想办法把他给阻止了，只提拔一个也是你，就不用担心了。"老王瞅着张开元，有些得意地说道。

"怎么办？老兄教我。"张开元见老王那么说，知道他有办法。

"兄弟是聪明人，这事还不会吗。既然徐经理不是最终的决定人，可提前写信给总行，历数他的错误就行了。"老王说出了具体的办法。

“怎么写？他们要来核查，情况不实咋办？现在这个节骨眼，别人是不是会怀疑？”张开元考虑得比较周全，还是有些担心。

“嘿嘿，兄弟不会真不懂吧？别的不好说，现在最流行的是什么？”老王又卖着关子道。

“什么？”张开元不知道这老王葫芦里卖的什么药，疑惑地问着。

“革命党！现在朝廷最痛恨的就是革命党，给总行一封信，说他经常接触社会闲杂人员，有革命党嫌疑。这事恐怕没法查清楚，既然查不清楚就没法说他是，他也没法证明自己不是。到那时候怕是他有十张嘴也说不清楚了。还提拔？不拿掉他就是好。”老王看来很知道上面的意思，估计平时把心思都放这上面了。

“哥，真有你的。行，要不你替我找人办办，若成了，必有重谢。这五块钱，抽空买酒喝。”说着，从口袋里掏出了一把亮光光的银圆，塞到老王的手里。

3

等秋天送走了李协理，新协理的任命批复下来，徐经理看后异常吃惊。本来，他上报了两个人的名单，把来远放在前面，也是这一行的规矩。总行不但没同意自己的提议，甚至连电话也没打一个，征求一下自己的意见，就把张开元提拔为协理，极不符合办事儿的规矩。借着中秋节去走访的空当，徐经理问了总行的人员，与他关系最好的人事部长告诉他，总行收到了关于姜来远与社会闲杂人员交往过多，有革命党嫌疑的举报信。为了不引起人员的思想波动，没下去查办就是他的幸运了，怎么可能提拔？

听此答复，徐经理无言以对。

凭多年的社会阅历，他用脚丫子就能想象出，这信是谁写的。但事已至此，多说无益，何况传言张开元是盛宣怀三姨太太的娘家侄儿，还是不撕破脸皮的好。那盛氏在烟台海关干过，又疏浚小清河有功，现为邮传部副侍郎。这官职在京城不算什么，可在山东，特别是在烟台，还是很有影响力的。既然张开元敢那么做，总行也默认了此信结果，怕是有高人在后面支招。要不，仅凭他一个二十来岁的年轻人，怕是不敢做得如此过分。平日里，徐经理最痛恨背后使坏之人，见张开元年纪轻轻竟然采取如此下作手段，便极其小心，只安排他一些细枝末节没大影响的业务，把很多重要事务交给来远做。这样，姜来远反而掌握了更多的深层次的东西，能力提高到了一个更深的层次。

4

大清户部银行烟台分行会议室内，徐经理在主持会议，张开元协理和几个部门头头在开会。会议从早上一直开到中午，各位大都面露疲惫之色，徐经理在做最终发言："各位，上午的工作报告大家都已做了审查，姜来远负责最终定稿，抄写一式三份带上，后天晚上的船票，我和姜来远去北京。年关临近，各位各负其责，不要出什么差池。"

徐经理的安排，令坐在一侧的张开元心中很是不悦。他在北京有几门亲戚，本以为自己是协理，徐经理会带着自己去，也好顺便去串串门儿，走走关系。何况，上年徐经理就是带协理去的，也是既成的惯例。没想到，徐经理连个商量都没有，就自己做了决定，他心中颇为不快。令人更为不爽的是，总结报告作为一年中最重要的事情，都是由协理牵头负责，各部门的头头脑脑都应围着自己转，期望笑脸能换点文字，加在总结报告里。今年，徐经理直接把他甩在一边，理都不理，完全由来远来负责撰写报告。那姜来远好像也并不通人情世故，完全无视自己的存在，也未向自己征求意见，就悄无声息地弄完了。张开元看过那报告，写得是不错，可这么做也太目中无人了吧？不用说，一切都是徐经理的主意。凭姓姜的自个儿，怎么也得客气几句！为此，张开元心里不舒服好几天，找了徐经理有空当口，问："徐经理大体多少天回来？我也想早几天安排回家过年的事宜。"

对张开元，徐经理早就心生不满，这么安排也是刻意为之，便没想着给他准信，只是说："少则五六日，多则十来天，争取腊月二十三前赶回来。"

张开元本想说要去趟北京，但见徐经理没给他准信，知道说了也没啥用，便把那话又给咽了回去，只说："我想早一点回去，年后早一点回来。"

"打算何时回去？若腊月二十，也太早了吧！年前正是拉存款的紧要关头。"徐经理话音儿里没好气，表明了不想让他早走。

本来，张开元不想和顶头上司顶撞，可自己还没提出时间，对方这倒给自己限定了，顿时心生气恼：怎么着，看我提拔了不顺眼是不？还别这么说，我这提拔和你还真没关系。去年提拔的名单上报总行，若把我排在前面，也就不用花那十多根金条了。反正我现在也提拔了，就是不听你的，你也怎么不着我。谁不知道？你明面上是去北京开会，说白了是去走关系的吧！我也不是没关系走，这银行又不是你的，为何老给你留情面？想到这些，张开元便不再客气地说："我在天津、北京有好几个近亲，一年没见面了，过年前得去走走。若晚了，再回无锡就来不及了。"

话说到这个份上，徐经理知道张开元不高兴，便没再和他计较，直接说："那你腊月十八走吧，来远最晚腊月十六回来，腊月十七你们碰碰头，你把手头的工作交给他。"

"交给姜来远？徐经理，这样怕不合适吧？我行规程规定，他是不能签字的。"张开元听徐经理这么安排，心中很是不安，只好拿这个规章制度来说事儿。

"没啥，我回来补手续就可。我回不来，你也不能不回家过年了吧？"徐经理用话语敲打着张开元，话语里表明了我这有事不在家，你还非要提前回家。我这安排了，你还横挑鼻子竖挑眼，说什么合适不合适。徐经理又回过头来对来远说："记得回来时捎着授权书回来，把每笔业务按行里规矩审查好，做好登记，我回来补签字。"

张开元如同吃了屎般懊丧，后悔不迭。本想让徐经理难堪一下，没承想会这样安排，无形中提高了姜来远在行里的地位。这正好赶上过年，让姓姜的管几天，怕是会收不少好处。

5

烟台的滨海，腊月里正是北风最大之时，也是最冷的季节。好在还没封冻，开往各地的船只依旧日夜不停地航行着，呼啸的北风把人都吹进了船舱，少了在海上观看风景的兴致。船舱内的房间虽装饰得不错，但空间毕竟狭蹙，不能和他们大清户部银行的客厅相比。徐经理和姜来远对着面坐在床铺上，泡好茶的水杯在固定的小柜子上，水雾霭霭中倒是一派温暖的气息。

"来远，来行里都两年了！提拔你做协理，去年夏天有机会。可张开元从北京吏部找了人。这次带你去北京开会，也好有机会认识认识他们，看尽量给你争取争取，若是哪一天有变化再找，就晚了。"徐经理和姜来远交代这次带他去京城的目的。

徐经理对自己的事情很上心，姜来远很清楚，但也觉得自己还小，也从未把没干上协理之事看得很重，自己做这度支部科长倒整日忙忙碌碌，心里踏实得很。像张开元被徐经理甩在一边，整日里也就是签签字，陪着吃饭喝酒，倒没啥劲。不过，外面传言徐经理好像有啥变化，看来他是想在自己有变化的时候拉自己一把，若真离开了，怕是就难了。

“徐经理，让你多费心了，不过别太为难才好。是不是咱行有规定，在一个地方有任职期限？”

来远没好意思说别的，只好那么问。

徐经理明白来远之意，便安慰道：“现在，各种传言甚嚣尘上。总行规定分行经理在一个地方任职，不得超过五年。从筹备算起，我已在此五年多，恐怕随时都有调离这里的可能。从眼下看，从内部提拔的可能性不大，张开元资历太浅，你也没在这个位置上、年龄也不合适，最有可能是从总行或者其他地方，如青岛、济南等地方调动人来。我怕别人来，你会吃亏。”来远虽未考虑太多，但徐经理毕竟是老江湖，对内外局势看得清楚，分析问题透彻准确。两年来，他和来远日夜相处，对其学习能力、品行是甚为赞叹的。来远做事时能够做到谋定而后动，与外界沟通时据理力争、不落下风，显示出少有的主见和城府。特别是对自己的婚事，在几个有钱的大户人家面前，仍能坚持自己的原则，不为金钱所动，是能做大事之人，唯一的不足，就是对自己官位的要求羞于说出口。

对这些，来远有不同的看法。他认为，若是生意买卖上的事情，可以周密考虑、详细安排，力争把事情做好，但官位这东西怎么能够自己开口呢？那岂不是给上级添麻烦？只要自己好好干，上级会看到自己的成绩，给自己机会，就如同今天这徐经理一样。但听他那话，来远也只好表露心迹道：“徐经理，我还小，经历的事情还远不够，您那么忙，无须为我这事情太分心。”

“看你，若说你的缺点，也就是这方面，以后可不能这么想了，其他事情都干好了，这方面也不能落后，前日里开会张开元说的那话，明显是心里不满，你也别太在意他，干好自己的事情，别让他挑了理才是。”徐经理把最需要注意的事情，告诉了来远。

6

经过一夜的航行，当太阳从船尾升起的时候，客船就进了海河口，天津到了。

河边停靠的各类船忙着装卸货物，一派繁忙景象；越往里走，岸上的各色建筑密集起来，立柱、高檐，突出的阳台，西洋建筑虽多，但总的是中西合璧，杂糅并蓄，繁荣景象超出大家的意料，不愧为“天子津渡”，来远心中暗暗感叹。船靠近码头，两个人弃船上岸，三轮车拉着他们到了火车站，买了车票，见还有两个小时那火车才开，便出了车站找了家小店吃了饭。待到中午时分，他们进了站台，登上了开往北京的列车。

这是来远生平第一次乘坐火车，也是第一次见到火车。此前，他虽然从报纸、朋友给的书中知道不少有关火车的资料，也知道火车在欧洲、美国、日本早已大行其道，但当亲自坐上火车时，诧异于此庞然大物，行动竟然如此快捷，心中震撼不已。两边的风景如风驰电掣向后退去，那火车停停走走，车上的人上上下下，新奇感尚未退去，那车已过了廊坊。廊坊是个大站，停了许久，那火车一路轰鸣着向北奔去，待到半下午，就开进了前门火车站。

来远提着东西跟随徐经理下了火车，出了站台，西边是巍峨高大的前门，那影子往东北斜着拖得老长；往北那低低矮矮的平房的远处是金碧辉煌的城楼，在冬日干冷的阳光下瑟瑟地立着。徐经理告诉来远：“那就是皇宫了。”

两个人往西走着，走了不远往南走就是大栅栏，找客栈住下，早有接待参会的人员将总结报告取了，稍作休息，便在客栈里吃了晚饭。

他们提前到北京一天，就是为了顺便把其他事情办了。徐经理带着托人买好的礼券，一个个部门，挨着送了过去。姜来远脸皮薄，做不了这事儿，再说也不熟悉，自然不用他来做，便在宾馆候着，直到半下午，才有人把他接着赶到了和平门饭庄，参加晚上的饭局。

7

和平门饭庄内不能说是金碧辉煌，却也是雕梁画栋，颇有帝都之风。宽敞的包间内，徐经理邀请了稽核部的谈荔孙等人一起吃饭，他把来远一一介绍给在座各位。在等菜的空当，坐在主位上的谈荔孙与徐经理开玩笑：“徐经理，你这报告是何人所写？你这么忙，莫非这事也亲力亲为？”

徐经理看了看身边的来远，点头微笑道：“这个可不能冒贪天之功。不瞒大家，前几年都是我自己动手，唯有今年的报告不是我起草的，由姜来远先生负责，我也当了一回甩手掌柜。”

“如此漂亮的文章是姜先生所写？请问姜先生哪里毕业？入行几年了？”谈荔孙微微蹙起眉头，用不太相信的口气怀疑地问着。

还没等来远说话，徐经理把话接过：“姜先生今年刚满二十，别看年岁不大，十五岁那年可是黄县秀才第一名，因考取功名之路已断，故入这一行，来大清户部银行已经三个年头了，从柜员跑堂做起，现在可是烟台分行的台柱子。怎么？你看上了？”徐经理开玩笑。

“知我者，徐兄也！难道徐经理肯忍痛割爱？”谈荔孙的话，肯定了徐经理的疑问。

“这个吗，我说了可不算。得问他自己的意见。若是有好的安排，我可不敢枉私。”徐经理很认真地回着谈荔孙的话。

“说实话，总行不缺人，也不缺聪明能干的人，但缺少从基础一点一点做起来又聪明能干的年轻人。”谈荔孙说着实情，其他人也点头称是。

听谈荔孙之言，徐经理知其所言一半是实话，一半是愿景。因为徐经理知道，这个谈荔孙生于光绪六年，祖籍无锡，生于淮安，其祖上曾为盐商、祖父做过知府，家境优渥，从小饱读诗书，有着良好的教育背景，在上海干过银行、后来又留洋日本、做过教师，又高中商科举人。虽年龄不大但阅历丰富，有着非同常人的交际能力，虽仅仅来大清户部银行半年，却对行里情况掌握得非常透彻，与下面各分行经理交流顺畅；虽是如此，能进入大清户部银行总行之人，哪个是等闲之辈？不是个人能力极强，就是靠山极硬，来远要功名没功名、要靠山没靠山，在这里提升的机会不是谈荔孙能说上话的。同时，他也知道，像这样的话题来远是没法接话的，便忙打圆场，接上道：“哪个人不愿意来总行？怕是各方面所限甚多，若谈老弟真有心，给人事部那边多多美言几句，给人家先弄个职务，再来北京也好安排。”

“徐经理可真会说话，我这要人不给，还要给你建言提拔人。可惜今天人事经理有事没来，赶空你正儿八经地在丰泽园摆一桌请一请，弄点上好的葡萄酒，别老喝些二锅头，我给你做个副陪怎么样？”

“来远，你好大面子，一般人请谈经理出来坐主宾都请不动，今天竟然主动提出来为了你坐副陪，还不赶快谢过！”徐经理不失时机地把这事给定了下来。

8

丰泽园饭庄在北京可是上数的大饭店，只是房间内挂在墙上的名人字画，就很有气势。徐经理坐在正中间的主陪位置上，右侧主宾是人事部长孙部长，左侧是会计部长谈荔孙，来远坐在上菜的地方左左右右地忙活着，其他相关人员依次落座。人事部长开着谈荔孙的玩笑：“谈部长坐在副陪的位置上，我坐这里可很不安哪！”

那边上的度支科长也风趣地说：“谈鬼子是留过洋、中过举，既懂之乎者也，也会蝌蚪文，真是中外兼修东西合璧呢！哪一天再开商科进士，怕是谈部长就不在咱这银行干喽。”

听这两位在拿自己开涮，酒也喝了不少了，谈荔孙便说：“我都这把年纪了还商科进士？我这会的那点蹩脚洋文还中外兼修？今天坐这儿可不说有事嘛！大家看了烟台的总结报告了吧！写得如何？”

听谈荔孙在卖关子，人事部长道：“看了，是写得不错，怎么？可不是你帮着改的吧？若那样，怕是徐经理可丢不起那个人！”

“怕是我给他钱他都不让我改，这报告是姜来远写的，就是这位小伙子。”谈荔孙用手指了指身边的来远。来远脸色有些发红，觉得谈荔孙的话有些过了。

“怎么着？你看上了？想调他过来？”人事部长盯着谈荔孙，很是认真地说着。

“呵呵，我想没用。人家还未必愿意来。这可是徐经理的心爱大将，留在烟台提拔重用呢！”谈荔孙说到这里，人事经理就明白其言目的所在。但人事经理不想表态，只是问：“那，你想怎么弄？”

谈荔孙道：“俗话说举贤不避亲，但举贤也不必限于亲嘛！大家也见了烟台的报告，虽不能说字字珠玑，但问题分析得条理分明入木三分，不仅总结的文字好，那问题也说得一针见血，提出了工作规章制度中的利弊，对最基层的工作也做出了详尽的分析方案。我手底下缺年轻、有底层工作经验之人。可徐经理说有意在分行给他安排个协理的位置，若是这样，来总行没啥职务，就不如先在分行把协理给安排了。按说，这事情和我不搭界，但人才难得，我也做个分外之事，也算是为大清户部银行做贡献了，是不是？”他这一番话，倒省却了徐经理的口舌。

见人事部长没说话，徐经理很明白，去年张开元之事，与各人都脱不开干系，便说：“说实话，今天说起这话题有些仓促，一正职、一副职是对烟台分行的制度性安排，若是突破也有难度，但烟台分行还有很大的发展空间，若是人手不够，怕是会影响发展。”

本来，不该当这么多人面说人员升迁之事。但见谈荔孙如此热心，在座的各位都是能说得上话之人，也与此事无任何冲突，人事部长点了点头道：“看来，兄弟知道哥哥的难处。不过，这几年烟台分行的发展势头很好，各项指标并不比济南分行差，这半年再促一促，把数弄得好看一些，尽量超济南多一点。到时，可参照济南分行一正两副的安排，半年总结后，你提报个正式报告上来，我们再开会研究，如何？”

徐经理明白，这人事经理虽没答应一定能成，但把方式、时间，都一一列了出来，应是把此事放心上了。一个协理的位置对烟台分行是个大事，而对总行而言，那都不算事儿了，一般都会通过，徐经理非常高兴，便客气道：“方便之时，还恳请各位领导到烟台去视察视察。”

“烟台真是个好地方。说实话，还真想去看看那张裕葡萄酒是怎么回事。姜来远既然是黄县秀才第一名，还如此年轻，若有机会考个商科举人才是。如若此，以后的提升空间会更大。”人事部长会说话，夸赞着烟台的地儿，夸奖着烟台的人。

“孙部长都说了，来远以后可前途无量啊！还不快谢过孙部长。”徐经理借机便举起酒杯，带着姜来远一块儿敬酒。

9

徐经理挨着到各大部门进行走访汇报，这也是年终岁首分行经理的例行功课，一来沟通一下关系，二来争取点好的政策，为下一步开展工作打好基础。这样的活动不方便别人参加，来远也趁清闲到京城四周转转，内城转完了，便来到白塔寺这边寻访古迹。天虽然有些冷，来远还是很早就出来了，时间尚早，路上行人稀少，见路边一福山包子铺，门口笼屉热气腾腾，店老板在手忙脚乱地忙活着。姜来远才记起来没有吃早饭，便踱步进了包子铺，点了二肉一菜三个包子，一碗豆腐脑，趁热一股脑吃了下去，付了钱便径直往门外走。可能走得着急了，脚被绊了一下子，一个趔趄差点摔倒。就见一个小孩摔在地上，另一个小孩趔趄着跑过去，急促地喊着："绍芳、绍芳，怎么了？"

姜来远这才看到，自己刚才那一个趔趄，是被一个衣衫褴褛的小孩给绊的，应该是这小孩靠着墙边蹲着，自己没发现撞上了。看来，这小孩子撞得不轻，挣扎了几下子，没爬起来。姜来远忙将跨两步将其扶起来，问："撞坏了没有？"

"怎么样？你没事吧？"另一个小孩子问。

"没事，没……"话没说完，这小孩子又要站不住倒下去的样子。姜来远又将其一把扶住，问："是不是撞坏了？"

"没有，有些晕。"这小孩无力地睁开眼睛。这时，姜来远才发现，这小孩五官周正，美颜俊秀，好像无力睁眼，但眼睛里却有神采；脸色煞白，几无血色，看似有气无力的感觉。

"绍芳，再这样我们就饿死了，我们要点吃的去吧。"另一高个小孩也有气无力地说道，说出了他们窘迫的现状。

"你们没吃饭？"姜来远似乎明白了这两个小孩子的处境。

"叔叔，我们已经两天没吃饭了。热水都没得喝。"高个小孩外向一些，大声说着。

"怎么回事？先吃点饭。"姜来远动了恻隐之心，将这两个小孩带到包子店里，让老板倒了温水，让他们把脸洗了，要了四个肉包子、四个菜包子，两碗小米粥。他们两个一边吃着饭，一边和姜来远说着他们的情况。原来，这个高个子小孩叫郑大成，矮的叫余绍芳，两个孩子在戏班学戏已经三年，都要上台唱戏了，可惜戏班老板没了，戏班子也解散了。两个人流浪街头十多天，好不容易找了新戏班子，期待着能有人管顿饱饭，可那些年岁大的嫉妒余绍芳，便合伙欺负他们，余绍芳待不下去，无奈离开戏班。郑大成觉得伙伴走了，自己更是孤单，便也离开了戏班。两人无处可去，又一次流浪街头，已经两天水米未进了。刚才确实饿坏了便蹲在门口，被姜来远轻轻一碰，便歪倒了。

听到这些，姜来远才放下心来。见他们已饿了两天，嘱咐其不能一下子吃得太饱。当下清明未过，外面天气还冷，他两人衣衫单薄，如果现在出去，刚才吃的两个包子一碗小米粥，一会儿便给哆嗦没了。何况，两个无所事事的小孩，在北京春天的寒风中行走，简直是受罪。想到这儿，姜来远便和包子铺老板打招呼，说在这里待一会儿暖和暖和，过一会儿再吃。

郑大成和余绍芳一听说过一会儿再吃，便开心地笑了。说实话，那热包子和小米粥对饿肚子的孩子来说比灵丹妙药还管用，姓余这小孩不多久便活泛起来，眼睛也变得更加有神，一扫刚才腼腆的神态，问："叔叔，你姓啥？等我有了钱，一定还你。"

听他这么说，姜来远心中感叹，看来这还真是一个有情有义的娃娃，快要冻饿而死的人，吃一顿饭，竟然还想着还，爱怜之心顿时涌上心头，便问："你很喜欢唱戏吗？"

"我喜欢，但是没地儿了。"一说起唱戏，余绍芳大大的眼睛里放出了光彩。

"我不喜欢，太闷了。"郑大成听姜来远问余绍芳，也大声说出自己的态度。

姜来远打定主意要帮助这两个小孩子，便又要了两个肉包子，两碗小米粥，让他们吃了。先带他们两个去买了两套合身的衣服，到澡堂子泡了一个热水澡，待换上新的衣服，两个人顿时大变，精气神十足。

姜来远将余绍芳和郑大成领到宾馆时，已是下午，吃过晚饭见到徐经理，说了两个小孩状况。见其可怜，徐经理也动了恻隐之心，说几个北京朋友与戏班熟悉，看能否帮一下。第二天，姜来远便根据徐经理朋友的介绍，带俩孩子跑了几个戏班。可巧，有一个戏班子正好需要人，见孩子们有基础，银行朋友也是他们的金主，便接收了他们。

临别时，余绍芳抱着姜来远大哭。北京的朋友们闻此，纷纷称赞姜来远乐善好施。戏班老板也大为感动，觉得余绍芳是个有情义的孩子，向姜来远应承不会让他们吃亏，会全力培养。

10

徐经理带姜来远把需要见的人见得差不多了，让来远先回烟台，自己继续留在北京拜访自己需要联系的人员，清明后再回烟台。姜来远便带了烤鸭、什锦八大件等物件，从前门火车站坐了火车赶到天津，买了到烟台的船票等候上船。在港口检票口，他见前面一人背影似曾熟悉，纳闷之际，那人回过头来，顿时令来远吃了一惊：原来是徐镜心。

此时，徐镜心也认出了姜来远，也是吃了一惊。他们知此地非同寻常，便装作互不认识，上船后找一僻静之处，姜来远问："什么时候来的？"

徐镜心环顾四周后，低声说："有个紧急事情要回烟台。"

姜来远觉得很惊异，自己问他什么时间来的，竟然答非所问。

方才上船时，看其和一男一女对视了几次，猜测他不是一人独行，来远便问："你自己吗？"

"你说呢？为何这么问？"徐镜心有些警觉地回答。

"方才见你和身边的人好似认识。"姜来远也不隐瞒，把方才看到的想到的直接说了出来。

"你看出来了？不瞒你说，正好遇到两个朋友要搭船回日本，先从烟台停一下，需要钱，你手头上还能动多少？能想办法淘置些？"徐镜心倒不客气，开口向姜来远问钱的事。

"钱的话手头没多少，带出来的都花完了。如果时间允许，可以想办法筹点。"姜来远已经明白，徐镜心话语口气虽然轻松，找钱也不是为自己，看来是同道的革命同志遇到难处需要钱。

"尽量多点。这样，在这里就不要与他们见面了。他们住东山宾馆，明天晚上八点前到宾馆报我的名字就可以。"

11

经过一夜多的航行，第二天一早船靠烟台，姜来远与徐经理请假说家里有事，便飞也似的回家，翻箱倒柜才凑了不到二十块钱。丁佳怡看姜来远着急，怕有什么要紧事，便问："需要多少钱？"

"一朋友要出国急用。"姜来远不想撒谎，但确实想不出什么十足的理由来搪塞媳妇。

看自己男人如此为难，丁佳怡略微迟疑了一会儿，便回内房把自己心爱的金钗头首饰取了出来，说："卖了这个吧！"

"这，这怎么行？这是你的陪嫁，怎么能卖呢？"姜来远被媳妇动作吓了一跳。

“这东西生带不来，死带不走。过日子也不能带这个，放在箱子里还占地方。你的事情更重要。”丁佳怡虽是一个女人家，但话语颇有豪气。

“说好给孩子们的。如有了闺女，给她做陪嫁呢！”姜来远说着两个人以前的约定。

丁佳怡粲然一笑，微微摇了摇头，说：“孩子用这个，还得几十年后。如果我们将来有了钱，可以再买。如果将来没钱，孩子们也不会戴这个。况且，几十年后，还不一定时兴这个呢！”

“你真舍得？”姜来远虽这么说，内心里倒有些不舍得，这个不舍得不是不舍得这个首饰，而是不舍得让自己媳妇心里难受。

“有什么不舍得的？你看我们丁家，七八代人，有名有号的堂口也有上百了，现存的还有多少？现天下不宁世道黑暗，如哪一天能安顿下来，大家才能过上好日子。我一个女人家也不出去，如果拿这个换了钱，能对你们干的事有帮助，我觉得没什么舍不得的。”丁佳怡的话说得很明白，她已然明白这人世间的大道理，也知道自己男人的所作所为，能够舍弃自己的心爱之物而无私奉献给社会，不用说一个居家夫人，就是堂堂七尺的血性男儿，又有几个能够做到？真是有人说的“最守妇道的是山东女人，最深明大义的也是山东女人”。看来此言真的不虚。

媳妇一番话，姜来远被感动得无以复加，两人紧紧地拥抱在一起。姜来远一边亲吻着丁佳怡，一边梦呓般说着：“你真是一个好女人，好媳妇，今生今世，我都会好好待你。等以后有时间了，我带你周游世界。”

好一会儿，激情过后，丁佳怡满脸羞涩，慢慢推开姜来远，说：“大白天的，快去吧！”

姜来远见媳妇态度坚决，便将首饰盒子用包袱皮包了，用手提着直奔朝阳街首饰店。店家虽经手的金货颇多，但如此精致的纯金首饰确是少见，又见是大清户部银行的姜来远来卖首饰，便出了二百两银子的合理价格收了下来，临别时说：“首饰先放这里做镇店之宝，一年内不会卖。哪一天姜老板想买回去，原价。”

姜来远颇为感动，谢过之后，姜来远带了银票到东山宾馆报上徐镜心的名字找到房间，见他正与一男一女聊天，正是昨天中午在天津上船时所见男女。经介绍，方知女士姓陈，是马来西亚华侨，不过相貌不敢恭维。另一英气逼人的男士精明强干，四川内江人，姓俞。既然徐镜心没介绍名字，姜来远也不方便问。见过之后，姜来远把银票送给徐镜心，徐镜心接过后转交给姓俞的男士。两个人谢过之后，问起烟台的情况，并对烟台、济南和天津的情况作了对比，言语中非常认可烟台开展革命活动的前景。

听他们说今天晚上就要坐船到日本，联络革命党筹集资金，需要早点休息，徐镜心便与姜来远一起离开酒店。直到几年后，姜来远才知道那天所见陈女士之真名，男士为黄花岗七十二烈士的俞培伦。甚至很多年之后，两位之名不时出现在报纸等各类新闻中，令姜来远唏嘘不已。

12

世事难料。

令徐经理诧异的是，没等来总行任命姜来远为烟台分行协理的消息，得到了总行领导要到烟台分行开会的通知，说是有重要事情宣布。闻此信息，徐经理纳闷至极，还有什么重要事情要总行领导来？十天后大清户部银行户部银行改名为户部银行的通知已接到，新的公章等已经收到，和一部分大客户也做了沟通，就连登报声明都已经准备齐备，还用总行领导亲自来督导吗？北京那边人已经到了。直到开会前，徐经理才被告知，总行下派了一个协理。徐经理心中异常烦闷，问人事部领队黄经理："好不容易争取了个名额，本来推荐姜来远，为何又外调来一位？"

"先开会，会后再说。"黄经理怕说多了坏事，不想说太多。

会议室内人声鼎沸，大家都在讨论着北京来的新协理。姜来远坐在下面第一排，心里直犯嘀咕，是不是自己前段时间表现不够好，总行不认可？或者，发生了什么事？正当他在疑惑之际，就见徐经理陪着几个人进入会议室，员工们站起来鼓掌，当姜来远辨认清楚进来的人时，顿时目瞪口呆，侯长贵，怎么侯长贵坐在了主席台上？怎么会？他怎么参加今天的会？是他吗？没错，就是他。三年多没见，侯长贵模样没啥大变化，只是脸稍微黑了点，神色可好得很。侯长贵来做什么呢？姜来远错愕之际，徐经理宣布开会并讲话，无非是欢迎总行来人，并对总行来的领导一一进行了介绍，当介绍侯长贵是总行度支部工作人员时，姜来远大为震惊。他先是认为自个儿听错了，但想着不可能，徐经理介绍的，怎么能错？可，可是？可他怎么进了总行呢？错愕之余，徐经理请总行人事部的黄经理讲话。

姜来远认真地看着台上，但见黄经理拿出文件纸，很郑重地宣布：“侯长贵为大清户部银行烟台分行协理。”

闻听此言，姜来远感觉不亚于五雷轰顶般，比刚才看到侯长贵坐在主席台上，更感觉不可思议。会议室里人员也是交头接耳，嘀咕声一片。

人事宣布会议很快结束，徐经理陪着总行客人到他的办公室交流，面上的交流结束其他人离开，徐经理问：“黄经理，总行的人事任命我尊重。不过，从烟台提拔一个协理，是领导们都同意过的。这样安排，莫不是总行领导对烟台分行的工作不满意？”

没想到，黄经理竟然摇了摇头，说：“徐经理别着急，绝无此意。听我慢慢说，为烟台这个协理名额，可费了九牛二虎之力。没想到，你们胶东人这么厉害！”

“欸欸，怎么厉害？弄个名额还被人抢去了，哪里厉害了？”徐经理觉得两人熟悉，用话在刺激着他。

“还不厉害呢？这侯协理原来只是米店的账房，不知道通过什么路子，和直隶总督的大公子挂上了关系，硬塞进咱这大清户部银行。鬼知道他哪来的神通，听说烟台要提拔一个协理，又找了哪门子关系抢了这位置。你说厉害不厉害！”黄经理说着，也是满脸惊异。

“还有这等事？那这侯协理的任命不是你们的意思？”徐经理听了这个内幕，那气倒消了一些。

“哪是我们的意思，我们原来都不认识他。”黄经理愤愤不平地说着。

13

狐有狐道、蛇有蛇踪。

两年前，被赶出丁家大院的侯长贵失魂落魄，连死的心都有，想着自己啥也没得到，反而落了个身败名裂的下场。以这个方式离开丁家大院，名声都臭了，黄县是待不下去了，就是在胶东，怕是也无立足之地。侯长贵一气之下便离开黄县，坐船去了天津，到了北京。利用原来在黄县认识的人，找了家老乡开的米店做了账房，算是暂时找了个吃饭的地方。可这侯长贵毕竟做过大户人家的掌柜，其钻营能力非一般的小店掌柜所能比，加上他多年的积蓄，本着有钱花在刀刃上的路子，慢慢就打开了局面，虽说富家权势子弟难以高攀，但还是有机会的。在一个酒局上，侯长贵认识了河南来的孙合成，两个人一聊非常投机，越说越近乎。“你姓孙，我姓侯，算起来我们五百年前还是一家子。”侯长贵借着酒劲说着。

“嘿嘿，老兄，你是山东人、姓侯，我是河南人、姓孙，从哪里能算起来是一家子来？”这喝了酒的孙合成也并没把侯长贵放到眼里，半开玩笑地说道。

“啊、啊，这个……这个嘛。”本是喝酒后开玩笑、套近乎的话，被这孙合成往深里一问，倒不得不说了，那侯长贵说，“这么说，孙老弟没看过《西游记》？那孙猴子可是齐天大圣，这么论起来你姓孙、我姓侯，‘侯’‘猴’岂不是一家子？”

听侯长贵这么说，孙合成大惊。想着自己在北京混了七八个年头，什么能白活的人没见过？还真没见过这么能忽悠的。能把这扯一块，想必真是人才，遂一口应允结拜为把兄弟。

两人跪下磕过头后，孙合成问：“哥，八大胡同去过吗？”

“还没有去过，忙，没顾得上。”侯长贵用这话应对着，心里想着，哪是什么忙，是不舍得花钱罢了。

“嘿嘿，哥，人家说，在北京，这男人没去过八大胡同，可真冤枉再活一回呢！”孙合成眼珠滴溜溜转着，说着藏在心底的念想。

“那地方就那么好？”侯长贵故作吃惊地问着。

“有好的，也有一般的。你知道，听说那春香楼来了个苏三夹？那个俊、那个迷人。若是有机会去弄一弄，死了也值得。”孙合成啧啧地咂着嘴，感叹道。

“看兄弟说的，那女的比嫦娥还稀罕？”侯长贵见孙合成对这个感兴趣，便尽力地附和着他的话。

“嫦娥？嫦娥算啥！那都是假的，这苏三夹才是真的。你知道不？这苏三夹本名苏三佳，原名苏小倩，据说是苏州人士，其名‘三佳’，本为貌美、才高、艺佳，三者皆好之意，可好话经不住传，后来讹传走了样，那‘三佳’成了‘三夹’，意思是铁打的汉子也搁不住她夹三下，足见其火力威猛、妖娆缠人了。”孙合成说起烟花巷之事来两眼放着色光，那哈喇子就要流下来。

“吹了吧，哪有那么厉害。”侯长贵回着孙合成，装出没见过世面的样子，讨其高兴。

“吹，兄弟是吹牛的人吗？你知道，我那表姐夫守着好几房媳妇放家里不管，抽空就往苏三夹那里跑。一次十两黄金，还不一定能见上面。”孙合成很肯定地说。

“十两黄金？够开个粮店了。”侯长贵惊呼。

“哼，十两黄金算啥？现在全国各地官员来北京拜访袁大总督的人都排队，不少人凭着和大公子的关系才能见到袁大总督，十两黄金算是什么？”孙合成的话侯长贵很信。确实，十两黄金是个价，可对直隶总督、北洋军的袁大人的公子来说，又算什么屁钱？不过自个儿从黄县来，也见过有钱的主，可那大都是土财主，钱是把一点点收来的租子，留了口粮换来的；是豆腐坊里那磨盘咕噜咕噜日夜不停转出来的；是钱庄的伙计磨破鞋底走街串巷赚来的。何曾听说过送银子还要排队之事。

侯长贵见着孙合成对这事如此向往，可自己又不舍得花那钱请他，主要是也觉得这孙合成给自己办不成啥事，便推托说：“哥现在还不行，等哪一天发了财，我请兄弟去会会那苏三夹。”

“哥，咱都多大了，发财要趁早，晚了就折腾不了了。有啥发财的路子，看兄弟能帮上忙不？”孙合成不是对他侯长贵感兴趣，是对银子和那苏三夹更来劲。

“我来北京这也快一年了，你看这遍地的买卖，除了官家的买卖好做，别的这些吃住用的，还真都不好干。就说这贩运粮食，从贩子手里收来，经过千山万水弄来北京入库，防潮防虫防火，麻烦得很，还很难赚钱。”侯长贵叹着气说。

“照你这么说，还没发财的路子了？”孙合成有些失望地说道。

“不是没发财的路子，主要是哥我今年都快四十了，去一点一点干别的，根本来不及。再说，多年了都跟人干，自己没单干过，自己做生意上手还很难。何况我只是对这银行、钱庄的事情熟悉，若是干老本行，倒比自己做生意钱来得快，也稳当。”侯长贵说着自己的真实处境。

听侯长贵这么说，孙合成顿时来了精神，眼珠眯溜溜转了几圈。但是，他对银行、钱庄的道道并不是很清楚，便问：“钱庄？银行？那里面拿钱多？比做生意来钱还快？”

“那是，靠山吃山，靠水吃水，近水楼台嘛！这世上谁缺钱，也缺不着干银行钱庄的，里面的道道，多着呢！嘿嘿！”侯长贵笑得开心，笑得恣意汪洋，笑得有些深沉，深不见底。

“原来这样！怪不得呢！前段时间有个省的钱粮官，放着油水那么好的地方不干了，通过大公子介绍进了大清户部银行，在里面做了个什么部长，敢情里面这么好？”孙合成只知道在银行里干，钱多，但是没想到这么大。

“通过袁公子？怎么进去的？”侯长贵一听这个信息，顿时精神振奋起来，知道这条路走得通。

那孙合成把前后过程一说，侯长贵想着舍不得孩子套不住狼，咬了咬牙、狠了狠心道：“兄弟，你若能请袁大公子出面请大清户部银行的人出来吃顿饭，咱现在就去苏三来那里，不用等发财那一天了。”

一听这个，孙合成瞪大眼睛说道：“当真？”

“这事怎能戏言。”侯长贵那小眼睛瞪得溜圆，眼珠有些充血，像是要上赌桌的赌徒一般。

14

钱是人世上最好的信物。

孙合成收了侯长贵的十根金条，自己留下了四根，把其余的六根并两盒上好的茶叶，一起送给了袁大公子。还别说，这袁公子给孙合成的面儿够大，同意出席表小舅子的饭局。一听说袁总督的公子请客，很多人都来凑近乎，一顿饭花了侯长贵小半个家当。大清户部银行的客人见袁大公子亲自为侯长贵捧场，几个管事的又陆陆续续地收到了他的金条，年度人员调整时，便找了个由头将其弄了进来，成了度支部的工作人员。

为了进大清户部银行，花空了侯长贵的荷包，但他依旧从钱庄借了钱，换成金条送给了孙合成。夜都没过，孙合成抱着金条跑去了八大胡同，将横财送给了苏三夹。事后，侯长贵问苏三佳到底怎么样？那孙合成一点也不心疼那沉甸甸的金条，还颇为得意地说：“怪不得人家说，会了苏三夹，皇帝也不回家。哪天兄弟发了财，也请哥哥。”

这人还都是命，就在侯长贵进了大清户部银行不久，那椅子还没坐热乎，就听说烟台要提拔一个协理。他知道，这是一个好机会，看看大清户部银行总行的人，不少是留过洋、懂洋文的，还有些是举人、进士都有，自己除了年龄大之外，要功名没功名、要官职没官职，不少部长、科长都二三十岁，比自己小得多，仅仅做个办事员不用说发财，就连还债都是问题。便又借了几十两金子，活动了一番，回烟台分行做了协理。

15

侯长贵做了大清户部银行烟台分行的协理，是烟台市面上的一件大事。况且，侯长贵是黄县人，走投无路之际到京城混了三年，摇身一变竟然成了银行的协理，这协理还不是从当地提拔，是从总部派下来的，那气势自然又是不一样。

侯长贵的传奇刺激着大家的窥视欲，特别是其在北京三年到底干了啥？认识了什么通天人物？无人知晓。但侯长贵发达了，大家都看到了，不是虚的。侯长贵荣归故里的消息，一传十、十传百，很快就传遍了烟台的大街小巷，角角落落。一时间，侯长贵声名大噪，托其办事的，提前来打通关系以防以后用得着的，甚至有人专程来打听京城消息，前来拜访之人络绎不绝。还别说，接胳膊接腿，侯长贵还真办成了几件事情，仅仅用了一年时间，就在依山傍海之处买了个大院子。侯长贵也做了个明白事，当作和姜来远不曾见过一样，井水不犯河水，互不侵犯，两人倒也相安无事。

直到有一天，分行的人在开会，有人慌慌张张来报：“经理不好了，侯科长被绑架了。”

第十章

机智处理高利贷　葆璋被迫离烟台

1

侯长贵正在发言的兴头，突然闻听侄子被绑架，顿时惊得下巴差点掉下来，话语结巴起来："怎……怎么绑……绑架的？你们是……是……是怎么知道的？"

侯长贵算是老成持重，混过北京，算是见过世面，在大清户部银行烟台分行是说了算的人物，平日里自然是端着架子，下属更是从未见其如此惊慌失态过，进来报信的人忙解释："刚才有人持枪把他从柜台上掠走了。"

"持枪劫持？没王法了吗？光天化日之下、朗朗乾坤之中，竟敢有人绑票，还愣着干什么？报官、赶快报官！"侯长贵腾的一下子从椅子上站起来，禁不住高声叫了起来。

"侯经理，那些人中有几个没走，说有话要见您当面讲。"报信的人说道。

侯长贵一听这个，感觉方才有些失态，看来不是绑票的。古往今来，还没听说哪个绑票的留下来谈判的。应该是别的事儿，莫非？侯长贵忙问："还有人留下来？在哪里？"

"在营业大厅里。"送信之人刚说完，侯长贵已然站起来，看了看大家，说道："张协理，你主持会议，我下去看看。"

侯长贵跟着报信人来到大厅，报信人朝着大厅站着的几个人一指，说："侯经理，就是这两位。"

侯长贵打量着这两位，都身着海军军装，头剃得锃亮，辫子又粗又黑，体格倒还健壮，其中高个子黑一点、个子矮的白一些，应该连照面都没打过，更不用说认识，心中有些纳闷，便迎上去笑着问："请问两位军爷，有何贵干？"

"你就是侯长贵？"黑脸高个张口这么一问，侯长贵心中一惊，自己好歹还是户部银行的经理，也算是个人物，在烟台地面上还很少有人这么直呼其名。但不知对方什么来头，只好说道："正是在下，请问两位贵干？"侯长贵还很有耐心。

"你侄子侯希猷借了我们的钱，还不上了，你打算怎么办？"黑脸汉子这么一说，侯长贵心里一哆嗦，知道事情败露了。但见守着这么多人，吵吵嚷嚷的很不像话，忙放下身段说道："我侄子的事？此处说话不方便，去我办公室说，可否？"

"也好，是到说个明白的时候了。"黑脸汉子说着，跟着侯长贵上了二楼。

2

侯长贵把这两位海军请进办公室，下人上茶后退出，掩上门。两位海军说明来意，侯长贵知道一直担心的事情终于爆发了。原来这是海军学校的学员，他们凑了银子交给了他侄子放了高利贷，据说有两千多两银子。侯长贵当然知道这件事情，他也从银行客户里捣腾出了几千两，通过侄子的手放了出去。没想到，有人要提前用钱，他侄子拿不出，这些人怕出问题，把他给绑架了，非要立刻拿现银不可。

好事儿与坏事儿之间，也就隔着一层窗户纸，一戳就破。

侯长贵知道事情东窗事发，只好放下身段安慰这两个人："两位军爷别着急，敬请放心，一定少不了你们的银子，我这就想办法。把我侄子放回来，这两天解决行不？"

"这两天解决？五天前你侄子都说赶明儿赶明儿，都几个赶明儿了？你倒好，这两天？岂不是赶后天了？哪一天侯希猷撒丫子跑了，我们找谁去？"黑脸汉子嗓门大，屋子里发出嗡嗡的回声，直震得侯长贵心中一愣一愣。

“小点声、小点声，兄弟。你们这不是找到我了？若不把我侄子放回来，如何解决？”侯长贵怕别人听见，想着人在他们手里，终究不是个办法，还是人先回来再说。

他们这正谈论着，忽然楼梯里吵吵嚷嚷，有人大声叫道：“干什么？你们这是干什么？”

侯长贵一听，不知又有什么事，忙站起来往门口走去看个究竟，还未走到门口，“咣当”一下，房门被推开，呼啦一下涌进了几个人，下人蹬蹬蹬倒退了几步，差点被挤倒，直退到侯长贵身上。侯长贵一见此情景，心口怦怦直跳，忙问：“怎么回事儿？到底怎么回事儿？”

来人扯开喉咙嚷嚷：“侯经理，哪个是侯经理？我们要见侯经理！”那声音大得似乎整栋楼都能听见。

侯长贵一看都堵到办公室了，躲都没地方躲，忙说道：“我就是侯长贵，有何事慢慢说，慢慢说。”

“听说你侄子跑了？借的我们的钱怎么办？怎么还？”众人一嚷嚷，侯长贵立即反应过来，这些人也是为这事来的。原来，这侯希猷一被人裹挟出银行，早有人把信送到与之相关的人那里。很快，那些借钱给他的人认为其跑路了，连忙纠集起来找侯长贵。

见这么多人一下子涌到办公室来，侯长贵知道这事捂不住了，躲是躲不过去。他忙把这些人让进屋里，道：“有话慢慢说、慢慢说。”

这么多人坐都坐不下，有人喊道：“慢慢说，都什么时候了，还慢慢说，还钱要紧。”

此时，侯长贵深知，靠捂是捂不住了。他正在思忖着如何处理，张开元和姜来远走了进来。张开元老远就打招呼：“侯经理，怎么回事？”本来，侯长贵没招呼他们两个，按照规矩他两位不会主动来找，但听整个楼上都呼呼隆隆乱糟糟一片，会议室的那几个人担心发生什么大事，忙跑出来看，见人都涌进了侯经理办公室，怕他遇到麻烦，便再也顾不上没有招呼，径直闯了进来。

侯长贵知道，这事靠自己无法解决，火烧眉毛之时见张开元和姜来远两个来了，便说道：“正好、正好，你们来得正好，我还想找你们呢！”

姜来远分管银行的安全经营，有人闹将上门来，势必会影响银行的正常经营，便急切地问道："怎么一回事儿？"

"是这样的，好像听他们说把资金借给了希猷，这个希猷，真令人不省心。这两位是海军学校的，来远，你不是和海军学校熟悉？正好，你们商量一下怎么办？"说着，侯长贵眼巴巴地看着姜来远，用乞求的语气，希望他能出手相助。

姜来远听事情牵扯侯长贵家里人，从内心里觉得是躲得越远越好，自己和他在这一个屋檐下争饭吃，是没办法的事情，工作之外能不牵扯尽量别有瓜葛。不过，那侯希猷还是自己银行的人，若是不管也说不过去，况且又听说是和海军学校有牵扯，那海军学校的事就牵扯谢叔叔治下，若是别人处理会更麻烦，况且这侯长贵都说出口了，看来还真不能一推了之。想到此，姜来远便说："我试试，不过，希猷得好好配合。"

"没问题、没问题。"姜来远痛快地应答，出乎侯长贵的意料。他借坡下驴，对满屋子的人说："这是我行的姜协理，下一步由姜协理全权处理，大家有事可直接跟他反映。"

有人吆喝："那不行。侯希猷是你侄子，得找你。找他没用。"

有人起哄："冤有头，债有主，不能搞金蝉脱壳。"

"对，不能想跑，跑不了的。"众人一阵喧闹。

侯长贵久经沙场，知道事情棘手，便说："如是那样，你们去家里找，这是办公的地方。"

"去家里你躲着上哪里找你，只能在这里找。"有人大声叫着。

"这可是大清户部银行，怎么样？想抢银行吗？"侯长贵的狠话倒能唬住人。

这些人一听，确实，这银行可是朝廷的，如果在这里闹事，别搭上钱还再搭上人，最后啥也捞不着。想到这些，大伙儿的声音低了下来。

3

世上的事情很奇怪。

按说，侯长贵与姜来远本不是一路人，尿不到一个壶里去。两人的过节不可谓不深，表面和气、互相设防，如同猫鼠之间的关系。在工作上，侯长贵是猫，姜来远如同老鼠一般，小心翼翼，毕竟侯长贵是上司；生活上，姜来远又成了猫，侯长贵又成了老鼠，也不敢胡来，怕被揪着小辫子。按说侯希猷放贷这件事儿，姜来远站在一边偷着看笑话就可。但侯希猷是自己银行的员工，如果都置之不理出了大事，任何人都脱离不了干系。姜来远还是不得不出面解决。

姜来远把这些人带到会客室，房间内顿时乌泱泱满是人，有坐着的、站着的，蝇嗡蚊飞般交头接耳。大伙都看着眼前的这位年龄不大的小伙子，有人嘀咕：“才多大的毛孩子，能处理好这事儿？”

“盯紧这位，也别让那姓侯的跑了。”有人暗地里嘀咕着，传递着消息。

“别吵吵，等等看这位怎么给咱钱，说别的都没用。”有人支棱着头，怪声怪调地说着。

见大家议论纷纷，来远理了理头绪，慢慢说道：“大家静一静，这事我大体听明白了，可侯希猷没在这里，大家说的问题也难以辨别真伪，需要时间来落实。眼下要做的是：第一，参与集资的人选出代表，要不，这么多人没法谈；第二，把侯希猷叫出来，当大家面落实好他所欠款数额；第三，每个人把欠款数额、领到利息落实清楚，核对准确；第四，给侯希猷一定的时间筹款；第五，找个合适的地点作为定点，这个地方不合适处理这事。”

来远的话音一落，刚才的议论和怀疑，顿时消停了些，都觉得眼前这位小年轻虽年岁不大，但一条条摆得入情入理。那士兵说道：“那就去个茶馆，找个定点的地方。这事情一会儿半会儿怕是处理不完。”

看来都很明白，不用说一会儿半会儿，半年六个月处理好就不赖。姜来远组织银行这边成立了五人小组，有人负责登记确认高利贷的往来账数额，投入额、获得利息数，有人负责整理整个事件的来龙去脉，经过反复多次双方确认，才清楚个中缘由。

事情的起因并不复杂。

起先，侯希猷并没想惹这么大的事儿，只不过是坐地虎，市面上熟人多，身边围着几个好事之人，无非是今天三斤羊肉，明天半斤茶叶，都是些苟头鳐脑摆不到台面上的蝇头小利。不过，毕竟侯长贵在银行里说了算，有时希猷打听的消息还比较准。况且，他也会虚张声势，把本来很容易的事情，夸张得比较难，最后说自己下了功夫，别人不明就里，认为其能成事。时间久了，找他的人越来越多，有的人图点好处，希望款存银行能给点高利息，也有的人资金临时周转用个三天五日，侯希猷便做和事佬将双方撮合起来，双方各取所需达成一致，免不了分别给侯希猷点好处，这样的事成了，往往就不是仨核桃俩枣管谢得了的，这侯希猷的腰包顿时鼓了起来。慢慢地，有的双方互相不信任，买卖难以成交，侯希猷看着到手的银子赚不到手，心里的难受盖过了恐惧，觉得机会难得，便开始给双方提供担保，想着自己都熟悉，出不了事儿。所谓的担保就是签字画押，简简单单签个字，几十甚至上百两的银子到手，天底下哪有这么简单的事儿？这钱不赚白不赚。

人一旦尝到甜头，特别是不出大汗劳力、不用下大力气，就能得到莫大的好处，往往难以收手。甚至无知者无畏，不知何为危险，越做越大胆，做起来变本加厉，不但改变了初衷，还会突破原先的底线。

侯希猷路子广能办事，能办成事儿。随其在市面上的声誉日隆，托他来找资金的人越来越多，钱虽赚了，但越来越烦。时间久了，撮合一手托两家的事，甚伤脑筋，有时资金不凑巧，错过很多好业务，觉得可惜。特别是做了这么多也没出啥事，侥幸心理便占了上风，就不满足一一搭配，开始把钱集中起来放给下家，直接成了坐地商。可不是吗？这么干一不用铺面，二不用雇用人，吃吃饭、喝喝酒，大把的银钱过过手，两边的差就是利润。这一只手收资金、另一只手放放贷，顿时两只手满是油，这利算下来，日子比大清户部银行可强太多了。

放贷的买卖看似容易，时间久了、业务多了，事情反而不好做了。市面上没钱的人很多，但有钱的人也不少，侯希猷手里慢慢压了很多资金放不出去，加上自己赚的差价，白白躺在银行账户和放在家里，损失的可都是白花花的银子。这时候侯希猷已经不满足于烟台地面上的事情，觉得烟台地方小，做烟台市面上的富翁不过瘾，应该赚全中国的钱，做全中国有名的富翁。听说上海股票来钱快，特别是橡胶股票一年来疯长，他便拿出几千两银子，一股脑全部购买了上海的橡胶股票。果不其然，短短几个月时间，投入的本金就打了个滚，翻倍了。天底下竟然还有比放贷更赚钱的买卖，这赚钱的速度让侯希猷豪气冲天，按捺不住发大财的冲动，陆陆续续拿出了七万多两银子，投入到疯狂上涨的上海橡胶股票中，想象着如果能翻倍，就不在大清户部银行干了，自己开个大钱庄，或直接开个大银行，到了那时，肯定比大清户部银行烟台分行的经理更风光。

万万没想到，侯希猷把所有能动的钱都投到上海股市买了股票。不久，上海股市好像专门和他作对一样，那股票价格一泻千里，不但把原来赚的全赔进去了，就连后面投入的这些，都折耗了一大半。得知侯希猷在上海炒橡胶股票赔了钱，储户开始抽回资金，乱了方寸的侯希猷为了堵住大伙的嘴，慌不择路赶紧把股票卖掉用于堵窟窿，一来一回，几个月的时间亏了几万两银子。

侯希猷听人说过，有个外国老头说给他一个杠杆，他能撬动起地球。侯希猷本想着只要给他足够的时间，就会有人不断给投钱，他会悄无声息地把后面的窟窿堵上。但事情超出他的意料，闻听有人从他这里取回了投入的银子，更多人跟风取钱，可怜他放出去的资金无法及时回笼，仅仅几天时间，手头资金告罄，陷入困顿，出现了开头的一幕。

令侯长贵想不到的是，侄子之事牵扯上千人，金额达十万之巨。而那些用钱的人见此状况怕被逼债，借各种理由躲着侯希猷。这事足够大，要让政府知道了插手，侯希猷的小命难保。况且，参与集资的有三类人最难办：一是海军学校的教职员工，牵扯四十五人，投入了约莫八千两，人数虽然不多，但是这些人身强力壮，大都有枪，还有不少清朝贵胄子弟，一旦引起哗变，后果不堪设想；另一类是海关政府关系密切的人，这些人有自个儿的钱，也有熟人的钱，本想着弄点钱放在那里赚个差价，时机恰当的时候就收手，这些人如果不尽快安顿好，侯长贵爷俩以后甭想在烟台立足；至于那些市面上的商贩和资金掮客，吃的就是这碗饭，反而这些人吵得最凶，因为他们最担心拿不到钱。

经过十多天的摸底，事情的来龙去脉摸了个差不多，和侯长贵虽没有直接关系，但是离开他无法处理，也不能让他躲在一旁享现成的。当姜来远带着侯希猷见到侯长贵，说起一共有十万两银子的时候，侯长贵破口大骂："我日你娘，从小拿你当儿子带，没想到你给我捅这么大娄子。是死是活，你自己看着办。我管不了！"侯长贵是真的急了眼，连自己亲嫂子都骂上了。

看那侯希猷像斗败的落水狗一样，待在一边默不作声，姜来远只好说："侯经理，现在不是生气的时候，得想办法筹钱才是。"

"筹钱，哪那么容易？十万两银子，从哪里来？"侯长贵脸皮厚，在姜来远面前没有低过头，但是遇到此天大难题，不得不低三下四地哀求。

见侯长贵装糊涂，不应招，姜来远便不说钱的事情。对这样恬不知耻之人，不触动其内心的痛处，不会轻易就范。只有把前后利害关系讲清楚，他才会分清楚孰轻孰重。想到这儿，姜来远看了看侯希猷，用锐利的眼神直盯着侯长贵，说："现在有三个事情急需解决，一是福山县衙，有人扬言要去那边告状。如果任由这样做，一切由官府决断，事情倒简单了。"

一听这个侯长贵连连摆手加摇头，连呼："万万不可，不能这样。"

“第二，海军学校不少人可是有枪，如不紧急处理，后果不堪设想。第三，海关的人也不好惹，不把这些人安抚住，麻烦无穷。”姜来远的话不是纯粹吓唬人，说的是实话。侯长贵闯荡江湖这么多年，当然知道其中利害，那些话如同腊月的北风灌进了衣服领子，脖子都凉飕飕的，侄子惹出这么大的事依靠别人处理，不得不低下了平日里高傲的头颅，不住地问：“怎么办？怎么办？”

怎么办？没别的办法，再大的事，发生了总得有人承担。谁承担？谁的孩子谁抱，谁惹的事儿谁担。孩子惹了事儿，找他娘爷，自古以来就是这样。那些人不认可侯希猷的承担能力，怕他跑了。人家说了，一旦一天内看不到他，官府的通缉令就会发往全国。敢放高利贷给你，就不怕你跑。还有，跑得了和尚跑不了庙，侯长贵就是侯希猷的庙，这也是人家不怕他跑的原因。当大家伙提出让侯长贵担保的方案时，他那头摇得如同拨浪鼓一般，口中连声喊“不”。侯长贵可知道，保人可不是随便当的，那字一签，事情不了结，就成了阎王债，到死都甩不脱。

侯长贵不应招，事情的解决就陷入僵局。正在大家一筹莫展之际，有人找姜来远，说海军学校的谢校长请他，有要紧事情商量。当来远跟随从来到海军学校见到谢校长，才知道是有人打架斗殴引发学生闹事，究其根源还是高利贷资金纠纷之事，纷争最后到了校长这里。问明原因之后，谢校长大为吃惊，想不到管理如此严格的学校，竟然会发生这种事情，当发出谁再闹事将会被直接开除的命令后，校园内方才稍微平静下来。经过深入打听，谢校长才知道是姜来远在负责处理此事，所以邀请他来商讨此事。

真的没想到这么多事搅和到一起，看来这事情不及时处理，海军学校也吃不消。姜来远说了自己的打算，谢葆璋也建议来远不要陷得太深。姜来远知道，自己负责处理这事，如同将一只苍蝇吸入口中，吐不出咽不下去，承受这个恶心是必然的了。

事不宜迟。姜来远把侯长贵侯希猷爷俩叫一起，说了自己的初步方案，两个人要承担起来，如果都不承担，后果会无法收拾。侯长贵问什么方案，姜来远说了本金一定归还。侯希猷说钱不够。姜来远扭头就走，侯希猷扑通一声跪下，嘴里大喊：“姜叔叔，你不能走哇！你怎么说，我都依你。不过，我哪来这些钱？”

“你要把原来赚了的钱拿出来。让他们拿到高利息的，也要吐出来。至于缺口，你不是有路子从荷兰人那里倒腾洋药吗？前段时间帮助商家收购的金矿，想办法借点资金，你把股份抵押，还有好几套大宅子，老家不是置办了六百亩地？押上从银行贷点。这样不行？”姜来远一五一十，把侯希猷的家底都给抖搂了出来。

“那、那，我啥也没了！”侯希猷一着急，说出了真相。

“啪”一声，侯希猷在地上摔了一个狗啃屎。原来，侯长贵听侄子还不舍得自己的不义之财，气得从后面踹了他一脚，嘴里骂着：“都啥时候了，留着宅子地干吗？还想把我给拖累死啊！”

见叔叔动了怒，侯希猷只好同意和那些人一块儿见面，商量退钱之策。

姜来远当着大家的面表明了原则：官家的归官家，商家的归商家；退一步海阔天空，若都是步步紧逼，最后就会鱼死网破；大家要的是钱，不是人命；若出了人命，人死债消，钱追不回；按照大清律，各人也免不了受刑罚。

话说到这个份上，各位债主便纷纷表态，想快些知道具体的处理措施。姜来远说了停止计算利息，分三年兑付完毕，每半年一次，先兑付本金，之后支付利钱。大家喧哗声四起，认为吃亏了。

姜来远见各位都是只赚便宜不吃亏的主儿，霎时间变了脸色，说：“各位都知道，此事与我姜某人无关。大家若同意这个方案，可以直接和侯希猷签字画押。若不同意，那就把人叫出去，大家看着办。”

侯长贵一脚将侯希猷踹出老远，嘴里骂着：“要钱没有，要命一条。想把我拖累死，你先死了算了。”

侯希猷没想到叔叔来这一招，等爬起来，鼻血直流，已经破了相。爷俩的双簧演得还很像，这令姜来远想象不到，他急忙拉着侯希猷的手，责备侯长贵，嘴里说：“侯经理，你不能这样，希猷有错，想办法处理，你这时候就是打死他，也解决不了问题。”

“要侯经理担保。”

“要侯经理签字。”

债权人的呼喊此起彼伏，侯长贵心中叫苦。姜来远看了看大家，又看了看侯长贵，说：“侯经理，怎么样？看来今天这个保人你不当，事儿没完哪！”

“侯长贵不担保不行。”

“侯长贵不担保，决不答应。”

各位债权人不再称呼侯经理，开始直呼其名了。侯长贵不作声，姜来远转过头问大家：“如果侯经理担保，大家对刚才的方案认可吗？”

“可以。”

“可以！”

“不担保可以，让这侯希猷死都不知道怎么死的。”

沉默了一会儿，侯希猷扑通一下跪在了侯长贵面前，嘴里大喊：“叔叔，我错了，你要救我啊！”

侯长贵仰天长叹：“侯家怎么有你这么个孽种！”

四周一片起哄的声音。

4

高利贷事件平息，姜来远深深松了一口气。看来，这高利贷自古有之，以后怕也断绝不了，甚至以后老百姓有钱了，这高利贷之风会越刮越盛。没几天，就听说海军部派人到海军学校视察，要处分谢葆璋。

无风不起浪，姜来远听到的传言是真的。

海军部军制司司长郑汝成率领相关人员前来烟台海军学校视察，本属正常。但当谢葆璋听闻此消息时，大为吃惊，因为郑司长已经下船。谢葆璋知道有大事，按照相关礼仪完成公务后，四周没有旁人，谢葆璋忙道：“子敬兄前来，为何不提前告知？”

郑汝成改了方才一脸严肃的样子，端起茶杯喝了一口，缓缓说道：“谢兄，来之匆忙，不甚方便。”

这话令谢葆璋更是摸不着头脑。郑汝成，字子敬，河北静海人，可是自个儿天津水师学堂的同窗好友，同在“威远”号练习舰实习，还一起远渡重洋赴英国留学，可以说是莫逆之交。不用在烟台见面，就是没有公务安排，平时书信往来还是很频繁的，今日行为异常反常，但是不能就此冷场。谢葆璋又说：“子敬来烟台，绷得如此之紧，想必有重要事务？”

“不瞒你说，这次名义上是来视察学校，实则奉命调查海军学员参与高利贷之事！”郑汝成话说得直接，语气透露出重重忧虑。

“高利贷？”谢葆璋竟然有些语塞。

“前段时间高利贷之事虽已平息，却有人暗中以电报方式上报给海军部，我就是奉命前来处理此事。这么多年来，弟之为人，哥岂能不知？我们相识在天津水师学堂，那时正青春年少，一起在学堂读书，去的欧洲领回的军舰，共同在北洋水师服役，一起参加甲午海战，屈指算来已三十余载。我们几百弟兄，现在活着的，已十不足二。在近天命之年还能相见，已属万幸。弟之为人，我不用来就知怎么回事。可眼下之情形你是知道的：满族的人还是不放心汉人掌权，前年让那些不学无术的满人来海军学习，就是想往海军部队里掺沙子，你没遂他们的愿，上面有人不高兴；还有，前几天学生高利贷骚乱，已有人上报海军部。"

听郑汝成这么说，谢葆璋内心隐隐感到不妙，疑惑地问："高利贷之事已处理完毕。怎么又有人私自发电报？"

"事情可不少，你这边刘副校长是海军部刘副部长的叔伯连襟，一直想取而代之，你真的从未感觉到？"郑汝成一边说，一边用眼睛盯着他，感到有些奇怪，想着你也是经历过事儿的人，还真在外面当官习惯了？不了解宫廷斗争了吗？

"只听说他有个亲戚在北京，不知具体是干什么的，没问得那么细。"谢葆璋说着真心话，没想到人心叵测，就这些人竟然这么的复杂。

"有人想取代你，还不是最要紧的。论资历，他们都不行，就是海军部里，也没几个比你更合适此位置的。关于你的告状信一直不少，说你从建校以来就着手培植亲信、一手遮天，下面人敢怒不敢言，学校的真实情况无法上达天听；还有人说你将亲戚安插在海军学校、和外面的人合伙做生意；去年的春季运动会满汉学生爆发的激烈冲突，你据理力争，不肯偏袒满族贵胄学生。表面上，那事情不了了之，实则波涛汹涌险象环生。其实，海军部谁不知道？你兄弟、弟妹都是福建人，烟台哪有什么亲戚？都知道这学校是清水衙门，有何好位置用以安插亲信？你和外面做生意？有啥生意可做？这些都没人信。不过最近有人密报，说烟台海军学堂中有革命党，有的人暗通康梁孙黄，常有对大清不利的言行，已引起清更高层的注意。有些官员甚至暗中点名，指责你是海军学校的乱党之首。兄弟可否知道这个？"

闻听此言，谢葆璋如同晴天霹雳般，心被震得怦怦直跳，似隐隐作痛。祖护汉族学生和学员参与高利贷之事，都难有十足的证据，最多说他管教不严，难以苛刻指责。他何尝不清楚，天底下最大的帽子莫过于"乱党"，这个罪名若给扣到头上，那脑袋就会和帽子一样，随时有被风刮跑的可能。闻听此言，知道情势已不可挽回，谢葆璋定了定心神，道："弟兄们不说弯话，怎么做，听哥哥明示！"

"眼下之局势恶劣异常。你借此事以生病为由辞职，免得落个撤职查办。留得青山在，不怕没柴烧。这样退身远祸，以图后事会更好。说实话，我若走，现在都走不脱。"郑汝成靠近中枢，所知甚多，与谢校长所言皆为实情。看来，每个人都有他自己无法言说的难处。

"如果这么走，我不甘心。这么多年来，我不敢说做得多好，但兢兢业业、问心无愧。有人想高升可以直接提出来，采取这种手段，我不接受。若不明不白就这么走了，知道实情的是我遭人陷害，不知道的，还认为我真犯了什么事！"谢葆璋有些执拗地说道。

听他这么说，郑汝成为难的表情浮现在脸上，但他清楚自己的处境，只好说："虽然有副部长从中作梗，但部长知道我们都是萨镇冰的学生，他们是同科进士，算起来也算我们师叔辈的，也正因为知道我们是同学，才特意派我来将真实情况告知于兄弟。若换作他人，会如何处理，恐怕郑某就无法猜度了。若兄弟愿意，可采取周全的方式，既能全身而退又不失体面，你看可行否？"郑汝成怕伤了老同学的面子，委婉地说。

"看来，海军部长都保不了我，如何能体面地全身而退？"谢葆璋有些失神地说道。

郑汝成见谢葆璋已无留恋之意，便说道："若可以，我可以给你拟定在同一学校任职太久需要轮换的建议，提议你去北京海军部或去威海卫海军，因有人要置你于死地，这些方案肯定通不过。但尚需时日研究，在此期间你可以写个因病告老还乡的辞职申请。若如此，还能得一部分补贴，是为全身而退之策。不知兄弟意下如何？"

话说到这个份上，谢葆璋知道他已经为自己的事情费心颇多，事已至此，怕是说多无益，只好无奈地说："那听哥哥的便是。"

"也不要太灰心，这海军不是陆军，无法速成。眼下全国拿得出手的海军军官屈指可数，老弟这般有实战经验和理论经验的凤毛麟角。在这大航海时代，无论谁当权，这海军会越来越重要。老弟返乡可养精蓄锐，时机一到，便可东山再起。"郑汝成说着海军的未来，安慰着他。

5

谢校长毫无征兆地离开烟台，令很多人感到突然。姜来远很快就知道了事情的来龙去脉，连忙跑来问候："谢叔，真的要离开？"

谢葆璋叹了口气，道："吾在山东已二十年，是真心不想离开。想当年与你父亲一块儿出洋领船，涉万里大洋、历经有年；后历经甲午海战，那么多兄弟壮烈牺牲而我独活，已属老天眷顾于我；这海军学校从无到有又是六年，当了大半辈子海军呢！可眼下之大清，无论是军队还是官场，人人倾轧，更多人想的是如何升官发财，如何提携门生故旧，就连本应清净的学校，也到了不达目的不择手段，矛盾无可调和之地步。现离开，已无甚可惜之言。"

"叔父若回福建，如何营生？"来远急切地问。

"福州那边我还有宅院，不用租房子。按规定，这边还能发一部分遣散费，还能够支撑一段时间。这些年在学校不用置办房产，海军薪资较高，少有积蓄；回老家也可读书写字谋生。"谢葆璋话语中透着深深的无奈和悲凉，一个从年轻就和大海防卫打交道的中年人，被逼迫离开自己熟悉又心爱的岗位，返回少年时代就离开的老家，整日赋闲无所事事，令人情何以堪？

"叔叔若回，可一定来信，若有机会到南方，一定去看望叔叔。"来远见叔叔并无甚悲戚之意，也不好说太多话。

"晚上别走了，在我这里吃饭，晚饭后咱去海边转转。"谢葆璋说后，便招呼家人准备饭食。来远也不再谦让，知道情况紧急，怕难有时间再单独送行，只好应允。

6

饭毕，天色已暗淡下来。

谢葆璋和姜来远两人出了学校，转到海边，往东走。春天的烟台尚是北风，一艘出港的轮船往东驶去，船上的灯火倒映在海面上，灯光摇曳着，如同扯碎了的梦。见四下无人，谢葆璋道："此回福州，千里迢迢万里波涛，要停靠青岛、上海、宁波等地，往来颇费时日，见面殊为不易。若有机缘，定还能相见。孩子们已习惯烟台这夏凉的生活，只是福州湿热潮湿，需要长时间才会适应吧。但眼下此乱相，不知能维持多久。烟台开埠较早，人心开化已久，况且旅日学生较多，思潮繁杂，社稷若有异动，烟台必受大的冲击。贤侄当以稳字为主，切莫太过招摇。”看来，谢葆璋把他留下来吃晚饭到海边闲逛，是为了嘱咐他这些不方便当别人面说的话题。

姜来远深知，此次单独交谈，怕是他俩私下说话的最后机会，便把憋在心里好久的话说了出来：“谢叔叔，前几年就有人找我，劝你加入同盟会。我觉得你不可能加入，也就一直没和你说此事。”

一阵冷风从黑漆漆的大海吹来，令人有些寒战。谢葆璋缓缓说道：“对大清的腐败，同盟会员中有几个比我体会更深？我是恨不能立刻除旧布新，以强我中华；但我食大清俸禄近三十年，做反对朝廷之事，确实有些不忍；况且，同盟会所吹捧的‘人人为公’，真能实现吗？远的陈胜吴广，近的太平天国，哪个起初不是打着‘人人平等、天下人皆为兄弟姐妹’的旗号举事，最终可不就是一阔脸就变？这在台下是一回事，一旦大权独揽，恐怕又是另一回事儿！若如此，闹腾个啥？”谢葆璋没直接说不加入的原因，但从这话中听出，他把“同盟会”看得和陈胜吴广是一样的。

看来，谢葆璋对下面的情况是很了解的，加上其天资聪颖、饱读诗书，已是年四十有五之人，能够对这新生事物反复揣摩、分析其利弊，不会轻易被所谓的潮流所主张。但他又是一个不强求别人的人，他猜测来远这个年纪的人会更容易接受这样的思想，也不想劝阻，只是劝他莫太招摇。来远见其这么说，加上又是长辈，暗想：幸亏上次没跟他提起这事。只好顺着他说道：“叔叔所言极是，侄儿谨记教诲。侄儿当要去港口送行的。”

7

烟台港的休息室内，谢葆璋作为烟台的头面人物要登船，自然是在贵宾室等候。前来送行的人可真不少，海军学校的代表，社会上的朋友，郑汝成率领十多个部下也来了，挤了满满一屋子。气氛虽热烈，但还是有些尴尬，特别是郑汝成接替了谢葆璋的校长职务，令刘副校长很是郁闷，自己费了一番劲，让这姓郑的老头子给占了位置。

莹哥一脸疑惑地问：“爸爸，我们这是要坐船去哪儿？”

谢葆璋低下头，缓缓地说道：“我们回福建老家呢！”

“烟台不是我们的家吗？”莹哥用烟台话，好奇地问着父亲。

闻此言，谢葆璋强忍苦楚说道：“这孩子，说的是烟台话，吃的是大饽饽，把烟台当家了。”

“那福建有轮船吗？能骑马吗？来远哥哥不去吗？”莹哥问了一连串的问题，把大家差点给逗笑了。

来远看了看莹哥，有些不舍地说：“哥哥去不了，在这儿给你看着房子，要不哪一天你再搬回来没地方住呢！”

正聊着，有管事的来报：“校长，该登船出发了。”

听着谢校长的称呼，谢葆璋心中很不是滋味，这学校倾注了自己多少心血，还有，自己的三个孩子都出生在这里，自己，甚至全家，不仅仅是对海军学校割舍不了，更是对烟台放不下。他恋恋不舍地带着家人登船，姜来远送到船舷边，被工作人员制止，说船就要开了。姜来远退回候客厅，隔着窗户呆呆地站立着，谢校长一家人站在船甲板上，不停地向他招手。霎时间，来远的眼睛顿时蒙上一层雨雾，眼前的一切模糊起来，船上耸立着的大烟筒“突、突、突”吐出浓密的黑烟，随风缓慢向东南方飘着。随着震人心魄的沉闷的汽笛声响起，船慢慢地离开了码头。

第十一章

激情澎湃新思想　风起云涌辛亥年

1

“盛宣怀干部长了！”

“盛老爷子又高升了！真乃喜事、喜事，大喜事啊！”

“我不是说吗？以前我就说过，盛道台聪颖过人，肯定还会高升的！”

烟台商会会馆内灯火辉煌，商界的头面人物正在大摆宴席，在座的各位如同中了头彩般，纷纷议论盛宣怀升任邮传部部长之事。按说，这朝廷的官员经常轮换，谁干部长和这帮人有啥关系？还别说，真有些关系。

但大家议论的大多是空话，吴会长把手朝大家摆了摆，四周安静了下来，他把话转到主题上：“托老佛爷的福，烟台这铁路的事儿看来大有希望了，盛部长在我们烟台这么多年，对烟台的发展居功至伟，这次做了邮传部长，只要稍微照顾一下，这铁路的事儿，准成。”吴会长会说话，老佛爷死了好几年了，他还是张口老佛爷、闭口老佛爷。

“对，盛部长在烟台多年，对烟台有感情，这可是千载难逢的机会，不容错过。”有人附和着。

“事儿是那么个事儿。不过，得找个人到北京靠上，光在这里耍嘴皮子，没用。”

“盛部长走南闯北、交际极多，他这离开烟台都十多年了，说不定都把烟台给忘了。谁还能和他说上话？”这个提议一出，不少人又开始摇头，直咂吧嘴。

“大清户部银行烟台分行的协理张开元，他一直说和盛部长是亲戚！”有人嘀咕着，声音虽不高，但不一会儿，整个会场知此事了。

“他，那亲戚八竿子打不着，能管事吗？”

“怎么不能？这小子这么年轻就是协理，若没人给他说话，能成吗？八成就是这盛部长给他说话了！”

“对，有道理，真是朝廷有人好做官啊！看来人家这亲戚还真管用！”

“他怎么没来参加宴席？”

“他这级别的还不够，不过，得和商会商量一下，让他出面才是。”

“对，机不可失、时不再来。”人们对如何能修成烟台铁路的事议论纷纷，商量一致的结果是让张开元去北京协调这事。

散会后，坐在角落里的姜来远没有动，吴会长走过去，问：“你怎么一声不吭？来远老弟？”

这吴会长也是同盟会员，今天的会议姜来远完全可以不来，来是为了交流其他事情。听吴会长这么问自己，姜来远看了看人都散差不多了，站起来靠近吴会长低声说：“外面风声很紧，最近的皇族内阁引起立宪派的严重不满，我们革命力量会增强，如果把精力花在这方面，是否值当？”

没想到，吴会长竟然说：“这个事情大家考虑过，但为了稳妥起见，这么做也是为了掩人耳目，好在里面插入我们革命的同志。”

“关键是目前朝廷将广东、四川、湖北、湖南等地的商办铁路收为国有，还要卖给外国人。宁予外人、不予国人。此策怕是不得人心。我们刚安排人找修铁路的门路，怕是万难。这浑水摸鱼之策，千万别走偏了。”姜来远忧心忡忡地说着。

2

大清户部银行的会议室内，烟台商会吴会长领着烟台商面上最有脸面的几个人前来拜访。虽说银行见过的有钱人不少，但这么多人一起来拜访，还是大大出乎侯经理的意料。他连忙把他们让到会议室，落座上茶，侯经理、张开元和姜来远等人作陪。

吴会长说明情况后，没想到张开元面露难色地说道："大家知道，我姨夫为人正直，怕是不好说话。"

听完这话，徐经理有些着急，心里头骂开了：张开元这鬼小子，可真会拉大旗作虎皮、顺杆往上爬，从来没听说盛宣怀与他有啥瓜葛，人家现做部长了，成了你姨夫。还有，这地方要托付你办个事情，你反而端起来了。徐经理知道自己挡不住，看了看有些木然的张开元，和颜悦色地说道："盛部长在烟台多年，对烟台感情深厚，此行必会成功。"

张开元装作为难的样子，吴会长接着劝："张协理不用担心，盛部长为人正直，但也为人忠厚。盛部长在烟台负责海关、兵事，开航运公司，多年来为烟台做了很多好事、实事，也多次探讨过修筑铁路之事。现在盛部长位居高位主管此事，说不定已经在筹划此事了。"

张开元心里很清楚，这烟台市面上的头面人物都来找自己，说明自个儿有用处，端着可以，但不能绷太紧了，一旦绷断了，就错过了。借这个机会到北京跑一跑，也不是什么坏事，但是，自己银行的位置不能丢了。当张开元表达出这方面的要求时，徐经理答应他在银行的协理位置不变，吴会长承诺如果其兼任烟台铁路督办，每个月会有三十两的白银车马费，张开元表示难以接受。直到吴会长开出给他三千两白银的活动经费时，他才勉强点头应允。十天后，张开元一行人踌躇满志，带着三千两白银的活动经费和一大宗干硬海货，坐船到天津转火车去北京。

烟台地面上的人们在紧张地等待修建铁路的消息，眼都等绿了，修建铁路的好消息没得到，倒是从各个途径传来四川荣县独立的消息。该消息先是在小范围内流传，姜来远得到了梁冬祖语焉不详的电报，但是证实了小道消息的真实性。街面上巡逻的官差多了起来，看来官府也加强了戒备，从另一方面坐实了局面的紧张，同盟会员间的信息传递频繁。不几天，姜来远收到了梁冬祖的来信，告诉他革命军已经在荣县成立了政权，目前四川局势混乱，在成都集聚了很强的革命力量。姜来远将消息告知了同盟会员，同盟会给他安排的任务也越来越多，大连、上海来的革命同志聚集在烟台，姜来远负责接待、筹措资金、资金汇划等工作，忙得团团转。

一片忙碌之际，夜半三更姜家房内传出小孩子嘹亮的哭声。姜来远在客厅焦急等待，接生的医生抱出包裹好的小孩时，来远才放下心来。

来远接过来小孩，仔细看了一下，问："大人如何？"

医生说："母子平安，可以进去看了。"

来远进了内房，看着疲惫的佳怡，心中很是不忍。姜家上下忙忙碌碌，来远也沉浸在添丁进口的喜悦之中。天微亮，同道传来电报：武汉起了炮声。原来，就在这宁静的夜里，古老的中华大地发生了一件大事，武汉的局势没有像广州那样，革命力量和朝廷的军队竟然僵持下来，双方不分伯仲，引起好多省份效仿自治。有人鼓动：是不是可以自治？来远与人商定，断然不可轻举妄动，应该联系好革命同人，把海军学校的学员发动起来，等全省一起行动。

3

市面上的气氛越发凝重。

夜里，来远与媳妇、母亲商量："武昌那边已乱，想必最近会动荡至极，烟台作为军事重地，兵火之灾难免，是否该去乡下一避？"

"你媳妇刚生产，身子弱得很，行动不便。"来远娘在一旁小声说着。

"来远，你觉着这次会打起来吗？"佳怡不顾虚弱的身子，抬起头来问来远。

"别急，不会那么快。你先养着，过几天再看。若可以，趁暖和，回老家避一避也可！"来远安慰着她，但内心盘算着下一步的打算，看最近各省通电甚多，省内同志往来频繁，自己怕是顾不上佳怡他们了，与其在这儿不安全，倒不如暂时到乡下躲避一下，一来避开战火，二来自己也不必为他们担心。

"那样也好。生了孙子，也该让四邻八舍看看。"来远娘倒是说了个实话。

4

姜来远见同盟会主力未在烟台现身，想必这边一时半会儿暂无动静，便请了几天假带着一家老小赶往黄县。因路过县城，在丁百万家过了一宿。见女儿带外孙回来了，丁百万甚是欢喜，这兵荒马乱的，省了七喜等礼节。

"在这住下吧！"丁百万对来远说，一是谦让，一是实话。

"岳父大人，不必如此。此次乱象不少，若要避乱还是到乡下为好。"来远知道丁百万的意思。

"贤婿，难道这黄县城也不安全？多年来，丁家按时给官府交税，灾年开仓赈粮、接济百姓，从未做过伤天害理之事，该不会遭大灾的吧？"丁百万虽对外面有所了解，但还是心里没底，把自己平时的行善，当作救命稻草来祷告。

"岳父大人，乱象一起，怕难有安全之地。黄县作为烟台重地，官府必不肯轻易退出，兵火必至。到时会枪炮横飞，血流成河，小门小户还罢，大门大户难免遭炮火重创，甚至兵痞骚扰。自古以来：小乱进城，大乱下乡。此次不比以往，要将人、财、物尽力疏散才是。"来远之言虽平缓，但不可谓不中肯，分析不可谓不细致。

丁百万听后连连点头："要不，赶明儿，我将部分财物放到北马？"

"我那边无人看守，怕不安全。对家里兄弟们来说，也不合适！"来远说话很顾及别人的面子，婉转推辞。

听了来远的话，丁百万笑道："贤婿多虑了。这个家，我还做得了主。"

"树大招风。此次一旦有动，势必天翻地覆。岳父大人还是早做打算，可以把下人遣散，免得惹来麻烦。"姜来远预判下一步会面临血雨腥风，对市面形成非常严重的冲击。

丁百万面色沉重，长长舒了一口气，又微微点了点头，给姜来远倒了一杯茶，缓缓地说："是福不是祸，是祸躲不过。你们还年轻，要跟得上形势。"

老岳父的话虽然没有说得那么直接，但两个人都心知肚明。第二天一早，姜来远带着老人孩子回了村里，卸完车，顾不上路上的疲乏，带了两盒茶叶两盒点心来到朱师傅家，寒暄问暖之后，诉说着别离后各自的情形。晚上，闻讯而来的姐姐姐夫外甥都来看他。来远将他们聚一块嘱咐："最近乱，大家吃住都在这儿，哪儿也别去。夜里要有值班，看护好家院。"

5

当来远接到开会通知，急匆匆赶到会议室时大吃一惊，就见屋内黑压压坐了一片人，侯长贵坐在会议桌头上，烟台商会的一帮人在一侧，自己银行内部的一帮人在另一侧，吵吵嚷嚷的嘈杂声一片。来远正要在靠近门口的一空位处坐下来。谁知，平日里难以见到微笑的侯长贵突然和他打着招呼："姜协理，来这边坐。"

这是咋了？他侄子高利贷处理完后就好像换了个人一样，这些天太不正常，不知这老狐狸要啥花招。是不是看局势动荡，也想给自己留条后路？哼，知道就好。姜来远一边想着，一边往他那边走去，可惜只有一个挨着他侯长贵的空位，只好无奈地坐了下来。看人到得差不多了，侯长贵清了清嗓门道："各位、各位，安静了，安静了！"这时，有人把大门关上，会议室内顿时静了下来，侯长贵环视了一下会议室说："今天各位为了张开元的事找上门来，说实话，我们大清户部银行可是实实在在的受害者。我得把银行的各位同人都叫来，一块听听这事儿找我们大清户部银行，是该，还是不该。"

银行的人都面面相觑，只是侯长贵这么说完，才知道这些人来是为了张开元的事情。但姜来远还是并不知道什么原因，不知道张开元犯了哪档子事。这时，商会的吴会长说道："侯经理，张开元可是带着我们三千两银子走的，这事儿没办成不要紧，连个屁都没放就不见人影了，他是你这边的人，你说不找你找谁？"

"吴会长，要这么说可就不对了。当时，你们找张开元去北京活动，是看在盛宣怀当了部长的分儿上。想当初，是你们亲自找上门来的，银子是你们自愿凑起来给他的。我们无建言，没经手银子。还有，我们还给了他出差补助，几个月下来，他活没干，还耗费了银行上百两银子，手下的弟兄们还要加班为他打活。何况，那铁路修和不修关我们啥事？还不是为了各位方便？你们找我，我找谁去？"侯长贵的一番话比他们还有理。直到此时，来远才明白是怎么回事儿。原来，是张开元带着钱跑路了。

"这……这个。侯经理，不管怎么说，这张开元是你的人，他带我们的钱跑了，我们不找你，你说我们找谁去？"见吴会长让侯长贵给压住了，商会另一会员禁不住插嘴。

"当时你们给他凑银子时，是看在我侯长贵的面子，还是盛部长的面子？若看我面子，找我我认；若看盛部长的面子，该找他去呀！"侯长贵不愧是老手，言语轻佻，满脸不在乎。

"这张开元跑了，我们哪找去？"

"哼哼，他跑哪里，你们去哪里找就是了。"

“张开元可是你的人，你给他发工资。”

“从哪里说张开元是我的人？第一，大清户部银行不是我的，第二，他的工资也不是我发，第三，他来得比我还早，凭啥说是我的人？你知道这几个月，来远兄弟为他干了多少活？这不都是因为你们吵吵着修铁路给闹的？刚才我给总行打电话了，总行说张开元已经不是我们行的人，明日北京的报纸就刊登他被开除的告示。”侯长贵在这方面老辣至极，三言两语便把已是死兔子的张开元一脚踢开，还不忘碾上两脚，把银行的责任甩得一干二净；同时，又与姜来远称兄道弟。他这一拉一打，令下面的人迷迷糊糊，自己则牢牢地稳住局势。

商会的人万万没有想到，侯长贵会来这一手。吴会长气得脸色铁青道：“侯、侯长贵，你、你够狠。一句话说那张开元不是你的人了，他就真不是了吗？我不信！”

“唉，吴会长，发那么大火干吗？我没说不是，他不一定是；我说不是他可就不是了。”侯长贵侧过头对他银行里的人说道，“回去办公室拟个文件，原来张开元的所有工作，正式交与姜来远先生管理，不再是代理，即刻生效。”说完，他眯了眯眼睛，往外撑了撑脸皮，点着头，微笑着，满脸得意。

吴会长气得直哆嗦，用不成溜儿的话说：“你，你，老侯，你不讲理。”

“吴会长，咱在一个街面上，可别为张开元这么一个外乡人伤了和气。您该告官府告官府，最好是上北京告。”侯长贵不阴不阳地说着。

“还是你狠，告辞！”吴会长见占不到啥便宜，一挥手，带人走了。

“不送。”侯长贵嘴上不客气，身体也懒得动，连屁股都没抬。吴会长带领人走后，侯长贵接着给行内的人开会：“这事，要脸就没命，要命就别要脸。伙计们，眼下情况都明白，各位自己要小心，刚才总行说了，派个协理来接替张开元，明儿晚上就能到。”

散了会，大部分人三三两两地散去，姜来远坐在墙角的凳子上，有些心不在焉。吴会长走过来，问：“怎么还不走？”

姜来远看了看四周，倒是没人注意他，低声道：“路上走，有要紧事情说。”

吴会长和姜来远一边交谈着武器人员等情况，一边商谈着资金准备情况，向原来约定的天仙茶园走去。

到了天仙茶园，蒋衍升等几个同盟会员已经在焦急等待了。一看到他们，蒋衍升急切地说：“刚得到准确消息，天津已经派出军舰到烟台，加强对我革命党的防范，听说要对我会员下手。何去何从，大家要下决心。”

“目前军械不足，徐镜心他们不在，成功的难度很大。”一个会员说。

“海军学校内部已经下达战备命令，要求加强戒备、内紧外松，越晚越被动。”

“革命成功后怎么办？如何管理？”众人莫衷一是之时，姜来远问。

“什么怎么办？”

“谁来挑头组建军政府，上面讨论过吗？”姜来远问。

“这，这个……”几个人面面相觑，你看着我，我看着你，无人回答。

“应该还没有讨论到这一步。”蒋衍升话音刚落，一阵急促的敲门声响起，大家急忙屏住呼吸，来远走到门口，低声问：“谁？”

“是我！”大家听得出，这浓重的海阳口音是宋甲豪的话。

来远轻轻拉开门闩，宋甲豪挤进来，回头把门关上，用低沉而又急促的语气说：“官府要抓人，情形紧急，大家要尽快离开此地。”

“为什么抓人？去哪里？”蒋衍升问。

“跟我走，外面车已准备好。”宋甲豪说着，拉开门闩往外走。

姜来远他们不敢怠慢，顺手带了自己的东西下了楼，上了停在路边的带棚马车。众人坐稳之后，车夫一鞭子抽在马背上，那马便风一般稀溜溜直跑起来，车架子发出咯吱咯吱的声响，在安静的街道上越发显得刺耳，七拐八拐，车停在了渤海日报社。姜来远很纳闷，同盟会员内部有通知，非紧急情况，不来此地碰面。既然来了，肯定遇到紧急情况，一行人下车后跟着送信的人拐了两个弯，穿过三道门，进了一个房间。房间内有很多人，分别围着几张桌子坐着，房间内的人招呼他们坐下，大家继续讨论，一个牟平口音的人说：“现如今准备不足，要行动须请示总部同意，他们派援兵过来，才有取胜的把握。”

“时间来不及了。据最新消息，道尹已经请求天津派兵支援，船舰已经出发，估计明晨就到了。”一个莱阳口音的人说道。

“天仙茶园已经暴露了，人都转移到这边来了。兵贵神速、不能迟疑。”蒋衍升在众人嘈杂声中大声喊道。

闻听此言，会场内顿时安静下来，看着他。

蒋衍升站起来大声说：“官府已经下定决心动手，箭在弦上，不得不发。我们人基本到齐了，应该现在就动手。”他那声嘶力竭的声音和平时已经大为不同，显然嗓子已经破了，听得出无奈与决然同在，无畏与恐惧同存。他的话还是超出大多数人的意料，来远看在眼里，急在心里，这个时候还能等什么？只能往前走，想到这，他猛然站起来，脱口而出：“夜长梦多，迟则生变！”

大家都向姜来远看来。

姜来远往前走了两步，挤到桌子边，环视了一下大家，说道：“我支持蒋衍升的提议，即刻动手。大家知道荣县独立比较顺利，就占据了主动。武昌义举时消息泄露清廷先动手，牺牲了不少同志。如今既然得知烟台官府要动手，我们不能坐以待毙，应该立刻行动才是。”

闻听姜来远之言，更多的人点头称是，有人说：“立刻行动，安排任务吧！”

栾星壑点点头，说：“既然如此，按原来计划：邱丕振带领一队去占领海防营；丁训初带二队去占领道署衙门；谢洪涛带领三队去占领海关；姜来远带领四队去占领大清户部银行；肖廷枚带领五队去占领电报大楼、警厅等重要地点；其余部分，分别按原先计划占领主要路口，分头行动，注意，万万不可扰民。”

来远对紧挨着的邱丕振低声说：“邱委员，海防营的郑汝成是家父同学，尽量不要伤害其性命。”

“大家回去安排，按点行动，散会。”栾星壑看大家没有作声，便安排道。

“等一等。明天军政府如何成立？”来远的问话让大家一愣，那些准备走的同志停下了脚步。

栾星壑看了看四周，问：“军政府成立？本来约定的是徐镜心，可惜他没在。”

“星壑，你来干。”有人提议。

“我不合适。上个月大家议论过，徐镜心来做。”栾星壑的话很干脆。

有人冲进来，大声喊：“有十几个官兵过来巡逻，大家赶紧撤。”

“按计划行动，明天我来代理。”栾星壑话音刚落，便让众人赶紧离开。

6

天刚黑下来，整个烟台市面上行人稀少，与平时并无二致。来远经过毓璜顶天仙茶园门口时，见几个官兵站在门外，想必是在等待什么。来远往北又走了一个路口，来到北马茶园，见门口外挂出了包场的牌子，一楼稀稀拉拉地坐着几个人在喝茶，那是自己早已约好的几个帮手。二楼上，丁德盛、肖廷枚等人在焦急地等待着他的到来，姜来远慷慨激昂地说道：“国家兴亡，匹夫有责。无道大清，早该灭亡。我们同盟志士，为吾共和，当奋起一举。”几个人虽表面平静，但内心无比激昂。

“什么时间行动？”

“今晚三更同时行动。我们的目标是大清户部银行，不到万不得已，不能开枪伤人。”姜来远嘱咐着大家。

听完姜来远的话，大家频频点头。丁德盛说：“对，你说得对，这次行动，我们尽量做到不动枪、不伤人，不要冤冤相报。”

姜来远把早已描绘好的地形图摊开在桌子上，详细讲着金库所在的位置，一队员问：“金库里的人员若是打枪怎么办？”

“这个不怕。今天有三个人值班，其中一个是我熟悉的，好说话。大伙先别露面，我来。”来远把情况讲明，大家心中都有了数：三人值班，若是熟悉的出来开门，剩下两个在里面就是瓮中之鳖了；若是不熟悉的出来开门，那里面只有一个对抗的，也就更好办了。

出了北马茶园，一行十人穿街过巷，不多久便来到大清户部银行楼旁，从窗户看开着灯的房间，是刚上任的孙协理的办公室。孙协理比较认真，应酬也少，房间里有煤炉，也暖和，住办公室值班倒省得租房子。

姜来远从口袋里掏出白色布条，每个人都将布条系在脖子上，示意大家蹲在墙边的暗处，一个人站到门前敲门。里面的人听到敲门声，就听踢踢踏踏的脚步声，有人问：“谁啊？”

“我，来远。”姜来远尽量和平时一样，用不太高的声音说着。

“原来是姜协理，这么冷，不在家照顾弟妹，您来有事？”门卫三李子用浓重的福山口音问着。

“是三李老哥，我来取个报告，回去誊写一下。”来远的话音刚落，那门便呱嗒一声打开了。来远闪身进入里面，将门往墙上一靠，顿时后面闪进一人影，没等三李子喊叫，一只大手捂在了嘴上，几只手分别摁住了他的胳膊、肩膀，顿时动弹不得。后面的人迅速拥了进来，把门反锁上。来远低声道：“三哥，对不起了，外面革命了，放心，不会伤害你的。”

里面人好像听到了什么不对的地方，有人问：“三李子，谁？”

“我是来远，取点东西，三李子陪我上去一趟。”来远走进金库门口和里面说着，便转身上了楼梯。

两人把着后门，看着被捆起来的三李子，其余几位跟着来远蹑手蹑脚上了二楼，走到孙协理办公室门口。来远抬手敲了敲门，有人轻声问：“谁呀！这么晚了还敲门。”接着就是“嗒、嗒、嗒”的脚步声。

“我是来远，孙协理。”来远的话刚落，就见门打开了。两边的人顿时现身，将门推开，那孙协理吓得咣当来了个腚蹲，啪的一下子，跌坐在了地上。

“你，来远，你是？”这孙协理一时竟然蒙了，说不出完整话来。

“孙协理，今夜整个山东都活动起来了，山东独立了，我奉命来接管大清户部银行。孙协理放心，只要不反抗，这事与你无关，会保证你的安全的。”姜来远的话尊重而又不失威严。

“好好好，不反抗，不反抗。”孙协理早吓得魂飞天外，慌不迭地回答。他作为从北京来的官宦子弟，天下要变的传言早听了很久，家里人本不想让他出京，但想着来烟台镀镀金，实属机会难得。没承想，到了这里才十来天，就发生这大事儿。不过，孙协理年轻，脑子活络，知道事情不是自己能改变的，便顺从地按照来远的要求，交出了钥匙，领着他们往金库走去。

金库里面两位隔着栅栏门见两个协理都来了，后面还跟着好几个人，心中好生疑惑，也不好多问。那当值的孙协理说道：“两位兄弟多包涵，现在革命了，姜协理带人来接管金库，大家照办吧！”铁栅栏里面的两个人见两个协理都如此说，知道大势已去，其中刘小和与来远熟识，平日里也是称兄道弟，还是禁不住问：“来远兄弟，怎么？这就革命了？”

“对，刘哥，现在革命了。前些天的武昌义举大家也都知道了，天下大变若此，那张开元也都不见了。大清已风雨飘摇不可持久；今夜济南、青岛、烟台三地同时起事，道台府、海关、港口、海军都已有人去接管。兄弟我来负责接管这大清户部银行，就是因为咱们熟悉，怕生人来了伤了弟兄们。”来远的话简单明了，入情入理，听了，心里还有暖和的感觉。

这两个人虽说仅仅是看门的伙计，却不是傻子，在铁门内虽无生命之虞，但却对外面的情形一无所知。另一个人不放心，心有余悸地问：“兄弟，你确保这反，一定能造成？”

来远知道他们的疑虑所在，造反可是株连九族的大逆不道之罪，一旦革命不成，可是要掉脑袋的。事已至此，姜来远忙安慰道：“一定能成，天亮之时，那大清的黄龙旗便不见了。”

“若成了，弟兄们能分多少？”这伙计继续问。

“啥分多少？”

“这库房里银两、银圆，折合起来得有上百万，弟兄们能分多少？”

来远没想到他能这么问，看来他们还真把自己当劫财的土匪了，便说道：“这是银行的钱。吾等为革命而来，非为钱财而来，这库房里的钱属于新的革命政府，任何人不能动一分一毫。”

“那革命为了什么？”刘小和问。

“革命是为了国家不再分裂、不再受外国的欺负，是为了四万万同胞有饭吃、有衣穿。这个以后慢慢说。”来远的话音有些急迫，里面的两位互相看了看，刘小和一边开锁一边说：“兄弟，可要保证我们的安全。”

栅栏门、金库门都打开后，来远把钥匙集中起来，枪械缴了，门上贴了封条，拟了条子让几位分别拿了散了。来远便将几个人重新分工，留三个人都配备了枪，守住金库，其余人将告示贴在大门口，意思是大清户部银行属于革命党的了。

其实，在此之前，已有多少人期盼这一天的到来。当然，大部分人对谁掌权是无动于衷的，只有少部分人是大清的忠实拥趸。但这些人中，更多的是贪图富贵之人，为拥护朝廷而舍弃性命抗争之人，怕也没几个。更多的人见大势已去，自然是畏手畏脚，躲一旁默不作声，唯一想的是在新政府中谋得一席之地而已。

快到上班时，几个持枪的革命军站在大门外，加强了对大清户部银行的戒备，上班的职员大都已知发生了革命，除侯长贵不见人影，其余人还都按时上班了。来远将他们集中于大厅进行了训话，讲了革命的目的和意义，同时对人员做了安排，愿继续留下来的欢迎，不愿留下来的自便，蔡世荣被礼送回京，安排相关人员盘点库银，清点账目。见此情景，银行的人哪个是傻子，继续干，有饭吃；回家，立马失业，留下来是上上策。

7

天色微明，一夜未眠的同志们，已完全控制了烟台。

姜来远换上了革命军的标志……脖子上系着白布条，按照约定来到烟台港口，见主要街道都是革命军把守，神情振奋，门口有人询问，来远说明情况，但看门的并未让他进入大厅，就听大厅里有人高喊："孙督军，您做督军就可以！"里面响起热烈的欢呼声。

"可以进来人了。"有人招呼着来远进入接待大厅，就看一穿戴海军制服的中年男人在讲话："如果要我做督军，各路人马要受我节制才是。"

"唯都督马首是瞻！"几个人附和。

"那好。我们去衙门，开始办公。"这人说着就往外走，一大队海军尾随其后。

在往道尹衙门走的路上，来远才知道栾星壑受伤去了医院，无法代理组建政府，烟台道尹徐世光不见人影，不仅仅缺枪支弹药，粮食和资金更为紧缺，关键是一下子管理一个这么大的地盘，难倒了众人。刚才的孙督军是孙传炯，舞风舰军舰舰长，该军舰平时驻天津大沽口，应烟台道尹徐世光邀请来支援烟台。本来孙传炯不想过来，但念其哥哥徐世昌威名还是来了，舞风舰军舰清晨到达港口，随行的有二百多名士兵，还有大量的枪炮弹药，革命军不想与其对抗，在港口上便拥戴其担任烟台临时军政府总司令，这样，虽参加起义之人不能主导局势，但能够避免纷争，减轻被清廷直接攻击的压力。

大队人马很快到了道尹衙门，其他各路负责人都到位，简要汇报着各自的情况，姜来远也说了一下银行的情况。孙传炯安排大家各负其责，保持市面稳定，安排姜来远从银行取出五万大洋，以做军需之用。问大家还有什么建议，姜来远说："既然烟台独立，就应该通电全国，为天下人共知。"

"好，那就由你现在去办。"孙传炯安排着。

姜来远来到值班房，拟好电报，并列出电报接收之地，经孙传炯过目。孙看了电报内容后没有作声，看着名单念道："上海、北京、济南、青岛、武汉、广州、成都。"他顿了一下，说"加上无锡"。

姜来远连忙下去安排，将烟台成立军政府的电报发往全国各地。

来远正在督促他们发电报，邱丕振走过来将其叫到一边，说："今天虽烟台军政府独立，但不是我等理想的革命队伍，应该请求上海同盟会总部的支援。"

来远点点头说："我安排一下，立刻发电给上海，请求徐镜心回来主持大局。"

办事人员递过来一封电报，来远敞开看后眉头紧皱，将电报递给邱丕振，说："济南那边，僵持不下，如何是好？"

邱丕振看了看电报说："济南距离北京太近，又有津浦铁路连通，袁世凯在山东经营多年，济南的清廷力量很是雄厚，情况极为凶险。"

"那怎么办？怎么去帮助他们？"姜来远说。

"帮助？怎么帮助？我们这边还不稳定，这孙被临时拥戴，其是否铁心革命尚未可知，力量分散，岂不是我方会占下风？"邱丕振忧心忡忡地说着。

姜来远环顾四周，低声说："就是这样。我等凭借不到十支手枪占领烟台，大部分人不摸实情，我们都在这里，一旦有变，怕是无济于事。借支援济南，我们带走一部分兵马，对他们也是一个节制。"

闻听此言，邱丕振睁大眼睛，像是不认识一样上上下下看了看姜来远，说："好小子。你竟然有这个点子，这样我们带走他们的兵马，不是我们的人，也变成我们的人了。怎么派人呢？"

看邱丕振认可自己的想法，但怎么带人走确实是个难题，加上海军学员和孙传炯带过来的人，整个烟台士兵不到一千人，恐怕很多人思想还没转过弯来。还有，要带走那孙传炯是不是容易说服？也是个问题。来远沉思了一下，对邱丕振说："这样如何？我们冒充山东巡抚的名义发一份电报，要求我们这边去支援。"

"这样最好！"邱丕振对来远的计谋大喜过望。

"你不能去，邱兄，烟台这边还需要你来维持大局。"姜来远郑重地说着。

这道尹府衙内文书电报人员好几个是同盟会员，他们按照姜来远要求做好了电报，按流程到了孙传炯那里。接到电报后的孙传炯很是为难，觉得派人去不合适，不派也不合适，济南那边今天召开"山东独立大会"，自己这边已经独立脱离清廷，如果不去岂不是不支持革命？如果去了这边力量空虚，为难之际，副官说："总司令，我们烟台成立军政府的电报已经发往全国，已无退路。功高莫过救驾，现在如果派人去济南，当属首功一件。"

副官的话打动了孙传炯，派人去济南？让谁去合适？自己船舰上的人不能去，要看守军舰，还要保护自己以及维持军港和这军政府衙门的安全。自己的人不能被他们带走在外，他们愿意带谁就带谁吧！想到这，孙传炯说："既然济南那边要人，还是去吧。看谁去合适？"

众人你看看我，我看看你，都不作声。孙传炯看了看大家说："军政府新立，第一次派军外出行动竟然无人领命，看来，是否无人敢牺牲？"

听孙传炯这么说，姜来远估计大家都不了解其中的奥妙，觉得不能拖下去，便说：“吾愿为总司令分忧。”

孙传炯看了看姜来远，有些不太接受，说：“带兵打过仗吗？军服有没有？”

姜来远知道孙传炯不太相信自己，但这时没有退路，只好撒谎说：“在海军学校学习过，军服有，在家里。”

好多人知道姜来远说的是虚的，但也属无奈。但这混乱之际，孙传炯哪有时间辨别，这乱糟糟的事情一大堆，把一件事情解决了还有下面的事情等着，便急忙安排：“姜来远带领一百士兵去济南。打电报请求将火车停在蓝村等候，十万火急。”

“听令！”姜来远行了个军礼，退出大厅。

在大家帮助下，来远挑选了一百名士兵，主要是海军学院的，以同盟会员熟悉的士兵为主，来远也从军需库内挑选了一套合身的黄呢子军服、马靴，腰佩指挥剑、德国手枪，顿时人更为精神抖擞，恰似一名威风凛凛，奔赴沙场的军队指挥官。这些人每人一匹快马，在来远的带领下，一路风尘仆仆，过栖霞，赶往蓝村。

三个小时后，这些人赶到蓝村火车站，火车早已停在火车站台。一行人上车后，那火车一刻不停，直奔济南方向。姜来远看着高密、潍县、昌乐、青州的站牌一路闪过，心中越发焦躁，恨不能插上翅膀飞到济南，帮助济南成功独立。

车过章丘不久，天色已黑，又过了好久，路两边才有了点点灯火，房子多了，楼房也有了，应该是进城了，火车内的气氛越发凝重起来。来远招呼大家做好防备，一定听从济南这边的指挥，不可过于莽撞。

火车进站停稳后，门打开，就见站台上军队巡逻布置，有军官上来接洽。所有人员下车后，战马已然齐备，一行人在引导官的带领下，策马直奔山东省咨议局。

8

济南情势之复杂，比大家想象的还要严峻。

山东咨议局大会议室内，独立大会从早上八点开始，一直开到夜幕深沉，仍未有结束的迹象。各派人等虽已饥肠辘辘，但比饿更焦心的是，山东巡抚孙宝琦，对独立之事死活不表态。丁惟汾、刘冠三、徐镜心、蒋衍升、赵魏、赵玉章等山东同盟会主要人员，皆在现场。从武昌义举以来，这些人就紧锣密鼓地商量，争取不费枪弹、不杀人流血而使革命成功，不到万不得已之时，不能用逼的办法。众人皆知，孙宝琦是当年随慈禧西行推过车的当朝红人，又是庆亲王的儿女亲家，作为这么个大省的巡抚，紧要关头如此优柔寡断，大大出乎众人的意料。见天色已晚，山东省各界联合会会长夏溥斋与丁惟汾商量："事不宜迟，迟则生变。你去外围安排人，我去做最后通牒。不给点厉害，他还会抱有幻想。"话刚说完，就见门口呼啦啦进来了一群人。

原来，是姜来远一行人赶到，与五镇参谋黄治坤会合后，对相关人员做好安排，一部分占住门口有利地形，将山东咨议局大楼围了个水泄不通，几十个人持枪拥入咨议局大会议室。众人惊讶之际，姜来远带领几个人跟随黄治坤，迅速来到丁惟汾、夏溥斋身边。大家点头会意，夏溥斋走近一步来到孙宝琦身侧，问："云贵总督李经羲，比孙大人家世如何？"

"李总督为李中堂侄儿，家世显赫，孙某自叹弗如。"孙宝琦不太清楚夏溥斋问话的原因，只好如实回答。

"那李经羲能力比孙大人如何？"

"李总督跟随中堂大人多年，深受其言传身教，文韬武略、满腹经纶，孙某自叹弗如。"

"那李经羲在朝廷的位置，与孙大人相比如何？"

"李总督坐镇西南，乃边陲要地，更需要坚决立断，孙某不如。"

"那李经羲家世高于孙大人，个人能力高于孙大人，在朝廷的位置也高于孙大人。你应听说了，李大人已经放弃云南远避河内，目前已取道回国中，孙大人又有何理由再僵持呢？"这夏溥斋也够损的，问的都是叫任何人都只能说自己不行的问题。他这三个问题也如同三颗炸弹，直击孙宝琦的内心。他很清楚，和李经羲相比，自己算个啥呢？太后西逃时给她推过车子，这功劳搬不到台面上；眼下最大的靠山是亲家庆亲王，这事也没法在大庭广众下吆喝。不过，三句话就让自己就范，怎么可能？好歹也是一个堂堂的山东省巡抚，怎么能让三句话就憋死？想到这儿，孙宝琦说："吾为朝廷守土，土不能守，唯有死耳。即不死，亦不能率领诸君独立。"

夏溥斋冷冷一笑："识时务者为俊杰，一旦错过时机、惹起众怒，局面怕是不好收拾。”

没想到，孙宝琦的骨头没有那么软，却说：“我乃大清命官，清政府只要存在一天，我须尽一日之责任。”

见孙宝琦死不开窍，夏溥斋厉声说道：“巡抚大人，现天下大势日趋明朗，就连朝廷最信任的李经羲也已放弃总督职位远离昆明，山东之独立只是今日或明日之别。望巡抚大人能审时度势、顺应天意，山东能和平脱离清廷水火，巡抚大人当属首功一件；若是等有流血时再变，怕的是悔之晚矣。何去何从，快做定夺为妙。”

夏溥斋的话字字铿锵，说完他看了看门口。

门口的士兵们个个虎目圆睁、持枪而立，会场上人员开始骚动。这时，身穿黄卡其军服、腰系棕色宽皮带、佩着肩章、斜挎红色值日带的五镇参谋黄治坤，一个箭步登上台来，他拽着夏溥斋的胳膊厉声喝道：“夏会长，今天如果孙巡抚不答应独立，这个会就要继续开下去。我告诉你，我们五镇官兵在会场里有二百多支手枪，烟台、青岛已经独立，要是有人立场顽固，死牛蹄子不分丫，一旦出了人命，可不好收拾。”

黄治坤此言一出，会议室内气氛陡然紧张。

孙宝琦看了看身边的几个人，皱了皱眉头，觉得作为朝廷命官，一省的大员就这么轻易就范，心里接受不了，面子上也过不去，他对黄治坤的话表示怀疑：“你说烟台、青岛独立，何以见得？”

黄治坤指了指姜来远，说：“此为烟台派过来支援山东独立的领队，也来通报一下烟台的情形。”闻听此言，会场内众人皆向姜来远看来。

姜来远知道，烟台的行动并不被更多济南人知道，仅仅凭一封电报，真假难以判断，势必要给大家讲明白，才能让摇摆不定的人支持革命，对顽固的保守分子，也是一个打击。想到这，他环顾四周，大声说：“昨夜里烟台已独立，军政府暂时由孙传炯管代理，发往全国的独立电报由我拟定。我等带兵马从烟台来济南，是为保持通信畅通及支持独立，大家勿疑。”

众人闻之，皆交头接耳，继而大厅内喧哗声四起：“烟台独立了，支持独立。”

“今天不独立，后悔晚矣。”

在一旁首鼠两端的孙宝琦看了看姜来远，见是一名身材魁梧的少年，虽然语气坚定、气定神闲，但年龄明显不大。对姜来远所言，孙宝琦还是有些不相信，摇了摇头说："今晨在烟台发电报，现如今就能到济南了？"话语里满是怀疑。确实，孙宝琦的怀疑不是没有根据：蓝村到烟台，要十几个小时，算起来时间都不对。

站在一旁的黄治坤早已不耐烦，他指着门口的士兵凛然一笑："巡抚大人，今天凌晨已传令，胶济铁路全部军用，军用火车一路不停，青岛到济南全程用不了六个小时，要不，大人亲自尝试一下？"

听黄治坤的语气严厉起来，孙宝琦又顺着他指的方向看到门口持枪而立的卫兵，心中不紧张是假的。不知是一天没吃饭饿的，还是吓的，孙宝琦的心跳得厉害，脸上已渗出虚汗，汇成水滴流了下来。他心里很清楚，此时清廷已无兵可派，今儿个在此困守愁城，若不答应，怕是连这议事厅都出不去，甚至会丢掉性命，等是等不出任何结果的，与其坐以待毙，不如就此认栽了吧！俗话说：留得青山在，不怕没柴烧。瞅瞅四周，全是革命党，站在了人家的屋檐下，怎能不低头？孙宝琦环视四周，像是在征求别人的意见，大家都安静下来，他缓缓说道："各位，这会已开了一天，那就依了大家吧！"

孙宝琦话语刚一落地，夏溥斋以迅雷不及掩耳之势，伸手将其红缨帽子摘下来，朗声宣布："孙大人宣布山东脱离清廷统治，山东自治了。现在推举孙大人为山东省大都督如何？"

"好，推荐孙大人任山东都督。"震天的欢呼声响起来。

"通电全国，山东独立。"姜来远靠近夏溥斋耳边，低声说着。

夏溥斋点了点头，大声宣布："除通电全国外，将电报发往烟台、青岛、潍县、德州、兖州等地革命同盟，以使他们心安，同时维护好局势。"

9

看孙宝琦宣布脱离清廷、山东自治的电报发出去，同盟会员们算是稍微松了一口气。事情紧急，姜来远第二天一早便带一部分人回到烟台。孙宝琦从山东巡抚变成了山东都督，烟台这边的行政首长自然也换称呼，孙传炯便暂时担任烟台军政府都督，博山人蒋衍升担任秘书长，姜来远担任了副秘书长，主管财政。其实，这乱时哪有多少钱管，所谓的财政，说白了是为新的军政府筹钱而已。

虽说烟台已光复，但政府更迭毕竟是天大的事情，与朝廷关系深且胆小者，时不时有人不辞而别；不少大户人家为躲避战火，也举家迁至乡下。烟台是一座商业城市，人一少，街面上顿时显得冷清下来，钱庄、当铺的资金锐减，港口货物进出骤减，工商生产陷入困顿。顷刻间，税收少了十之六七，加上军火开支，支出反而大增，顿时令来远捉襟见肘、手忙脚乱。

“钱不够了？大清户部银行上百万怎么这么快就没了？”孙传炯对前来汇报工作的蒋衍升，很是不满。

“孙督军，那银行的钱，大部分是储户存进来的；属于财政的钱不过两万来块，这些天已花完，税收暂收不上来。”跟随蒋衍升前来汇报的姜来远，回复着孙传炯的问话。

孙传炯听来远这么说，气不打一处来，质问道：“大清户部银行的钱还用分得那么清？再不发钱，军队哗变，谁负责任？”

“回孙督军，中国银行已改组，和大清已无任何干系。若真需要，可从银行稍微借点，但不能多了，多了会影响银行运转。”姜来远和孙都督耐心地解释着，也说了应急之法。

“多少？”

“最多一万。”

“五万吧！”

“五万资金一抽，那银行就被抽空了。”

“先用五万再说。姜先生若觉为难，我可让人接你，别人来办。”孙传炯虽军人出身，可很懂这玩人之事。

姜来远知道，自己若一离开，原先对弟兄们承诺保住饭碗之言，岂不成了无用的空话？虽说打心眼儿里一万个不愿意执行军政府命令，但不能因此辞职。万般无奈之下，便同意军政府从中国银行借支五万元，经办人员做好手续，让军政府借支了款项。他这正与蒋衍升他们苦苦支撑，忽然又从济南传来非常不利的消息：山东独立取消，孙宝琦又从山东都督变成了山东巡抚。烟台市面上大为震动。但巡抚远在济南，烟台这边虽人心浮动，尚且维持原来局面。不几天，更不利的消息传来，徐镜心与大部分同盟会员避走济南，分散各处，引起烟台革命党的极大震动，来远问蒋衍升道：“如何办？”

蒋衍升倒非常沉稳，想了一会儿说：“济南与京铁路相通，城大人多，清廷力量雄厚，袁世凯曾在此经营，不少人与之暗通款曲，革命怕难一蹴而就；而烟台与朝廷相距较远，与大连、上海交通甚便，以此为山东革命中心，应比济南更宜。”

听蒋衍升一番言语，来远仔细一分析，顿感其目光如炬，分析问题鞭辟入理，能跳出问题看问题，赞叹道：“蒋兄一句话，点醒梦中人，眼下山东同盟会主力会员，闻名者皆名门望族。去岁，莱阳曲诗文之义举，已动摇清廷在此地之根基。可以说，烟台的革命力量已胜过清廷力量。如同盟会北方总部一直在烟台而未在北京同理。若以烟台为基地，比在济南更易成事。”

蒋衍升听来远特别认可自己的看法，但深深忧虑当下的处境，便对来远说：“兄弟所言极是，听说徐镜心去了上海，你拟几份电报，让他们速回烟台以稳大局，单靠咱几个，不行。”

10

虽维持局势甚是艰难，不少人也露出畏难情绪，但当徐镜心带着十几个得力干将从上海回到烟台，整个烟台的局面顿时改观，特别是宣布成立了“北方共和促进会”，又把孙传炯拉了进来，算是控制了烟台局面。来远接受安排，到大连迎回了参加关东义举的几百名散兵游勇，购置了足够的武器，在老乡的协助下运回烟台，革命力量顿时增强，队伍信心大增。

主要人员到齐后，大家便商量成立山东军政府之事。但是事情没那么简单，有人不同意此事。第一个反对的是军需部长蔡世荣，他刚从济南过来不久，对烟台并不看重，便说：“烟台作为山东一角，怎能代表山东？只有济南才能代表山东。”

蔡世荣此话一出，众人皆愣，这话说得无由头。而说出这么无由头的话，肯定不是那样简单，背后肯定有更大的目的。什么目的？单凭这一句话还真猜不出，在大家发愣之际，机敏的邱丕振立刻反驳：“蔡世荣所言差矣。济南虽为山东首府，但与清廷干系太深，在烟台成立山东革命军政府，快速树起革命大旗，方能对济南形成压力。现革命之势如火如荼，谁有道义、谁先进，谁就能代表，烟台革命走在山东、全国的前面，怎不能代表山东？”

蔡世荣看了看孙传炯，没想到其反应如此强烈，苦笑了一下，脸色变得有些尴尬无助。孙传炯忙为自己老部下开脱：“蔡世荣所言也未必不对，‘高筑墙，广积粮，缓称王’的说法，很有道理。不过，大家若都赞成在烟台成立山东军政府，谁来任都督呢？”

孙传炯是老江湖了，既没有否定邱丕振，也支持了蔡世荣，谁任都督是核心，是问题所在；不是笨蛋都能听出来：山东革命军政府成立不成立，不太重要，重要的是谁干都督。那蔡世荣刚才受了邱丕振的反驳，见主子发话给自己解了围，为了找回面子，忍耐不住道：“既然大家急着要成立山东军政府，我尊重大家意见，可这都督是谁呢？难道非徐主委莫属了？”

话似无心，实则有意。蔡世荣的话等于质问徐镜心有上位之心，也就挑明了：合着你们急着成立省政府，是徐镜心着急省都督罢了。若此，那孙传炯不就低好几级了吗？众人面面相觑，不知所措之际，徐镜心凛然道：“我首先声明，我无意担任山东省都督。”

徐镜心此言一出，众人焦急：别人都为上位急着吼叫，你这先表明了不干，岂不是将大权旁落他人？姜来远按捺不住，忙开口问：“徐兄不任都督，何人能担此大任？”

姜来远的话表明，山东省都督非徐镜心莫属。徐镜心虽推辞不任，但其若推荐个人，也能占一定的主动性。与会的几十人中，半数以上比姜来远资历深厚，他这么说看似有些冒尖，但占据了主动，也代表了一批人的看法。

“孙都督本身就是烟台都督，兼任省都督，岂不正好？”被利益冲昏头脑的蔡世荣终于按捺不住，说出了自己的想法。

“对，在烟台，还有能比孙都督更合适的人吗？”有人附和。

“不可。孙都督已是烟台都督，若兼任，则名不正言不顺；若只为山东都督，那烟台都督又要另寻他人。此革命要紧之际，不能临时换人。”邱丕振才思敏捷，应对迅速，一口封死了蔡世荣的提议。

“那，呵呵。”蔡世荣冷笑了两声，未作言语。

徐镜心见陷入僵局，不得不表态道：“诸位为了革命奋斗，非为官职而来。方才镜心已言不任都督，若无合适人选，我推举一位。前些时日，吾与陈其美、孙中山先生汇报山东局势，知胡瑛先生已然动身，即刻就到山东，此人雄才大略，中山先生、宋教仁、陈其美皆称其能，徐某愿推举此人为山东军政府都督，不知各位以为如何？”

对徐镜心之语，孙传炯大为不解，好奇徐镜心放弃这大好机会的原因。他本不想说话，但还是按捺不住地问："那你干什么？"

"徐某之能，任个军参谋长，足矣。"徐镜心的谦恭之语，表明自己并无恋权之心，又是干事之人，想必推荐的胡瑛，能胜任山东都督之大任，令各位稍微放心。

11

中华民国在南京成立，孙中山就任临时大总统的消息传来，并没有使山东地面上变得更加稳定。相反，因其位于南京、北京中间，山东倾向于哪一方？大清朝廷和民国政府都极为关注。若山东表明态度属于南京临时政府，那京津直隶直接暴露于民国枪口之下；若山东表态忠于大清朝廷，则大清出徐州便将南京置于大炮射程之内。而眼下最大的难题，是山东一分为二：济南听命于北京的大清，设在烟台的山东革命军政府听命于南京的中华民国，山东内部水火不容的复杂局面，将南北两个中央的对峙局面，表现得淋漓尽致。胡瑛到烟台担任山东都督之后，对外每日里与南京上海电报往来，呼吁烟台革命地位之重要，以寻求更大支持；对内则整日紧张开会部署，以应对将来可能发生的冲突和危机。

会议室内气氛紧张，徐镜心面对物资匮乏，军费紧张的局面，对邱丕振说："邱秘书长，革命已成大半，不能半途而废，眼下军费紧张，能否再回老家筹措部分资金购些枪械，革命成功之日，必当加倍归还。""徐兄此言差矣。吾已立志革命，流血牺牲在所不惜，钱财更为身外之物，秘书长安排，丕振当万死不辞。"邱丕振毫不含糊，当面应允。

徐镜心又看了看姜来远，面露难色，说："兄弟岳父家资雄厚，能否出面借点？"说完后，他又感觉不太合适，改口道："你是女婿，为这事儿开口借钱，是有些不合适。"

坐在一边的蒋衍升听徐镜心说要让来远去筹钱，感到他若走了，一时倒找不出更为顺手之人，便说道："来远这边事务甚多，临时找人替怕不合适，离开甚为不便。"

听了这话，姜来远略一思索，便说："革命是大家之事，任何人不能推辞。这样，我修书两封，邱兄派一弟兄送于家中，让家妻转与岳父，见字如面，相信他们会全力以赴。”

“嗯，此法甚好。一来不耽搁筹措资金，二来不中断军政府工作。”蒋衍升点头称道。

12

南北和谈正在进行中，但南北方都知道谁占有更大地盘，谁就更有主动权。设在烟台倾向于南京临时政府的山东军政府的成立，自然是引起取消独立的山东巡抚的重视，孙宝琦想戴罪立功，倾尽全力将重兵陈于潍县，同时策动青岛方面，集中兵力加紧对烟台施加压力，烟台局势骤然紧张。革命党人斗志昂扬，当然不会坐以待毙，钱、财、物、人基本到位后，便分头对四周的大清势力展开攻击，徐镜心带人直取黄县，谋取莱阳。

大队人马一走，烟台顿时空虚，而蒋衍升、姜来远他们更为忙碌，负责往来信息传递，财政资金的筹集以维持政府运转，可以说是苦不堪言，可一场更大的危机还是来了。

“家妻与岳父共凑一万块大洋，已交于蔡部长，想必能买不少枪炮。”姜来远一边忙碌着，一边说着，与蒋衍升汇报最近账目，聊些日常事务。

“平日里你如此节俭，也不曾依靠岳父做些什么，为革命之事向岳丈开口，真让你费心了。你岳父大人能出这些钱，看来拿你这女婿很珍重呢！”蒋衍升赞扬着，对姜来远的岳父刮目相看。

姜来远嘿嘿笑了两声：“这么多年，从没向他们开过口。革命之事，当尽全力。”

“你小孩满月了，你也未曾回过，取了什么名字？要不，过年提前回去看看？”蒋衍升关切地说道。

“犬子生于武昌义举之夜，当今民国已立，前日与妻书信中已告知，取名民国，以纪念此开天辟地之大事。家中有母亲及姐姐们照顾，革命尚未结束，过年就不回去了。”来远的话音未落，听外面人声嘈杂，脚步声由远及近响起，一卫兵气喘吁吁地跑进来，呼喊着：“蒋秘书长，不好了，发生兵变了。”

13

“兵变？”

“应该是兵变。”

没等他们回过神来，就听外面吵吵嚷嚷，两人走出房间，就见门卫被人拥挤着往里退，蒋衍升疾步向前，朗声道：“各位兄弟何事？尽管进来。”门口护卫见秘书长出来说话，便不再阻拦，外面的人趁势涌了进来，将他们围在中间，为首一人口中大叫：“蒋秘书长，现在不少人离开烟台，不知还回来否？”

“定然回来。他们有的去筹钱，有的买枪炮，不几天就会从上海、大连来兵，支持山东独立。”蒋衍升一边说着，一边看周围人反应。

没承想，从外面涌入的人越来越多，有人手里持有枪，一副气势汹汹的样子，挤满了大半个院子，军需部长蔡世荣说道：“众所周知，山东济南独立已取消，在烟台成立山东军政府本身就不合法，若长期这样，军饷必然无着落；若归了大清，军饷才有保障；他们都走了，留弟兄们在这里担惊受怕，这样不行。今儿个弟兄们来找秘书长，说的就这事儿：要么先发三个月军饷，要么解散军政府，以烟台政府名义向济南要军饷。何去何从，秘书长给个话儿。”

这就是传说中的兵变？这念头在来远心中一闪，他暗叫不好。前些天选举山东省军政府都督时，不少人就蠢蠢欲动，胡瑛的到来、徐镜心的气势，暂时压住了他们，现今他们带兵离开，这些人觉得烟台空虚，机会来了，以要军饷之名、行要挟夺权之实，下面敢这么做，必然上面有人撑腰。他这正想着，见一群人涌入院子，其中不少是总务办、财务局、军务办人员，有人高声道：“蒋秘书长，既然大家都同意改弦易辙，你发句话吧！”

蒋衍升久经沙场，知面临的形势严峻，此时若不放低身段，性命之虞不算什么，真的安抚不好引起哗变，后果就不可预料了；但若从自己口中说解散革命军政府，是万不可能的；徐镜心带人出去征讨黄县，不可能一去不返；现在如果烟台动荡，他们在前方肯定受影响，回来岂有立足之地？不，断然不能答应他们，应了他们就会成千古罪人，但眼下有人想走，或出于内心，或受人逼迫，不管什么原因，确属实情。不过，这样也好，狂沙过后始见金，想走的，留之无益。想到此，蒋衍升环视四周，向大家抱了抱拳，高声喊道：“承蒙各位兄弟谅解，最近因局势不稳，军饷略有迟缓，但蒋某承诺，三日之内必发所欠军饷；预先发三个月军饷，确非我一人能说了算，还望从长计议；既然有人要离开，在下无法强求，但军饷一分不欠，定然发给大家；若想留下来的，蒋某承诺按时发饷。”

蒋衍升话音刚落，四周人议论纷纷，有的人摇头离去，有人吆喝：“难道让大家空着手走吗？”

蒋衍升高喊：“真想离开的，今天下午向自己所在的长官报名，补发军饷，每人三块钱路费。”

唏嘘声弱了下来，但很多人仍然围着不动。

蔡世荣见蒋衍升立于庭院之中岿然不动，厉声问：“蒋秘书长既不宣布解散军政府，也不自行离开，这么说要顽抗到底了？”

“蔡部长此话差矣。山东省军政府成立非吾一人之事，是全山东乃至全国革命志士共同努力的结果。蒋某仅是一秘书长而已，无上级指示，秘书长怎有权宣布军政府解散之事？哪怕仅剩蒋某一人，也要将这军政府维持下去。”蒋衍升话语虽不尖利，但大义凛然，立场不容侵犯。

“不过，军政府之人已走十之七八，凭你一己之力，何以维持？”蔡世荣话语中透着讥讽，透着不屑一顾。

蒋衍升不太想与之对话，侧过脸看了看来远，道：“他人大都已去，兄弟为何不走？”

来远闻听此言，知眼下情形已万分危急。想当初，蒋衍升未让自己去黄县筹钱，是否冥冥之中已料到今天？眼下自己若不在此，他岂不是真成光杆司令？徐镜心回来怎么办？眼下危急时刻，自己断然没有走之缘由。见蒋衍升问自己，姜来远便回道：“君为秘书长，吾为副秘书长。正职在，副职焉有背叛离去之理？”

来远此话一出，给困境中的蒋衍升以莫大欣慰，心里有了强大的支持，他点了点头道：“兄弟不走，蒋某便更有了不走之信心。”

蔡世荣脸色如霜，斜着眼睛看了看来远，冷冷地道：“姜局长难道不怕死吗？”

姜来远目光如剑，用锐利的眼神看着蔡世荣，心中大为不解，惠民穷乡僻壤，出个秀才不容易，能参加辛亥济南的独立，想必是有革命理想，也非贪生怕死之辈。其因有功进入省财政厅，旋即被派往烟台支援革命，革命胜利才不几天，这人变化怎么如此之快？两人虽接触时间很短，但因相似的经历，加之其岳父与朱师傅还曾同在吏部共事，和其他人比更是近了一层关系。几天前，两人还惺惺相惜，有志同道合相见恨晚之感，怎么眨眼间变得如此陌生？从话语中，听得出这小子手有点黑，但谅其也不敢对自己怎么样，不拿大话压住他，他会更张狂。想到这些，姜来远便不客气，凛然说道：“怕死不革命，革命不怕死。加入革命政府的，哪有怕死的？蔡兄是加入革命政府之人，此时再回头加入大清政府，难道能把这几个月的事情抹去？还有，目前南京临时政府已成立，南北和谈正在进行，半壁江山已宣布受南京临时政府节制，大清仅控制北方。前些年立宪深入人心之际，大清政府出尔反尔，失去民心，得道多助，失道寡助，今有立宪派袁世凯负责内阁，你真的会以为满族为主的大清，还能长久吗？”

姜来远的话抽丝剥茧，步步为营，分析到最核心的要害之处，直听得蔡世荣内心发颤，无言以对。他有点磕磕巴巴地问：“照你这么说，大清没戏了？别吓唬人了，听说袁大人文韬武略，才智过人，应能如曾国藩般使大清中兴。”

“呵呵……呵呵呵呵。眼下局势，袁大人能使大清中兴，那大清姓满？姓汉？若是姓汉的大清还是大清吗？况且，大厦已倾，单凭袁大人一己之力，蔡部长想想，有几分可能？”姜来远的话说得很明白，咱不聊烟台，也不聊济南，眼前之事不是根本，那根子在北京。虽说眼前的利益是看得见、摸得着的，也很诱人，可看不清北京、南京的走向，岂不是大错特错？

蔡世荣可不笨，经来远一点拨，心中暗暗叫苦。但事已至此，说出去的话，泼出去的水，话已出口，难以收回，好歹并未擦枪走火出人命，如那样，可与革命军结仇了。如果与革命军结仇，一旦哪一天他们的同伙回来，自己怕是躲不掉，但就这么拉倒，脸面可丢大了。他瞪着眼环顾四周，心有不甘地说：“念与各位相处一回，望各位好自为之。”

蔡世荣说完，嘴里哼哼叽叽几句，带人扬长而去。见挑头的人走了，其他人便作鸟兽散。

14

兵变无疾而终。

市面上安静下来已是中午。清点人数后，发现士兵走了半数，蒋衍升与来远召集留下来的人开会，迅速筹钱发军饷是第一要务，另一件事是加强防范，夜间也坚守在军政府办公，以防不测。

夜里，来远与蒋衍升正在商量下一步办法，念叨着徐镜心该回来了。忽然有人跑进来报：“蒋秘书长，从港口来了一支部队向军政府开来，大约有百十人。”

蒋衍升闻之大惊，“噌”的一下子从椅子上站起来，厉声问：“哪儿来的？何人节制？”

“都无辫子，清一色新式装备，说是从上海来的；要见军政府最高长官。”哨兵一边喘着粗气，一边说道。

“好，出去迎接。看来是上海派来的人。电报说明晚到，看来是提前了。”蒋衍升说着，就要往外走。

“慢，秘书长。”来远忙站起来，一把拉住他。

“为何？”蒋衍升非常诧异。

“虽说如此，但万一有诈，就危险了。你身为秘书长掌握全局，不容有任何闪失。待我去迎接辨别清楚之后，你再见不迟。”来远的话入情入理，并不顾个人安危，让蒋衍升不得不暗暗佩服：此人胆大心细，乃豪杰义士也。既然他把话已说到这儿，自己无须再客气，便说道：“兄弟小心。”

姜来远带了哨兵出了房屋，穿过院子来到大门外，嘱咐哨队队长道：“加强戒备，没有我口令，任何人不得进入院内，有胆敢擅自闯入者，一律格杀勿论。”安排完后，便带几个哨兵往港口方向走。刚拐过路口，就见前面人影幢幢，来远身边哨兵问口令，那边一人应答：南京。这一对，算是自己人带队，来远见过后问：“敢问哪位带队？”

黑暗中一人答道：“闻烟台革命形势危急，受徐镜心邀请、黄兴将军委派，张某带队来增援，人困马乏，先见一下山东革命军长官。”听口音是胶东口音，来远顾不上细想，但已知是自己人，便说道：“张先生请，大部分人已四处筹钱买枪械，目前仅有蒋先生坚守烟台，张先生前来真乃救山东革命军政府于危难之中，请！”说着，来远便领着这几十人径直赶往军政府驻地，刚才哨兵在前边通报口令，一行人鱼贯进入院内，蒋衍升与这人商谈，来远见这姓张的首领身材魁梧，膀大腰圆，走起路来虎虎生风，好一个山东大汉模样，一看就是一个带兵打仗的好把式。来远顾不上与之交谈，忙着张罗这百十号人住宿吃饭之事，忙完就下半夜了。

15

上海来的救兵一到，整个烟台的局势顿时改观。那些蠢蠢欲动的投机分子，顿时觉得革命军势力大增，再次兵变的想法便偃旗息鼓。虽然黄县那边的战斗还在拉锯，但最终还是传来了革命军已占领了黄县的消息，隔不多久，又传来革命军失败退出黄县的传言。蓬莱、招远、掖县也是如此，消息一日三变，烟台市面上的人都是见怪不怪了。

这几天，姜来远忙着到处筹钱，一方面支付军人的饷钱，另一方面解决这些人的吃饭、住宿、军火供应等问题，忙得脚后跟不着地，整个人都瘦了下来。还好，大年夜，黄县、蓬莱那边传来捷报，革命军彻底肃清了对手，徐镜心他们带人回到烟台。不多久，南北议和成功，孙中山先生辞去临时大总统，袁世凯担任中华民国大总统，在济南成立了山东都督府，节制设在烟台的山东军政府，形成了一个省内两政府同时存在的局面。

大的局势是暂时稳定下来了，但人员变化依旧剧烈。这日，姜来远往军政府大院走着，有人跟他打招呼，道："姜副秘书长，蒋秘书长在召集重要会议，叫你快快过去。"

听说有重要会议，来远几步赶往会议室。当他一只脚跨进大门时，就见胡瑛督军坐在正面，右侧是蒋衍升，当看到左侧坐的人时，姜来远感觉头"嗡"的一下子，塞满了糨糊一般，转不过弯来了。

第十二章

现实惊醒民国梦　苦闷彷徨共和情

1

是他？怎么是他？姜来远如同遇见鬼一样，简直不敢相信自己的眼睛：坐在胡瑛督军左侧的人是侯长贵。

懵懵懂懂中，姜来远挨着蒋衍升身边坐下来，令人吃惊的是，这军政府会议的第一个议题，是任命侯长贵为山东省财政厅副厅长兼烟台财经委员会主任，同时也是财政局长；而姜来远仅仅是烟台财委的副主任，还是第二副主任、财政局副局长。姜来远转不过弯来的原因，并不是因为自己职务低了，而是这侯长贵怎么成革命党了？还是自己的同志？这么说，原来错怪他了？自武汉那边兵变的消息传来不久，烟台这边打得热火朝天、血雨腥风，没见他放一枪一炮，就连帮着搬钱的活都没干，怎么就成了革命党中的一员了？是不是自己孤陋寡闻了？是不是自己被其表面现象迷惑？未知其内心呢？是不是自己错怪他了？

俗话说：会干的不如会看的，会看的不如会说的，会说的不如会跑的。

姜来远这些人哪里知道，他们在冒着株连九族的危险筹备起义之时，人家侯长贵听说武昌发生了变故，心里早就打好了算盘，想好了突围之道。他撤掉了张开元，换上了北京来的孙协理，接着就带着金银细软坐船去了天津，住进了宾馆，接连与关系密切的人碰头，打听好了行情，带着金银细软赶往上海，住进了上海的日本租界，通过关系人联系了同盟负责人。此时，烟台已经光复，胡瑛任山东军政府的都督，他又带着同盟会负责人写给胡瑛的信赶回了烟台，将信交给胡瑛。胡瑛见侯长贵对烟台熟悉，又有上海督军的推荐，便将其任命为财经委员会主任了。

2

局势一稳定，各部门人马按部就班开始工作，咨议局也运转起来，侯长贵知道自己兼任财政厅副厅长，他心里很清楚，自己作为后来插进来的，胡督军和徐镜心、姜来远他们都是一块儿从枪林弹雨中爬出来的，自己怎么贴都贴不到边。没承想，这胡瑛被袁大总统调离烟台前往北京，明着是进京提拔重用了，瞎子都看得出，这是袁氏的调虎离山之计。不多久，徐镜心也调往济南任职，担任山东咨议局副会长。调走徐镜心后，一孙姓督军空降而来，那侯长贵立刻通过关系，与其单独建立了联系，更不会把所有时间放在烟台财政局这边。特别是来远在那儿，侯长贵更不愿意直接面对他，便把好多事情安排给了王副局长来管理，这样就不用面对那些纷繁芜杂的琐事，也不用和来远直接发生关系了。

不当家不知柴米贵。

新政府成立，花钱的地方多，必须开支的钱，那个有海关税务等来筹集，确实紧张就从银行借。但新政府、新气象，况且宪政吆喝了那么多年，这政府花钱要预算，已深入人心。财政部门做的第一件事儿，就是预算。侯长贵忙着和各大员接触，没工夫做这事儿，就把任务交给了王副局长。王副局长忙着给人安排工作，协调亲戚同学的生意，也难以沉下心来做得面面俱到，把这事情交代给姜来远。以前，姜来远虽没做过此事，好在几年前的宪政宣讲中就有这样的预算，接下任务后详细分析，感觉大体差不多，就做了起来。先是根据新政府运转要求保证军饷、工资，当兵的只有拿到饷银才肯上战场，政府雇员拿到工资才有心情干活。想想看，平日里紧紧巴巴入不敷出的财政盘子，半年来让这枪炮打得四处撒气，如同晒干了的倭瓜，变得可怜巴巴。姜来远把收入东挖西挖往上顶了顶，把支出东砍西砍往下压了压，勉强把表做平，仅仅留出了十万块的活钱。那所谓的活钱，只不过是能从银行贷款的额度而已。王副局长收到做好的预算报告，仔细斟酌了几遍账表和解释说明，问了几个问题，觉得挺满意，就把预算报告交给侯长贵。侯长贵收到报告扫了一眼，签字后给了督军。

没想到，第二天督军把侯长贵叫过去，当头就是："侯厅长，这预算，谁主导做的？"

侯长贵摸不清督军路数，心想，这报告自己也看了，说个良心话，姜来远这小子的报告做得不错，但见督军这么问，定有原因。他不满意，还是？自己也拿不定主意，便模棱两可地说："财政局那么多人，商量着来的。"

"这样的报告怎么能上咨议局？一旦批准了，那以后的日子怎么过？"督军一句话，侯长贵便明白了，看来督军对这报告不满意啊！怎么会？这资金来源，各项支出，每一笔花销的去向，大都差不离的，王副局长说都和去年做了核对，怎么会通不过？不对，看来督军刚才的意思不是通不过，是日子没法过！日子怎么没法过？侯长贵有些想不通，便说："督军大人，主要的执笔人姜来远原来没做过，难免考虑不周。您看，哪些方面需要修改，我们拿回去修改。"

"原来没做过是理由吗？原来没做过的事多了，这民国原来不曾有，也是千百年来第一遭，那民国的官怎么也都没说不会的？就这么个报告都做不好，还能做别的吗？嗯，不过，这也确实情有可原。看看把收入和支出都扩大两成，人员工资、教育支出这些子项别动，把支出扩大的部分列到军费、市政建设、杂项和不可预见的费用里去，把表做平，这么简单的事情，还用我亲自教吗？真是！"

督军如此一说，侯长贵心中懊丧至极，自己事前忘记征求督军的意见，真是百密一疏，竟然把这么重要的细节给漏掉。可这事也不能完全怪自己，督军该说说自己的意见才是。唉，官大一级压死人，谁让人家是督军呢！眼下人家当政，还是要听人家的话才是。不过，那支出扩大两成容易，改改账就行了，而让这收入凭空增加两成，到时候抓不到钱来怎么办？想到这儿，侯长贵便有些怯怯地低声问："大人，现在这局势，能保住去年的收入都很难，增加两成？怕是很渺茫！"

让侯长贵没想到的是，督军连眼皮都没抬，径直说："那很简单的事还用做预算了？只有难才留这么多人做。这九十万开支不足用十万的贷款弥补，为何不再多贷些款呢？北京济南那边的关系不走动，以后怎么能办成事儿？"

督军说得很明白，这是要从预算里面多列支经费呢！侯长贵也算是才思敏捷的人，立刻跟上说：“失误了，失误了。这开支确实列得紧了，我看我分管的这些部门，连个车马费都没有，出门可不能只用两条腿。督军认为开支再增加多少？”

“我说嘛！就连你这管钱袋子的财神爷都没钱花，手下弟兄们怎么干？至于列支多少，当然是多多益善，最好是再加两成，能多列点，你那活到时候也好干不是？”督军毕竟是督军，更多的是考虑人的事情。

“督军圣明，能体谅到兄弟们的难处。好好，我们这就去修改。”侯长贵虽诺诺地应着，心底里却有些高兴。虽把预算做高了，这些杂项开支若是不够，督军必会下令增收税费，到时就会找自己。时间久了，督军就没法拿自己不当自己人了，这钱一进一出经经手，自己也能沾一手油。

3

好久不见人影的侯长贵出现在财政局，不少人立刻围上来，招呼着侯厅长长、侯厅长短。他哼哼哈哈地和各位打着哈哈，摇头晃脑进了自己的办公室，没坐下就让人将王副局长叫进屋内，把预算本“啪”地一摔，直惊得王副局长打了一个冷战，问：“侯厅长，何事？”

“督军对你们做的这个预算很不满意，要重新做一个。”侯长贵说话的声音很冲。

王副局长不知深浅，小声问：“为何？哪个地方不对？”

“开支列得那么死，连个机动的钱也没有。督军非常不满意，得调。”侯长贵平静了一下，但语调中把督军两字说得特别重。

“怎么调？”王副局长还是未明白侯长贵的话。

“嗯，第一次做都没经验，情有可原。不过，政府雇员的薪水、军饷、学校及市政建设把这九十万的开支都占了，督军想去北京、济南走动的钱都没有，以后怎么办事？想办法再加上三十万的杂项开支。”侯长贵把督军的话全盘端了出来。

话到了这儿，王副局长便清楚侯长贵为何发火，他解释：“可这九十万的开支也做过调研，但税收连八十万都不到，不足的部分要从银行贷款，到时候能不能贷出来还不好说。这平白加上二十万的杂项开支，关键是钱从哪里来？”

王副局长的话很明白，列开支不是问题，关键是收入怎么来。

“原来的预算是计划从银行贷款十万块，再增加三十万不就得了？”侯长贵得了督军多多益善的心思，也听出钱宽松了自己有一定的支配权，又平白加了一成。

王副局长不好再多问，只好应答：“那，我和姜来远商量一下，尽快做出来。”

“这事不用商量，就按督军吩咐的做。若这样，咱财政到时候也能多列个一两万的费用，不能紧了兄弟们。争取中午做出来盖章签字我带走，做不出来我不走了。”侯长贵的话里有话，王副局长不敢怠慢，麻溜溜赶紧行动起来。

4

王副局长从侯长贵办公室出来，径直来到了来远的办公室，见他正在核对票据，便说：“侯厅长来了，说督军对咱做的财政预算不满意，要咱们重做，加上三十万的杂项开支。”

“加三十万杂项？做何用？”听了王副局长的话，来远差点没惊掉下巴。

“督军要去上面跑关系，眼下没钱不行。”王副局长的话轻描淡写，尽量显得与自己无关。

“跑关系？三十万那要多少钱？有这三十万，其他方面就不用抠得那么紧了。还有，这三十万哪里来？”来远之言都是实情，当时做预算时算了又算，想了又想，好歹根据收入做出了基本开支，这一下子多出三十万，钱从哪里来是个关键。

“侯长贵说从银行贷款。”王副局长一没添油、二没加醋，将侯长贵的原话端给了来远。

一听银行贷款来远头都大，脸色顿时涨得通红，说：“原来预算里已经有十万两的银行贷款了，增加到三十万的话，明年的预算怎么做？还不把那银行都贷垮了？再说市面上的资金怎吃得消？”

听来远这么说，王副局长知道三言两语说服不了他，便在他对面坐了下来，非常耐心地说道：“政府新立、杂事颇多。眼下督军这么做必然有这么做的道理，我们的职责就是干这活，把表做出来，明年再说明年的话，银行垮了再开，你说是不是？”

听王副局长问自己的话，毫无疑问就是逼迫自己就范，且丝毫无商量的余地，一股无明业火顿时直冲姜来远的脑门，他压抑不住地说道：“若是如此随心所欲，还用这预算干什么？还要咨议局表决干吗？岂不是浪费时间？”

王副局长知道，姜来远虽生性温和，但认准的事情不会轻易改变。既然他能说出这样的话，想必是极为反对，怕是侯长贵也早想到了姜来远不会轻易被说服，才说了做不出来不走了的狠话，这把自己夹在中间，如何是好？不听侯长贵的，督军那边过不去；听侯长贵的，姜来远不答应。想到这，他问来远：“这预算你真的不想做？”

姜来远知道违令不遵的后果，明摆着他们不让自己再参与这事儿；就是这次做了，以后也没自己什么好事。与其让别人说还不如自己先提出来的好，想到这，他的心情反而平静了下来，说：“这样不靠谱的预算我做不出来，若非做不行，那就劳烦王副局长另请高明了。”

“来远，没有必要那样。如果你确实不愿意做，让他们做也可，不会有人难为你。”王副局长知道事情已经无可挽回，只好说明了自己的想法。

“我没资格阻拦，也没有理由阻拦；我原先做的方案，已经把税源抠干净了；若按督军的方案做出这预算，我无法应对咨议局的质询。还有，按照他们的预算，到时候拿不出钱来，岂不会耽误政事？”来远的话，表达了好几层意思。

王副局长见他如此表态，知道来远主意已决，事情没法挽回，只好说：“只要兄弟不加阻拦，我找别人做好了，咨议局质询的事我去答复吧！”

5

“这个姜来远还真是不通人情，就这么个破预算表的鸟事儿都不想做，自己不做不打紧，竟然连咨议局的质询也不参加。那王副局长答得漏洞百出，真真恼人。”督军在对侯长贵抱怨着，明着是说姜来远不配合工作，暗着里说的是侯长贵办事不力。

很明显，督军是在指桑骂槐说自个儿。侯长贵也不是省油的灯，话锋一转，便把督军对自己的埋怨，原原本本地让渡到姜来远身上。他看了看督军，故作为难地说：“这个姜来远脾气就是这样，督军大人不记小人过，放他一马，毕竟他和徐镜心、蒋衍升都是过命的交情。”

真够损，侯长贵知道督军痛恨徐蒋二人，也不说姜来远不好，只是反话正说，火候拿捏得恰到好处。可就他这一句话，正戳中了督军的痛处。自从督军上任以来，最头痛的不是军纪是否肃整，也不是财政收支是否平衡，更不是人民生活是否安定，最关心的是自个儿的地位是否稳固。那个胡瑛被袁总统调走了，自己本身就是北京认可的人，济南方面应该没什么威胁，徐镜心自己对这职位也不感兴趣，蒋衍升也没表现出什么。但卧榻之侧，焉容他人酣睡！眼下这些人虽对自己的位置不感兴趣，但不能说明他们以后不感兴趣，一旦自己在某些事上过分了，这些打盹的老虎，极有可能苏醒过来，对自己构成威胁，怎能不时刻提防着他们？竟然连侯长贵都那么说，看来，对他们的势力，好多人还是很忌惮。他们几个相识已久，抱团做事广为人知，长期留在身边，确实不是一件妙事，得想办法将他们拆开才是。想到这儿，他看了看侯长贵，意味深长地说：“都说侯厅长与姜来远有过节，我看姓姜的做事确实有些过分，不懂得礼让，在这里久了，怕是会碍事。看看外面有什么事，打发他出去待段时间，省得在这里让大家烦。”

“督军圣明。长贵是给大户人家做管家的人，是干过银行的人，怎么会主动与人不合呢？您看，让他去哪儿？”侯长贵不失时机地为自己辩解着，同时，也怕督军反悔，直接给来远下了套子。

“举报荣成税收的事还没派人处理，要不就支派他去处理那事去吧？”督军想着这荣成一来一回，怎么也半个月，去那里最合适。

“那事派他去最合适。”侯长贵听督军将姜来远派到威海、荣成，心中窃喜不止，暗想，这逃税漏税的事最难办：查不出结果，是负责检查的人办事不力；查出来，会得罪当事人；查出来如何处理也是个难题，处理轻了，于法不容，处理重了又会得罪人；姓姜的小子这一趟，就会让他惹上无穷无尽的麻烦，也不用整天在自己眼前晃悠令人心烦。这督军着实高明，看来这人可靠，还是靠紧才是。

“行，明天开会你提议下这税收的事，我提名让姜来远带队去荣成。他走后，你尽快想办法把这杂费的钱顶出来，我要去北京走动一下。”督军安排着下一步的打算。

“用多少？”

“最少五万。不过，尽快将那三十万杂费全列支出来，不要靠到年底财政紧张的时候。”督军对侯长贵是千叮咛、万嘱咐。

6

烟台通往威海的官道上，姜来远和两个随从一块儿骑马飞快地行进着，一路上右侧是山、左侧是海，那麦田里的小麦已经拔节，绿油油如同绿色的地毯，山上树木、花朵五彩斑斓的，过了牟平不到三个小时便到了威海卫。

这威海卫自古便是险要之地，更是曾经的北洋水师的军事要地。可叹的是甲午海战的惨败，这威海卫落入日本人之手，又由英国人接管，英国人在附近设置了贸易区、海关，这威海一带也逐渐发展了起来。听说烟台派人来检查，当地官吏自然是高接远迎。几天查下来，没问题是不可能的，也难说有很大的问题，就万八两银子的事，这实际上是出口商借局势混乱，用于出口的花生没有交税，虽说是偷税了，但没有人中饱私囊，只是农民得了些实惠，虽不合法，但经办人最多算作失职，无法算作贪污。特别是牵扯面太广，需要将处理方案拿出来，倒不是很容易，特别是再一家一户去从老百姓口袋里掏钱，那势必比登天还难。想着他们做预算时，几十万两银子的杂项，眼睛连眨都不眨地列上去了，对这万八两的税银狠命追究，本身就不合常理。他便把情况做了详细说明，用信发回烟台，等着他们的回音。

信发出两天，督军便亲自回信说：兹事体大，处理方案须会议讨论，汝等宜留当地等候会议结果。接到这样的命令，来远便只好留了下来，闲来无事，四处转转看看。先是从远处看这威海卫的港口，因外国占领着，无法进入。想着自己的父亲葬身于这片海域，姜来远内心唏嘘不已，而等待的日子并不好受，当地陪同的人见他们没有回去的准确时间，便问："是否到成山头看一看？"

姜来远百无聊赖之中，征求两个随从意见。他们自然是很想去，来远怕当地人借此花钱，便说："费用我们自己来，不用人陪。"

当地人见姜来远如此坚持，便不好出面，由了他们。

7

成山头又名天尽头，为天之尽头之意。

千百年来，天尽头颇具传奇色彩。据记载，始皇帝两次到过天尽头，并在返回咸阳途中去世。有人推论：始皇帝之死，是因其自命上天之子。到天尽头而亡之说，流传甚久。半路上，一伙计还说：“姜局长，咱还真要去天尽头么？秦始皇之死，传得可很真呢。”

姜来远闻之一愣，他何尝不曾听闻此事，便笑道：“那有啥？汉武帝刘彻也曾到过天尽头，但刘彻不但没死，而且很长寿，开疆拓土，为一代明君。”

“据说是汉武帝来之后，回程途中喝了巨淀湖的水，洗了温泉，解了。”伙伴一本正经地说着。

此言一出，同行人都笑了。

姜来远解释说：“秦始皇和汉武帝相隔不过百年，该是从一条路上过来的，按说秦始皇也该喝过那边的水。天底下到过天尽头的人没几个，但天底下哪有一个不死的人呢？”

“不过还是小心才是。”

一行几个边说边聊，一个时辰的工夫，就远远听见汹涌的波涛声。来远仰头看看天，风并不大，想必是海流冲击岩石的声音，那红褐色的岩石如利剑般直直插入天空，一个比一个低，渐渐没入深海中。走近了，见那翻着白花的巨浪轰击着巨大的岩石，声音如万马奔腾一般，气势非凡。若东坡先生当年来此写下诗句，怕是比《赤壁赋》更为精彩。来远和陪同攀爬到高处，脚底下海浪滔天，东方那浩瀚无垠的大海，反而感觉异常的平静。不远处，一艘轮船在缓慢地行驶着，略显寂寞，它要走向哪里？去往何方？那空旷至极的大海，是归途？还是终点？

8

太阳西沉，起风了。

“姜副局长，咱们回吧！”随从看天色已晚，问姜来远的意见。

姜来远从沉思中回过神来，一行人离开天尽头往回走。

“军政府还没审议咱的报告？咱都出来快一个月了。”随从看来远不作声，把憋了好几天的话说出来。

见随从这么说，来远心里也是犯嘀咕，这事儿一直压在心里。这次逃税风波，本来就不是多大的事儿，派自己出来检查，本身就有些小题大做。十天就能完成的事情，这一拖就是一个月，从小麦抽穗到现在都发黄，还没完。难道还要让自己打完麦场再回去？连一个小小的办事员都感到不正常，真难以让人相信这里面没有什么名堂。他这正想着，忽有人进来，说外面有人找。来远心中纳闷，自己在威海一无亲戚、二无故交、三无同学，什么人找？他一边应着，一边出来迎接，见一位二十六七岁天庭饱满、浓眉大眼的年轻人站在门外，没等来远开口，这人便问："请问您是姜来远先生吗？"

"是，正是，您是？"来远有些诧异，自己并不认识这人，对方竟能叫出自己的名字。

"我是《顺天时报》的记者苏小青，来威海找姜先生，想采访您一下。"孙小青开门见山地说。

"采访？何事？没特别的情况，我不接受采访。"来远虽那么说，但还是非常客气地将来人让进屋里。

孙小青看了看四周的人，来远知道他嫌屋内的人多，是想单独和他谈什么，但来远觉得对方是陌生人，又是记者，自己作为政府雇员有人在场做个证人，反而会更好些，便说："都是自己人，但说无妨。"

"听说姜来远先生来威海一个月了，侯长贵厅长也来此督导了？看来这税收的事挺严重的？"孙小青冷不防的问题，倒让来远很是吃了一惊。一个未曾谋面的人，怎么会问起这个事来？想到这，他疑惑地问："侯长贵在威海？没见他，谁说和我们在一块？"

"前几天百花楼的杀人案，有人指证凶手是侯长贵，但政府的人说侯长贵来威海督导税收案件的事，您没见到他，这就怪了？"孙小青一脸疑惑，接着又说道，"怪不得有人说他是凶手，看来政府在说谎。"

姜来远否认了侯长贵在威海，正中这记者的招数。原来，在姜来远离开烟台的这些天，侯长贵陷入一桩影响巨大的杀人案。

9

侯长贵杀人之事，纯属偶然。

"姜来远这小子走了，咱工作理顺多了。"侯长贵一边回味着那白兰地的味道，一边与坐在一旁的王副局长和茂兴粮栈的朱老板说着。可不是，自从姜来远被打发离开烟台，侯长贵心中暗喜，长舒了一口气，与王副局长的关系更紧密了一层，两人上下其手，很快就以各种名义捣腾出几万两银子，将银票交给督军带着去北京走动了。督军对侯长贵很是满意，走前又把财政支出的大权交给他。顶头上司不在，不用请示汇报工作；碍事的同僚也不在，侯长贵那感觉自然超好，便急忙采购军火、订购粮食，这天还很热，就连冬天的棉衣都预定了下来，那供应物资的客商趋之若鹜，请客的都排到了秋后。侯长贵善于见人下菜碟，自然是有所取舍，端足了架子，并不谁请都到。不过，朱大掌柜走了督军相好的路子，是给政府供应军粮、服装的大户，平时也没少给他们两个送礼，侯长贵自然是乐意做顺手人情，基本是随请随到。

听了侯长贵这么说，王副局长也顺着说道："谁说不是，还是人少了办事快。"

朱掌柜在一边呵呵地赔着笑，侯长贵直言不讳地说："朱老板，现在生意比以前如何？"

"那还用说。托侯厅长的福，比去年翻了一番都不止。有您和王副局长罩着，怎能不生意兴隆呢？"这朱掌柜的话听起来都不像是卖粮食的，倒像是游走江湖卖狗皮膏药的小贩，那嘴油滑得很。

"无论啥时候也别忘了侯厅长，多少人想进来还挤不进来；若没有侯厅长，你这买卖连门儿都没有。"王副局长也不失时机地巴结着。

"是。还是民国好，原来这些生意都是满人控制着，要看他们的脸色。还有，那长鼻子的洋人，也不是好玩意儿。这民国了，咱汉人说了算了，孙先生的三民主义就是好。"朱掌柜切切实实感受到了革命的好处，由衷地说着心里的话。

"看来这三民主义是深入人心了，连朱掌柜这贩粮食不谙政事的，说起三民主义，都头头是道。不过，现在大家享受革命的好处了，可不知道革命的艰辛呢！"侯长贵一边说，一边唏嘘着。乍一听，不知实情者，还认为他为革命付出了多少心血似的。

王副局长在吹捧方面很称职，不失时机地说："这次改朝换代把皇帝改没了，不好、不好，很不好；若照以往，侯厅长不能封王，也得封个侯爷才是。"

"什么侯爷？别给我灌迷魂汤，王侯我可没想过，不过按功劳封个子爵是没问题的，跃跃劲说不定能封个伯爵，可惜啊！皇帝不在了。"这侯长贵咂了一口白兰地，装出一副不愿意听的样子，又有些感叹地说道。

"王副局长，这皇帝现在不在了，保不准以后还回来，我看那个总统未必能做长久，你说这皇帝有了几年了，半晌不热蹦出个什么总统？到现在我都没明白，总统是个什么东西！”朱掌柜连忙顺着侯长贵、王副局长的意思拐弯，夸奖起这皇帝的好处来。

“事是那么个事儿，但话不能那么说！眼下是袁大总统的天下，虽民国了，言论自由了。但那么说，也是犯上的。不过，也幸亏民国了，要不，可是掉脑袋的话呢！”吃人嘴软，侯长贵并无责备之意，嘴上绕了些废话，只是表明自己见地深刻。

“那是，那是，这不是在您这儿，没外人才那么说！”朱掌柜贴心之语，把自己结结实实捆绑在侯长贵的战车上，当作了同路人。

“谁说不是。这次革命侯厅长可是首功呢！就咱来看，若对侯厅长论功行赏，这‘总统’并不比‘皇上’好哪里去。”朱掌柜不管三七二十一，顺着两个人的话不着边际地吹捧着。

“谁说不是！连毫无干系的朱掌柜都为侯厅长谋不平呢！”王副局长无话找话。

这张裕白兰地是好东西，本来王副局长说他是王爷、侯爷的时候，这侯长贵还很清醒，知道自己不是。可这大半瓶白兰地下去后，仿佛那鲍鱼海参在肚子里又活了过来，感觉自己还真该做个王爷侯爷的，甚至该比王爷侯爷更厉害才是，也该拥有三宫六院七十二嫔妃。可转念一想，这皇帝都没了，自己不可能做皇帝，要做也就仅能做个大总统。不过，哪一天真能做个大总统也不错，听说袁大总统也是三妻六妾的，和皇帝比也差不到哪里去，只不过是叫法不一样罢了。想到此，心中燥热至极仿佛有马鹿在狂奔，便问：“朱掌柜，最近烟台有哪些个好耍的地方？”

朱掌柜听侯长贵这么说，知道他想啥了，忙说：“最近京城来了一小妮子，在百花楼挂牌了，原先烟台的‘三大享福’，改称‘四大享福’了。”

侯长贵什么不清楚，也不可能不清楚这烟台的“三大享福”，不就是吃三鞭丸、喝张裕酒、抽福寿膏吗？据说就是吃了三鞭丸，那打杂的感觉自己成了七品知县；喝了张裕酒，感觉自己变成四品知府；抽上福寿膏，感觉自己成了一品大员了。可这“四大享福”，侯长贵却第一次听，忙问道：“这第四享福是啥？快说，别磨磨蹭蹭地撩人心眼子。”

朱掌柜见侯长贵如此着急，知其并不清楚自己所说之事，便摇头晃脑有些得意地说："这第四大享福就是百花楼上睡三夹，就是皇上也不回家。"

"从哪里听来些乱七八糟的东西，这大清都不在了，哪来的皇上？"侯局长听朱掌柜这么说，装出有些生气的样子，忽然间又想起什么，问，"嗯，三夹？什么三夹？"

"正是皇上下台了，每个人心中都有个皇帝梦，咱这在烟台坐不了金銮殿，睡睡这'三夹'也算过了皇帝瘾。这'三夹'本名苏三佳，当年八大胡同上门牌的。"朱掌柜嘿嘿地笑着说，看来他还很清楚底细。

"这三佳可是苏州人士？"侯长贵好像突然想起什么。

"正是，侯厅长原来认识？"王副局长问。

"有过耳闻，不过当年忙于革命，未曾得闲。她这来烟台，可……可不能错过才是。"侯长贵说着，那眼睛已经发红，一半是酒起了作用，一半是春心荡漾。

"谁说不是，侯厅长当年北上南下、出生入死，为了革命牺牲了个人，眼下革命成功了，得把失去的补回来才是。"王副局长那三寸不烂之舌在给侯长贵无中生有地宣传着，看了看朱掌柜，说，"去她那里，不用吃三鞭丸？"

局长就是局长，话儿一语双关。

朱掌柜知道王副局长也在讨侯厅长的欢心，便说道："刚才喝了这白兰地，再吃个三鞭丸，那去百花楼可真是皇帝了。三鞭丸有益无害、强身健体，既然咱去花钱了，就要玩个满意才是。三鞭丸我随身带，现在服下正好。"说完，又从口袋里掏出一纸团，剥开后放入侯长贵酒杯，给他用白兰地斟满，说道，"大哥，此吃法甚好。"

"咦，还能这样？"王副局长瞪大眼睛，有些不解。

"当然能，这样吃，一粒顶两粒。吃完了咱抓紧走，正合时辰。若是晚了，这药效就耽搁了。"朱掌柜用色眯眯的眼神盯着侯长贵，小心地服侍着。

10

三人酒兴冲冲地赶到百花楼，老远就见红灯高悬，那咿咿呀呀的歌笑声袅袅飘来。跑腿的龟公满脸堆笑，将三人迎进天井，老鸨老远就打量出这几个人不一般，急忙迎过来，一边走一边吆喝，如同发情的野猫般的叫声让人浑身都起鸡皮疙瘩："妹妹们，快出来迎贵客了。"

一看来了客人，呼啦啦如龙卷风一般，一群如花似玉的姑娘带着香气冲了过来，朱掌柜斜着眼问老鸨："妈妈，今日我们老板要来会一下北京来的苏姑娘，快快安排。"

"哟哟哟，这位爷可真会挑，苏姑娘现在楼上伺候客人，我们这些个姑娘，都和苏姑娘一样的。"老鸨的嘴如同抹了油，那话说得滑溜滑溜的，既表明自己这姑娘抢手，还不耽误客人。

"妈妈可真会开玩笑，她们都姓苏吗？她们都京城来的吗？她们伺候过王侯将相吗？若一样，她们怎么没在伺候客人？"这朱掌柜一反平日顺眉顺眼的说话方式，借着侯长贵的后台，狐假虎威起来。

"这位爷可会挑理了。事是那么个事，但话可不能这么说。这苏小姐可是忙着，怎么着也要等人家有空吧。"老鸨见这几位衣冠楚楚，想必来者不善，不敢得罪。

"苏小姐难道还包夜？"朱掌柜见老鸨怠慢了侯长贵，有些不耐烦。

"哼，哪个老板包得起苏小姐的夜？当然是点钟了。"老鸨的话语满是得意。

"嘚嘚，那你可小瞧这两位爷了，这可是咱烟台的财神爷，不用说一个苏三佳，就是这座楼里的人都包夜，都没问题。"朱掌柜那大话一出，把这刚来烟台不久的老鸨着实吓了一跳，她对烟台这地面并不太熟络，听话音儿里，知道今天来的是有钱的主，但不知到底多有钱。这老鸨又喜又忧、面露难色，正要开口，就见在不远处坐着的一个穿着西装的男人站起来，一边走一边说道："妈妈，三佳得闲了，该我了。"

这男人说着，一边看着楼上，一边就要往楼梯上走。

侯长贵也顺着这西装人往楼上看的角度看过去，见一绝色女子倚着栏杆在往下张望，想必那就是朱掌柜说的苏三佳，也是当年勾得孙合成夜不成寐，费了自己几根金条才见得一面的苏三佳？就这一打眼，特别是在灯下面，看得并不清楚，可那侯长贵便顿时丢了三魂七魄，心如猫抓一样，对这西装男人大声喝道："站住。"

侯长贵正是壮年，平日里吃的是海参鲍鱼，加上又喝了张裕酒、吃了三鞭丸，那吼叫声是中气十足、尖锐而有力。正在上楼梯的那男人被这呵责声吓了一跳，回过头来看了看，见一脸色通红的中年人在朝自己吼着，显然是并没拿自己当回事。他心里觉得好笑，并没搭理侯长贵，只是用不屑的眼神瞟了他一眼，又转头看了看老鸨，嘴里嘟囔了一句：“我这千里迢迢来就是为了这事。怎么着，也该有个先来后到吧！”

这话声音虽不大，但四周的人都听了个清清楚楚，不少人面面相觑，气氛有些尴尬。王副局长一听这小子敢在侯厅长面前讲理，也想表现一下，猛然上前拉了一把，问：“先来后到？你来烟台多久了？我们在这里快四十年了，你认为这是在哪儿呢？”

估计这人没想到有人拉他，两脚没站稳咣当一下子从楼梯上摔了下来，结结实实摔了跟头。掉下来就掉下来呗，他骨碌一下子从地上爬起来，伸手要抓王副局长。这王副局长急忙往边上一闪，那人没抓住他，一把抓住了侯长贵的衣领子，嘴里嚷嚷着：“怎么这么不讲理，还动手打人，欺负人不是？”

侯长贵不曾想衣服前襟被人抓住，又听那些话，顿时恼上心头，下意识将手伸到腰下，“哗啦”一下子，将手枪拔出，“啪”的一下子打开枪栓，用枪指着这男人，满嘴酒气道：“动手打人？怎么了？我打死你！”

“你敢？难道还没王法了吗？”这人也是鬼迷心窍，一边喊着，一边抬起胳膊举起手来拨拉侯长贵的胳膊。他这本是一个下意识的动作不想让枪口对着自己，可那侯长贵却想成了对方要抬手打他或者夺枪，可不能吃亏，那手禁不住一哆嗦，就听“啪”的一声响，这年轻人“啊”的一声，倒在地下。

窑姐们大声叫喊着四散奔逃，整个庭院里乱作一团。见此情景，侯长贵顿时一激灵，肚子中的八两白兰地跑了七两，脑子清醒了很多。他心里想，不对呀！自己加入革命队伍时，新政府已经成立了，自个儿配备枪械时已无战事，生平第一枪竟在这妓院打响，打得还这么准，这枪也太好使了吧？不对，是这人也太不经打了吧！他这呆呆地想着，那枪口的烟还在袅袅地冒着。那王副局长毕竟真参加过革命，在战场杀过人，见了这情况反而处变不惊，猛然把侯长贵的枪抢过来塞给朱掌柜，低声说：“侯厅长，快走；朱掌柜，你在这顶着。打死也别说，我会想办法救你。”

听了这话，侯长贵顿时醒悟了过来，猛然间蹿出大门，那速度比兔子还快。王副局长靠在吓傻了的老鸨身边，厉声说：“问起来，就说他一人来的。说错了，小心你的狗命。”说完，便迅速离开了。

11

人是被枪杀死的，再会掩饰也掩饰不了，毕竟一个大活人没了。况且，死了的这人还不是一般人，是北京司法部来办理案子的律师。这律师官司没打赢没挣到诉讼费不说，反而把命丢在了烟台。但毕竟那边的人是有来头的，自然是要求严查凶手。但毕竟民国了，判案讲的是人证、物证，朱掌柜杀了人有妓院的人做证、他自己也供认不讳，北京来的人虽然怀疑枪支的来源，也从小道消息听说凶手另有其人，但在烟台地面上，特别是现在已经民国了，不能像大清朝时那样可以上夹棍、逼口供，法官以持枪失误杀人的罪名，将朱掌柜判了五年徒刑，并且赔款两千两银子，就结案了。

本以为朱掌柜入监后，这事情就算了结了。没想到对方不罢休，花了钱差人私下打听事情真相，得知凶手是一个姓侯之人，又打听出这姓侯的还是个副厅长，那朱掌柜只是个替身，他们通过司法部的人打电话来核实，督军只好私下让侯长贵躲乡下去了，搪塞说他去威海查税根本就没在烟台。

怎奈，京城的这户人家可不好惹，京城的报社记者更是高人一筹，竟然能摸到威海来找姜来远当面核对此事。见来远这么说，那苏记者心中有数了，便说道："姜副局长君子之言，其后改乎？"

姜来远一听，对方在怕自己说的话反悔，便说："古云'君子一言，驷马难追'，在下不敢自称君子，只是实事求是。我在威海期间未曾见到侯长贵。"

"此话不再更改？"苏小清真怕来远反悔，又反复问。

"缘何更改？山东男人的唾沫星落地砸个坑。"来远斩钉截铁地说。

12

"这个姜来远，到底想干吗？本来已经平息下来的事情，又在胡说八道。"孙督军在军政府会议上，一边大声斥责着，一边将手中的报纸抖得稀里哗啦直响。其实，不止孙督军一人看到报纸上的内容，在座的这些人哪个没在北京有个三亲六故、同学朋友？甚至不少人家有这消息的报纸不止一份。不过，有的人暗中高兴，再让这侯长贵嘚瑟，早就该有人收拾他一下了。

见孙督军对来远大发雷霆，蒋衍升觉得督军有些过火，不给他泼泼冷水，将来对姜来远会很不利，对军政府也很不利。他咳了两声，缓缓地说："我来说两句，姜来远的行为似乎是给烟台抹了黑，但他没在这儿，到底是不是他说的，还不一定；天下姓姜的，多得是。况且，这侯长贵做了不法之事还逍遥法外，本就为法理所不容，长期这样下去，民国还是民国吗？"

"这话不是他说的，还有谁能知道得如此清楚？将他叫回来问问。你……你作为秘书长，不好好约束下属，还替他说情，是何道理？"孙督军对蒋衍升很是不满，但他也知道两个人的关系。再说，作为秘书长，大事小情怕是也离不开他，也不好说得太过分，又回过来打圆场说，"这是侯长贵和姜来远两人之事，他们两人关系不好，都知道。"很多人都知道侯长贵和姜来远关系不好，但以前还没人在公共场合挑明，孙督军这么说就很有意思了，不知道的还以为姜来远公报私仇落井下石呢！

蒋衍升是聪明人，也禁不住怒气直冲脑门，直接顶撞说："岂有文章倾社稷，从来佞幸覆乾坤。纸里怎能包住火？做出如此丑事，姜来远不说，王来远、刘来远、吴来远也会说。其实，说不说不重要，有没有这事儿更重要。"

大家都没想到蒋衍升说出这样的话，面面相觑，不敢言语。

孙督军也忌惮当地人，还是不死心，过了一会儿，说："快将他叫回来，问问说没说。"

"回来了又怎么样？他若承认说了，怎么办？"蒋衍升进一步问。

"若真那样，要查办他。"孙督军见蒋衍升并不屈服，拿出撒手锏来吓唬他。

"若查办他，也要等徐镜心回来开全委会。我们这些人，没资格查办姜来远。还有，做了违法的事的人不查办，反而查办说实话的人，让谁说也说不过去，要查办姜来远，那人更要查办。"蒋衍升也是死过多回的人，并不惧怕争论。

13

姜来远从威海回来时，小麦已经收完。

督军忌惮徐镜心、蒋衍升和姜来远交往过密，故对姜来远也不敢太过分，自然不会再提处理他的事。但是北京那边的人没完，督军只好使了钱，从北京找了关系，把报社和死者家属摆平了，碍于自己和别人的面子，只好把侯长贵和姜来远两人的日常工作让与别人，不菲的薪水还是照领不误。只是偶尔开开会，虽没撤职，却是赋闲了。

怕姜来远闷出毛病，蒋衍升便经常让他出面，替自己参加自个儿无暇参加，或者不愿参加的活动。但姜来远性格耿直，眼里容不得沙子，特别是老熟人山东省财政厅副厅长蔡世荣的到来，让其更为失望。

这蔡世荣口才极佳，为人善变，对形势把握及时到位，凡是有利于自己的，立刻扑上去，甚至有时不择手段。前段时间，他支持烟台的兵变，和蒋秘书长、姜来远闹到拔枪相向的地步。但见革命形势如火如荼，便立刻转向回了济南，疏通关系后进入山东省财政厅做了副厅长，掌管一方财政大权。今日来烟台公干，与蒋衍升姜来远见面，丝毫不在乎前段时间的争执，依旧大吃大喝，颇感自在。酒过三巡之后，蔡世荣在酒的刺激下感觉和姜来远又成了莫逆，借着酒劲问“老弟，烟台哪个风月之地最好？”

本来，姜来远已认定此人两面三刀，没有底线和原则，内心里对其极度厌恶，只是碍于蒋的安排不好发作。闻听其说这话，只好掩饰说：“这革命了，烟台没有这个！”

姜来远知道，自己这么说没人相信。但想那蔡世荣应该能听出是推托的话，就此打住罢了。没承想，这姓蔡厅长丝毫没领会姜来远的意思，追问：“革命为了什么？”

姜来远本来就没好气，倒是想听听姓蔡的那狗嘴里能不能吐出象牙，便说：“革命为了民族、民权、民生。为了实现三民主义。老百姓过上好日子。”

“哈哈、哈哈哈哈……”蔡厅长一边哈哈大笑，一边说，“我说兄弟，何为民族？清朝完蛋了，我们汉人得权了，这民族问题是不是已经解决了？民权，这烟台、这山东，是我们弟兄的天下，我们说了算了，民权也实现了；那民生就更不用说了，原来我们偷偷摸摸地搞革命，自己吃不饱、穿不暖，可以说从牙缝里省钱来搞革命，搞得同志们民不聊生，现在革命成功了，是该实现民生的时候了。孔子曰：食色性也。现找个窑姐玩玩，也是实现民生之必需吧！”

蔡世荣的一番话，引得周边的人哈哈大笑。但确实让姜来远想不到，大清时听徐镜心演讲，说的都是救老百姓于水火，那满怀远大革命理想、如大海般激情澎湃，以前听到宣讲三民主义者，开口孙先生、闭口孙先生。现在革命成功了，没想到竟然有人对三民主义如此解释，还是一个堂堂的副厅长。想来，这革命队伍的中坚力量，大都是留洋归来的，认知的分歧竟然这么大。来远暗中思忖：若是早有人这么理解革命，那民国和大清有啥区别呢？为了避免难堪的局面，姜来远只好劝慰说："蔡厅长喝醉了，休息吧！"

"没醉、没醉，我清醒得很。赶明儿我就去北京了，各位如有什么事情，到北京找什么人，找我。"蔡厅长嘴上说没醉，说出的话，应该是醉了。

与所谓的革命者接触多了，姜来远反而感到更加痛苦。那么多人冒着杀头的危险，如火如荼地参加革命，是为了什么？不就是为建一个清正廉洁的政府吗？眼下看来，流血牺牲了那么多人，只是换了个好听的共和的名字而已。仅仅才几天时间，这么多革命者就开始陷入奢靡浮华争权夺利的旋涡中不可自拔，有的人空想甚多、不切实际，甚至出卖同志。牺牲了那么多人，几乎未曾使周围有所改变，更多的人掌权后迅速变为连清朝官员都不如的新的当权派，黎民百姓依旧生活在水深火热之中；而革命者仿佛拿革命当饭吃，不革命他就无以为生、没有活路，多以不实际之幻想，来延续革命的口号。若如此，哪怕再过一百年，革命的目标也达不成。

14

看来远整日里在家抱孩子、看闲书，丁佳怡知道他心中不好受，劝慰道："你当官的事我从没想过，咱能安安生生过日子就好。"

来远知道媳妇的话不是埋怨自己，内心的痛也不想让她知道，凄然一笑道："我并没想过要当官，也从没争过什么官；只是牺牲了那么多同志，落得个更坏的风气。那些年的辛苦白费了，为同志们的血白流了感到可惜。还有，借了他姥爷两万两银子的事也没人再提起，怕是没有归还的年载了。"

听了这话，丁佳怡想装高兴都装不出来，她脸色苍白，语气近乎惨然地说："革命、革命，搭上钱、搭上命，最后革到自家的命，肥了别人、亏了自己。这样的命，不革的好。"

"唉！眼下的境况与革命前的想法差距太大了。"来远的一声感叹，让丁佳怡更是有些担心。

"世聪在北京，不知道咋样？"丁佳怡见自个儿男人如此伤心，只好转移话题。

"从信中看，他还好。毕竟在北京的政府里，清闲一些。"姜来远将孩子放在腿上，说着。

夫妻两个一块在家看孩子的时间很少，这正东拉西扯地聊着，就听外面大门一响，来远知道有人来了，忙凑近窗户一看，是徐子清。他便迎出去，还没等他开口，徐子清说："你这日子过得可安逸，领着钱，也不上班。"

"来来，坐坐。"来远把孩子递给丁佳怡，一边让着座位，一边赶忙去泡茶。

这徐子清是栖霞人，主要是经营着草帽生意，也是深受革命影响参与其中的人，与来远相识不久便成为无话不谈的朋友，他知道来远在家赋闲烦闷就过来看看，接过茶后说："你这属于隐居呢！学卧龙了！"

"隐居？我这可不是隐居。现在也没有卧龙了。"来远有些没好气地一边倒着茶水，一边说。

"看来气不小。别人发财、去嫖宿、杀人，不该咱的事儿，管不了的权当没看见，没必要和自己过不去。"徐子清劝慰道。

"唉，明明看见了，怎装着看不见？当年为了'三民主义'流血牺牲了那么多同志，可好？现在有人觉得革命成功了，还竟然拿着孔子说事，说什么'食色性也'！逛窑子成了实现民生了。真乃荒唐至极。"来远越说越生气，抖出了新政府当权者黑暗的一面。

"唉，若这样理解'三民主义'，还是不革命的好。出现如此结果，你后悔吗？"徐子清也是直摇头。

"我心光明，何惧毁誉。只是不知道，下一步该怎么走。"姜来远显得忧心忡忡。

"你看光顾着闲聊了，忘了说正事。"徐子清猛然间想起了什么似的说道。

"现在还有啥正事？"来远微皱着眉头，有些不解地说。

"市政府通知，务必明天一早到烟台议事厅开会。"徐子清有些兴奋、又有些神秘地说道。

"啥事？我都快成化外之人了。"来远有些自嘲地说。

"可别那么说。烟台要来大人物，可还真少不了你。"徐子清话语中，有些神秘。

第十三章

对联赠予大总统　亲随伟人铁路行

1

烟台议事厅是新政府办公开会之地，虽是盛夏时节，但因其距离海很近，风缓缓吹过，大街小巷凉爽依旧。姜来远来到议事厅时，很多人已经到了，待督军宣布开会，才知今天议题只有一个：如何迎接孙中山先生来烟台视察。

大厅内人声鼎沸，督军示意大家安静，朗声说道："孙中山先生来山东视察，首站就是烟台，是对我们烟台的极大认可，是我们在座各位的荣耀。"

督军兴奋之情溢于言表，与会者群情激奋。确实，孙先生作为首届临时大总统，早已名扬天下，现将大总统让与袁氏，乃千古未有之奇闻。虽有人惋惜，认为其此举不符合改朝换代的规律。但很多人暗中对其佩服：环视巍巍中华五千年，除传说中的尧舜禅让，其他哪有如此之大度者？故孙先生要到烟台的事情一经宣布，整个烟台的政商学各界都沸腾起来，而烟台作为已经开埠五十多年之久的北方港口城市，资讯异常发达，加之其多年来与日本有着很密切的沟通，那旅日人员中有不少同盟会员，对孙先生更是崇拜之至，对于孙先生的视察，更是极为盼望，军政府做了极为详细的准备。姜来远作为革命的积极分子，又是财经界的新秀，特别是与徐镜心等人关系密切，当属迎接孙先生视察烟台筹备委员会成员之一，商讨孙先生视察烟台的各项事宜。但是准备工作殊为不易，要加强对清朝遗老遗少的防范，尽邀请烟台工商学界的头面人物出席，以彰显烟台人杰地灵之优势。

至于送什么礼品给孙先生，大家展开争论，侯长贵提议："山东出黄金，牟平、招远、莱州的黄金可是闻名天下，能否给孙先生塑个金像？"

"笑话。中山先生是伟大的革命先行者，一身正气、两袖清风，给他送个金像，成何体统？"本来，徐镜心对侯长贵就没什么好感，见其说出如此低俗之语，回话也就很不客气，隐隐露出些火药味。

"名贵物品确实不合时宜，找出能代表咱烟台风貌气势之物就好。"督军虽从清政府出来，但能审时度势，跟得上形势的变化，这样说，也算是听从了徐镜心的意见。

督军都这么说，其他人自然是不再言送金银等贵重物品。姜来远提议："能否赠送一幅反映咱烟台风貌之字画，既不费金银，又有纪念意义。"

"对，这个可以。"很多人附和。

"徐议长说得对，若是送金银器皿就显得俗了，以孙先生的为人，是断然不肯接受的。可否送点能代表咱烟台风貌的东西，最好是不花钱。"蒋衍升不想在这方面破费，避免造成负担，也避免给孙先生留下不好的名声。

"这莱州的玉器不错，是咱烟台的特产，让他们送几件，也不用花钱，可否？"侯长贵受了徐镜心的抢白，心中很是不爽，但也不想就此噤声，不管别人采纳不采纳，重要的是要有自己的声音。

"玉器也不合适。虽说美玉无价，比黄金显得文雅一些，但这东西易碎，孙先生到处考察，携带甚为不便，不太合适。"徐镜心又一次否定了侯长贵的建议。

那侯长贵心中不甘，说："这不行、那也不行，你觉得啥行？"

"能否选一幅制作精良的字画，既不耗费实际的金银，又有纪念意义。想必那孙先生会很喜欢。"蒋衍升见众人莫衷一是，提出了自己的建议。

听着各人火药味浓烈的话语，督军坐在那里暗暗着急，本来不太复杂的事，这一议论就复杂多了，不过这送字画的事，明显比那个金银玉器要好，各人再争吵下去，怕是也难有更好的主意出来，无非是白白浪费时间。想到这儿，便说："秘书长的建议不错，子鉴认为如何？"

徐镜心点了点头说道："这个提议好。"

见秘书长提议、督军认可、参谋长赞成的事，其他人哪还有啥意见，皆频频点头称是。

2

侯长贵受了徐镜心的抢白，很是有些闷闷不乐。晚饭后，他端坐在客厅喝茶，忙了一天的盛管家看没啥事了，问："东家还有何吩咐？"

"若不着急回家，坐下喝点茶。"侯长贵对盛管家说着。

听东家这么说，盛管家知道还有事情，便说："东家还有何事吩咐？"

"最近，听说孙大总统要来烟台考察，军政府做了决议，要弄幅字画作为礼品送与他，送什么字画好呢！"侯长贵一说完，盛管家就明白了，敢情东家是为这犯愁呢！

盛管家眨巴眨巴眼睛，狡黠地问："要什么样的？"

"孙文是博士，送他的字画不能差了，得找幅好的才能拿得出手。"侯长贵说的，应是实话。

盛管家听了东家要好字画的用处，在思忖着说："说实话，这烟台市面上，古字画并不多见，福山倒不少。"

"一般的字画孙先生肯定不喜欢，最起码要名人的，才和孙先生相匹配。"侯长贵对这事很上心，很想表现表现。

"有了。福山王家，可是有宝贝，何不去'借'来一用？"盛管家一拍大腿，恍然大悟般说道。

"哪个王家？这东西怎么借？"侯长贵对管家之言非常不解，送给孙先生的字画还能要回来吗？

"想当年，王懿荣在京为官多年，据说其手中有些名人字画。庚子年间，因办团练缺钱，他变卖了些。据说还有些没卖完，应在他子侄手中，传言有刘墉、郑板桥的真迹。想办法弄来，这样高雅的东西，孙先生必定喜欢。"盛管家识字不多，这街头巷尾的事知道得倒不少。

"当真？你怎么知道得如此清楚？"侯长贵有些疑惑。

"我让下面的几个兄弟，对烟台、福山大户人家的家底，摸了个清清楚楚明明白白。呵呵，眼下时局混乱，是下手的好时机。”盛管家此言一出，侯长贵觉得他当个管家都亏了，这能耐得干个省军政府秘书长才是。

“如何干？说说看。”侯长贵听得出盛管家所言，十有八九是真的，便迫不及待地问。

“简单，给我两个兵，两把枪，一趟腿准成。”盛管家很有把握地说道。

“这，可不能出人命。”侯长贵对几个月前失手杀人之事仍心有余悸。

“放心，主要是吓唬他们，咱抓着他的小辫子，由不得他们不听话。”盛管家胸有成竹地说着，得意之情，溢于言表。

既然他主动请缨，想必心中那谱已打好，这样的好事儿，为啥不让他做？侯长贵非常高兴地说：“兄弟，给你四个士兵，快去快回。不过，万万不可伤人。”

“东家，四个兵也仅够看门的。我们再弄几个自己人，多带两杆枪，弄张介绍信，要不，敲不开他家的大门。”盛管家眨巴眨巴小眼儿，抬高了价码。

“行，不过，这介绍信你得自己想办法弄，给个废文件，照葫芦画瓢还不会？自个儿盖上，人不知鬼不觉，要做成事儿，脑子得活泛，不要那么死心眼。”侯长贵有板有眼，语气中带着调皮。

3

虽是三伏天，却是烟台最好的季节。

饭后的夜里，一点也没有燥热的感觉，海风吹进厅堂内，也不潮湿，甚至有些凉爽的感觉。姜来远与徐子清坐在桌前，谈论着今天会议的内容，商讨着能否为新生的革命做点什么。姜来远看了看徐子清说：“徐老弟的山水画大气磅礴，可是烟台一绝。若亲自作画一幅，送于中山先生，岂不是美事一件？”

在烟台，徐子清大名无人不知、无人不晓，但他的名气不是官大显赫，也不是因为做生意赚了大钱，而是他的画画得好。其虽是生意人，年岁也不大，但所作山水画大气磅礴，很得世人喜欢。见来远这么说，徐子清有些谦虚地说道：“弟不是没想过这事，但一幅画作难免有些单薄。老兄的字更好，若是有画有字，岂不是更好？”

“对，老弟所言极是。可惜我不会作画，写个字倒是可以。”来远的话不是谦虚，也不是推辞，说的是实情。

"你看这样可否？我画幅烟台的山水，你写副对联，咱俩联手，必定差不了。"徐子清兴奋地说着。

多年来，世人对孙中山崇拜者不计其数，听说其要到烟台，很多人想一睹其风采。来远也不例外，徐子清的建议倒合自己的心意。他很认真地看了看徐子清，激动地说："弟作画，倒是增加了我写字的信心。如何画？如何写？倒要探究一番。"

"对。烟台最有特点的自然景色是山和海。画和字围绕着这个才是。"徐子清一边沉思，一边认真地说着。

"这海和山是烟台的特点。巍巍中华万里锦绣河山，有不少似如此奇山异水之地；但这烟台雄踞渤海南岸，与大连成掎角之势，为船只进出渤海的必经之地，实属京津咽喉；苍茫的胶东大地，养育了浩然正气的胶东人，成就了烟台为同盟会的五大总部之一，其丰功伟绩势必与长天共存。若能表达此深意，才适合送于中山先生。"姜来远那激情澎湃的话语，使他沉闷了好久的心又活泛起来，仿佛漫天乌云散去，迎来了明媚的阳光。

徐子清暗暗赞叹：来远的认识深刻，总结得也很清楚到位。他自己也激动起来，端起茶杯润了润喉咙，说道："来远兄所言极是。不过，在一幅画中表现如此多的意思，难度颇大。既然老兄想到这一层，那对联想必已经做好了？"

"咱两个一合计，我倒想了个差不多，"来远微微皱了皱眉头，拿出笔在纸上刷刷点点写着，口中念道，"你看，这上联用：南山北海京津咽喉独一处，下联用：大地长天华夏锁钥第一关；横批用：风雨烟台。如何？"

看到字和听到来远一念，徐子清心中暗暗吃惊，缓了缓神，高兴地说道："此对联'南山'对'大地'，'北海'对'长天'，'京津'对'华夏'，'咽喉'对'锁钥'，'独一处'对'第一关'，字虽是常用字，却写尽了烟台的地势风貌；特别是'风雨烟台'的横批，气势磅礴，意味深长，还真适合赠予孙先生。"

"若觉得合适，画作可与之相适应。"来远长舒了一口气。

"有了你这对联，我那画就容易画了。"徐子清心里有了底，笑着说。

4

半下午，侯长贵派出了三个最贴心的伙计，还有借来的四个亲兵，盛管家带着他们到酒店，鲍鱼海参大螃蟹，烟台古酿三鞭酒，好好地撮了一顿。几个人哪吃过这么好的饭，一个个盛哥长、盛哥短地叫着。盛管家低声地嘱咐道："今天和兄弟们出趟肥差，哥们儿们可要好好干，事成之后，亏不了大家。"

"盛管家，这点了咱去福山，晚上还能赶回来不？"一个兵士问。

"赶回来，早晚赶回来。没事，咱有车。"盛管家眉飞色舞地说着，那形态如同捡了元宝般得意。

"赶回来可早不了，好几十里路呢！"另一个士兵说。

"大家别担心，这个大家收好，留给兄弟们买酒喝。不过，到了那里，可要按照刚才说的办。"盛管家掏出口袋，分给每人十块大洋，还是不放心地嘱咐着。

"没事，这事干过不是一次了，一定站好岗，放好哨，万一出了事，口径绝对一致。"这士兵头目说道。

"嗯，这就好。回来晚饭还是安排在这烟台大饭店，吃饭后，去百花楼，钱，哥哥我包了。"盛管家的话，把各人的兴致调动了起来，一士兵说："那，那咱快点，早去早回。"

"好，车在门口了，吃饱就走。"盛管家看看天色，估摸着时间差不多了。

胶皮轱辘大车又快又稳当，盛管家和士兵头目骑的是军马，走得比那双套的马车更是轻松。当一行人赶到福山东关王家大院时天色已黑了下来，路上的行人已经很少。这王家大院虽没有了以前的气派，但三进的院子，仍掩饰不住曾为官宦人家的气派。兵头目问："怎么样？现在进去？"

盛管家看了看四周，递过一张纸，低声道："等等，等天黑尽了，家里人都回家再下手不迟。记住，万不可伤人。你拿着搜查令在门口，万不可丢失。"

一行人又等了约莫一顿饭工夫，天色乌黑，如同这世道一般，伸手不见五指，那蚊虫扰得各人暗暗叫苦，盛管家一声招呼："按计划行动。"各人便紧张地站位，头目和一个士兵下了马敲门，里面有人应声问："谁啊！这么晚了还敲门。"

"我们是官府的，有要紧事情。"头目语气严厉地大声喊着。

"官府的？啥事？赶明儿不行吗？"里面一男人回应。

"上面安排的，明儿就来不及了。"头目回着。

"现在政府还真办事了，大晚上也忙。有什么事能先说明吗？"里面人虽那么说，就是不愿开门。

“隔着门，不见面怎能说清楚？”这头目还有些挠头，纳闷这里面人不听话。

“现在乱。政府的事，有介绍信吗？”不愧为大户人家，并没被政府这两个字吓住。

“有，当然有。见面，就给你。”士兵这么说了，里面的人拗不过，吱扭一下打开门，那头目一把掏出手枪，一把拿出那纸晃了一下道：“你小子家的门槛很高啊！有人揭发你家窝藏前清高官，要搞复辟。”

这话把那人吓得直倒退，一个士兵持枪在门外，其他人拥进大门，又一个士兵将门虚掩了站在大门内，其余人拥着刚才开门的人穿过院子，来到大厅，一人又站在大厅门口，王家人早已惊得不知所措。士兵头目持枪指着王家人道：“军政府接人举报，有前清的官员藏匿在王家，都往后院集中我们好搜查，希望各位放明白点，如有违背，格杀勿论。”

盛管家厉声道：“哪个是当家的？”

一四十来岁的中年人浑身如筛糠一般哆哆嗦嗦，颤颤巍巍地说：“我……我……我是。”

“你是王懿荣的侄子？”盛管家的话已经很有官家的气派，看来东家侯长贵干了几个月的政府，他跟着学了不少，很有长进。

对方有些紧张地点头，没有说是，也没说不是。

“那你留下，其他人去后院，一个都不能少，谁乱动，可别怪我手中的枪没长眼。”士兵头目用枪比画着，那十多口男男女女老老少少早被吓破了胆子，推推搡搡地往后院走着。

士兵推着王家人都去了后院。盛管家站在厅房内，两个下人持枪立在他身后，颇有一副政府大员的派头。盛管家眯了眯眼，皮笑肉不笑地说：“王东家，咱们闲话少说。你大伯当年在京城为官，掠了下属的字画。当时你伯父是朝廷的红人，没人敢惹他。你也知道，现在换了天下了，那画的主人家现在可是袁大总统的红人了，想索回字画。识相点呢？就自己拿出来；等着放枪放炮，可就不是画的问题了，就不合算了。”这话够唬人，可王家的当家人见过世面，一听这些就明白了，敢情这伙儿人虽不像土匪，却是实实在在打劫的。那话明显就不令人相信，什么当年掠人字画，伯父为国死都不怕，还在乎别人的字画？况且都死了十几年了，就是有那事儿，也都了了。想到这儿，王懿荣的侄子说：“官家，伯父已去世多年，怎可能留有字画？若真有那事儿，去官府告，白日里来办案就可。这深更半夜黑灯瞎火的，怎知真假？”

“哦，看来王家还真有能人是不？白日里来？若白日里来搜查窝藏前清复辟官员，当场就可擦枪走火枪毙你。还真奇了怪了，这民国了，人都不怕死了是不？”说着，盛管家掏出枪来，拉了枪栓，做出要打的样子。

这乱年景，谁受得了这吓唬，那王家当家人直往后退，一直退到墙角，盛管家用枪指着他，暗示两人：“给我搜。”

那两位早就得了盛管家的法子，拿着长枪的刺刀东戳西捣，可怜了那箱子、柜子，一会儿就乱七八糟不成样子了。王家当家人看在眼里、疼在心里，只好说：“官老爷，要人没有；真要字画，你们拿去就是了。”

“早这么说不就得了。”盛管家早就算准了，这乱世道，那些字画对王家这样的人家已经用处不大。黑灯瞎火的，字画那么小的东西，在这三进的院子里找还真不容易，多给他祸害点东西，不怕他不交出来。

那王家侄子本想着那土匪一般都是半夜三更来，也想了很多防范土匪的办法；没想到，这都民国了，也共和了，天下该太平了。更没想到，这天刚黑不久，官府的人竟然以这个方式抢字画。好汉不吃眼前亏，他只好哆嗦着架上梯子，筛糠般爬到房顶天棚上，取出一个盒子，下来时都哆嗦得不成样子了。盛管家激动异常，心怦怦跳着，搓了搓手，小心打开包袱，露出里面的红木长盒子，“啪”的一声打开盖子，把里面的四个卷轴都取出来，一一解开在灯下看着。他虽不懂画，但刘墉和郑板桥的题字还认得出，让他高兴的是一幅是刘墉的、两幅是郑板桥的，还有一幅是董其昌的字。盛管家见拿到了真东西，又吓唬了王家几句，招呼众人撤退了。

5

“该死的，徐子清的画姓姜的那小子写了字，被选为送给大总统的礼品，还能上船拜访，真是气死我了。”当得知自己的作品没有选上，也没能选入迎接团的时候，一身白色府绸衣褂的侯长贵坐在沙发上直翻白眼，与盛管家诉着苦。

“他们不懂，东家，何必与他们计较。”盛管家宽慰着侯长贵。

“是不懂，一群土包子。”侯长贵骂着，气恼无比。

这盛管家知主子气闷，但他更知道侯长贵的脾气，就是不服气、好斗；但是作为下人，得为主子排忧解难才是，见他又为姜来远的事气恼，便说："和他斗那个气干吗？他们的字画作为礼品又怎么着了？孙中山作为一个过客，让他姓姜的高兴个三天五日的，等这仪式一结束，烟台还不是督军说了算。那幅字画他们觉得不行，送给督军，什么姜来远，就是徐镜心、蒋衍升他们，也奈何不了咱什么。"

这就是所谓的旁观者清。盛管家的一番话倒是提醒了侯长贵，对啊！这孙中山算啥？在烟台来说，他仅仅是一个过客而已。眼下能号令天下的人在北京，在全省说了算的人在济南，这烟台说了算的是孙督军，管钱的是我侯长贵，就是他姜来远见到了孙中山，顶个屁用！况且，别看现在又是接、又是迎的，虽说他现在好像是一只听话的猫，但毕竟以王的姿态占过山林，说不定哪一天还会变成老虎。挨近了，未必是好事；靠不上，也未必是坏事。想到这儿，侯长贵的脸色由阴转晴，微微笑道："你说得对，咱见不上不一定是坏事。赶明儿夜里，你把画送督军府上。"

"东家放心，那督军本来就对姓姜的那小子不咋地，这几幅画送上，事后必有厚报。"盛管家扬扬得意地说道。

"不能都送给他，送一幅刘墉的就行。这次你可立大功了，本来想两幅字画，没想到你弄了三幅，这王家竟然还有董其昌的字，这字和郑板桥的那幅梅花图留下，以后会有大用处。这次你受累了，从柜上支一千两银子，回家置些地，牢靠。"侯长贵见盛管家如此出力，也舍得在他身上花钱。

"多谢东家了。"盛管家暗自高兴，自己暗中扣下了那一幅竹子图，还得了东家的一千两银子，给那两个家丁每人一百两就把他们的嘴堵得死死的。这等好事，若是天天有就好了。

"自家人不说两家话。记着，大清的皇帝那么厉害都下台了，这袁大总统、孙大炮也靠不住，不用说这孙督军。这钱一定拿回老家置房子置地，不能用在吃喝嫖赌上。有了地，换了谁也奈何不了咱。"侯长贵嘱咐盛管家的话可是掏心窝子的，两个人互相感动着，差点抱着掉泪。

6

孙中山莅临烟台考察，不仅仅是烟台的一件大事，也为海内外不少人所注目，特别是北京方面，时时刻刻在盯着他们的一举一动、一言一行。袁世凯已坐稳了总统大位，只要姓孙的不做威胁他地位之事，自然是多一事不如少一事，任由他去了。各地官员自然是极尽能事，招待工作尽量做周全一些，反正花公家钱，自己又不吃亏。

烟台港码头上军人林立，昨天夜里的大风，不但让孙中山先生的船耽搁了进港，同时也导致了不少轮船没有出港，不少人听说孙中山先生来烟台视察，便改变行程留了下来，为的是目睹一下这位名震寰宇的大人物。烟台军界、政界、商界的头面代表人物在候客厅等候，督军在与侯长贵交谈着："这次上船拜谒的只有六个人，因人数有限没能有你，还望多担待才是。"

听了这话，侯长贵脸上的笑意比吃了苦瓜还难看，用挤出的那一点笑容回道："不会的，有督军这句话就行了。"

侯长贵显得非常大度，话语中异常谦虚，将督军捧得非常高，令其对他顿生好感。这侯长贵虽有些毛病，但出手大方，送给督军的画却是珍品，这次没选入参加拜谒的名单，关键时候能降下身段来，让督军感到舒服。"好，忙完这事情，咱详谈。"督军这话，让侯长贵听着暖心，觉得督军把他当作自己人了。

正这时，蒋衍升过来说道："督军、参谋长，孙先生的船就要到了，我们去迎一下。"

"好，迎一下。"督军率领众人站在码头上，看那飘着彩旗的轮船鸣着长笛，从东边慢慢拐进港口，徐徐靠近码头。

7

上船拜谒孙中山的六个人中，只有来远是副局长，自然是排在最后，各人依次见过之后，来远与孙先生握手后便站在一边，督军将信札、条陈递上，用手指了指来远说："姜来远与朋友合作一幅字画赠予孙先生，请过目。"说着，从侍卫那边接过托盘上的字画，双手递了过去。

孙中山接过捆着的字画之后，看了看来远，点了点头，说道："来，欣赏一下来远先生的墨宝。"

那孙督军便去双手接过字画，来远打开红丝绳，拿着上面的卷轴，孙督军来远托着字画慢慢下放。孙中山退后几步，看着那山海一色、雄伟壮丽，磅礴的气势跃然纸上，两边的字工整稳健。他一边点头，一边念道："南山北海京津咽喉独一处，大地长天华夏锁钥第一关；风雨烟台。好画、好字。”

徐镜心看得出孙中山很高兴，在一旁解释说：“此字乃姜来远先生所写，画为徐子清先生作画。姜先生是烟台辛亥起事的主力成员之一，前些年我避走东北，是姜先生利用自己的身份留守烟台，做了不少事。”

孙中山上上下下打量了一下来远，又伸出手来与他握了握，用那夹杂着闽南口音的话说：“烟台作为同盟会五大总部之一，为革命的成功做出了突出贡献；去年辛亥起事，烟台更是走在了济南、青岛的前列，做出了榜样，稳定了山东以及东北的局势，同盟会员感谢你们。此对联写出了烟台的地理特点、风貌，好画、好字。”轮船的客厅不大，几个人分别坐定之后，孙中山对徐镜心说：“当年在日本时，常听你讲烟台的山水人文，吾心向往久矣！刚才在轮船上看岸上的景色，可真不亚于夏威夷、马来等地。况且，烟台的工业久负盛名，这次来可要好好看看。”

“那是。子鉴先生为山东独立做的贡献甚大，可谓劳苦功高。中山先生能来，也是子鉴先生不断宣传的结果。先生一来，必将烟台的各项事业推向一个新局面。”这孙督军当着孙中山的面，自然都把好话说尽。

“子鉴不仅对山东的独立贡献颇大，其当年在东北宣传革命，足迹遍布白山黑水、历尽了千险万苦，带起了一批革命志士，宋教仁说过很多次。烟台作为同盟会的北方总部，为推翻清朝做出了如此大的贡献，而现在清朝不在了，共和也已经实现了，我们的精力该放在修铁路、建工厂、实现天下大同上，相信烟台还会做出更大的贡献。”孙中山信心满满地说道。

8

大家互相交谈着眼下的局势和下一步打算。十点钟一到，督军在前面领着一行人出了船舱，徐镜心、姜来远紧跟在孙先生身后。一时间，船和码头上鼓乐齐鸣，两边的兵士在音乐的指挥下举枪行礼，之后又鞠躬行礼。孙先生颔首致意，发表了简短的演说，一行人便离开码头上了马车，径直向群仙茶园奔去。

这群仙茶园是同盟会、社会党分部在烟台的所在地。实际上大部分党员、军政官员及记者并没有去码头迎接，主要是那边闲杂人员太多，怕危及先生的安全，故将正式的欢迎仪式放在此地。见孙文先生进来，早已等候多时的人们，发出了海啸般的欢呼声，那掌声如同雷鸣一样经久不息，在座各位的情绪也高涨了起来，其中多少人是受三民主义的鼓舞舍生忘死，又有多少人历经九死一生方见今日民国的成立，能见到这中华民国的缔造者怎么能抑制住兴奋，不少人已是泪流满面，各人落座之后，礼宾官示意大家安静，督军宣读了致辞，无非是大力赞颂孙先生提倡三民主义、力建共和，首创民国，作为开国大总统，主动辞去大总统之职，实属几千年以来未曾有之现象。孙先生枉尊屈驾，莅临烟台，令群山生辉、大海生色。督军发言辞藻华丽、语气动人，仿佛民国了、共和了，一切就都好了。

督军致辞完毕，带领会场上的人向孙先生鞠躬。孙先生也站起来回礼，并发表了演讲，其大意是其一直强调的三民主义、天下大同、民主立宪、五族共和之意，下一步要整合同盟会全体会员，应将其精力放在共建民国之上。欲兴商业，必从制造业下手。无制造业，商业为无本之木、无源之水。烟台为北方重镇，工商业走在全国前列，现在还缺铁路。铁路若通了，外地运来原料，做成产品再运到全国、世界各地，必将极大地有利于当地人民，民主共和才能更快实现。

孙先生演讲完毕，烟台商会便带领他们一行，游览了位于烟台西南边的盅斯花园，此园中奇花异木繁多，特别是瓜果类果实比一般的更为硕大，秀色可餐，特别是那苹果，个大色艳。孙先生颔首道："苹果树喜欢清凉，受不了南方的热，也受不了北方的冷，最适合山东、河南、河北、山西、陕西、京津及东北南部，而烟台水汽合适，冬暖夏凉，尤甚适合苹果生长，今日所见，果然名不虚传。烟台大力发展苹果产业，必将甚利于百姓也。"自此，烟台苹果声名大振，烟台的历任政府大力发展苹果产业，其苹果种植技术也一直领先于世界潮流，逐渐形成了独一无二的产业优势，成为世界有名的地方特产。

苹果园西面是一大片葡萄架，早熟的早已下架，边上的张董说道："此园内有三十多种葡萄，不少是张裕公司的实验品种。"说着，他递过一串葡萄给孙先生。孙先生忙接过葡萄，剥皮品尝后说："好味道，张裕把酒厂设在烟台，从植物学上来说，这葡萄与苹果类似，南方雨水太多生长甚速，难有上品；而难以忍受北方冬季的严寒，这酿酒的葡萄和一般的葡萄有啥区别？"

张董见孙先生对这感兴趣，便说："本质没区别，只是外形和口感有区别，生食口感好的，不一定适合酿酒；而适合酿酒的，口感未必好，去酒厂参观时，有更详细的安排。"参观完种植园，一行人赶往张裕葡萄酒公司，张董详细介绍着酒厂的建设过程和发展，并对将来的发展方向做了介绍。先生问及张董为何千里迢迢来烟台建厂时，张董详细介绍了全球知名葡萄酒国家法国、意大利皆在北半球气候凉爽，空气质量好的地方，葡萄是基础，技术是过程。没有合适的葡萄，什么技术也没用；若没有好技术，那就是暴殄天物，好葡萄也给弄坏了。虽然有人说喝葡萄酒太洋气，欺祖忘宗，伤风败俗，费土地，但是种葡萄可以增加老百姓收入，葡萄酒可以存起来。孙先生对张董的介绍赞不绝口。陈列室内，众人品尝了葡萄酒后，孙先生大加赞赏，张董见孙先生兴致很高，便说："先生如赏光，可赐墨宝否？"

"怎么不可以？方才收了徐先生和姜先生的字画，来而不往非礼也。何况张董不远万里来烟台办实业，教百姓种葡萄，为当地造福，精神可嘉。如果像张董您这样的企业家多了，中国就更有希望了。"

孙先生说话间，笔墨纸砚已经在长条桌上备好，姜来远把笔递给孙先生，孙先生提笔写道：品重醴泉。四个苍劲有力的大字展现在大家面前，四周掌声一片。经过报纸报道，张裕公司声名大振。直到多年后，姜来远还对"品重醴泉"四个字印象深刻。

9

送走了孙中山一行，烟台这些头头脑脑也没喘口气，反而比以前更忙了。为何？孙中山在北京举行了五党合一的大会：同盟会、光复会等组织都不复存在，组建了新党——国民党。

国民党成立的消息传遍全国各地，众人有喜有忧，面上喜的多、忧的少，实际上喜的人未必觉得喜，有的人还刻意隐瞒住心中的喜；忧的人未必想到忧，有的人刻意隐瞒着心中的忧。但民国政府的停战协议，促使着革命队伍中人员的迅速变化。大家正在适应着剧烈的变化，匆忙中徐镜心和大家打了一个招呼，就去济南担任了国民党山东理事长，同时兼任了山东参议院副参议长，旋即以参议院参议员的身份常驻北京了。不多久，蒋衍升调任山东稽勋局局长，临上任之前，他问姜来远："我欲去济南任职，弟在烟台若不顺心，可去济南否？"

姜来远缓慢抬起头，眼里噙满了泪水，回之："众人皆知，弟曾为兄副职。若去济南，岂不会影响兄之名声？亦会干扰兄之工作；前些时日子鉴兄亦曾问我，弟亦如此回之。况且新督军亦托我去办铁路之事，我亦应之，不管成否，当尽力而为。”

不久，邱丕振辞去山东革命军司令、秘书长等职务，要去济南任职。因来远既不是同盟会，也不是那个什么党的党员，新国民党成立，他自然不能自动晋升，局面就有些尴尬了。

邱丕振临走前告诉姜来远：“来远，跟我去济南吧，先做个文书也行。”

“谢兄台好意，你去从事的是党业，是弹劾别人的活；我若去了，别人会说你营私，我还是不去的好。”姜来远不想给别人添麻烦，婉言谢绝道。

“来远兄弟，我走了，怕这些人对你不利。若可以，带上令堂、弟妹，咱一块到济南去。有哥吃的，凭兄弟才能，去哪也混不差。”邱丕振与姜来远说的是知心话。邱丕振清楚地知道，自己老家弟兄十个，富甲一方，不少人不敢对自己怎么样，但来远就不一样了，假以时日，有人会把对自己的不满，撒到来远身上。邱丕振虽平时不动声色，但对谁心里怎么想的，看得是一清二楚。

“邱兄，不必了。不用担心我，去那边安心就好。他们也会忌惮老兄在济南镇着，不会对我怎么样的。”姜来远反而安慰着邱丕振。

10

见该走的都走了，没离开的，怕是一会儿半会儿也走不了。对于大家的离开，姜来远有些不舍，又有些无奈。他对自己内心做了详细剖析，特别是这几年的经历，觉得自己不是一个纯粹的革命者，撇家舍业四海为家不是自己所期盼的，更多想着过稳定的生活。前几年积极参加活动，更多的是路见不平拔刀相助。革命的目的是过安稳日子，既然局势稳定下来了，就该男耕女织、经商办实业，老百姓能够安居乐业。姜来远觉得心里坦然，自己又没做什么对不住他人之事，别人不会怎么着他。不过，不少人还是很“惦记”着他。

“最近人动了这么多，可都是上面要的。督军您也要根据您意思调调人才是。”侯长贵找了个时机与督军说道。

“我的意思？政府是国民政府，谁干啥，只要他能胜任，我没意见。”督军说着。

嗬嗬嗬，这马屁没拍着，反而赚了个大没脸。嗯，不说到他痛处他不会动心，侯长贵打定主意，继续说道："机不可失，时不再来。以前有徐镜心、邱丕振这些人在，可现在这些人都去济南了，不趁此调整一下那姓姜的，可是夜长梦多呢！"

侯长贵一句话，倒是提醒了督军。

对啊，最近为了迎接这孙中山，忙得脚后跟都不着地，好不容易把他送走了，又把这些难伺候的大爷送往了济南，心里觉得松了些，要不是侯长贵提醒，差点都忘了眼前这姓姜的。嗯，这人虽年轻，目前与徐镜心他们比，还嫩。不过，可别小瞧了他，特别是上次做预算之事，手段之狠毒老辣，超出同龄人的心计，简直是顽固不化！让他一直在这里，以后岂能舒服得了？可拿他怎么办？撤职？不可能，找不出他什么失误。往上推荐他？自己还说不上话，上面还可能认为自己与他有什么关系呢！不可取。那怎么办？哼，看这姓侯的如何说，便问："侯局长，你觉得怎么办合适？"

听督军这么一说，侯长贵知道自己的话起作用了，暗中高兴于自己的借刀杀人之计妙，妙得是连血都不见。可怎么杀？自己没想好，只好应道："他在这个位置，确实碍手碍脚。"

"嘿嘿。"督军连声苦笑，不知道是笑他自个儿，还是笑侯长贵的话。不过，那笑声既有些自嘲，又有些无奈，仿佛还有些心酸。侯长贵听得出，那意思仿佛是：怎么样，话好说，事难做。

侯长贵感受没错，督军心想：你侯长贵上嘴唇一碰下嘴唇，说得简单，我若不好好处理，人家枪口对的可是我，拿我当枪头使，门儿都没有。

听了督军嘿嘿的笑声，那侯长贵浑身不自在，仿佛被人看透了内心一样，只好回了一句："要不，我回去也咂摸咂摸？"

他这话说的就有意味了，都在为督军分忧，想着为督军调整人了，等于是向督军表明自己就是他的人了。督军自是明白其中利害，低声道："事情不能急，那徐镜心、邱丕振并未走远，尽量别惹恼他们。"

这话就很明了，想收拾他，得找机会。侯长贵得了准信，正要离去，忽然见一办事员急匆匆进来，将一文件夹递给督军。督军打开文件夹看了看，皱起了眉头。侯长贵见督军有事，便站起来欲告辞，那督军一下子叫住他，道："侯局长，等一等。"说着，他看了看办事员，那办事员会意，赶忙出去了。

看办事员走了，督军把文件夹往侯长贵面前一推，道："你看看。"

侯长贵见督军给自己看还未批示的文件，顿时升腾起一股自豪感，忙双手拿起文件夹，郑重地看了起来，但见上面写的是：“铁路总办遴选十名临时工作人员，若有合适的，烟台可推荐一名。”看了这个，侯长贵没想出个所以然，只是微微点了点头。

“怎么样？让他去干这个？”督军一扬眉头。

“干铁路？让姜来远去干铁路？行吗？”侯长贵疑问重重。

“为何不行？”督军反问。

“一来，他对铁路一窍不通，上面不会拿怪？二来，万一干好了被上级看上，岂不是给了他一个成事的机会？”侯长贵话里有话，怕的是姜来远到了北京，万一哪一天混出头了，对自己没啥好处。

听了侯长贵的话，那督军心中倒轻松了，心想着姓侯的平时看着净玩些手段，这一到棘手的事就看出来了，仅仅是个做事的，不是个玩人的。这样的人，倒没什么大的危害，便解释：“他不懂铁路是他的事，通知并没要求推荐一定懂铁路的。既然不懂，怎可能做出大成就？他被人看上？京城那么多有门路的人在等着安排呢！还轮得上他？就是想办法让他自己报名最好。”

11

人情薄如纸。姜来远被督军冷落，其他人更是对其躲之不及，新局长调整了分工，将其闲置。姜来远无事可干，有了大把的时间，对收到的来信回复得也快了，知道谢葆璋到了北京海军部任职，希望他到北京游玩等信息。又说孙逸仙成立全国铁路网络，正在各地视察，为建立全国性的铁路网络做准备，如可以，可前来参与。也说已发信件给胶莱督军，必要时可主动争取。

在来远收到这信的同时，政府贴出了铁路总办招聘人，采取公开报名择优选择的方式。一开始并未往心里去，但见属于暂借，又是公开遴选，目前感觉也是很不顺利，方觉可以一试，和媳妇佳怡商量之后，便报了名。最终，只有姜来远一人报名，督军既高兴又不安，高兴的是随了自己的预计，不安的是接到通知，下个月徐镜心要回烟台，点名要见姜来远。督军为难之际，便叫了侯长贵到自己书斋商谈此事。书斋内香气袅袅，督军看着信和下面的人呈上来的名单，把徐镜心要来烟台的事情一说，问：“这……这可咋办？”

“大人，这有何难办？”知晓了情况的侯长贵，这几天想了很多，觉得这是赶走姜来远的最好办法，一定要坚决说服督军，不能让他反复。

“这让他去了有去的好处，不去有不去的好处。”督军对徐镜心他们，还是有些忌惮。

“大人，莫要觉得有啥难办。眼下，先把他支开了咱才好干事。他要去铁路总办，可大人该知道，眼下最重要的是什么事？打仗！现天下动荡不安，哪有什么钱修建铁路？还有，这烟台到潍县的铁路吆喝了十多年了，连个图纸都没弄好，就是能做，没个三五年，甚至十年八年怎么能成？那时候，大人您早高升了。在烟台地面上，没有督军您的支持，恐怕他一寸铁路也修不起来，大人完全不用担心，放他去甚好。调虎离山，也莫过于此！他自己走的，徐镜心来，也没办法。”

侯长贵嘚啵嘚、嘚啵嘚一说，督军紧皱着的眉头舒展开来，拍了拍头笑道：“你看看，我这昏了头，这么简单的事都想复杂了。他走了，徐镜心再回来也没得说，想插手烟台事务也插不上了。老侯，你真行！”

很出乎姜来远的意料，督军很大方地主持了对他的欢送仪式，嘱咐其不用担心，政府会把工资按时交给家里，家里有什么事情，政府也会出面办理。知其去京城，前来送行的好友故旧络绎不绝，不少人觉得离开老家而外出，甚为可惜，姜来远倒安慰大家，说自己趁这机会出去见识见识。

12

姜来远急匆匆赶到北京，找到了孙先生下榻的宾馆，递上了烟台督军的官文。孙先生的副官姓周，广东人，一口广东腔，听姜来远的山东话，也很生硬，颇觉费劲。姜来远听着周副官的饶舌之语，总想笑，但又没法笑，只好强忍着。两人对话虽不能说是鸡同鸭讲，但确有隔靴搔痒之感。姜来远对周副官解释，此行之目的，是推动修建从烟台到潍县的铁路，并详细说明了烟台为经济重镇，若通了铁路，济南、青岛、烟台为掎角之势，大大有利于商贸流动、军队往来，有利于山东乃至全国的发展。周副官耐心听完了来远的话，但是并没有直接答复，只说：“先生正在和袁大总统商谈铁路建设的总方案。先生是有大气魄之人，计划要建立连接拉萨、新疆的全国铁路网，烟台到潍县仅仅两百公里，属于小工程，不足以对全国铁路局势造成大的影响，怕是难在孙先生的现有考虑之内。”

见周副官对自己的问题不感冒，姜来远便将烟台修建铁路的重要性做了更为详细的解释：“烟台开埠多年，轮船客、货运输发达，货物进出极为方便；而青岛自通铁路来，由于人货往来便利，从无到有，烟台已被青岛大大超过。如烟台不开通铁路，照此发展下去，对烟台极为不利。”

闻听此言，周副官并不认可，话虽是笑着说的，但明显有讥讽的味道：“姜先生此言差矣！凡事当以全局来考量，孙先生作为全国的铁路总督办，自然是站在全国的面上看问题，而不能以汝等一己之私，只考虑烟台的利益。还有，这青岛发展了，难道烟台人不高兴吗？”

周副官的话听起来冠冕堂皇，但不无推托之意。姜来远心中有些气恼，但又不好发作，只好说：“青岛发展了自然是好事，但烟台若有了铁路，对整个山东经济的发展会更有利，不是吗？”

“莫要说那么多了，孙先生讲的是‘天下为公’，什么时候你们也把‘天下为公’这四个字摆在第一位，事情就好办了。”周副官说着，有些不耐烦了起来。

“周副官，我受烟台督军委托，前来汇报修建烟台铁路事宜。若没有结果，回去如何交代？”来远有些无奈地自嘲。

“孙先生很忙。要不这样，你跟随我们考察，有机会见到孙先生，你把事情汇报清楚。如何？”周副官碍于姜来远是铁路总办邀请，同时也是烟台政府推荐来的，也不好把话说绝了。

“那需要您在孙先生面前，多多美言了。”来远见别无他法，只能把话说到这里，只要不断了联系，就有希望。 等候孙先生召见的空当，姜来远拜访了谢葆璋，大家感叹着几年来的局势变化，为国家开始安定而高兴，希望百姓的生活一步步变好。

13

姜来远正在宾馆发愁，忽然有人来敲门，他一边问是谁，一边向门口走去。当打开门一看，只见门口站立一人，中等个头，西装革履，头顶一黑色礼帽，白净的面庞，浑身上下结实有力，右手持一公文包，来远略一迟疑，就见来人叫道：“来远，不认识我了吗？”见对方直接叫了自己的名字，来远立刻记起来，眼前这位是原来在县学的同学李圣经，惊呼道："怎么是你？你不是在美国吗？"两个人紧紧拥抱在了一起。

"来，快屋里坐。"来远赶忙把李圣经让进房间内，李圣经把公文包放在桌子上，来远连忙给沏了茶，两个人落座后，来远问："你不是在美国吗？怎么在这里？没听说你回来！"

"我刚回来不到一个月，因时间紧急，就先来铁路总办报道了，等安顿好了后，抽个时间回烟台看看你们。"圣经把这些年的经历说了一下。这李圣经比来远大三岁，父亲经营油坊、粮店，是北马镇的大户人家，不能说富甲一方，但也是颇具资材，当年科举之路终止后，李圣经便毅然赴美国留学，这个年龄了开始学习西学，别人大都学法律、商科等，凭借其雄厚的古文底子、背诵能力，该是很容易入手的学科，李圣经偏偏学了铁路，凭自己的艰苦努力考入了耶鲁大学土木工程系，也就是和京张铁路的总工程师詹天佑是校友，仅仅经过不到六年的学习便取得了学士学位回来报效国家，经人推荐，进了全国铁路总办。来远听罢，很是有些欣慰，道："这可巧了，我还正愁自己不懂铁路知识，有了你，就好办了。哎，你怎么知道我在这里？"

"这有何难？青莱胶道的人听说我在这里，给我拍了电报，也委托商家邀请我回去看看，又说你在这里争取这烟潍铁路的事，我知道消息后就立刻赶过来了。"李圣经说着找他的缘由。

"烟台督军委派我到北京，是要跟中山先生要资金，修建烟台的铁路。看来，此事难度不小，我在等着见孙先生呢！你在铁路总办，以后可方便了！"姜来远把自己来北京的目的，详细地说了一遍。

"他们电报中也跟我说了，我也在为这事发愁。虽说是铁路总办的人，来都一个月了，却没任何事。不用说孙先生，我连见个司长都难。孙先生做了铁路总办，听说以后大本营要安在上海，若要做事怕是要到上海；还有，我看了，铁路总办不具体干项目，若要具体做项目，还要到下面去。"李圣经有些犹犹豫豫，话里吞吞吐吐。

"也是。不过，你这名校毕业，以后有个稳定职位肯定有事干。不像我，从干银行开始，这又革命、参加了新政府，忙得一团糟，没有一个独到的专长。这来找孙先生争取铁路之事，也是阴差阳错，被逼无奈，有赶鸭子上架之虞！"姜来远虽没把话说得很透，也隐隐约约说了自己并不太满意的处境。

“其实，你这样也好。我也想了好久，这学了这么多年铁路，若是修不成铁路，岂不是枉自出国了一场。恐怕，我这辈子就干铁路这一件事情了。”李圣经有了明显的西方人的思维方式，做事的目标明确，计划性强。

“也好，我们可共同努力，你也把这事多给想一想。”能得到李圣经的帮助，哪怕是口头上的，姜来远就很高兴了。

14

孙先生不愧为革命家，擅长演讲，姜来远跟着考察团坐京张铁路，从北京去了张家口，又辗转太原、石家庄、保定、天津，一圈下来费了半个月的时间。但见中山先生开口铁路、闭口铁路，激情满满。看来，烟台这铁路非修不可了。他们一行经过德州抵达黄河北岸，坐上小火轮到了南岸，山东都督周自齐亲自派车接上孙先生。姜来远跟随其他车辆往济南市区走，但见天桥上插满了国旗，松柏结成的牌楼，黄色的菊花编结成的“欢迎”字样。

下午五时，一行人到了济南珍珠泉都督府。孙中山依旧激情澎湃地讲着他的铁路规划，中国要成为世界强国，得修二十万英里铁路，对烟潍铁路、兖亳铁路、兖郑铁路如数家珍，看来真是下了功夫。烟台的长官已更换称呼，“都督”改称“府尹”，人也换了。新府尹也来济南参加欢迎孙先生的活动，他拉着姜来远悄悄找到周自齐都督，说：“周都督，这烟台的铁路是非修不可了，我的人都跟了一个月了。”

没想到周自齐满口应允，让他们放心，他会尽力跟孙督办汇报、争取。烟台的府尹得了周都督的许诺，满心欢喜地去忙别的去了。姜来远刚要离开，就见一个人拉着周都督的手涕泪俱下，诉说着鲁南地区的贫困，急需要修兖州到亳州或者到郑州的铁路，万望周都督勿忘故乡情分，一定要给予照顾。周都督也一一应允，并好生劝慰，希望他回去维持好治安，造福乡梓。看到这些，姜来远心中大惊，方才眼泪滂沱的竟然是济宁府尹，人家还是周都督的老乡！刚才不顾身份尊卑哭成那样，是不是演的苦肉计？想着会哭的孩子有奶吃。如果这样，烟台的铁路还不要靠到后面去？周都督许诺了这么多，怎可能都办到？自古以来，修路架桥可是功德无量之善举，而修铁路之事，非一人之能为，必须由官府出面才能行得通。虽说现在民国了，可哪个当官的，不想在自己老家多修点路、架点桥，反正花的不是自己的钱。这周都督作为一省的长官，在山东地面上修铁路，先修哪一段，谁的话也不如他的话管用。想到这些，来远内心暗暗叫苦，内心里一阵阵悲凉。

“我是否还有跟着的必要。”姜来远把看到的情况和府尹说了。

府尹沉思了一下，说：“孙督办说了，中国要修二十万英里铁路，咱烟台还没铁路，眼看要落后于青岛太多了。若能修好两万英里，咱烟台也该有铁路了。这次一定要跟着，这烟潍铁路不在技术、也不在土地，那线路已经勘查，关键在钱。周都督说了全力以赴，眼下这光景光说嘴没用，弄钱来才能动工。报纸也公布了，袁大总统授权孙先生为全国铁路总督办，肯定不会空有个名号，无论是拨款、还是从国外借款，以后怕只有这铁路总公司才能出得起这大笔的钱，这钱谁说了算？孙督办说了算。只有把他跟紧了，才能弄到钱。”看来，这府尹已把这铁路的事给咂摸透了，也把来远下一步的安排做了详细说明。

“可一个月下来，孙先生主要是考察铁路，没看下定决心先修哪一段，也没看筹钱的路子在哪里。”来远说着自己的疑问。

“我知道。但只要跟紧了，就有可能；你若不跟紧了，怕他都把烟台给忘了。钱，你不用管，赶明儿再找人给弄上五百两的路费。”府尹说出了最坏的可能，也下了血本。

见府尹都这样了，来远再不好说什么。第二天，他又跟着孙先生出席了学届的欢迎会，游览了大明湖、千佛山、趵突泉；聆听了其在省议会大厅对山东铁路规划的演说，参加了《齐民晚报》《齐民报》《济南日报》等媒体记者会。

15

从济南到青岛的火车上，山东省政府的主要官员、同盟会的主要负责人一路陪同，随从人员倒清闲下来。这一个月来，周副官听着姜来远的山东话顺耳多了，姜来远听着周副官的话也不想笑了，总之还是混熟了，周副官和姜来远开玩笑：“姜先生好韧劲，已经跟随考察一个月了，孙先生要回上海，莫非也要跟着去？”

本来，姜来远就对这一个月的考察觉得有些可笑，自己享受着各方面的礼遇，不像是为求人办事争取修铁路，倒好像中央大员了。也开玩笑道：“我现在就是筹备这烟潍铁路，孙先生若不批，我回去没事干。孙先生要回上海，我也跟着去。”

经过长时间接触，周副官觉得来远为人确实实在，不忍其无效奔波，便劝解：“兄弟，这修铁路可非同儿戏，不是说谁想修就修。孙先生现在是全国铁路督办，要考虑全国之情况，目前正处在考察阶段，只有把全国情况摸清楚了，才能按照轻重缓急有的放矢去做，不可能因你烟台催得急，就先修烟台的。”

“那怎么办？两手空空地回去，可没法交代啊！现在孙先生是铁路总督办，若离开他，以后这事可能更不好办了。”来远说着自己的疑虑。

周副官听来远这么说，知道其难处，皱了皱眉头，沉思了一下，眉头的疙瘩慢慢解开，说：“说得有道理，可孙先生到青岛后就回上海，可能要分四个考察组到全国各地考察，他自己要出国筹集铁路建设资金，难道你还要跟着他出国吗？”

“跟孙先生出国？不大可能。不过，那，那样我也不能回去，只有跟定孙先生，烟台铁路这事才有可能。你们那考察组，需要什么人员？”来远执拗地说着。

“据说考察组成员主要是铁路技术人员，也需要撰写报告之人。不过，那个考察可不是坐着专车这样的视察，去的都是没有铁路，甚至没有路的地方，大部分是步行，辛苦得很。”周副官说着他了解的最新情况。

听了他这话，姜来远觉得有一线生机，心想只要跟紧与铁路有关之事，别断了联系就好，便说：“若是能参加考察组，只要与铁路有关，我就去。”

周副官点了点头，说：“那可以。到青岛合适之时，我与孙先生汇报，看能否把你吸纳进来。不过，丑话说在前头，成不成，可不在我。”

第十四章

不辞辛劳入陕川　心疲力竭达武汉

1

秋风萧瑟日，天高气爽时。

周副官给协调，事情就好办得多，姜来远顺利加入了西南铁路考察团，一个姓胡的副官带队，巧的是还有姜来远同学李圣经，也参加了这个考察团。考察团一行预支了三千元考察费，办了相关手续公文，坐火车出了洛阳，往西安方向走来。出发时已是秋天，但那秋意并没有驱赶掉肆虐的蚊虫，给大家带来无尽的烦扰。几个人中，除了李圣经大学时外出地质考察，在野外锻炼过，胡副官和姜来远，从来没有走过这么多山路。每天几十里走下来，大都是沟沟坎坎的山路，仅仅五六天，那胡副官就不行了。最后没办法，弄了几匹马骑着，可山路险要，曲折难行，骑马反而不安全，最后李圣经说："要不，给你们弄两副滑竿坐吧！"

姜来远一听，觉得不合适，这考察铁路，怎么能坐滑竿呢？便推辞："没事，我还可以，不用。"

"时间还长着呢！若是这么靠下去，一旦累坏了，咱可都走不了了。"李圣经说着，用眼瞟了瞟他，用下巴朝胡副官处歪了歪，那意思是你若不答应，人家也不好意思坐。

姜来远知道，自己不坐这滑竿，那胡副官也不好意思坐。但自个儿确实受不了那个做派，便说："你还不知道我晕高？骑马屁股底下有根，还好点。坐滑竿，不行。"

姜来远这么说，胡副官知道那是推托之语，是给自己留面子呢！谁信你晕高。前几天大家伙站在山顶的悬崖上往下看，也没看你晕高，便说道："那就随兄弟便了，什么时候兄弟不晕高了，咱再雇一顶。"

此后，这一路上有人给背着行李，还有人拿着工具，计量着、记录着，来远拄着拐棍，而胡副官是用一副滑竿让人抬着，这在野外考察史上也是难得一闻的趣事。不多久，胡副官得了个"胡滑竿"的绰号，很快就传遍了地质勘探界，一直传到现在。一行人进了华阴，算是进了西安地面；那华阴县长早接到考察团到来的报告，提前一天带着十多个人在县界上候着了。这帮人一出现，胡副官、姜来远和李圣经几人很是吃了一惊，为首一人向他们拱手问好："胡长官不辞辛劳来敝地视察，有失远迎，失敬、失敬了。"边上有人介绍，说话的是华阴县长。

视察？来远听着县长的话，感觉很是有些意思。考察团在实实在在地考察线路，来了县里，地方长官倒当成了视察。是他们搞错了？还是自己听错了？来远纳闷中，胡副官不愧为在上面干过的，双手一抱拳，躬身还礼道："区区小事，烦劳大人亲自迎接。"

胡副官是受过新式教育的人，虽说肚子里装的英文比之乎者也还多，说得还顺溜，但对考察和视察，还是分得清楚的。但见对方把他们当作视察的官员来款待，也不再客气，该吃吃、该喝喝。县长不但把前段时间雇用挑夫、向导的钱给结了，还安排了游览华山，送给每位便于携带的特产绢绣：华山锦绣图。临别之夜，县长还差办事员给每位三十块钱的茶水钱，来远说无功不受禄，推辞接受，便宜了跑腿的办事员。这样一来，每个人的行李，又多了起来，想轻车简从，不可能了。

2

县长一直将他们送出华阴界，一行人进了西安城。

这西安古称长安，为十三朝古都，自古繁华，虽是为铁路之事而来，需要赶时间，但休整几日，四处逛逛也未尝不可。胡副官和李圣经都读过大学、留过洋，同学多，几个人参观过大雁塔、碑林后，胡李二人便分头去拜访同学，只剩下来远无处可去，加之他没受过专门的野外考察锻炼，一路下来，感觉更累，更多时间待在宾馆里休息。

夜里，来远正在宾馆休息，忽听有人啷啷敲门，来远敞开门看时，但见一三十多岁中年人西装领带皮鞋穿得整齐，站在门外，左手提一个不大的箱子，一开口就是山东话："请问，是姜来远先生的房间吗？"

姜来远略一迟疑，想着自己在西安一无同学、二无朋友，不知这位为什么找上门来，但觉得又没撒谎的必要，便说："不知阁下是？"

对方见来远并没往房间里让自己，便从西装口袋里掏出一封信递过来，说："我是丁世聪在日本的同学，前些时日他说你要来西安，特前来拜访。"

姜来远拆开信，还真是世聪的手迹，只是寥寥数语，大意是这位吴大同与自己是日本时的同学，要自己好好接待。看到这，姜来远忙微笑着说："请、请、请，里面请。"忙把这位吴先生让进屋里。

吴先生小心把箱子放在床边，在椅子上轻轻坐定。姜来远忙找了杯子泡茶，寒暄后，才知吴先生和世聪在日本时是同窗，还一块儿住过一段时间，回来后在西安谋事。后因有事在家，错过了辛亥起事，未能在政府谋得职位，眼下正帮朋友打理生意上的事情。吴先生从世聪的信件得知，铁路考察团一行前来考察铁路，便动了心思，想托来远办事儿。可能吴先生是读书人，脸皮薄，绕着圈子也说不出到底办什么事儿。姜来远不想让其为难，便问："吴先生有何指教？请当面讲。"

"那我可就直说了。新政府成立快一年了，我一直未得其门而入，姜先生既然在孙先生手下做事，想必与孙先生熟悉，看能否为在下做个说项，方便之时能给安排个好的职位。"吴先生话语温和，谦恭中带着无奈。

吴先生的话语气虽恭顺，但所托之事不像是受过西洋教育，倒像是在大清衙门里混久了的老油子，求情都求到官场白丁这儿了。看来，这位对时局的判断，并不比大清的遗老遗少眼光高哪里去。姜来远好不容易挨到吴先生把话说完，忙说："吴兄，不怕您笑话，兄弟与中山先生仅仅一面之缘，未曾有什么交往。况且，在下也未真正在中山先生手下做事，如何做得说项？"

话说到这里，算是一口回绝了，估计一般人会脸红。而这位脸皮薄的吴先生倒不慌不忙，继续说："能成就成，不成也不让姜先生为难。其实，政府的事能做就做，不能做，做别的一样。"话说到这里，来远忙接过话题道："也是，这世上，能干的事情多的是，未必要当官。"

"兄弟所言极是。闻言袁大总统为支持中山先生修建铁路，同意拨付四万万两银子款项，专门用于这铁路建设，兄弟是中山先生钦点的考察团成员，先修哪一段铁路？资金如何分配？想必活动的空间很大。兄弟可发达了。"

此人言之确凿，事情说得有名有姓，有根有据，数字有斤有两，好像那银子就在库房里摆着，由不得你不相信。闻听此言，姜来远好歹没惊掉下巴，心中暗暗思忖，这流言传得也太不着边了！四万万两银子，那得多少钱？他露出苦笑，解释道："这怎么可能？四万万两，那可要多少钱？现在政府穷得都揭不开锅，如有四万万两，怕都不用来考察，直接干就是了。"

"我当然知道，这四万万两白银不是在那里摆着，可能要十年、也可能二十年，可眼下哪个地方的长官能等这么久？都想尽快把钱投到当地来。今晚，胡副官就被西安道的秘书长请去吃饭了，听说赶明儿一块安排你们吃饭。"吴先生的一番话，解开了姜来远心中的疑惑。下午胡副官临出门还说同学请他吃饭，当时自个儿还纳闷，这胡副官是不是洋墨水喝多了，既然同学请吃饭，也不问一下同伴是否愿不愿意参加？敢情人家压根儿不愿让自己知道，背地里还有另外一回事儿。想到这儿，姜来远想好了托词的话："这么紧要的消息，吴兄都知道，还用我给您做说项哪！"

"本村有个在给省政府开车的，我听他说的。"这吴先生一解释，来远心中明白了。唉，怪不得这位吴先生不得其门而入，穿的是最时兴的欧式西装，有旁门左道的心，却无旁门左道的手段，堂堂留日大学生，竟然靠从开车的那里打听消息。虽说如此，姜来元也不想驳了对方的面子，又不能空口许诺，让世聪以后受埋怨，便说："我这辈子都还不知能否见到中山先生呢！"这话表明了自己不是不想办，只是能力不够、办不到而已。

谁承想，对方不知是未领会还是怎么着，继续说道："那个说项做不得，不难为兄弟。若能在铁路上说得上话，也可。"

见对方说起铁路的事，但并没说得太清楚是什么事，来远猜不透他啥意思，便问："铁路上有啥事？"

"到时，给争取在铁路上谋个差事，或供应点物资，也可。"吴先生这一番话，让来远好久才回过神来，敢情这位是想做铁路上的生意呢！这事儿可更不靠谱了，便委婉地告诉他道："这铁路何年何月开始修，还八字没有一撇。若有机会，兄弟当尽全力。"

"有您这句话就好。多谢，多谢啦！天不早了，打扰您休息，告辞了，后会有期。"说着，吴先生便站起来双手一抱拳，转身离去。

"吴兄，这是您的箱子。"姜来远见对方没拿箱子，便急忙提醒道。

"还有，忘了跟您说，这是给您带的，一点小意思，请笑纳。"吴先生说着，脸上有些尴尬。

姜来远紧跨几步赶到吴先生的面前，伸出双手拦着他，急切地说道："吴兄留步，这可万万使不得，一来在下非所托之人，二来此事非能托之事，留下礼品万万使不得。"

吴先生听来远这么说，转身退后了一步，从地上提起箱子放在桌子上，掏出钥匙打开锁，一并将锁和钥匙取了下来放在桌上，咔吧一声打开箱子盖，就见里面用厚红丝绒包裹着，一层层打开后，里面是黄绸布。黄布包裹被打开后，一对翠玉花瓶华丽丽展现在眼前，在灯光的照耀下晶莹剔透光彩夺目。吴先生抬起头，看了看来远，说："这不是我自己的意思，是我们西北商会之意。"

"不可、不可。万万不可。如这样，可折煞兄弟了。"姜来远连忙摆手推让。

"兄弟嫌弃东西不好？这花瓶看相一般，可是老佛爷当年御用之物，其离开西安返京时赠予家父。虽不敢说其价值连城，但毕竟是皇家用过之物。"吴先生这么一说，傻子都知道这是好东西。姜来远在丁百万家待过，也在大清户部银行干过，这些年耳朵里灌了不少，接触的商贾巨富遗老遗少颇多，那些人家里有这玩意的，怕是也不多。东西是好东西，可自个儿怎能稀罕人家的东西呢？连念头都不曾有过。姜来远便又推辞道："恕兄弟难以从命。我们这是考察铁路，下面还有千山万水，怎可能带此物同行？"

听了这话，那吴先生倒是一怔，有些讪讪地说道："真是、真是，考虑不周、考虑不周。世聪说你不可能要钱，再说若给你钱那就俗气了。故选了这件自家的东西，确实不好带。要不，您留个地址，我给您寄运回家？"

"使不得、使不得，万不可使兄弟陷于不义之地。你若不带走，我走时就将它留在这房间里，不会带走的。"姜来远一边说着，一边将瓶子包裹起来，盖上盖子上了锁，塞到吴先生手中，送其出门去。

送走了客人后，来远心情很是不好，眼下河南、山东等地人口稠密、天灾人祸频发，所产小麦不足以供应北京上海等地。从洛阳到西安，大伙千里迢迢历尽辛苦，目的是修好铁路，那关中大平原的小麦就可以通过铁路，北上北京、南下上海，这铁路还没上图纸，倒有人在想着发铁路财了。

3

他们休整了六天，才差不多恢复过来。一行人出了西安城一路往西，向汉中方向走去。来远发现队伍中又多了一头毛驴，那毛驴身上多了两个大皮箱，不知李圣经出于何意，私下悄悄地说："我说老同学，胡副官还置办了不少东西呢！这么远，还真行。"说完，露出了狡黠的微笑，让人不得不多想点什么。

来远心里跟明镜似的，但装作不懂，故意说道："里面是不是装着新的勘探资料，或者什么仪器？"

"嘿，兄弟，我说你是装糊涂还是怎么着？净说不着边的话，这西安无一寸铁路，也没什么修筑铁路的公司，去哪里置办什么勘探资料啊？上海什么东西没有？从这里买仪器？还有，若是仪器，这几天也没见他打开箱子用啊！"李圣经揣着明白装糊涂，绕着圈子套来远的话。

"说不定那是给老婆孩子带的陕西大枣。"来远知道这老同学装糊涂，也不往深里说，故意把事情扯远了。

"他缺心眼呢？上海什么好吃的没有？这头驴驮着两个箱子到成都，这一路上驴吃的草料四箱子枣子也换不来。"李圣经啰里啰唆地反驳着。

"猜不透，管那么多事干吗？"来远笑着说。

"嗯，和你说实话吧！那天夜里我睡不着出来溜达，见胡副官从外面的小车上下来，后面有人提着东西将他送入房间，后来那些人坐小轿车走了。你想想看，这些坐着小轿车的人，肯定不是一般人物。山路如此难行，他带着这些东西，能差得了？"李圣经不愧为美国留学回来的工程师，对问题分析得条条有理、头头是道，不由你不相信里面是值钱的东西。

来远不想再和他纠缠这些无聊的话题，只好说道："里面是啥，和我们有啥干系呢？"

4

俗话说“蜀道难，难于上青天”，若不是来考察铁路，怕是一辈子也不会走这样的山路，这边的路与胶东的山路比起来，那简直是北京二锅头和张裕葡萄酒的区别。他们从岐山，过剑阁，穿江油，一路的奇山险水，三国的金戈铁马令来远荡气回肠，如同温习了一遍诸葛亮的出祁山之路。说实话，没有这铁路考察的事，怕是一辈子都来不到这个地方。

可以说历尽了千辛万苦，好不容易到了成都，人整个都松懈了下来。从洛阳到西安这一段，路还好走一些，而从汉中到成都这一段格外令人疲乏，各人从内心里便愿意多休息几天，成都地面上的场面人物，便轮流请客了。

这成都人请客和陕西人、山东人请客就大不一样了，并不是大的八仙桌、主次分明地坐下来一套一套地喝，而是主宾两个人落座后其他人随意而坐，边喝边聊，随意、自在得很。这天请客的是自贡的大盐商，十多个人呼啦啦围着吃火锅，胡副官当然是坐在主宾的位置，来远左侧是自贡的王姓盐商，右侧是梁姓商人，聊了几句，就聊出味道来了。

从话语中知道，这梁姓商人大名冬祖，祖籍福建，在台湾近两百年，日本人割去台湾澎湖之时，其父不堪忍受日本人的压迫，放弃了田产房屋回了福建，后来经上海来到四川，屈指算来，入川已十五年，其父是保路运动的领头人物，爷俩儿也是辛亥首义的人物。接着就聊起最近几年之事，梁冬祖问：“烟台作为同盟会五大总部之一，想必共和立宪的气氛很浓厚了？”

来远摸不清此人的路数，只好应付：“还好、还好，四川辛亥起事早，现在政府情形如何？”

没想到这梁冬祖侧过身子，神情有些愤愤地说道：“辛亥革命的血差不多有一大半白流了；还好，毕竟我们还活着；就眼下的情景，那些死去的烈士林觉民、喻培伦在天之灵如何能安？”

“没记错的话，喻培伦烈士就是四川内江人。”来远若有所思地说着。

“兄弟知道的还不少。其正为内江人士。”

“因缘际会，见过一面。”

“兄弟去日本留过学？”

“没有，那年大将军与璧君女士回日本，经过烟台时我见过一面，为其筹了一笔钱。”来远说到这里，那梁冬祖明白，当年几个人刺杀摄政王未果，两个人取道天津烟台回日本以图后事。

“那可是汪精卫先生刺杀摄政王未果，两人回日本那次了！”梁冬祖有些肃然起敬地看着来远说。

“按时间算，应是那一次。可惜，大将军英年早逝！”来远也有些感慨，叹息道。

“喻大将军可真是忠烈千古之人，可惜未曾谋面。其弟喻培棣倒是见过几回，也是资中辛亥起事的首义人物。目前，正在成都办事，想见一面否？”梁冬祖言语中颇感可惜，试探着问。

“如此甚好。”来远爽快答道。

5

喻培棣听闻有人从山东来，其在烟台见过兄长，便放下手中军务赶来。姜来远说起庚戌年清明前见过喻培伦时，喻培棣失声痛哭：“那是兄长与汪先生刺杀摄政王载沣未果，从天津经烟台去日本筹集费用时，路过烟台，说在那里受过一位先生资助，没想到是先生。吾兄赤胆忠心报国，颠沛流离四海，可惜志愿未竟，其志唯愿中华多福。”几个人聊了一夜，姜来远听到了更多关于喻培伦之事迹，敬佩之心油然而起。出乎意料的是，四川远离京师，竟然有如此多关心国家兴亡，不怕杀身成仁之英勇人物。听梁冬祖介绍，喻培棣之性格能力不亚其兄，目前仍在军队任职，对烟台同盟会的一举一动，询问得相当仔细认真，说到动情处，两人禁不住潸然泪下。

6

经过几天休整，来远才消解了前段时间的疲乏，见那副官在不停地应酬着，李圣经也寻找着在美国留学的同学，以续过往之意。梁冬祖便领着来远逛了杜甫草堂春熙路等地方，感受了成都的风土人情。武侯祠外的茶馆里，两人要了茶水边喝边聊，梁冬祖笑道：“看了这武侯祠，有啥感受？”

姜来远环顾左右，点头赞道：“已知天定三分鼎，犹竭人谋六出师。当年隆中对，诸葛先生远在南阳就能看清多年后三分天下之大势，入川之路千沟万壑，刘备带领兵马千里迢迢一步一步打进来，真不容易。”

“诸葛丞相虽成名于南阳，确是你们地地道道的山东人哪！山东出名相。”梁冬祖由衷地赞叹说道。

“山东不仅出名相，而且还出名将；管仲为天下名相，自不待言；诸葛丞相近在眼前，堪称千古一相。但山东一直未出君临天下一言九鼎之人，倒是成全了一批这样的人。”来远呷了一口茶，说道。

“弟所言极是，远者如曹操，为济南相时大治豪强，威震山东；近者如袁大总统，任山东巡抚平息义和团乱党发源地之骚乱，终获朝廷认可。弟以为何故？”梁冬祖所言之据确凿无疑。

姜来远笑道：“老兄能看出这些现象，分析得也很透彻。盖因山东深受儒法传统忠君思想影响至深，加上性格火暴、认死理，不会和稀泥之缘故吧。”

梁冬祖没否认，也没肯定，只是点点头说：“山东人性格还好，能人要么出将入相，要么占山为王，绝不委屈自个儿。四川人就不这样，性格绵厚，不好与人争执。”

姜来远并不认可他的话，不好明驳，微微一笑道：“四川人不好与人争执？不会吧！‘天下未乱蜀先乱，天下先治蜀后治’之说法已流传了多少年。前几年发生的四川保路运动，成为大清王朝倒台的导火线。说四川人性格绵厚，怕是对不住他们呢！”

“这，怕是兄弟有所不知了。”梁冬祖反驳道。

“愿闻其详。”来远好奇地问。

“四川自古偏居一隅，加上张献忠屠城后，目前居民皆为湖广填四川时而来。外人进川本为不易，皆经九死一生，想事做事大都小心慎微，但此地一直被称为天府之国，人们生活相对封闭富足，如同这里的气候，终年不温不火，少有干燥火爆气势，也形成了这不急不躁的性格。几十年前洪秀全揭竿而起之时，乱了大半个中国，而后甲午战争、庚子事变、日俄战争，连年的割地赔款，使大清千疮百孔，四川虽远海未能直面各国的入侵，但各种苛捐杂税也是令人苦不堪言，正是四川人的隐忍，加上外人有‘天下未乱蜀先乱’的误识，每每派手段强硬之人来治理四川，故川人所受压迫更甚于其他地方，一旦超过其承受能力时，便一发而不可收了。”

“有道理，但久闻山东人的性格火暴，为何未造成这个局面？”来远虽认可梁冬祖的说法，又禁不住问道。

“兄弟问得好。这又是另外一个事儿了。只说四川人性格绵厚，反而是先乱于天下的原因，是有些说不通；把山东人性格火暴，是没造成天下大乱的原因再说清楚，就更验证了先前的说法了。如同那义和团运动，对不对暂且不说，甲午战争赔款、戊戌变法等事情接连爆发，全国哪个地方日子好过？正是山东人火暴的性格，如同热油一样，见火就着。但那时，全国其他地方尚未乱起来，大清的实力还在，接着派强有力的人出面给灭了。可此后十多年，大清腐败日甚一日，但那代山东人中，有血性之人已被除掉，没被除掉的也被杀怕了。剩下的人，闹的心都没有了。”梁冬祖一边饮着茶，一边娓娓道来。

姜来远点了点头：“出头的椽子先烂，看来还是对的。”

“对，可能你比周围的人还厉害，但你一出头，上头就给你灭了。这批人给灭掉了，但下一批人还没有出来，就是这么个原因。还有，另一个重要的原因是地理、地形：山东大部分地方是平原，官府的管制能力太强，宗派组织在民间难以形成；四川则不然，除去成都平原这一块，其他地方皆为山区，交通甚是不便，基层政府乏力，对很多地方控制不到，不少人来到成都谋生，以老乡会、秘密宗派会之名义暗中互保，那保路运动的中坚力量就是哥老会，单凭一盘散沙的百姓，事情不可能发展得那么迅速。都说山东出响马，其实，四川的响马比山东多得多了。只不过，四川的响马大都是小响马，加上文化少，干的也就是打家劫舍谋口饭吃，他们得了钱财往山里一跑，去哪里找他们？而山东中间是山、四周是平原，三五人的土匪根本无处躲藏，要想活下来，必然是很多人聚集一块与官府对抗，那瓦岗寨的主力程咬金、秦琼，可都是山东人，就连那北平的罗成，还是山东人的外甥；水浒的一百单八将，晁盖、宋江、李逵等，大都是山东人。秦琼、晁盖、宋江可都是读书人出身，就是做响马，也想着招安、位列朝班，做得比四川人有气势。其因，盖皆如此。”梁冬祖一番话，令来远是耳目一新。

姜来远举起茶杯，笑着说：“没想到，真是秀才不出门，便知天下事，兄距千里之外，对山东了解如此之深，对两地人情分析得如此精辟透彻，佩服、佩服。来，弟以茶代酒，敬老兄一杯。”两个人碰杯后一饮而尽。

饮完茶后，梁冬祖说道：“哪里、哪里，见笑了。这人是一回事，但眼下四川与山东之情形，不可同日而语，相差可谓远矣。今日山东之情形，甚令川人羡慕。”

姜来远笑道：“四川可是天府之国。对山东，何羡之有？”

冬祖顿了顿，摇了摇头，说：“眼下，中国铁路共计九千公里，而山东就有八百公里，占近一成。而山东又居于南北交通要道，其重要性远比东北、西南更甚。特别是从青岛至济南铁路畅通，贯穿省城与胶东半岛富裕之地；还有，津浦铁路贯穿山东南北，山东位居中间，使其四通八达，工业所需之煤炭、矿石，工业所产之物品物通四海，毫无阻滞，依山东之交通情形，所产物品必风行四海，领中华之风骚。”

“老兄居于西南，而对千里之外的山东了解如此之深，弟深感佩服。眼下，山东已有铁路两千里，按铁路两侧百里之内此计算，差不多占了山东地面的一半，但凡铁路开通之处，民风开化甚速。美中不足的是，烟台作为重要的通商口岸，一直未开通铁路，近十年来，已经被青岛大大地落下了。目前，济南、青岛、烟台为山东三足鼎立之势，但烟台未通铁路，尚有跛脚之虞。若烟台再通了铁路，山东的货物通过铁路往西经济南北上京津、南下南京、上海。至其时，那山东经济则如展翅之鲲鹏，必将翱翔于四海，无所匹敌！”姜来远深感铁路的缺失对烟台经济的影响，话语中有激情，又有遗憾。

梁冬祖对姜来远的激情感染，赞叹着：“烟台海运发达，若开通铁路，那各地客商到烟台，则多了一项选择，想必兄弟欲为山东铁路谋一番大事业了。”

“想是一回事，成又是一回事。但凡有一点可能，当竭力一试。”

“近几十年来，铁路兴事，铁路也废事，以至于上自朝堂重臣、下至黎民百姓，对铁路痴迷者大有人在，就连中山先生也放弃大总统之位，专事铁路事业，依兄弟所在的位置，将来势必前途无量。”

“前途无量？老兄笑话我呢！要不就是老兄只知其一，不知其二。我虽对铁路充满信心，但这行业整体来说是个专业的技术活，我一无技术基础、二无政府高官背景，充其量仅仅是胶莱道为了烟台那段铁路，将我派出来帮闲而已。说死马当作活马医，有点严重，若有一丝希望，只求能把这事做起来；若说在铁路上前途无量，我自个儿都没想过。”来远倒也不隐瞒，说了大实话。

“兄弟何须瞒我！发财还用懂技术？若哪天被派到某个地方专事一段铁路，那么多物资经手，几年不就发了？还有，这一路下来，多少人想走你们的路子？张张手，可不是一个小数目。”冬祖笑道。

“怎么会？拿我们打杂的当钦差大臣了吗？”

“若是还有皇帝，你们就是钦差大臣。不过，你们比钦差大臣受欢迎：那钦差大臣大都是查案抓人的，大伙怕都是唯恐避之不及；你们管的是修铁路，给钱，是做好事。有几个人想急着见见你，见不见？”

听他这么一说，来远想起在西安的那一幕。见吧，怕还会出现那个情况，不收人家东西反而把人给得罪了；不见吧，会很驳冬祖的面子，怎样才能既不驳他的面子，还要把送礼之事给推托出去呢？来远思忖着，忽然想起来了，叫上胡副官一块儿得了。

7

托梁冬祖拜见考察团一行的，是大邑第一大户刘氏，四川数得着的大富翁，人称“川西第一财主”。据说成都西边那片地都是他家的，良田何止以万顷来形容，牛马羊群更是无数，在成都开着成街成道的商号。在偏远的大西南，酒席上有熊掌燕窝鱼翅不稀奇，稀奇的是鲍鱼海参俱全，令颇见过世面的胡副官禁不住赞叹，连声说：“刘董事长，破费了，破费了。”

“哪里，哪里。各位长官从京来此视察铁路，真可谓万里迢迢、不辞辛劳，此真乃我川人之福。众所周知，四川人对开通铁路可是翘首以待啊！这铁路什么时间能开工，还望各位长官多多美言才是。”这刘大财主三言两语，就把话扯到铁路上来了。

“那是，那是自然。”胡副官小心地应着。

“不知这铁路什么时间能够启动？胡长官如何打算？”刘大财主步步紧逼。

“这个嘛，需要从长计议。”胡副官可不傻，不说行，也不说不行，只是含含糊糊地应着，他可不想在这方面让人抓住把柄。

“没事，大家等得起。若真修铁路，钱和地都不是问题。不过，最终是要官办还是要商办？能否确定下来？”看来，刘大财主是做大生意的，关注的是要点。

“这个吗？眼下不好说。兹事体大，怕是最终由大总统孙先生来定。”胡副官酒已经喝了不少，但方寸未乱，说得还算滴水不漏。只是称孙先生为大总统，不知是真醉了，还是装糊涂。

“不管官办还是商办，怎么也绕不开咱的地，也离不开咱川中十八家钱庄的钱。”边上有人高声说着。

“要是商办，咱就做百年打算。若是要官办，咱就别太费心，也就是一锤子买卖。”刘大财主话说得太直接，胡副官他们心中发愣，觉得不好接话。李圣经坐不住了，觉得自己好歹还算铁路专家，问吧，觉得丢面子；不问，憋在心里确实难受，便借着酒劲问：“怎的商办就做百年打算，官办就做一锤子买卖呢？”

刘大财主放下酒杯，缓缓说道：“在下认为，这铁路若是商办，那就要募集资本，这铁路的资本岂是三万五万能够解决的？要筹几千万的钱，定然少不得在座的各位，那铁路修成后自然是利在后代，当然入股者少不得要做百年的打算；若是这铁路官办，他们会自成一体，外人难窥其内，我等自然无法涉足，只不过在起征地时多要点补偿，供应点石料、木料，出点人工而已，故只能做一锤子买卖了。”刘大财主的话令胡副官一行大开眼界，没想到这铁路还在云彩影里，他们竟算计得如此周全，想从里面赚钱了。

自己这边人问的问题，人家都答复了，不能对人家的问题没有回音，胡副官看了看大家，便说：“官办有官办的好处，商办有商办的益处，在四川办铁路，无论官办还是商办，皆需各位大力支持才是。”

“胡长官高屋建瓴，可事不宜迟，得抓紧下决定。政府那边肯定是想官办。不过，眼下他们连锅都揭不开，想办怕也是没法办。弟兄们商量了个办法，先成立一个公司，认购些股份，筹集些资金，有个百八十万在这里放着，政府那边想不动心都难。不知胡长官意下如何？”刘大财主终于说出了今晚上请客的目的，来远心中暗暗庆幸，幸亏把这胡副官叫上，要不，自己还真没法应对。

胡副官一听，看来这一顿酒没白喝，竟然喝出了如此天大的好事，心中思忖着如何应对。若是一口给否了，自个儿很没面子，也对不起人家这满桌子的川陕名菜，还很丢份儿。若是答应，自己又做不得主，以后若有人追问起来，那烦恼可是无穷无尽。胡副官点了点头，向来远那边看着，那意思是这顿饭是你答应下来的，关键时候得说话才是。姜来远会意，不忍心看其在那里受煎熬；不过，听刘大财主张口一个政府、闭口一个政府，估计在他内心里，这民国和大清也没啥区别；闹得沸沸扬扬的护路运动，不就是因股份之事引起？想这胡副官虽不顾吃相，脸皮有些薄，有些话说不出。自个儿这辈子怕也就是来这一回了，无所谓什么脸皮不脸皮的，给他解解围，他在烟台那铁路上，也会给说说好话，这个坏人自己做了吧。想到此，姜来远说：“此行仅仅是做意向考察，与铁路建设尚距十万八千里，怕是八字还没有一撇；若公司先成立，资金在那里白白放着，这人员工资、房租等各类应酬，天长日久，怕是花费不少。”

“这是我们川中十八家商量了很久的方案。还望胡长官将大家的意愿带回上海，当面向中山先生汇报。我们也可出钱出人陪胡先生去北京游说。若能成，川中父老定然感激不尽。”刘大财主的话，明摆着没把来远当回事儿，只是自顾自地说着自己的打算，弄得他有些尴尬，也不好作声。

胡副官仿佛从刘大财主话音儿里听出了什么，哈哈笑道：“姜长官怕是辜负了弟兄们的一片心意，耽误大家赚钱；既然各位对此事信心如此之足，胡某回上海后，定当全力向中山先生汇报。方便之时，一起去北京找袁大总统，如何？”

听到胡副官这应诺之言，气氛活跃了起来，大家纷纷举杯祝贺，仿佛那铁路开始铺轨，就等一声令下通车了。坐在一旁的姜来远见大家不听自己建议，胡副官大包大揽此事，李圣经坐在一旁头仰着看天，一副与己无关的样子，心中凄然：人家拿这个虚事儿当作实事儿做，成不成不打紧，做的过程赚些车马费、门子费、吃喝费，还是不难的。自己去制止人家，不是耽误人家发财嘛！

8

酒喝了，牛也吹了，一切归于平静。

事后，李圣经问：“来远，胡副官葫芦里卖的究竟是啥药，竟然转得如此快？你替他挡了，他又一口应允。这样做，岂不是把你给卖了？”

姜来远也颇感无奈，摇头笑了笑：“卖就卖了吧！他既然答应去中山先生那里争取，能白白争取吗？何况，他还应了一块去北京找袁世凯，找到找不到不说，事办成办不成也不妄下结论，这些人能空着手约他？我们就权当做个垫脚石。到时，他能给我们烟台铁路说句好话就谢天谢地了。”

“嗯，看来，在政府混的人，就是高人一筹。”李圣经赞同来远的说法。

“有好事就接过去，没好事就绕过去。高水平，是高水平。”来远接着李圣经的话说道。

“兄弟注意了吗？他房间里那四个大皮箱不见了，听说托运走了。”李圣经说着。

“是吗？我还真没注意。四个大皮箱？不是从西安带来了两个吗？”来远嘴上这么说，实际上他早看到了，只是故意装糊涂，看李圣经是不是知道得更多。

“兄弟真没注意？我不相信。你没看他屋里人进进出出？几天时间又多了两个大皮箱呢！我还在想，无论如何他不能再雇头毛驴把箱子驮到重庆去吧！谁承想，人家早把那四个大箱子送到春熙路的码头托运走了。现在，怕是早过了岷江，明儿个进长江，怕是等不到我们到重庆，那皮箱早顺着水路到上海了。”李圣经一本正经、又有些愤愤不平地说着。

“哦，你怎么知道得这么细？”来远追问的话里有话。

那李圣经脸微微一红，有些迟疑，心里有些发虚，但话已经说出，又收不回去，只好讪讪地说道：“嘿嘿，我亲眼所见，亲耳所闻。”

“你怎么听说的？”来远有些疑惑。

“怎么？你没托运东西吗？”李圣经岔开了话题问。

“托运什么东西？”

“他们送你的东西你还想带回去？”

“带哪里？”来远还有些纳闷。

“我不管你和我说不说实话。你托运也罢，不托运也罢，反正我不信你手里没东西。当然，和你说也犯不着事，这一路上，我也攒了一个小箱子。本想问你怎么处理，怕你脸皮薄，抹不开，也就没问你。我自个儿去码头上托运了，正好看到有几个箱子很面熟，特意留意了一下那托运手续，还别说，那单子上还真真切切就是他。你猜猜运费多少？”李圣经故意卖关子说道。

“从这到上海千里迢迢，可不便宜。”来远叹息着，感到无比的悲凉。

李圣经瞪大了眼睛，用惊异的神情摇着头说：“那单据上明明白白地写着，只这运费三百块，保费五百块，合计八百多块，你说里面是啥东西？”

听了这个数，来远心里咯噔了一下子。他知道行情，这长途水运运输保费一般是按照百分之三收取，按这计算，这箱子里的东西就值一万五千块钱，况且这押运公司和保险公司联手，这保费实际上比标的更低，里面的东西怕是两万块钱都不止。怪不得胡副官一开始还唠叨辛苦，越往后反而越兴奋了，听话音儿里，恨不能就这么考察下去。看来，有钱能使鬼推磨的俗话不假，最起码，有钱让这说洋文的干驴活，来远算是亲眼所见了。话说到这里，自己也没啥更需要说的了，便笑道：“胡长官能和两个大总统都说上话，四个皮箱的东西，不算多。老兄的运费花了多少？”

“我不行，从上海再转运到烟台，一共不过一百块，你呢？”看样子，李圣经非要姜来远坦白收了多少东西。

“我真没有，骗你作甚？”来远想快点结束这无聊的话题。

“我知道了。看来兄弟做事更胜一筹，把东西换成钱，再把钱换成银票往口袋里一揣，运费都省了，我怎么没想到呢？”李圣经打死都不相信，不相信姜来远这一路没有收别人的礼品。李圣经的话让姜来远很无语，不过他内心里很清楚，这所谓的民国，只不过是换了个称号，要变成真正的民国，还有很长很长的路要走，甚至不知在有生之年，还能否看得到。

9

离开成都赶往重庆考察的路途上，姜来远兴致越来越低，感觉这所谓的铁路考察，真的有些不伦不类，不像是为修铁路而来，倒像是为了收受礼品祸害人的税老虎。他毫无兴致地走过遂宁，过了铜梁，一路跋山涉水，一路秋意益深，翻越了无数大山大水，有时费九牛二虎之力七拐八拐，才翻过一个山坡，而修铁路要裁弯取直，不知要打多少涵洞，架多少桥梁，费多少人事物力。

待人家到达重庆休整，所见景象更大为不同。朝天门码头上千橹攒动，机动船轰鸣往来，背物驮料者摩肩接踵，市面的繁荣超出大家的想象。当地陪同的官员介绍：“自从轮船开进三峡，重庆变化很大。”

姜来远疑惑：“轮船开进烟台几十年了，老兄三番五次地讲轮船开进重庆，有何特殊意义？”

这官员介绍：“兄弟有所不知，重庆不比你烟台，此地山高水远，民众生活困苦；沿长江成千上万的纤夫依靠拉船来谋生，轮船一开，他们赖以谋生的技能没有了，岂不是社会的一大隐患？”

姜来远摇了摇头，解释说：“真有那么严重？铁路一开，那车夫失业，机器一开，那手工人员失业，尘世上新事物替换旧事物，岂非人事能改变。替换下的人，可以从事其他职业。”

“来远兄弟，这长江沿岸，非你们烟台那地方可比。蜀道难，难于上青天，自宜昌往西至重庆、成都，大山连绵不绝、大河湍流不息，那山水相连何止千里，这一路车难行、马难走，修不好公路、铁路，就是生产出货物恐怕也运不出去。人不拉纤，还能做点什么？”陪同之人言语中尽是无奈，神态凄凄惨惨。

其他陪同人员，也在做胡副官的工作，说：“还望胡长官在吴先生面前多多美言，早日修成这铁路，让我们重庆的百姓也能富裕起来。”

“会的，你放心好了。孙先生说过，我们要修二十万英里铁路，铁路修好后，货物运输困难的局面很快就会改观。先生派我等前来考察铁路事宜，回去就立刻汇报，成都、重庆、武汉的铁路一开，这些问题就迎刃而解，问题就都不存在了。”胡副官话语毫不迟疑，好像那修铁路的资金在眼前摆着，他说了算一样。

来远闻罢，心中凄然，无言以对。但见眼前重重叠叠的大山，不知要开多少山洞，架多少桥梁，才能将道路打通。不用说需要多少财力，就是钱在那里摆着，究竟需要多少时日？技术能否过关，可真不敢说。可这胡副官，走到一路，许诺一路，究竟他心里有多少谱，还真不好说。

一路看来，姜来远内心如同秋后的天气，一天凉过一天。只见那山或挺拔耸立，或直插云天，沟沟有水，坎坎成河，人行走都困难，怎么修铁路？夜里，来远问李圣经：“你看这地势，若真修铁路，得架多少桥？开多少涵洞？咱看过京张铁路，其山势之险峻、河流之湍急，和这三峡一带无可比拟，所费人事物力，难得何止十倍。你是专门做技术的，认为如何？”

李圣经皱了皱眉头，摇着头说：“从汉中到成都我都在考虑这个问题。虽说国内的铁路我看得少，但在美国六年，他们的铁路我基本上跑了个差不多。西部修建得那么艰难，但就其地理环境和难度而言，相差也不是一倍两倍。技术问题是一方面，但财力物力能否支撑，确实是个大问题。”

“你的意思，眼下这条线路暂时不可行？”来远想从他嘴里掏出实话。

“不是说不行，但是很难做。不过，对我们来说，这倒是一件好事。”李圣经两眼放光，有些神秘地说道。

“如何说起？”姜来远皱着眉头问。

“从西安这一路下来，除西安到汉中这一段还好，其余的地段比烟台到潍县这一段复杂多了，这些地方修一里铁路，咱们那里修十里都不止；还有，咱们那里有港口、有那么多商家用铁路，你看这地方，鸟都不拉屎，兔子都上不去，修了铁路又有多大的收入？从这方面看，这报告提报上去，咱们那里的铁路说不定会更容易启动。”李圣经兴奋地说道。

其实，这正是来远所考虑的，但还有一点李圣经没说，便说："这西安、成都、武汉，都是省会城市，恐怕民国政府会优先考虑他们。"

"嗯，咱写这报告的时候，把困难考虑得多一些，再和副官建议，提前考虑考虑咱们那边的铁路。"李圣经别看是学技术的，对这些倒还是懂。

来远本想制止，但见其兴致如此之高，便想着他再去试试也不错，那副官自己不懂铁路，这次可是专家，让他探探口风，也好落个心安，便说："你是铁路专家，问更合适。"

10

"没想到，重庆市面上竟然如此繁荣。"姜来远看着繁荣的街道，感叹着自己原来认为西南偏僻人稀的错误认知。

"重庆左挟右带，控驭便捷。沿嘉陵江向上可达广安、南充、遂宁、绵阳，沿长江可上岷江，可达成都平原。可以说，扼此地可驭长江下游来犯，水路可上达四川各地。杜工部诗句'门泊东吴万里船'，那船可要经过这重庆的。还有，胡副官从成都合江亭码头发往上海的四个大箱子，也要经过重庆这码头的。"铁路迷李圣经对中国的地图熟稔于心，对胡副官的四大箱子礼品，始终念念不忘。

"不要再挂念别人的大箱子好不好？多想想回去这报告怎么写才是。"姜来远听够了李圣经张口礼品、闭口礼品的话，想着如何交差。

"这货运码头生意这么好，重庆的铁路肯定要修。不过，看这山这水，这要打多少涵洞架多少桥？全世界的洋灰拉过来怕是也不够用的。先别想那么多，以弟兄们的文辞，写个报告还不是小菜一碟？兄弟妙笔生花，写出来肯定好看。"李圣经一点也不觉得难，考察结果写出来，不是一个很难看的东西。

听了当地官员的介绍，考察队员们都面面相觑。从重庆到宜昌一千好几百里全是大山大河，与成都到重庆相比，其难度不可相比，连挑夫走路都困难。如果他们按考察线路走，恐怕是要走三五个月，看看时间都来不及。他们商量了一下，沿着长江北岸走到长寿，便失去了全程步行的信心，只好多带了些地图，经白帝，过巫山，穿三峡，到达宜昌，修整两天后坐船到达武汉，一路上向当地官府借了些地图书籍各种资料，以备写报告时使用。

到了武汉，胡副官忙着会见自己的朋友。姜李二人一起去黄鹤楼，当看到三镇胜景时，姜来远压抑的心情逐渐好转。李圣经冷不丁问："来远兄弟，这一路下来，对这铁路什么感受？"

听李圣经这么问，姜来远上下端详了下，说："铁路事业大有可为。"

"何以见得？"李圣经对姜来远的这个回答摸不着头脑。

"中国这么大，人这么多。应该特别需要铁路。干铁路，绝对有前途。"

"嗯。看来我学铁路学对了。你琢磨着，这成都到武汉的铁路，什么时间能修成？"李圣经对自己的前途信心十足，梦想着在铁路上干一番大事业。

"我不懂怎么修铁路。不过，我看要修好成都到重庆的铁路，怎么也得五十年。要沿着长江修到武汉，怕是要一百年，也未必成。"姜来远心头异常沉重，有些无力地说。

"一百年？亏你想得出。那时候我们都不在了。"李圣经大声喊着，认为姜来远信口雌黄。他不相信，不相信在自己的有生之年看不到成都的火车沿着长江直线开到武汉。

"不是修铁路要一百年。要在这样的地方修铁路，首要的是先修好这修铁路的人的心，还要真真实实具备修铁路的条件时，才能修。不能空想。"姜来远的话句句诛心，听起来让人感到不舒服，但说的是实情。

第十五章

闲居京等候差遣　闻实情心灰意懒

1

本来，过年就是喜庆的事。更为令人高兴的是媳妇佳怡生了个闺女，起名敏珇。如此一来，姜来远儿女双全了，全家上下更是喜气洋洋。

儿女双全，是人生的大喜事儿。来远娘也很欣慰，见来远从北京也回来了，早早把年货置备齐全，一家人都欢天喜地的。想起铁路的事儿，来远心里虽有些惆怅，但毕竟回到家里，一家人都完完好好的，心里也好受了些。特别是见到了几个以前出国留学回来过年的人，各人聊着各自的见闻。

朝阳街茶馆内，来远与黄博士、贾明仁边喝边聊着未来的局势与各自的打算。“姜老弟这次出去这么久，是打算在北京安家了？”黄博士问道。

黄博士与来远是县学同学，后来留学德国六年，取得了博士学位，学成归国，借过年回家探亲。

“不会，我这是代表烟台去争取烟潍铁路之事，节后只是再去北京报一下考察报告，不会在北京住下的，况且，铁路总公司在上海办公，并未在北京。”来远应道。

“嗯，上海是个好地方，中西交汇，文明发达。”黄博士话说了一半，欲言又止。

“你是真的不打算回烟台了？上海那边定了吗？”贾明仁皱着眉头插话，两人是大学同学，也是无话不谈。

“还没完全定，这次趁过年回来看看，若无合适选择，就去上海。”黄博士说着。

“去上海？到医院去？”来远问。

“导师给同济医院写了封推荐信，年前从德国回上海时去见过。怎么？若在烟台感到不舒心，可去上海！”黄博士的话好像很无厘头，其实他知道，在这里，来远过得并不快乐，都是老同学知根知底，话语中并不忌讳什么。

“来远，不行弟兄们一块去上海，凭咱的聪明能干，去哪里，还打不出一番天地？”贾明仁帮腔道。

“眼下还不能动，这辛亥起事来，银行的事不干了，政府的事这也一年多了，怎能说放下就放下。”来远说着，言语中不由自主地透着些无奈。

“其实，该放下时就放下。”黄博士说道。

“可能还未到能放下的时候吧！”来远应答的话语中，充满了食之无味、弃之可惜的无奈。

“对，可能还未到时候。不过，凡事不能逼到份上再做选择。况且，兄弟未必适合在政府做事，更不用说眼下的政府，并不适合做事。”黄博士的话虽有些饶舌，但比较准确。

来远惊异于黄博士的说法，问道：“黄兄在国外这么多年，对国内情况并不知道，何出此言？”

“俗话说‘秀才不出门，便知天下事’，更不用说是留洋的博士了。”一边的贾明仁说着风凉话。

“其实，哥虽在德国，但德国的报纸发达，整个欧洲也不过中国这么大，好多报纸分析得怕是比国内更为透彻。别的不说，兄弟认为这辛亥起事，民国已立，比大清时如何？”黄博士问。

来远可是聪明人，知道黄博士这么问必然有其不同看法，也会有其看法的依据，便不好回答得太肯定，以免观点差异很大引起冲突，便说道：“看从哪个方面说，若从国体上来说，进步何止百倍！”

“那辛亥革命当时的目标实现了吗？”

“未能全部实现。”

“幸亏未能全部实现。”

“何出此言？”

“若革命党反清的初衷实现了，那东三省、蒙古、西藏岂能为民国领土？”黄博士一句话，直惊得姜来远有些目瞪口呆，好久未能缓过气来。对啊！自己冒着掉脑袋的危险去革命，竟然没想到这一点。看来，自己脑子里有漏哇！不对，自己没想到这一层，其他人呢？他们也没想到这一层？

此话说中了姜来远内心脆弱之处。见其不吱声，黄博士又说：“我说句话兄弟不爱听，革命党中有多少乱世枭雄，又有多少治世能臣，相必兄弟比局外人更清楚。从二十四史看，既为乱世枭雄，又为治世能臣之人，实属凤毛麟角，眼下政府浑水摸鱼者众，兄弟长期在里面，可别把你给耽误了。”

“容我再想想，不过，还是先把铁路这事办完了，再从长计议。”来远对地方托付的铁路之事特别上心，还是希望上头重视他们去年不辞辛劳的考察结果。

2

铁路办很多人踌躇满志，带点官职的出去都是前呼后拥，忙着结交各衙门的人，以期在以后用得上，姜来远疑惑异常：照这么下去，什么时候铁路能有动静？当与一起住的伙计说起心中疑问时，这伙计揶揄他：“我说兄弟，都说你们山东人实在，从你这话里看还就是实在。你看眼下这形势能修成铁路吗？修铁路最要紧的是什么？钱啊！需要的可不是小钱，眼下这动荡不安，哪有钱修铁路？”

“总办不是在和外国人谈吗？”来远对这伙计的话有些纳闷儿。

“和外国人谈？谈什么？用什么谈？外国人傻吗？”这伙计一连几个反问。

来远对伙计的话很是吃惊，皱了皱眉头，问：“怎么说？”

“兄弟是真实在还是装傻？难道你看不出？现在大权在谁手里？军队、钱、官员的任命，都在袁大总统手里。这修铁路可不是盖屋打墙，一旦开工可是要三年五载，那钱可花海了去了。如果是你，不是和说了算的谈？和有钱的谈？怎可能和一个空头铁路办谈？”伙计的话如同锥子一般，一句给来远心里扎一个血窟窿。

伙计的话听着不是没道理，但是无论谁当权，肯定要做事呀！这铁路办上百号人，又是工资、又是办公，还要到外考察，耗费这么大，难道仅仅是摆设？想到这，来远问："我们这么多人，就在这儿白白吃闲饭？"

"吃闲饭怎么了？这么多部门，哪个部门不养几个吃闲饭的？北京城这么大，还差我们这几个吃闲饭的？"伙计的话摆明了说吃闲饭是正常的，是应该的，是理所当然的。

没有具体事干，人容易躁得慌。无奈中来远也待不住，只好四处游荡，虽不能说漫无目的，但没有方向和结果确实是实实在在的，无论是拜访老乡还是同学，但凡做买卖的也会扯几句国会选举什么的，从政的更不用说，开口必是选举，闭口就是宪法改革，整得人心浮动，各种传言和思潮蜂起。听说那同盟会也不叫同盟会了，改叫什么国民党。徐镜心也被推选为国民党山东支部理事长，还被选为国会参议院议员。徐镜心赴京就职后，几个熟人还为其接风，其言必宪政，对未来充满激情，但对袁大总统不满之情，溢于言表。几个月下来，姜来远疲惫至极，催问报告之事，也无人搭理。自己还能不能做铁路之事？能不能做好这铁路之事？姜来远心里产生了深深的疑虑。对下一步如何发展，他更是理不出头绪。万般无奈之际，姜来远便去谢葆璋那边探望，期望能讨个主意。

谢葆璋听明白了来远的用意，问："来远侄，下一步有何打算？"

来远回道："去年秋天跟随孙先生考察铁路实属无奈之举。"

"何出此言？在烟台那边不是干得挺好的吗？"谢葆璋有些纳闷。

来远见此情此景，只好把憋在心里的话说了出来："谢叔叔，实不相瞒，若是很好，我也就不会再出来干这事了。烟台光复之后，我从事财政工作，没想到新的军政府竟然明睁眼露地弄钱，对革命毫无贡献之人反而成了革命的功臣，这还不打紧，有的人竟然公然嫖娼、枪杀无辜人员，还强力打压正义的呼声。我看，革命成功了，没有比前清有多大变化，这才借着机会出来。但费了千辛万苦做的考察报告，竟然没有任何回音，怎么是好？"

谢葆璋见来远如此愁闷，便劝慰他说："万事不可能都如此遂人心愿，先从自己身上做起，一下子想改变所有的一切是不可能的。"

来远："叔叔所言极是，不管怎么样，来远身负烟台政府所托来沟通协调铁路之事，当有个结果，也不枉花费了半年时间。"

谢葆璋沉思了一会儿，说道：“你这都等这么久了连个人影都没见到，这么等下去也不是办法，要不，我给你找个人问一下？”

“如那样，最好。是什么人说了算？能摸出详情来吗？”来远问。

“郭次长，虽是国务院部门的副职，其实是袁大总统的亲信，我北洋水师的校友，能和我说实话，最了解现在形势。”谢葆璋说道。

“那好，还是越快越好，我都有点等不及了。”来远说着。

3

谢葆璋约郭次长和来远见面，已是半个月之后。

三个人在茶馆里见面，谢葆璋介绍完毕后，这郭次长开门见山地说：“既然是姜军士的儿子，也就不是外人了。我和你说个实话，看过你那个考察报告，没法给你意见。”

来远见郭次长那么说，心中很有些不满。想着这些官老爷也太不干实事了，但又想到这郭次长还是自己通过熟人约的。若凭自个儿，恐怕连面都见不到，还发什么牢骚，便静了静心道：“郭叔父，那个报告可是我们十几个人考察了三个月，还有地方政府出了大力配合，结合前期留下来的大量资料，中间不停地修正，最后这个报告又征求了大量工程师的意见，我们十多人对这个报告就修正了一个多月，怎么连研究都没人研究？”

“我说侄儿，孙先生对铁路痴迷的精神可嘉，宏大愿景的报告也很令人振奋，但眼下民国新立，行政运作、军队建设、对前清遗老遗少的安抚最重要，哪个不需要花钱？还有，更重要的一点是眼下政纪废弛、国疲民贫，现在各省的都督都掌握兵权财权，都像土皇帝一样撼动不得，不但各省的税收收不上来，还动辄跟北京要钱，看那财政总长好像是财神爷，岂不知，他经常两手空空无钱可用。想那唐总理，混到这一步多不容易，倘若能将就过去，他还会仅仅干三个月，就黯然下台？何况，袁大总统极为强势，看不见的府院之争，令多年的莫逆之交，变得形同陌路，朋友不再是朋友，同窗没有了情谊。其实，袁大总统的日子好过吗？说实话，也就是他城府至深，能极大地包容所有人，勉强维持着民国的架子没有倒下，已实属不易，哪能顾得上那修铁路之事？”郭次长叹息着，将自己了解的情况说与大家。

“那，那难道我们出去考察了这几个月，都是在做不可能的事情？”来远听郭次长之言，将信将疑，看来自己对这最上面的事情的了解，和自己眼下正在做的事情，差别太大了。

“我说贤侄，你是从烟台来的，对那边的事情该比较了解。地方上之事，难道就都那样肃静？比前清有很大改观？对北京的号令就那么听招呼？”郭次长问道。

见郭次长问姜来远烟台之事，谢葆璋怕跑题，连忙接过话题来圆场：“郭次长，来远在烟台只是做事，也未必很清楚。”

“嗯，也是，怎么说？我看，烟台地面上的事情，也不好办。前清时，当官的还有个怕性，毕竟上面有个皇上！可民国以来，皇上没了，下面的这些个头头们好像没人管了，而他们又大都是所谓革命的功臣，一个个俨然都是皇帝的样子。”这一年多来，来远心中郁闷，他又不喜欢和别人发牢骚，虽知说了也没啥大用处，今天见郭次长这么问，便说了出来。

郭次长耳朵里早灌满了各种信息，丝毫不回避地说：“烟台不算小地方，但对全国而言，也不过是一个泥蛋子大的地方。那么小地方的官员都敢为所欲为无法无天，试想掌握着几万、十几万军队的各省督军，他们会是什么样的做派？”

至于地方政府的那些事情，来远也不想扯远，说了也无甚益处，只好回归正题：“这么说，这铁路之事根本没戏？若那样，袁大总统为何拨如此多经费，耗费如此多精力让孙先生考察铁路？还把他的专列调拨给孙先生用？”

“具体的详情，我等不敢妄自猜测。对一个大总统来说，钱、火车，都是不入流的小事儿。但袁大总统眼下最重要的事情，肯定不是修铁路。刚才和你说了，安抚好遗老遗少，对袁大总统而言最为重要，他毕竟是接了孙先生的位子，不把他安抚好，那怎么行？还有，孙先生是个闲不住、不安分之人，不给他找点事情干干，还不知生出何事端。”郭次长竟拿孙先生与前清的遗老遗少同等看待，让姜来远听着有些不舒服，感觉有些硌硬。

姜来远不好直接反驳，只是说：“这，袁大总统也太世故了吧？先生能把大总统的位子给他，说明他并不恋栈，是个很无私的人。我和孙先生近距离接触了一段时间，他知识渊博，是个很正直的人。”

“呵呵，贤侄，你说得都对，我也确信孙先生是个正直无私、有远大抱负之人。但是，眼下的中国可不是想象的那样，想当年，我也跟着醇亲王考察过美国。我承认，孙先生是君子，但贤侄是读书之人，‘项羽为人太仁、天下从此姓刘’之言流传了两千多年，包括韩信之死，都是因他们不如刘邦手黑；至于刘邦得天下后的做法，都是遭人唾弃的；但就连那享有‘贞观之治’盛名的唐太宗，不也是杀兄弑弟、逼父退位吗？古往今来，成大事者何来仁慈的一面？但他们把天下都坐稳了。袁大总统和孙先生我都见过，我等尚无资格与其深交，但京城这么多上层人对他们的评价，我认为还是很中肯的：袁大总统虽无三民主义之理想，但他有治理国家的经验，解决问题的办法；孙先生虽然有三民主义之理想，但他在国外待得太久，并不太了解中国人所思所想，更无丰富的经验和解决问题的办法。眼下虽民国了，就算孙先生不把位置交给袁大总统，以他那理想化的方法来治理一个千疮百孔的国家，是不会有好结果的。”郭次长从各方面做了解释，认为当局不会把修铁路作为最重要的事情来处理。他的话深刻，有道理，其虽不是最高层的官员，但毕竟在政府做事，而且还久居京城，他的话不能说完全正确，但不失为很大一部分人的看法。

姜来远对郭次长的话颇为震撼，但他对铁路之事还是念念不忘：“那，我们下一步对铁路怎么办？”

“贤侄，不瞒你说，找我算是找对了。刚才对他们的评价那都是比较虚的，好似和你我无甚干系，但要记住一条：一山不容二虎、一江不容二龙，况且是人。几千年来，中国都是‘天无二日、国无二主’。我看以袁大总统的做派，等形势安顿之后，必然会一个一个地收拾下面那些和他不一条心的人。到时候，孙先生恐怕脱不了干系。其实，你们尚未报上对铁路的考察报告之前，已有人举报你们考察团到地方后大肆招摇，地方为接待孙先生大摆排场奢靡浪费，有的人趁机大肆许诺、勒索受贿，甚至有人提议要查办你们考察团，正是袁大总统硬压下这些奏折，不是奏折、是提议，这些，贤侄知道吗？”郭次长用虽苍老、但有些犀利的眼光看着来远说着。

听郭次长这么说，让来远很有些泄气。自己虽未收钱，但郭次长的话勾起了他的不快记忆。一路考察铁路下来，有的人的皮箱明显重了，甚至有人认错了人，把钱送给自己。看来，自己和这些人一起待了几个月，人家做了不少事，自己还几乎不知道。但那事情能传到北京，甚至到了大总统那里，事情究竟有多严重，自己还真说不清。但大总统怎么能知道却是他很疑惑的，便问：“真有那么严重？我和他们在一块待了那么久，吃喝的事情不能说没有，但大肆空头许诺、勒索受贿的事情还真没看到。还有，怎么能传到大总统那里？”

“呵呵，贤侄，俗话说：要想人不知、除非己莫为；世上没有不透风的墙。我相信，贤侄你没参与那些事，孙先生也不会收人家的钱。一是你没能力办事，人家不会白送钱给你；二是孙先生不屑于给人家办事，人家也不会白送钱给他，况且也都知道他不收人家的钱。其他人做没做那样的事情，你能保证？孙先生能保证吗？至于北京的人是怎么知道的，这有何难？呵呵、呵呵，孙先生每天和谁见过面、说的啥、吃的啥、在哪里住的，袁大总统都知道，至于怎么知道的，我就不知道了。是袁大总统把有人状告考察团的事情给压了下来的，状告的内容里面恐怕有真有假，大总统自导自演也不无可能，至于什么时候拿这事儿说事儿，那是他的事了。”郭次长淡淡地说着。

郭次长之言虽不太清楚，但对铁路之事不太感兴趣，是很明了的。谢葆璋在一边，听郭次长说了这么多，知道了考察团的处境，并没说清楚姜来远想要的结果和下一步他如何走。估摸着来远不好直接问，便看着郭次长，径直问：“那下一步，来远侄儿怎么办合适？”

姜来远见谢葆璋问出了自己没法问的话，便静静地等着郭次长说话。

那郭次长本不想说，见谢葆璋问起，觉得刚才虽已说了那么多，但确实有些空泛，与姜来远的实际情况距离有些远，觉得不说点什么，又对不起那北京烤鸭，便说：“贤侄若想回烟台，我可以助你一臂之力，写封推荐函去；若想留在北京做事，可以进政府从科员干起。现在，全国各地的不少人都赶往北京来谋职，很多都是留洋归来。”

“嗯，来远你怎么想的？想留北京？还是怎么打算的？”谢葆璋转过头来看着来远说。

说起这个问题，来远顿时语塞，跑北京是奔着烟台修铁路之事而来，现在成了铁路办的一员，改变了原来的初衷；在很多人看来，不但这修铁路的事情没影，就连考察铁路的行为，都成了社会的累赘、包袱，以及人们茶余饭后闲谈的对象，甚至成为政治斗争的靶子，卷入了是非的旋涡，这是姜来远起先万万没有想到的。但是，无论多困难，姜来远都没有想过放弃，毕竟费了大半年时间，历尽千辛万苦，付出了这么多，如果没有结果就放弃，他不甘心。至于回烟台，还是在北京谋其他差事，不宜匆忙决定。想到这儿，姜来远用非常感谢的语气说：“多谢两位叔叔给予指点，容我回去再考虑考虑。”三个人边说边吃，不觉间两个时辰过去了，见天色已晚，郭次长便提议结束回家。

4

铁路考察团报上去的考察报告是好是坏，一直没有结果，姜来远有些不甚痛快，便去中国银行拜访老朋友散散心。谈荔孙办公室内，两个人聊了没几句，急促的电话声将谈荔孙吸引了过去，来远便坐在沙发上等着。就见谈荔孙一边接着电话，那脸色越发凝重了起来，放下电话后，面容有些呆滞，看了看来远道："兄弟，刚才上海的朋友来电话，宋教仁理事长被枪杀了。"

听闻宋教仁被枪杀，来远心中大惊。他从徐镜心那边听说过宋理事长的事，留学日本时他们就相识，此人聪敏好学、为人正直，当年在东北活动较多，是坚决的内阁派。既然有打电话来告知，想必那事情是真的，仍禁不住问道："为何？怎么会？"

经过好一会儿，谈荔孙才稳住了心神，告诉来远："事情恐怕没有那么简单，最近报纸上对宋理事长的呼声很高，这次的国会选举，宋理事长为国民党党魁、担任总理是板上钉钉的事情，其坐火车来北京就是为这总理之位而来；而今被枪杀，他的死可不仅仅是一个人的事情，而是牵扯一个政党。从去年看，虽说党派林立，各有政治主张，但像国民党这样组织纪律严明、团结一致者尚无出其右者，怕就怕在真相未明之前，就会有人利用这事情挑起事端，从而引发局势动荡。若此，宋理事长之死，可真是中华民族之大不幸。"

姜来远闻之，也若有所思，心潮难平之际，问："昨日里听人说，袁大总统对铁路之事很不在意，还处处掣肘，看来孙先生的铁路办，难以成事！"

"你有何打算？"谈荔孙没有再问来远铁路的事，直接问他下一步的打算。

"本想把这铁路的事情做好，也算是一件利国利民的好事，但见眼下情景，怕是万难。"姜来远竟然说不出有何打算。

谈荔孙看了看他，郑重地说道："兄弟可别大意。你在京城时间少，眼下情形非常微妙，说不好就会血雨腥风了。"

"兄弟下一步应如何做？"姜来远问。

"如局势恶化，铁路办会首当其冲，修铁路之事怕是万难。"谈荔孙从宋教仁的遇刺，讲到全国的派系之争，说到铁路办的处境，自然而然说到来远不妙的处境，引起来远的深思。

谈荔孙的判断仅仅是根据现有情况的分析，尚无真凭实据证明姜来远会面临什么危险。但他从丁世聪那里得到的消息更不乐观。他说总统府专门成立了一个顾问团队，在搜集与孙中山交往人员的名单，如果敢明目张胆反对大总统，就采取对这些人不利的措施，逮捕入狱也不是不可能，具体名单还在加长中，据说已有上千人之多，铁路办的人排在前列。局势骤然紧张，各种小道消息乱窜，仔细看一看，铁路总公司在北京办公的人也越发稀少，不是这个病了，就是那个家里老人去世回去奔丧了。看来，待在北京靠着筹谋烟台铁路之事，已无可能。姜来远内心惆怅之际，收到了道尹让自己回去的电报，与徐镜心、谈荔孙等一众好友告别，车舟劳顿赶回烟台，对道尹把实际情况做了详尽汇报。道尹倒没问太多铁路的事，似乎只是对北京的小道消息更感兴趣，问："在北京，有啥新消息？"

被道尹这么问，来远心里有些疑惑，疑惑他态度大变，疑惑他作为地方行政长官，什么事情不知道，还问自己北京什么消息。但觉得不能不回答，只好说："宋理事长被杀的事尽人皆知，无非是对选举之事的议论。都是酒桌上听到的，传过多少遍的，没什么新鲜事。"来远不好传播小道消息，更不喜欢无中生有胡编乱造地瞎吹。

"真没什么消息？"道尹似乎不太相信来远的话，不停地追问。

"其他的真没听说。"

"和你我就不绕圈子了，总统府下令要严查孙党。我这还未动作，已有人告你与孙党从往过密。看来，是有人要在背后黑你。"道尹的话令姜来远大吃一惊。看来，谈荔孙的判断和世聪传的信息很对，道尹这里已经开始有所行动了。这算是政府极其机密的事情，他和自己说，是什么意思呢？姜来远有些咂摸不透。去年，他可不是这样对自己，现如今怎么对自己这么关心？好像换了个人一样。莫非他良心发现？姜来远正在想着如何回话，道尹笑了笑，说："其实，这些说不定你都知道了，世聪在总理府，应比我们知道得更清楚。"

姜来远知道道尹对自己态度改变的原因了，话到了这里，他更不好说其他的，便含含糊糊地说："他跟我说的时候我还以为是传言，不相信呢！"

姜来远的回答坐实了和丁世聪的关系，密切着呢！还有，人家有亲戚在北京，信息灵通着呢！道尹长舒了一口气，对来远说："姜局长，丁干事什么时候回烟台，可要通知我一声呢！"

这才是道尹和姜来远透露信息的原因所在，丁世聪在总理府做了干事，自家人没觉得多大的事，人家道尹作为地方行政长官早已知晓，并对该关系做出了反应，向自个儿示好了。看来，在地方少受为难，还是要朝中有人，连道尹都变得如此殷勤了。

有地方行政长官出面化解，就不是太大的事，政府出了公函，说姜来远去铁路办，是受烟台军政府委托，不是通过私人关系取得该职位。后来，道尹为此亲自带姜来远跑了一趟北京，说铁路总办是袁大总统下令承认的，烟台也确实需要修铁路，希望得到总统府和总理府的支持。见无人追究此事，道尹和丁世聪进行了推心置腹的交谈，建立了密切的联系。

回到烟台，道尹专门开会澄清此事，以后谁也不要议论姜来远参与铁路办的事，几个吵吵嚷嚷想借此生事的人见道尹这么表态，不知道姜来远在北京有什么靠山，只好偃旗息鼓。自己辛苦了大半年，最后捞了这么个结果，姜来远的心冷，可想而知。他休息了一段时间，和几个好友交流过之后，下定了彻底不参与政府工作的决心，连在烟台都觉得待不下去，应谈荔孙邀请，来到北京中国银行就职。安顿下之后，谈荔孙问："你这么年轻，就是地方行政长官的左膀右臂了，究竟是什么原因不在政府干了？"

"政府那一套，真的不适合我。"姜来远不想说太多。

"军人执政应该是暂时的，现在天下不稳，强人执政可以理解。不过，放长远了看，无论谁当政，经济工作不可或缺，这铁路以后还要修，老百姓都能吃上饭是最大的事。"谈荔孙宽慰着他。

"筚路蓝缕，回望来时路，我都替很多人羞愧。我觉得革命已经死了。"姜来远无头无脑地冒出了这么一句，便不愿意再谈论这些事情。

5

多亏新任烟台长官的周旋，姜来远暂时摆脱了参与考察铁路带来的负面影响。也多亏前几年在银行的工作，得到大家的认可，谈荔孙要去南京筹备分行，缺人手，便申请了带来远过去。

姜来远办好了入职手续，买好了第二天一早去南京的火车票，远离京城这个是非之地。他正在收拾行李，忽然世聪急匆匆气喘吁吁地跑来，慌乱地说道：

“不好了，来远，大事不好。”

“怎么回事？这么慌张。”来远很少见世聪如此着急。

“子鉴出事了？他……他……他……他怎么了？”一听说徐镜心不好的事，来远的嘴巴都不听使唤了。

“子鉴今早上被杀了，现在暴尸于菜市口，无人敢收尸。今晚若不去收回来，怕是会被野狗给吃了。”世聪的焦虑，是有原因的。

“还有谁知道这事儿？我定了明日要走。”来远一边应答着，一边皱着眉头。

“我第一个来和你说，我……我在那边，确实不方便。”世聪解释着，来远知道，他在官府任职，不方便参与这事。

“我明儿不走了，处理好这事情再走，”来远见世聪没带钱，便找出了些交给他：“你先去买棺椁，直接送到宝应寺。”

来远将自己的一床薄被子、床单卷了起来，找布条捆了，找了个熟人去中国银行谈荔孙那里送信，讲明迟两天再去南京，让人把火车票退了，约了几个熟人随后又赶到菜市口。当他们赶到菜市口时，残阳就要坠入西山，灰蒙蒙的天空让人的心情极度低落，怎么都不得舒展。来远找了纸马店，出了一块大洋，雇了两个伙计、一副担架，看天色将晚，便往那尸首走去。来远知道，在不为人知的地方，应有不少双眼睛盯着自己。想那徐镜心一世英明，这才四十来岁的年纪竟然命丧袁氏之手，自己定下来不再参与政事，并非贪生怕死之辈，而是看不惯四周那些本来志同道合的同志，那么快就变得与清朝贵胄一样，不少人比之更甚，就这些人要想革命成功是不可能的。假如成功了，无非是老人换新衣……外表换了而已，鱼肉人民的力度，有过之而无不及。不知是徐镜心没看清革命党内的情形，还是什么原因，他极力反对袁大总统无限扩张权力，落得个如此下场。怎么说才好呢？姜来远一边想，一边走到尸首边。几个人将被子、床单在担架上铺好，将尸体抬了上去，用被子盖了，匆匆忙忙赶往宝应寺。

宝应寺在莱登胡同，重修于明万历三十年，清乾隆年间大修，该寺坐北朝南，格局规整，从南往北依次为天王殿、正殿、后殿，寺内保存明万历三十二年所铸铜钟，寺旁有太监王安墓。大雄宝殿前平台上的几座明清石碑，清楚地记载着这寺庙的渊源和历史，千百年来，发生在此寺中的故事是历数不尽。后改为山东登州、莱州、胶州三州义园，成为山东人、特别是胶东人所熟知之地。天色已暗，那寺中的丁香开得正旺，本应如雪的丁香花只留下灰白的暗影，难以分辨花叶，那沁人心脾的馨香依旧四处飘散。寺内的僧人将来远他们迎入寺院的东厢房内，几个人将徐镜心的尸体抬到铺有青色褥子的木板床上，又盖上了青色的被子，头盖黄纸，僧人点上香烛，两个和尚做着超度，算是安顿停当了。

“棺木准备如何？”来远见世聪从外面气喘吁吁地进来，急忙问他。

“已准备停当，就在后面。”世聪答道。

“这两天来祭拜的人不少，你在政府做事，就不要出面了。”来远怕世聪为难，对他说。

“那哪成？虽有人以国家的名义处死了子鉴，但他是为民众的福祉死的。杀人不过头点地，我为其守灵乃天经地义，谁能奈我何？”世聪也是天不怕、地不怕的主，愣起来不像是留过洋的，倒像是占山为王的山大王一样。

“怎么通知其家人？”刚赶过来的一个张姓国民党员说道。

“此至黄县，山高水远、千里迢迢，现在就回乡安葬，怕是万难。”世聪说道。

“落叶归根乃人之常情，我们同志的遗体，再难也要回去的吧！”张姓党员说道。

“现在子鉴以谋杀罪被人杀害。若回家安葬，大张旗鼓必不可能，悄无声息岂不是辜负了其一世英名？若此，倘不如暂时安葬于此，待到世事清明之后，再入土为安更好。”来远不同意他的看法，意思是暂时放在这里。

“来远所言极是。若现在回家安葬，交通殊为不便，日久怕被世人所遗忘。若能暂时将其安葬于北京，也便于各地来京之人祭奠，待时机成熟运回故乡安葬也可。”世聪也认可来远的建议。

“这样也好。要不这样，三天后，转香山碧云寺，如何？”来远征求着大家的意见。

“好，那边肃静。”世聪赞同来远的说法。

来远推迟了去南京的时间，一直等到给徐镜心在香山碧云寺找到安身之所。移柩之日，徐镜心的革命故旧、老乡同学云集香山。姜来远回想与其在烟台多年相处，禁不住跪在坟前痛哭道：“来远与兄长相识八年。想当年兄求学济南，历尽辛苦东渡日本，回国后办新学、闯关东、下南京上海、成立‘北方艺促会’，为山东的独立呕心沥血。如今民国新立，君命已绝，可恨未能战死沙场，而亡命于战火消亡之时，甚为可惜。弟已无心于政治，并非是贪生怕死；而是你我均是心直口快、宁折不弯之人，实难从事此事。弟今当远行南京，未能将兄回葬故乡，待到政治清明之日，无论多辛苦，定然将你迎送回家。望兄在天之灵安息！”

6

南京古称金陵，为六朝古都繁华胜地，就是明成祖迁都北京之后，其仍为中国的另一个中心。清朝以来，南方漕运的发展，使这南京、扬州一带经济发达、繁华依旧。更为令人惊叹的是，南京虽为太平天国冲击，经洋务运动后仍很快重新崛起，特别是近十年来津浦铁路的通车，从浦口往北直达济南、天津、北京，从下关东至上海，顺江而上可达武汉、重庆，实属八方辐辏之地。孙中山在南京建立临时政府，使其成为与北京抗衡的南方革命中心之地，经济、文化、政治发展迅速，人、财、物聚集非常快。正因此故，谈荔孙才被派到南京重建中国银行。

姜来远到达南京时，房子已经开始装修。问过房屋租金，可是个价钱，姜来远问：“谈兄，房租如此高，为何选在这里？”

谈荔孙道：“这银行的选址是有讲究的。咱这房子在市中心，交通方便，为南京的商家必争之地，是银行选址的首要。”

“那烟台的大清户部银行设在海边，倒没设置在市中心。”来远说完后，又有些懊丧，自己问完后已经明白了原因，后悔不该问这么简单的问题。

那谈荔孙倒很认真对待来远的问话，回道：“烟台是个港口城市，和别的地方不一样。东海关就在隔壁，其一年几百万两的税银要走大清户部银行，故这银行肯定是选靠海关近的地方。”

听了谈荔孙的话，来远点了点头，心中极为佩服，从未听他说到过烟台，而对这烟台的一切了如指掌，真是：秀才不出门，便知天下事。

春意盎然的金陵一派繁荣，业务很快步入正轨。秋意渐浓之际，南京分行开业已半年，各项业务也上了正轨，总算稍微轻松一些，谈荔孙约姜来远去趟扬州看看。两人准备行程之际，姜来远接到了家里电报：家有要事，速回。

第十六章

受邀请接手钱庄　无赖人争功邀赏

1

还是回烟台看看。姜来远下定决心后，与谈荔孙告了假，收拾了包裹，从浦口坐火车到了济南。买好了到青岛的车票后，他在车站给王道尹拍了电报，好到青岛时有人去接。当来远急匆匆赶到家时，最吃惊的是见王道尹在他家里坐等着，便有些心慌地问："你这么忙，怎么还过来了？"

"我这么忙，你也不回来帮忙？这次让你回来，可别怪我。"王道尹的话让来远很是摸不着头脑，见母亲、佳怡和两个孩子都在，家中并无甚异样，便问："那电报怎么回事？"

"坐下说、坐下说。"佳怡见状，忙让来远坐下。

姜母见儿子坐下，缓缓地说道："这电报是我让人发的，你同学说得对，之前娘见你干得不顺心，就依了你到外面去；你也出去转了这么久，这外面就那么好吗？有人的地方哪儿都一样，现在你同学来烟台做道尹，有事该能说得着，怎么就不想着回来呢？"

听了母亲这话，来远清楚了是同学的主意，他说通了母亲，才有这电报之事。姜来远心中虽很不痛快，可这火气也发不出来，也没法发。想着自个儿考察铁路、在中国银行帮忙、筹备南京分行，后来听闻徐镜心去世，倒是见过了生死，却对局势更是灰心；特别是徐镜心的死，简直让自个儿心寒，从内心不想再与政府有丁点儿干系。想到这，便说道："我加入中国银行时说过，以后不再参与政治；过年时咱也说过，政府的事不再沾边。"来远过年时见了刚上任的道尹，说过这样的话。

"你说的话我当然记在心里。你放心，我不会勉强你去做政府的事，要不，你洗漱一下，咱出去吃点饭，边吃边聊。"王道尹觉得在家里怕是不方便，想出去。

"不用，就在家里吃点就行，边吃边聊。"来远说着，看了看母亲和佳怡。两人知趣地带着孩子，准备饭菜去了。

屋里只剩下他们两个，王道尹便放开了，说道："政府那边的任何事情不会让你为难，眼下有个福东银行陷入困境，棘手得很，一般人处理不了，你得想办法帮帮忙。另外，我初来乍到，当地没有实底人。无论如何你得帮我出出主意才是。"

"福东银行陷入困境？前些时日不是还好好的吗？"来远本不想接道尹的话茬，一听有关银行之事，又提起了兴趣。

"说来话长。那卷款跑了的行长，原来是侯长贵的侄子。目前正在查账，据说卷走了不下五六万，眼下那些储户正在挤兑、闹事。可怜偌大一个烟台，竟然找不出合适的人处理此事。"

"侯希猷？四年前这人就牵扯高利贷，差点把我周围的人都祸害掉，怎么又成行长了？"来远紧皱着眉头，纳闷地问。

"说来话长了，福东银行原本都是商股，和政府没任何干系，可去年冬天有过一次挤兑，因里面有些官员的存款，他们群起闹事，我刚来不了解情况，便依了他们的建议由财政局入了几万块钱，成了第一大股东，条件自然是政府派人干行长，当时那银行倒运转正常，储户也相安无事了。谁承想仅半年时间，新行长卷款跑了。这次，不仅那些有存款的官员在闹，政府内也有人提意见，说我用人失察，要去济南、北京告我。我看，是有人看我的笑话，你有处理这事情的经验，无论如何要帮我一把。"

来远一听这个，知道事情棘手，忙问道："这个亏空太大了，不如就此破产，该通缉的通缉，该折亏的折亏。况且，又是侯长贵的侄子，这人是不是他推荐的？”

“这事我跟他谈过，他连一丝的动摇也没有，说什么要避嫌，最好公事公办。这个猴精，他推荐人时没说避嫌，这事出了，要避嫌了。他是摸准了脉，若把这事捅到济南、北京，他侄子最多被通缉，我这道尹可麻烦了。事已至此，我如何能公事公办？”看来，道尹心里清楚，是被这侯长贵捏住软肋了。

“嗯，投鼠忌器。基本方案你心里有谱了吗？”来远问。

“再好的方案也不能从我口中说出来，毕竟我是道尹。眼下最要紧的是找个对这事真正懂、各方面都认可的人，具体方案由他来出才合适。人有了，先把政府的股份退出来，剩下的按商办操作。那样，万一有事政府出面裁决，就不会有人说政府袒护哪一方了。”看来，这王道尹费了不少心思。

“怕也只有这样才可，在烟台找个人来处理这事。并不太难。”来远反问他。

“再能的人，也要我信得过。真怕他们再给我挖个坑，若那样我怕是爬不出来了。”王道尹说出了事情的根本原因所在。

“不过，在烟台谁不知道我俩的关系？你不怕别人说闲话？”来远问。

“这么说你同意了？怕这我就不叫你回来了，别的事我不找你，帮我这一件事就好。”王道尹说的话，真诚万分。

两个人单独吃完饭，又对烟台的情况聊了一个下午。姜来远反反复复探明了他这老同学的底线和基本想法，那茶水都换了好几壶，直到夕阳西下，姜来远才勉强答应了王道尹的请求。

2

姜来远费了一个晚上，写好了辞职信。王道尹也洋洋洒洒写了一封长信，反复阐明了如何需要来远回来帮忙，务必要他忍痛割爱，以后必当重谢。道尹让副秘书长亲自带上这两封信跑到南京送上，两人又分别给谈荔孙打了电话，反复做了解释。这样一来，谈荔孙倒不好意思起来。对姜来远来说，能回家是件好事；另一个原因，这道尹毕竟是政府长官，从北京下来的，说起来还和自己的好几个朋友熟识，这个面子得给。不过，谈荔孙心里纳闷：这来远好不容易从官场那泥潭里出来了，怎么又进去了呢？

姜来远当上这福东银行的行长，倒出乎周围人的意料。不是担心他干不了，更多的人诧异于他为何回来蹚这浑水。

“看看吧！这小子不知道山高水深，够他受的。”

“这小子出去没混出头，回来讨食吃了。”

“里面故事可不简单呢！人家是道尹的同学。”

“这银行别成了他的就好。”

来远回来的原因只有一个，但说闲话的倒给他找出了无数条理由和可能。来远没管那么多，上任的第一件事情，就是自己组织人清产核资，摸清这福东银行到底有多少家底。六个人清查了十多天，核出来的数目比传言的更是骇人，整个银行不过三十来万存款，存量死账就有三万多，加上侯长贵侄子卷走七万多，也就是说三分之一的存款没了。银行总共五万的股本，全部搭上还差很远，政府投入的两万就是不要了也不顶事。来远和几个核心人员商量了好几天，拟订了几个方案：第一个方案是破产、清算，这当然是所有储户、股东都一直反对的意见，政府自然也不答应，若这样，就不用等他来远做了；第二个方案是吸引新的资金来入股，老股东减少股权，这样，储户愿意，老股东不愿意，那新股东愿意的也少，谁愿意把钱投入这么一个无底洞里？第三个方案是一百块钱以内的小户尽快给予兑付、一百到一千之内的存款一年内分次取款，一千以上的两年内分次取款，同时转让政府的股权，完全商股运作，同时政府将部分财政资金存入该行，以增强该行的周转能力。

这有钱的有几个不是明白人？事情到了这一步，一点亏不吃是不可能的了，占人数众多的小户自然欢欣雀跃，大户碍于脸面，也不好与官府对抗，算是默认了第三个方案。可难就难在政府那两万元股本占四成股份，谁来接？老股东都吓破了胆，想着能把原来的本金收回就好，再投钱，是万万不可能的。社会上其他人不知深浅，更是不敢出手，询了几次价格，五千块钱都无人接。事情不能再这样拖下去，王道尹只好劝来远：“兄弟，你把这福东银行接过去吧！”

“我做行长是你推荐的，我再接这政府的股份，怕日后有人说你公权私授。到那时，我们就都说不清楚了。”

“我们把过程弄清楚，就能避免别人说闲话。”王道尹掩饰不住内心的焦急说着。

“这过程现在清楚了，怕以后别人不认账。若投钱接过来，我还不如自己用这钱开银行呢！”来远内心极不认可，闷闷地说道。

“对此方案，储户、股东和政府都认可。万事俱备，只欠东风，剩下的就是执行。眼下政府也没损失什么，和谁都说得过去。兵贵神速，不把此事快速处理好，一旦有人闹起来，会很麻烦。我和他们商量过，可采取法院拍卖方式将股权转让给你。”王道尹说着具体的操作办法。

“不过，我自己拿不出两万块钱。”来远说着自己的难处，那意思不是不办，是没能力办。

“你有多少出多少，剩下的我从北京朋友那里借给你。”王道尹说着。

事情和缫丝一样，主要是开头，一旦顺了，很快就会把里面那蚕蛹抖搂出来。方案有了，钱的问题解决了，不多久，通过法院、拍卖行把政府股权转让到来远名下，他就从行长变身为东家，说话便更硬气了，与烟台商家断了两年的联系，又渐渐密切了起来。

3

接手福东银行，姜来远干得顺风顺水。一旁冷眼旁观的侯长贵，既恨不起来，也爱不起来，心中说不上是啥滋味。恨不起来的原因，是侄子从里面倒腾了七万多块钱，自己没被追究，没有恨姜来远的理由；爱不起来的原因是那个福东银行，竟然白白落到姓姜的小子手中，政府还给存款，可捡了便宜。嗯，不过从这事儿上看，这个王道尹还是很顾忌自己，只要他有怕性儿，自己这财政局长的位子就坐得稳，其他局长更是搬不动自己，这些银行、钱庄、企业还不都对自己俯首帖耳？不听话就给他眼色看看。他在沙发上正做着春秋大梦，那盛管家问：“东家，我看张裕要参加巴拿马太平洋万国上品博览会的报告，在家里放了十多天了，您可别忘了。”

“忘了啥事，也不能忘了这事儿。过年时，让他们在北京卖酒的人，替我打点打点那边的朋友。他倒很实在，每人只送了箱酒，连个红包也没带。哼，可能没想到今天会落到我手里。”侯长贵一听盛管家说起这事，气哼哼地回道。

“是，这个姓张的也太小气。他仗着自己喝过洋墨水、是华侨，竟然和东家摆谱，他认为这是在南洋呢！”盛管家帮腔道。

“谁说不是，真不知道侯王爷有几只眼。”侯长贵有些得意。

“若是道尹大人问起来，咋办？”盛管家虽那么说，心中还是惴惴不安。

“道尹？难道我还怕了他不成？那小子以为打个报告就给我打发了？别仗着当年孙大炮给他题过字，就不把我放在眼里。现在这天下姓袁、不姓孙，烟台是姓侯的说了算，要把这个账看明白喽！”侯长贵意气风发，自然有他的应对之道。

“东家，高，还是您高。我这就放出风去，让那姓张的来找您。”

“嗯，知我者，非盛也。这些人买卖做得这么大，连这么点破事儿也看不明白？那姓张的亲自来不来无所谓，让他长点记性。总之，眼里要有我。”侯长贵一边损着别人，一边要着价钱。

4

真可惜，侯长贵还没来得及等到张裕的老总求上门来，道尹大人一个电话，就把他叫到办公室里问话了：“听说张裕报上了参加巴拿马博览会的申请，提出需要政府的支持，你怎么看？”

道尹的话没落地，侯长贵心中就升腾起一腔怒火：才压了几天？他就等不及了，不来我这里疏通，反而瞒过我找到道尹。看来，真是没把我这姓侯的放在眼里。呃！既然我敢这么做，必然有搪塞你的理由，想拿捏住我，没门儿。他翘了翘嘴唇，淡淡地说道：“他，他们要财政支持，我看了一下这个要求，一来不符合财经规矩，他这是个人的企业，并非官办，给他出国展览的补贴，赶明儿是不是又要给他开店补贴？种葡萄补贴？收葡萄补贴？存葡萄补贴？若开了这个口子，其他人再要补贴怎么办？厚此薄彼招人闲话，道尹有必要承担否？二来不适宜，张裕所说是世界知名企业、烟台的骄傲，前几年孙中山亲自视察过，也给提过词；但今非昔比，那时候全国上下皆称孙中山为孙先生，现在北京方面对其改称为孙大炮、孙匪，座上宾成了通缉犯，张裕那‘品重醴泉’的题词可是呈堂证据。我们若是支持他，上面怪罪下来，谁承担这个责任呢？”

别看侯长贵读书不多，但对人和事考虑得还比较细，多年官场生涯的锻炼，练就了说话不打磕巴的长处，这一是一、二是二地把道理摆出来，倒让道尹暗暗惊叹，没法驳倒他，只好东拉西扯地说了一通其他的，最后道：“容我再考虑考虑。”便让侯长贵退了出去。

见侯长贵走了，道尹又反复想了想，觉得侯长贵之言不是一点道理没有。但侯长贵说得再有道理，也是站在他的角度上考虑问题。自己身为道尹，不能怕事儿，眼下的烟台，有多少客商是为了张裕而来？又有多少客商是为了张裕而去？这一来一去给烟台带来多少好处？还有，这张裕酿酒所用的葡萄养活了多少老百姓？虽说孙中山给张裕题过词，但北京方面并未说那事不行，不能净听侯长贵一面之词，听听其他人怎么说才好。

5

接到王道尹电话，来远不知有啥急事，便急匆匆赶来，还没落座，就问："有什么要紧事，电话催得这么紧急？"

王道尹开门见山道："张裕要报名参加巴拿马世界博览会，打了个报告要政府支持，报告压在侯长贵手里。刚才我问过他，他说了一堆不同意支持的理由。"道尹一五一十，把侯长贵的理由说了一遍。

来远只是静静地听着，乍一听，倒有几分理，况且还牵扯了孙中山。不过，这事儿扯得有些大，反而听出牵强附会的意思，有些不着边了。道尹说完后怔怔地看着自己，那意思是等自己的回话。姜来远笑了笑说："这事你能决定，还用问我？"

"兄弟，可别开玩笑了。我若自己能决定，还叫你来跑一趟？"道尹反问。

"我是说你已经拿定主意了，再问我也是白问。"来远也反问。

"我若是定了，就不用问你了。"

"你若是不同意，也就依了侯长贵的说辞，让他挡在前面就是了，根本不用问我；你既然不同意侯长贵的意见，就是想着支持张裕去参加博览会，叫我来说这事，也仅是问问而已。"姜来远的话语，一下子说到道尹心里去了。没想到，他把自己内心看得如此透彻。从姜来远这话语里，也是支持张裕去参加博览会，只不过想让自己亲口承认罢了。道尹不想就此罢休，问："先别说我怎么看，说说你同意的理由。"

见老同学如此刨根问底，姜来远只好说："既然让我非说不可，那我就说了，孙中山先生是为张裕题过字，不应成为不能参加这博览会的理由；虽说北方一直对孙中山有反对意见，但北京方面没有任何对张裕不利的命令或者指示，我们不应妄自猜测，坏了企业的好事；第二，这张裕虽非官办，但每年给烟台带来大量的税收，成千上万的老百姓靠它吃饭；有多少人通过张裕了解了烟台？就连那大清朝都给其嘉奖，这都民国了，给予适当支持，于公于理都能讲得过去；第三，一旦张裕在国际上获奖，张裕便会名扬全球，岂不会为烟台带来滚滚财源和好的名声？退一万步讲，若是不获奖，也会因为参加此次博览会扩大知名度，其利莫大焉。作为烟台的长官，你有责任摒弃对其发展的不利因素，全力支持其参加博览会才是。”

道尹边听边点头，听他说完了，道：“英雄所见略同，眼下这文件在侯长贵手里，如何让他同意？”

“这有何难？他侯长贵留文不发，也没给退回去，看来其内心里也不敢断然否定，他在具体等什么就不知道了。可让张裕再通过其他部门上报。”来远支招道。

“那好，你私下代表我去跟张裕沟通一下，酌情办理，速度要快。”道尹说道。

“让张裕报给哪个部门？不过，我不是政府官员，怎和他说？”来远见道尹让自己去沟通，但并未说如何沟通。

“你不是政府官员，以私人身份说这事正好。通过交通或者其他部门都可以，找个理由就行了。”道尹倒会省事，全部推给了来远。

6

张裕的会客厅内，从羊毛地毯和摆设的西洋沙发，看得出公司的实力和老板的爱好。毕竟这老板一家人都是从南洋回来的，骨子里已经西化了；再加上这葡萄酒算是外来品，办公室内布置西洋的物品、装饰，倒是显得和这葡萄酒很搭配。张裕葡萄酒的老板招待人和别的地方不一样，不但有茶水，还有咖啡和葡萄酒等其他饮料，眼下这总经理是老董事长媳妇的侄子张董事长，他两只手分别端着倒了酒的大酒杯往沙发边上走着，递给来远一只，说道：“尝尝这雷司令，是去年‘劝业会’上获奖的酒。”

来远接过来，跟着张董事长的样子转了转，那酒便均匀地挂在了玻璃壁上，琥珀红的颜色特别光亮，他举起酒杯，咂了一口道：“好酒。”

“虽有好酒，姜董事长也不常来视察视察。”

“视察可不敢，今天有个事请教一下。”

“何事，请讲。”

“贵公司打了个去参加博览会的报告，是不是一直没到道尹那里？不知贵公司和侯局长那边有何瓜葛？他不同意该报告。”来远也没客气，觉得没必要和侯长贵这样的人再客气，把事情的结果告诉了张董事长。

听完这话，张董事长喟然长叹道：“说来惭愧。去年我公司去京城参加劝业会，侯长贵让我带酒给他朋友，我这边只带酒，没带红包，估计是得罪他了。”

“就那个小事儿，他还记在心上？没有别的事了？”来远疑惑地问。

“小事？他那个单子好几十人，我们带的那些酒，出厂价就上百两银子，若再给他带红包，我哪能带得起？要知这样，早从了他。”张董事长愤愤不平地说道。

“原来有这么档子事。道尹让我来了解下真实情况。看来，走他那边是不大行了。要不，你通过交通局再报一遍，绕开他。”来远直接给张董事长支招。

“嗯。‘宁得罪君子，不得罪小人’，看来，古人说得还真对。”张董事长喟然长叹道。

7

张董事长并没让人从侯长贵那里撤回报告，而是根据来远的路子直接给交通局打了个报告，要求给予运输支持、尽快协调出国公文的事项，道尹顺利给其签字办了手续。第二天侯长贵知道了结果，接着差人打听前因后果。这烟台市面说小也不小，近二十万人；但说大也不大，三弯两拐就打听明白了，最近姜来远和张裕的老总见过面。得了这消息，侯长贵气得破口大骂：“本来井水不犯河水，竟然来坏我的好事，看来这姜来远不知道我侯某的厉害。”

那盛管家说道：“东家莫生气，气坏了身子可不合算。这姜来远一无官、二无权，也不做酒生意，若不受他人指使，他去不着。”

“那你觉得他受谁的委托？”侯长贵眼珠骨碌骨碌地转了几下，盯着盛管家问。

“呵呵，瓮里还跑了瘸鳖？全烟台谁不知道这姜来远和王道尹是同学，八成是他们两个勾搭在一起办的。若姓姜那小子不是受了道尹的托付才去的，我就不姓盛。”盛管家越说越肯定。

“嗯，事是那么个事，但我咽不下这口气。写封信，去北京告他去。”侯长贵知道这事在烟台没法办理，得捅到北京去。

说实话，这侯长贵作为道尹的下级，从内心还是有些惧怕的。盛管家就不这样，与道尹隔得很远，他只对东家负责，听侯长贵那样说了，便更深一步地说道：“放心。道尹不拿你当自己人，咱就不拿他当自己人。他从外面来，不知道烟台的水有多深！我就不信他没短处让我们抓住。”盛管家狠狠地说。

“小心点，万不可让人抓住。”侯长贵见手下对自己这么忠心耿耿，还是很高兴，只是嘱咐他要小心。

“没事，东家。他们在明处，咱们在暗处。不用别的，就是姓姜的接手银行的事，需要的时候，咱就给揪出来，纵然他们有八张嘴也说不清楚。”盛管家的心机可真不少，早就盯住了道尹的短处。

“嗯。这个，这个吗，不急。此乃下策，杀敌一千，自损八百。不到万不得已，不用此计策。”侯长贵这话一说出口，盛管家顿时有些后悔，东家担心自己侄子的事缠在里面呢！他便赶忙把话圆回去：“是，不用这个，咱就能治住他。”

8

张裕在巴拿马获奖的消息传到烟台，道尹自然是高兴异常。后来，道尹又接到北京来的电报，通知让人参加总理的接见，便约了张董事长商量此事：“什么时间去北京？什么人参加更合适？”

张董事长也很兴奋，高兴地说：“参加博览会的人已在返回的船上，他们先到上海，从那里坐火车到北京。我们初步定的是半月后动身，最好是和道尹、姜先生一起参加。”

道尹沉思了一下：“我要得到总理府的通知才可以参加。姜先生参加，就不必要请示了。”

张裕获了奖许多人很高兴，但侯长贵不舒服，他不舒服盛管家就不舒服，但盛管家会给东家解闷，劝解道：“东家，张裕获了奖，也怎么不着咱们。一不能提拔咱，二更不能免了咱。是不？”

侯长贵心里想，你哪里知道我的苦楚呢！但见盛管家眼巴巴望着自己，便吐出了自己的心事：“听说总理要接见他们，道尹选的是姜来远。”

“定了吗？”

“定了。若不定，怎么能传到我这里。”

“定了？国务总理接见人决定权并不在道尹这里。”

“你怎知道？”

“道尹仅仅是推荐，见不见是秘书长定。”

“对啊！”侯长贵顿时来了精神，接着又萎靡了下来，“道尹不推荐，那秘书长也没法定哪！”

“那可以指派的啊！”盛管家的一番话，提醒了侯长贵。

“对，脸皮厚，吃个够，脸皮薄，吃不着。咱还是从头开始，他们若不答应，别怪咱从上面找人。”侯长贵不再顾忌脸面。他先是找到张董事长，说自己与国务总理秘书熟悉，若能参加总理接见，可安排在第一排由总理亲自颁奖。可见这侯长贵既可爱、又可恨：可爱的是其不知道害臊是啥，可恨的是上半年还给人使绊子，现看人家获奖、总理要接见了，便不知羞耻地往里钻。一般人还真不知道他心里究竟怎么想的，但又不好惹他，张董事长便没再客气地推辞道：“这受奖励的代表团以烟台政府的名义，人选问题不是我们能定的。”

听了这话，侯长贵知道人家不欢迎自己，便问：“你不能确定，那谁能定？”

“这名单最终要道尹过目，具体谁定，我们也不知道。”张董事长这么说，倒说了个实话，众人皆知道尹和侯长贵不对撇子，把道尹推出来，那姓侯的便会知难而退。

“嗯，这样就好，这样就好。”侯长贵见得不到明确答复，便支支吾吾地走了。

看着侯长贵远去的背影，张董事长禁不住骂道：“天底下竟然还真有和扒皮狼一样的人，只有肚皮和眼睛，看不见脸在哪儿。”

9

张董事长的骂声，一丁点都没改变事情的发展方向。

侯长贵既然想那么办，就有那么办的路子。他知道，这事儿在烟台办不成；要成，须想别的辙。他一宿没睡好，第二天便差盛管家带了刘墉的画去了北京。

见到孙合成，盛管家说侯长贵对张裕公司支持很大，但是道尹要别人带队参加总理接见团，希望其协调能让侯长贵参加总理接见代表团之事。

看到了刘墉的画，听了盛管家的介绍，孙合成说道："我正好有事见一下侯兄，那事让表哥给总理府说说就行，这画我送给表哥，请客之事，就不用老兄操心了，都是自家弟兄。"

眼下的孙合成，可不是五年前靠拉皮条混饭吃的混混了，现在成了大总统儿媳妇的表弟，也就是大总统大公子的表小舅子。特别是在人多时，孙合成姐夫长、姐夫短，叫得那个亲，不知实情的，还认为真是大公子的亲小舅子。这样一来，显得孙合成与大总统的关系又进了一层，地位又拔高了一截，事情又好办了几分。眼下，这样的事他都不用再找袁大公子了，直接找了总理府的一办事员，那办事员接胳膊接腿转了几圈，传回烟台王道尹那里，就成了国务总理很想念侯长贵，想到北京一续前缘。

道尹接到这国务总理很想念侯长贵的传言心里也是七上八下，能不打鼓吗？总理那么忙还有工夫想他侯长贵，若是真的，那两人的渊源可比长江还长吧！那是不可能的。傻子都不会相信。这可是总理府的人亲自打电话告诉自己的，这摆不到台面上的事，也无法和总理本人验证真假，心中虽是不痛快，也只好与来远商量道："这侯长贵成别人的事情不足，败他人的事情有余，为了争功，竟然找了总理府。看来，这礼下得够重。"

"你也别为这事为难，他那么想去就由他去。说实话，我倒不太想参加这么虚的接见。本身我又不是政府雇员。"姜来远很看得开，自己在北京待过，就那么回事儿。

"委屈了你。操了这么多心，竟然让别人抢了功劳去。"道尹安慰着姜来远。

第十七章

袁世凯称帝洪宪　养马岛避世闲观

1

烟台的夏天虽凉爽，但接到孙合成要来烟台的电话，侯长贵在床上如烙大饼般翻来覆去，折腾了一夜没睡好。几年未曾见面，不知这伙计在京城混成啥样儿了？按说，有袁大总统这大靠山，他啥事办不成？但亲自给自个儿打电话，说到烟台有要事相商，很是让人捉摸不透。不过，算起来，这孙合成还是自己的恩人，于情于理于现实，都要好好招待才是。到了约定的这一天，才过半晌午，估计船还未到长岛，侯长贵便带着人赶到了码头，进贵宾室等着了。

码头值班人员见这侯大局长亲自前来，迎接的想必是极为重要的客人，他们问是否需要举行欢迎仪式，侯长贵说只是私人朋友，大家也就作罢。一直等到日头偏西，那拖着长长汽笛声的轮船才慢慢靠近岸边，等客人出得差不多了，孙合成带着四五个下人出来，同行的还有六七个大箱子，看样子不是来会朋友，好像是搬家常住的样子。一行人车马滚滚，安顿好住处，按孙合成要求简单吃了点饭，便赶到侯长贵家说实事。

此时，侯长贵可不是当年在北京惶惶如丧家之狗时的模样，住的也不再是小门小院，在张裕酒厂东边不到一里地的小山坡上，起了三层洋楼。侯长贵做了近四十年的大清子民，不过谋得亩大小院、北屋四间，置办了几十亩的田地；仅做了三年的民国官，就住上了三层大别墅，外称“侯公馆”；侯家不仅仅住的条件发生了翻天覆地的变化，做生意都不用自己出面，小舅子依靠其人脉开的钱庄，论规模在烟台已经也数得着了。

这侯公馆紧靠海边，故一层内既看不到大海的景色，也看不到市区的风光，私密性倒是极好；楼前几亩大的院子里，种了各种奇花异草，太湖石的假山在烟台算是独一份，院子东边的游泳池，在中式庭院里极为少见。修游泳池时，家里人觉得没必要。侯长贵却说，在烟台游泳不稀罕，大海里随便游；在自己家里游泳，才惬意，难能可贵嘛！一楼平淡无奇，就是一般富足人家的家具。待上得二楼来，整个地面铺着深色的地毯，衬托着家底的富足；一色的明红木家具，显示着主人不一般的爱好；往前看是错落有致的民居，市区的风景一览无余，往后看，越过几个红色屋顶，远处是一望无际的大海，西北方就是烟台的发源地“烟台山”，往东望去，远处隐约能看见东炮台，是烟台居住的绝佳位置。

孙合成看罢，一半是捧，一半是实话，笑着说道：“单单从这宅子看，侯兄在烟台可是头面人物。”

侯长贵摆摆手，谦虚道：“哪里、哪里，侯某仅仅是谋碗饭吃，怎能和兄弟比！”

孙合成点了点头，若有所思地说道：“烟台好地方、好地方。”

“来来，上三楼、上三楼喝茶。”侯长贵领着孙合成上了三楼。

这三楼的景致和二楼相比，视野自然更开阔，客厅内布置得更不一样。东西墙上挂的是名人字画，地上铺着的鹅黄色地毯足有半寸厚，是从法国进口原装货，色彩艳丽又不失高贵；沙发、茶几是西洋式样，整个韵味和二楼大不相同。在北京，孙合成虽不算什么人物，但也常在高官富商人家走动，也算见过世面。今见侯长贵居住之所，心中暗暗赞叹：好房子，好家居，他妈的哪一天我也有这样一套房子，就好了。那可不是吗？这可是侯长贵托人花重金从上海买来，只运费就够买几套国产家具了，一般的客人、亲戚，侯家是不允许他们到三楼来的。下人摆好茶水、水果之后退下，两人落座，孙合成道：“北京的王府，哪有侯兄府邸之景色？我刚看好了一套什刹海边的宅子，却无这边的开阔。”

“孙兄也看好新宅院了？哪一天乔迁之喜，侯某当前去祝贺。”侯长贵春风得意，应着孙合成的话。

“倘若如此，到时候怕是请不动侯兄了？”孙合成的话转得太快，让侯长贵一时摸不着头脑。

“怎么可能，孙兄有请，侯某随叫随到。”侯长贵虽猜不透孙合成来是什么事儿，但是知道肯定有重要事情，要不，他才不千里迢迢跑这里来。

“呵呵呵呵呵呵，”孙合成笑得有些轻浮，有些无所谓，端起茶杯喝了口，说道，“眼下那宅子仅仅是在看，兄弟还无能力出手。待我有能力，相信侯兄就飞黄腾达了。”

侯长贵见孙合成不停地卖关子，知道他要说事儿，便顺坡下驴说：“此话怎讲？”

“我要拿下那宅子不难。不过，眼下有个极好的机会，侯兄可不要错过！”孙合成吞吞吐吐卖着关子，就是不说实话。

闻听此言，侯长贵心里一哆嗦，孙合成是不是来借钱的？带着四五个下人，这么大的排场来借钱买宅子？该不会！其实若借钱倒也不怕，自己一不做买卖、二不开银行，哪有什么钱可借？要不就是借自己的手杀人？怕也不是，他在袁大总统身边，什么人没有，还用来烟台找人杀人？只要不是借钱、杀人，其他的先应了再说，心中拿定主意，侯长贵便爽快说道：“如何帮忙？尽管吩咐？”

那孙合成见侯长贵应了下来，便觉得没必要老端着，环顾下四周，说：“自民国以来，天下纷争不断，侯兄如何看天下大势？”

不学无术的孙合成竟谈起天下大势，很出乎侯长贵的意料，继而感到有些好笑，你小子还拿自己当诸葛亮吗？但他反而想不出孙合成这么问的目的，便顺着说：“孙老弟所言极是，大清亡了纵有万般的好处，却抵不过眼下这一个‘乱’字。若不常看报纸，在烟台都不知道民国的总理是谁。”

“嗯，我也深有同感，好歹还有个大总统在镇着，不至于天下大乱。”孙合成既赞同侯长贵的话，又把袁大总统搬出来，应该是说明自己有靠山之意。

“是，有袁大总统罩着，还不至于太乱。”侯长贵重复着孙合成愿意听的话。

“可这样下去，总不是个常法。俗话说‘名不正、言不顺’，大总统是个新名号，而非真正的天下之主。自周天子以来，‘皇权天授’深入民心，这个大总统是个舶来词，怕是与中国水土不服啊！”孙合成终于露出了狐狸尾巴，一句句渗透着此行之目的。

哪知侯长贵是闯荡江湖之人，不想掉入别人的窠臼里，便装疯卖傻道："老弟此言差矣！谁说现在天下无主？袁大总统为一国之主，为天下所公认。怎么能说天下无主呢？"

"侯兄还真这么想吗？若天下人都如侯兄所言所想，那事儿就好办了，就不会有那些不知好歹的国务总理今天上任、明天请辞的闹剧了。现在，天下乱就乱在好多人口口声声共和，还什么三权分立，老想着从大总统那里争权，才造成国务总理三日一辞、五日一换的局面。长此以往，成何体统。"孙合成越说越激动，说到最后脸涨得通红，好像那些总理辞职，打了他的脸似的。

"真是不识抬举，这些人太过分了。"侯长贵也义愤填膺般，随着孙合成的话，尽说好话。

"岂能不是此因！最近大总统烦透了，从唐绍仪、陆征祥、赵秉钧、段祺瑞、熊希龄、孙宝琦到徐世昌，民国五年来，总理已有七任。这些人原本都是大总统的老部下，可一旦做了总理，就对大总统的号令置若罔闻、不理不睬。长此以往，天下焉能不乱？"孙合成的话声情并茂，说到动情之处，涕泪齐下，似乎大总统受掣肘的难处，都让他承受了一般。

听了这些，侯长贵思忖着应对之法。孙合成说的未尝不占情理，但他为何要和自己说这些？怕是有求于自己，看来袁大总统不满意这大总统的位子，北京那边要有大动作了。结合前段时间报纸上那些有关国体的争论，侯长贵倒吸了一口冷气，整个身上的汗毛都奓了起来，心中惊道：俺那娘啊！袁大总统想做皇帝了。可眼下孙大炮在南方闹事、蔡锷在云南也不安分，那皇帝的位子就那么好坐吗？不过，万一那袁大总统做了皇上，那大公子可就是皇子了不是？哪一天老皇帝去世，大公子荣登大宝，这孙合成可就是国舅爷了？不，是表国舅爷！表国舅也是皇亲国戚啊！这孙合成急匆匆跑来烟台，是要自个儿出钱？还是出力？出钱的事可能性不大，现天底下的钱都是大总统的，不可能要自己出啥钱。出力？自己能出啥力？想不出。不过，既然这孙合成找上门来，说明自个儿有可用之处，趁现在事情未成，若能对大总统登上皇位助一臂之力，自己也算陈桥有功之人，可算是首功一件。不过，也不能答应得太着急，要让他给个许诺再说。想到这儿，侯长贵便说："不知侯某能为袁大总统做点啥事？事成之后，兄弟可别忘了在大太子面前多说好话。"

"兄真乃高人也！以兄之才，此后必当大用。"孙合成听侯长贵开口"大太子"，觉得该人脸皮够厚，已完全领会了自个儿的意思，是自己的知音，便也不失时机地抛出诱饵。

“辛亥事后，吾就担任山东省财政厅副厅长之职。这么多年过去了，现在仅仅为烟台财政局长，还无甚实权。侯某今年已四十有一，事若成，能安何职？”侯长贵不再矜持，直接开口要条件。

“若哪一天袁大总统荣登大宝，兄弟可保哥哥任胶莱青道道首兼海关关长，如何？若大公子面南背北之时，弟可荐侯兄做山东巡抚，如何？”看来这孙合成一点也不避讳，不仅仅是袁大总统想做皇帝，就连那大公子袁克定，都在做着君临天下之准备。若在以往，太子封官许诺可是大逆不道之罪，而这连太子还不是就开始到处招摇，看来这民国一开，确实是纲常混乱了。

既然都已经挑明了，虽是空头支票，但甚合侯长贵心意，便问：“哥哥能做什么？尽管吩咐便是。”

“侯兄是明白人，很细的我就不用说了。大总统要荣登大宝，年号‘洪宪’已经定了，眼下最需要的是民意。你可尽快安排宴请一下烟台的头面人物，先形成对北京气氛的顺应。若可以，你可做民间民意的领袖，老兄放心，这钱可不用你花。”说着，从口袋里掏出一张银票，往前躬了躬身，递往侯长贵手中。

侯长贵见孙合成把盖子都揭开，毫无保留地说出了内心话，心里暗喜：看来，我侯某人的好运来了。侯长贵一边伸手接着银票，嘴上反而假装推让道：“哪里、哪里，兄弟的事就是我侯某的事，不用客气、不用客气。”接过来瞟了一眼，那手禁不住地颤了颤，心中惊喜：额地个娘啊！一万块大洋！

2

袁大总统的亲戚莅临烟台的消息，比夏天鱼市里臭咸鱼的味道跑得都快，况且，人家都住了孙先生在烟台时住过的地方，这更确认是大总统的亲戚。不到一个时辰，烟台市面上想知道和应该知道的，都知道这件事情。不少人想登门拜访，大都吃了闭门羹，这可急坏了想通过他谋大事的人，就在大家莫衷一是、一筹莫展的时候，又听说这人是专程拜访侯长贵侯大局长的，便纷纷拥到侯公馆，求侯局长通融认识--下京城来的袁家亲戚。侯长贵淋漓尽致地发挥了瞒天过海的技能，真真假假地给大家伙透露了北京的最新局势。这些无法验证的新奇说法，更激起了大家的兴趣，就连道尹大人都把侯长贵邀请过去，细细询问了一番。最后，顶不住各人的盛情，侯长贵便摆了一场酒席，为孙合成——袁大总统大儿媳妇的表弟，接风洗尘了。

酒席是以烟台商会的名义办理的，道尹虽以私人身份出席，但还是坐了主陪的位置，远道而来的孙合成当然当仁不让地坐了大客的位置，侯长贵也不再客气，满面春风地坐了副陪的位置，来远也被道尹叫来听听详情，给他掌掌眼。在座的大都是场面上的人，不敢贸然谈敏感问题，喝酒的礼节过后，那些商人无身份障碍，便谈论了起来。有人道："最近《顺天时报》上的国体之争甚为激烈，孙大人从北京来，该透露点最新消息才是！"

那孙合成故意端着架子，看了看大家，轻轻一句："民国以来，天下言论自由，大总统日理万机，难以理会此等建议。"

听他这么说，众人叽叽喳喳交头接耳地议论着，侯长贵接过话头说道："袁大总统一心为民、日夜操劳，万年之后，哪个能接此职位以稳定局面，可真令人揪心。"

本来是比较沉闷的局面，这侯长贵的话一出，如同平静的水面扔进了一块石头，顿时引起各人的争论，有人说："侯局长所言极是，这可是个大问题。从《顺天时报》看，不少人提议袁大总统该为皇帝才是，孙大人该给我们说说京城的情况，我等好尽一份心力。"

"最近总统烦哪！说实话，他并不想当皇帝，可周围的人不断地劝谏，不顺应民意怕得罪大家，看来，这大总统也有大总统的难处。"孙合成这话，赤裸裸地挑明了大家期盼的京城的情况，剩下的，就看侯长贵如何表演了。

姜来远只是默默地吃着菜，偶尔抬起眼皮看看主陪。那老同学也不置可否地听着，并不言语什么，想必是他对这场面说话感觉不方便，只好频频敬酒。侯长贵见道尹不说话，觉得自己若不说话，这酒席怕是白请了，连说道："这劝谏大总统做皇帝的事也听了些、文章也看了些，说句良心话，他们说的还是很有道理。大家想想看，几千年来，中国哪一天没有皇帝？现在有些地方不安分，莫不是没有皇帝给压着的原因，俗话说'灯不挑不亮、理不辩不明'，要说道说道才知道该不该那么办，是不是道尹？"

这个死侯长贵，道尹心中暗骂。这么直接地问，不是在逼自己表态吗？不知这侯长贵吃错了药还是有啥给撑腰，说话的口气柔中带硬，但当着孙合成的面，也不知道这人深浅，没法发作，只好站起来端起酒杯，笑道："感谢孙大人给我们带来京城的消息，来，我们一块敬孙大人一杯。”各人纷纷站起来响应，一饮而尽，化解了侯长贵对他的逼问。

3

散了酒席，王道尹把来远叫到官邸办公室内，讨论如何应对眼前的局面：“我说兄弟，今天的事你都见了，你看，下一步怎么办？”

来远淡淡地说：“话虽没说得那么明了，但袁大总统想做皇帝的事，是千真万确了。这孙合成来烟台，想必是让你来表态，具体如何做，主意还是你自己拿。”

“兄弟所言我何尝不知道，可这么大的事儿，能我自己拿主意？这国体改变牵扯胶莱青道千百万民众的大事，也是全天下人的大事，我自己怎么能做得了主？前几年的辛亥事变可是动枪动炮了的，一个道尹怎能决定？”平日里很有主意的王道尹，此时却失了主张，说起几年前的辛亥之事还惊心动魄。

“以我观察，这次倒不会出现辛亥年那么大的变故，那次是推翻皇帝，直接剥夺了皇家的核心利益，这次是大总统变成皇帝，没有人有大的直接的损失。再说，那袁世凯也不是傻子，时机不成熟，他断然不会称帝。”来远皱着眉，快速地想着说道。

“你好说，可以置之度外；我则不行，那个该死的侯长贵在酒桌上逼我表态呢！”王道尹说起这侯长贵，恨得有些牙痒痒。

“你啥也不说，他能怎么着你？你是省政府任命的官员，他毕竟是你的手下。这个孙合成虽说是从北京来，但他一无公职、二无公干，只是和侯长贵之间的私人探视，叫他孙大人本身就是抬举他，侯长贵若拿他撑腰，也怎么不着你，静观其变就是。”来远看自己老同学心里有些慌乱，给他分析着如何应对侯长贵。

“嗯，也是，毕竟我是他的长官，静观其变，对，静观其变。”道尹若有所思地说着。

4

送走了来远，道尹坐在桌子前闷了好久。本想上门去找那侯长贵，但觉得那样太掉价，便拿起电话给他家里打了过去。见道尹把电话打了过来，问有没有时间坐坐聊聊，侯长贵也不敢再装矜持，便叫了车飞也似的直奔道尹的办公室。

两人寒暄后，侯长贵明知故问："道尹大人有何吩咐？"

"坐、坐，别站着。"道尹说着，用手指了指椅子，示意侯长贵坐那边。这侯长贵平日里见道尹并不少，也商量些私密事，但毕竟是上下级关系，不会太随意。道尹今天和往日不一样，侯长贵知道是孙合成的缘故，也就坦然地坐了过去。没想到道尹竟然亲自给他倒茶，嘴里说道："这两天招待北京来的客人，辛苦了。"

侯长贵见道尹和他聊起这事，心里顿时透亮了很多，他盼道尹找他，盼得眼都绿了，便道："应该的、应该的，袁大总统的亲戚毕竟是见过世面的，伺候不好不行。"这侯长贵知道是可以借着这事说大话的时候了。

"你可是为烟台、为胶东，甚至是为山东省做了一件大事，事后会补偿给你的。那天各位谈论的事，你如何看？"道尹不愧为官场老手，先给那侯长贵戴了一顶硕大无比的高帽子，又把那天他问自己的问题抛了回去。

"既然道尹这么说，我就说说我的认识，说得不对的，还望见谅才是。"侯长贵啰唆着，怕道尹给他戴帽子穿小鞋。

道尹不知侯长贵是在拿架子还是真的很拘束，只好和他非常交心地说："今天就我们俩，有啥说啥，不要见外才是。"

"既然道尹信得过侯某，那我就斗胆说一下。是这样的，这孙大人是袁大总统的亲戚，与我是多年的至交。他这次特地来烟台，就告诉我北京那边的情形。想必道尹您也知道，最近劝谏袁大总统做皇上的呼声很高，他让我们最好心里要有数。"说到这儿，侯长贵戛然而止，只是端起茶杯喝茶，不再言语。

"这么说，国体还真的要大变？"王道尹也不再装矜持，急迫地问着侯长贵。

"实话实说吧！烟台作为北方重镇，同盟会曾经的五个中心之一，在袁大总统那里看得很重。他本想委托大公子袁克定亲自前来找我商量，但他确实忙，分不开身，特委托孙大人前来告知此事，期望我们早做准备，以呼应北京方面的变化。"侯长贵算是久经江湖之人，添枝加叶的事做得滴水不漏，令人不得不相信。

"想必侯局长心中已有打算，说来听听。"这王道尹道行更深，就算心里知道怎么回事儿，也是硬逼着让侯长贵自己说。

"我们烟台这边若是全力支持，一旦袁大总统登基做了皇上，对烟台而言可是千年不遇之大机遇，以道尹大人之才，荣升山东巡抚甚至直入翰林都不是不可能的，机不可失、时不再来啊！”侯长贵动用他那三寸不烂之舌，把孙合成跟他说的话又虚了一大截，安到了道尹头上。

人的心还真怪：本来心神不定的道尹听了来远的话，心中好像拿定了主意；但来远那静观其变的建议在道尹看来，一无目标、二无措施，睡了一觉心里还是空落落的。侯长贵的话可有实实在在的好处，特别是这山东巡抚的位置确实诱人，虽然仅仅是说说，可奔着侯长贵来的袁大总统的亲戚在烟台住着可是实实在在的，那袁大总统成为皇帝好像也是指日可待的事情了；若是袁大总统真成了皇帝，看侯长贵这热心劲，说他没有野心，傻子都不信。自个儿若不争取，说不定会被这侯长贵争了去，那时候，自己的脸可往哪儿搁？想到这儿，王道尹心里如同倒进了一壶热醋，又酸又热：这热的是，眼前的机会可是千载难逢，若抓住可更上层楼；这酸的是，一旦侯长贵抢了自己的风头，怕是比自己老婆被人拐跑了还难受。想到这，道尹把来远叮嘱给他的话抛向了九霄云外，很认真地看了看侯长贵，那目光如同钻进他的心里，盯得侯长贵心里直发毛，没想到道尹又翘了翘嘴角笑吟吟地问：“看来，侯局长对北京那边的信息已经掌握了？不过，事情未必会那么快，也未必会那么容易吧？”

侯长贵见道尹沉思中很是迟疑，并未表现出特别的兴趣，更无支持自己的态度，心中暗暗着急。若不把道尹拉过来，再给个胆儿，怕他也不敢在烟台这地面上揸手舞脚地折腾。见道尹那么说，便又装作神秘地低声给自己壮胆道：“道尹大人，恕下官直言，天下大势，浩浩汤汤，顺之则昌、逆之则亡，天下无数精明之人，皆盼望袁大总统登基；若不能及时顺应，怕会错过人生难得之大好机会；趁此事尚未成，我等助其一臂之力，可是实打实的开国功臣。想必道尹清楚，咱烟台地面上的徐镜心，其辛亥起事时能顺应大势，后做众议员位列朝班，可惜关键时刻看不清天下大势，处处与袁大总统掣肘，落了个身首异地，命丧天涯之下场，至今尚未魂归故里。骁勇如徐镜心之辈也奈何动不得大总统分毫，看来袁大总统真有天子之命。眼下，可是下定决心的时候了。若需要，侯某当效犬马之劳。”

道尹是久居官场之人，况且年纪轻轻就做到这个位子，那自然是耳聪目明八面玲珑之辈。他理了理头绪，便顺着侯长贵的话说：“侯局长所言，与我内心所想颇为一致。想必那孙大人也该知道，眼下我在这位置不方便出面，你看咱如何适应北京方面的变化？若可以，找个人张罗一下，可否？”

侯长贵等的就是这句话，美中不足的是道尹没直接说让他负责，但见时机不容错过，直接说道：“道尹大人若觉得在下合适，侯某人一定竭尽全力，哪怕肝脑涂地，也要把此事做好。不过，不知是公办？还是私办？”

听了侯长贵这晕头晕脑的话，王道尹心中差点乐出来。看来古人说得不假：利益能使任何人对风险视而不见。精明如侯长贵这般人，在利益面前都会冲昏头脑，那脑子好像少了根弦：若是公办，还用和你姓侯的商量？想到此，叹了一口气，道：“北京这方面都是民众自发办理的，你以个人身份发起更合适。如需要，方便之时，我出面给你助助威。”

5

侯长贵要组织成立“劝进会”的消息，比三伏天大便对苍蝇的吸引力还强，周围立刻聚集了一批对此感兴趣的各色人等。劝谏袁大总统当皇帝，不用上战场，就能立功劳，说不定还能捞个一官半职，有几个人舍得这样的机会？对侯长贵而言，可是树立自己威望的好时机，不管原来干啥的，自然是来者不拒。在大家一致要求下，侯长贵担任了“劝进会”的会长，在“小车帮”“船运公司”要求下成立了“运输分会”，还有“草帽分会”“粮食分会”“布匹分会”，等等。侯长贵又纷纷把自己之人安排在各分会内，同时组织各分会的人捐款，一时间烟台地面上纷纷扰扰，闹得不亦乐乎。王道尹可是人精，表面虽不动声色，暗中却给予财力支持。侯长贵也不断将各分会情况报与道尹、北京方面，其在烟台的声誉一下子升腾起来，好像比那道尹还忙碌。

茶楼的房间内布置得古朴典雅，担任了劝进会秘书长的盛管家对侯长贵说笑着：“侯局长，您可要爱护好身体，可别累坏了身子。”其中那盛管家在一旁，一边端着茶水，一边谄媚地说着，显得殷勤无比。这盛管家就是那年给侯长贵做帮凶陷害姜来远的那位，自从离开丁家大院后也无法在黄县立足，只好流落到烟台给人打工度日，这些年来做过泥瓦匠、码头上扛过货、给人押过货、贩过海鲜，不过杀人放火的事没敢干。好在这人命好，那侯长贵去北京转了一圈回烟台发达了，也没忘掉原来的难兄难弟，通过银行的关系给他找了个好工干，那盛也是极油滑之人，借着给侯长贵敛财的机会，往往也自己多要一点，短短几年时间，在烟台也置房子安家，成为侯长贵的得力帮手，这劝进会成立，盛在侯的力挺下做了秘书长，掌握着钱财、活动安排大权，更是对侯俯首帖耳、言听计从，对他问候得比亲爹还亲。

“为了大总统的事，小的再苦再累也值得。到今儿止，已经成立了多少个劝进团体了？”侯长贵说着，咂了一口茶水，用眼神瞟了一下盛管家。

“侯大人，到眼下为止，烟台、福山已经成立了三十多个团体了，总起来有两三千人，月底举行大游行，场面一定非常壮观，想必一定会引起关注，到时候你瞧好吧！”盛管家信心满满地说道。

“我也考虑了，关上门自弹自唱可不行，做得好不如吆喝得好。《顺天时报》《大公报》的记者都联系了吗？”侯长贵询问着记者的情况。这次，他可是下了血本，通过关系人邀请了几家大报纸的记者，前来采访报道此次活动。

“这个你也放心，孙大人在北京约好了号称京城一支笔的牛大记者前来，咱们的行动一定会声震京津，也会引起大总统的注意。”盛管家十分肯定地说道。

“这事若做得圆满，你当属首功一件。你怕是最近也忙坏了，晚上若没有别的事一块去吃个海鲜，再去桃花阁乐呵乐呵！如何？”侯长贵对劝进会的进展十分满意，想着犒劳一下这手下。

6

侯长贵带着盛管家吃完海鲜，迫不及待地赶往了桃花阁。

眼下桃花阁之盛景已不亚于当年的百花楼，自从那年侯长贵在百花楼失手打死了人，丢掉了财政厅副厅长的位子，再加上报纸对这案子的宣传，那百花楼的生意受了拖累，便冷淡了下来，苏三佳便被这桃花阁引了进来。没多久，不仅这苏三佳成了这里的头牌，就连这桃花阁都成了烟台首屈一指的烟花之地，仅仅这侯长贵，在她身上费的银子，就海了去了。

有人和侯长贵开玩笑：“既然在苏三佳身上舍得花钱，娶回家做小得了。”

侯长贵闻之笑而不语。

别人哪里知道，侯长贵不但喜欢这里的人，主要是喜欢这地儿，来劲儿。

“大人来了。三佳，快快迎侯大人。”这老鸨一看财神爷来了，那嘴里嗲声嗲气吆喝着，比见了亲爹还亲，传得整个楼都能听得见。顿时，二楼那门轻轻打开，苏三佳从房间里出来，扶着栏杆往下看着，算是迎接了。这时，侯长贵见盛管家已被别的女人众星捧月般簇拥着进了房间，便笑了笑上了楼梯，挽着苏三佳的胳膊进了房间。

苏三佳住的地方，可不是低等窑姐那阴暗潮湿隐晦的样子。地上铺的是从俄罗斯进口的纯羊毛地毯，墙壁上是西洋式的德国壁炉，酒柜里立着的是不知名的洋酒、烟台当地的张裕白兰地以及进口的高脚杯，在头顶上挂着的法国吊灯，在电灯的照耀下晶莹剔透，闪着淡紫色的光泽，西式雕花的床上铺的不是被子，而是紫色的俄罗斯大花毛毯，那大化妆镜前是从国外进口的化妆品，隔壁洗漱间内安装的是德国进口的浴缸和冲便器，那豪华程度令人咋舌，简直比瑞典比利时等国家驻烟台的领事馆还豪华漂亮，很合侯长贵心意。光置办这些东西花的钱，估计就能盖一套够一大家子住的四合院，还包括置地。都是混了四五年的老熟人了，两个人也没客气，呼哧嘿咻不多久就完事了，躺在床上有一搭无一搭地聊着。苏三佳用胳膊支着头，另一只手摸着侯长贵那光溜溜的肚子，柔声柔气地问："我的宝贝，最近忙啥了？按说前日就该来，可想死奴家了。"

"你认为我不想吗？这些天有要紧事没得空。若有空，我恨不得天天在这里。"侯长贵一边闭着眼享受着苏三佳那面团般手的抚摩，一边用情地说着。

苏三佳用红红的嘴唇亲了一下他，装作用情地问道："有啥要紧事，比奴家还重要？"

听苏三佳这么问，侯长贵心中有些迟疑。若告诉她实情，怕是要费口舌解释；不告诉她实情，倒也一下子找不出合适的谎言。他这正思索中，那苏三佳倒开口了："听说你做劝进会会长了，莫不是要忙大事情？"

闻听此言，侯长贵心中一凛，看来这窑子真是信息发达之地。这不入流的窑姐，大门不出、二门不迈，消息倒也灵通。他会心低笑了笑，问："你咋知晓？"

"哼，还口口声声心肝宝贝？这么大的事情，怎么不和我说？在这桃花阁，啥事不知道？不就是那大总统想做皇帝吗？别忘了，来这桃花阁的不仅仅是烟台的头面人物，还有南来北往的高官富商，消息可灵着呢！"苏三佳瞧了瞧侯长贵，言语中透露着另一层意思：来找我苏三佳的，可不仅仅是你侯长贵一个。

侯长贵听得出，这苏三佳经历的男人中，该有比自己还厉害的，直惊得他睁开眼，瞧了瞧身边这女人，仿佛不认识了一般，心中有些气。但又转念一想，毕竟是个婊子，还是要稳住她，便又和颜悦色地说："你也听说北京那边都在劝谏袁大总统登基的事了，北京那边的人支持我做烟台劝进会的会长，事若成了，就啥也不用说了。”

“成了，你能做啥官？功高莫过护驾，这事情若跟得紧了，便宜可占大了去了！”苏三佳毕竟是从北京来的，知道京城里的水有多深，从侯长贵的话语中听得出，这里面有莫大的好处。

侯长贵本不想多说，但觉得那事也有个八九不离十，说说也无妨，便又来了兴致，说道：“若成了，他们许诺我胶莱道道尹，弄好了说不定弄个山东巡抚。不过，眼下最重要的，是把这几十个行业的请愿团组织协调好，月底的大游行要搞得有声势，为改变国体和袁大总统登基造好势。”

“二十多个请愿团？怎么成立的？”苏三佳倒对这些与她们无关的事情，颇感兴趣。

“有商会、运输队，教师、学生等，不一而足，反正是容纳了烟台、福山当地各行各业的代表，要充分表达民意。”侯长贵怕苏三佳听不懂，耐心地解释着，也显示自己在做大事情，有面子。

“全了？容纳了烟台、福山的各行业？说大话了吧？吹牛不上税吧？”苏三佳一连串的疑问，加上满脸鄙夷的神色，让侯长贵不得不继续解释：“全了，盛管家都安排好了，等月底便一声令下举行游行，到时，势必会引起大总统的注意，一旦将来大总统登基，侯某人升官了，我单独给你去海边盖座楼。”

“哼，我才不信呢！”苏三佳那话语有些轻佻，表情有些不屑。

“为何不信？宝贝？我怎样做你才相信？”侯长贵想着反正是升官后的许诺，本来就是空话，眼下也没法验证自己撒谎，便反问着她。

那苏三佳翻了翻白眼，好像在想着什么，说道：“我有两个不信：第一，你现在就能给我去海边盖楼，可你要说升官后，故我不相信；第二，你说各行各业都成立了请愿团，明显就是撒谎，我怎么能相信？”

“现在不是民国了吗？要娶你回家，我那财政局长的位子会受影响，一旦袁大总统当了皇帝，国体改变了，那就名正言顺多了。各行各业都成立了请愿团，你有啥不相信的？要不你打听打听？可别小瞧了我侯某的号召力。”侯长贵的话语中一半是炫耀、一半是得意。

“若是各行业都有了，我们这行业的请愿团，怎么没听说？也未曾听姐妹们说起？”苏三佳这话一说出来，直骇得侯长贵瞪大了双眼，张大了嘴巴，差点没从床上蹦起来。他胸口憋了一口气，好久才缓了过来，心想：对啊！既然自己夸下海口，说各行各业都有了，可这娼妓也算一个大行当，却没有劝进会，把人家给落下了。不过，这娼妓业确实摆不到台面上，成立劝进会怕是没人愿意去。想到这，侯长贵满脸堆笑道：“不是没成立，是发起过，没人愿意参加。”

那苏三佳听得出，侯长贵那话是言不由衷，她开口道：“天下兴亡，匹夫有责。其他行业都成立了请愿团，唯独缺少我们这一行，是嫌弃我们下贱，还是觉得我们无足轻重？缺了我们，就如同桌子缺了一根腿，怎么能说广泛代表民意？”

听罢这话。侯长贵有些讪讪地说不上话来了，忙解释道：“宝贝，这是哪里话，没有成立你们这协会都是他们下人办事不周全。宝贝若愿意为我出力，那可是求之不得的事情，那些请愿团中大都是男人，心肝若能出面一展风采，那阵势想必不输于穆桂英大破天门阵、梁红玉击鼓退金兵，会与花木兰替父从军一样名垂青史。”

“真的？若这样，我发动一下我们桃花阁的姐妹们，我们可要做主力。”苏三佳此时可能忘记了自己的妓女身份，觉得自己好像真成了花木兰一样。

“我看中，这要传到大总统那里，可是首功一件。我和盛秘书长说说，这分会会长非你莫属。”侯长贵说到这里，觉得自个儿好像已经是烟台的道尹，很快就要去济南做山东巡抚一样。

听了这令人激动的话，那苏三佳把柔软的身子靠近了侯长贵，翻身压了上去，嘴里浪声浪气地说着：“若如此，本会长倒要提前尝尝下一任山东巡抚的滋味。”

7

“现在各行各业都成立了劝进会，请愿团大游行大后天就举行，你到底参加不参加、支持不支持，给个说法。”王道尹和姜来远在办公室说着，那口气似追问、似质疑，明显和平常不一样。

“前些天我们两个说过，我态度很明确，这国体改变之事只能前进、不能后退，请愿团的事会成为千古笑谈，恕我不能参加。”来远也一反平日里柔和态度，声音高了起来。

“什么千古笑谈？你哪能这么说！”王道尹的话不再是质疑，口气中竟然有些严厉了。

“竟然有了‘娼妓请愿团’‘乞丐请愿团’，你作为道尹，竟然如此纵容他们胡作非为，上面追究起来可是找你，找不着别人。”来远把最要害、最直接的问题说了出来。原来，那侯长贵把成立娼妓劝进会请愿团的想法告诉盛管家时，盛管家会揣摩主子的心意，直接提出了成立“乞丐劝进会”请愿团。那侯长贵一经点拨，立刻明白了盛管家的用心：这娼妓业毕竟不光彩，若更下流的乞丐都成立请愿团了，那娼妓请愿团便不太被人关注、议论了。

“这是更广泛地代表了民意。你要知道，袁大总统登基做皇上已处于箭在弦上，不得不发之势，若不趁此机会搏一把，被侯长贵抢了风头，将来可有你我立足之地？你若真不愿参加游行，我也不会勉强你，若可以，可费费心写一篇支持袁大总统做皇帝的稿子发报纸上，说不定会引起北京方面的注意，倒比出头露面的游行更有效果，如何？”王道尹苦口婆心地劝着来远，也是想着得到来远的支持，以化解侯长贵带给他的压力。

来远咆哮：“让我赞成帝制，绝不可能！袁氏做皇帝，也绝无可能！”

道尹也高声喝道：“为何不可能？天下怎有不可能之事？汉高祖三尺剑斩白蛇起义，立四百年大汉江山，朱元璋放牛娃创大明基业，袁世凯已居总统之位三年有余，天下未有与其争锋者，为何绝不可能？”

姜来远摇摇头，说：“袁氏不能称帝，非其能力差于汉高祖、朱元璋，而是时代不同了。说是天下未有与其争锋者，实际上是天下未有与袁争锋者。何故？眼下非无能者，盖因共和已深入人心，天下之人心已容不下皇帝，而不是容不下袁世凯做皇帝。”

“噢，此话怎讲？”道尹听来远这么说，感到很是新奇。

“所谓国体，乃一国之体制，或共和，或为君主制，或为君主立宪制，或为总统议会制。若为君主制，又何必革命？那光绪并非残暴之君，溥仪仅一小孩，更无甚害；若为君主立宪，大清的皇帝还活着，又何必让袁世凯来做？清帝退位，南北议和的共识是共和制，袁做总统是顺应时势。天下乃天下人之天下，非一人一姓之天下，有德者居之，无德者失之。袁若做皇帝，不仅革命党不答应，遗老遗少也不会答应，怕的是到时真成了孤家寡人。”来远自两年前听到黄博士的话，加深了对局势的了解，今天被道尹逼到了墙角，说出了心底的话。

“嗯，说的是有一定道理。不过，听说日本、德国都赞成帝制，‘四君子’‘十三太保’皆赞成，不少省已投票，均全票同意。这些国家皆先进文明，那些人均为各界名流。难道他们都错了吗？”道尹的疑惑，是发自内心，看来不是装的。

听到这里，来远那胸口如同被捣了一拳，顿时有些喘不上气来，想着这道尹同学是留过洋、喝过洋墨水的人，曾几何时张口民主、闭口宪政，事到临头竟然又回过头来赞成帝制。看来，这皇帝虽然没了，不少人心里还是有皇帝梦；头上的辫子虽剪掉了，不少人心里还是有根又黑又粗的大辫子，舍不得割掉。想当年自己可是冒着杀头的危险推翻了帝制，现在又要自己写文章赞成帝制，岂有此理。想到这，来远有些气愤地说：“虽说我们冒着枪林弹雨推翻的是宣统的大清，但溥仪那年才六岁，他也做不出什么坏事；我们费心费力推翻的是帝制、是封建主义，而不是为了推翻哪一个皇帝；如今共和已成，可又要恢复帝制，真乃天大的笑话。这不仅不会有什么结果，最终反会被世人耻笑。”

“若如此固执，你的将来会很危险的！”道尹终究忍不住咆哮起来，直吓得门外的下人们面面相觑，不知道长官和平日里最亲近的姜局长为何吵了起来。

见道尹如此失态，来远的心倒是静了下来；人家是朝廷命官，自个儿何必与人争吵？道不同不相与谋，他走他的阳关道，自己走自个儿的独木桥，本可以不搭界的，自己按自己的认识来就是了。想到这些，姜来远便说：“我们在这里吵破天，也阻碍不了袁氏做皇帝，怕也挡不住他从皇帝位置上跌下来。先说说这大势，看看眼下在劝进的都是什么人？所谓的‘筹安会六君子’‘十三太保’，情形看似热闹，实则已岌岌可危，袁大总统还没做皇上，那徐世昌已经辞去国务卿之职务。受人吹捧是很舒服，可别忘了有个词叫‘捧杀’，还有句话叫‘墙倒众人推’。袁氏若真做了皇上，怕是天下的督军群起而攻之；他冒险，是有皇帝的位子在诱惑着，而你跟着起哄，却是何苦？俗话说：马到悬崖收缰晚，船到江心补漏迟。若不就此收手，悔之晚矣！”本来，来远不想说难听之语，但见道尹确实割舍不下，禁不住越说越激动，声音也高了起来，连“起哄”二字，也都脱口而出。

“来远，你妄议朝廷。可要小心！”王道尹见来远话语犀利，句句说中要害，而自己无法辩驳，只好提醒他。

“我妄议朝廷？你们都要游行要求改变国体，我议论议论算什么？还有，现在共和了，已经不叫朝廷了。”来远纠正着道尹的用词，毫不退让地说着。

“你真固执！”王道尹此话一出，表明两个人都无法说服对方，甚至都无法继续交谈下去。

姜来远深知，再言其他无益，长时间沉默无言之后，便起身告辞，扬长而去。

8

初雪的烟台，北风怒号。

很多人虽对支持帝制的游行之事莫衷一是，但那游行队伍还是上了街。侯长贵看着浩浩荡荡的游行队伍，特别是苏三佳亲自领队娼妓团出现，对自己的组织能力颇为赞赏，自豪感油然而生：时代真是变了，摆不上台面的人，在共和的社会里，竟然可以正大光明地上街争取权利了。特别是几个外地记者在采访报道游行盛况，侯长贵向他们颔首致意。

记着采访一游行者，问："你为什么支持帝制？"

"什么是帝制？"被采访者一脸蒙样。

记者心中苦笑，敢情这家伙都不知道什么是帝制。都不知道什么是帝制，那出来游行什么？但这是采访，收了人家的银子，无论如何得有实际例子，便诱导着问："你为什么支持袁大总统做皇帝？"

"袁大总统做皇帝？因为他不是方的，我们要支持、我们要游行。"这人一脸茫然地说着。

这记者一听，想必是遇到傻子了，只好摇摇头换一个人采访："你为什么支持袁大总统做皇帝？"

"银圆上有袁大总统的像，看见钱就能看见他，袁大总统就是钱，他做了皇上，我们就更有钱了。"

记者摇摇头看着身边的助理，一边走，一边无奈地说："这稿子怎么写？看来，得编。"

助理说："你采访采访我算了，咱收了人家几百块大洋，那稿子无论如何得在北京见报。"

"行，不管怎么说，这是在烟台现场采访的。"这京城名记苦笑着道。

9

"胡闹！简直是胡闹。道尹大人，我侯某人辛辛苦苦筹备了几个月的游行，让他这一篇文章给捅了个大窟窿，真要这么下去，我侯某人不干了。"侯长贵急匆匆在道尹身后走着，一手拿着报纸，另一只手指着上面的文章，喘着粗气给道尹大声说，言语中有些语无伦次。

令人出乎意料的是，侯长贵竟如此失态，道尹坐在办公桌后问："什么事，令侯局长如此生气？"说着，便接过报纸。

当道尹看到"逆潮流而动的游行，反人民意愿的帝制"的题目，表情变得严肃起来，又看到里面字字抨击帝制的话语，也禁不住怒气横生道："谁这么大胆？写这样的文章。"

"道尹大人，我一直在密切关注着《钟声报》，在报纸印刷前，有人拿这篇文章到报社，说是道尹您要求一定要发表这篇文章，他们只好改变版面给发了。后来确认不是您的命令，是有人冒充您呢！"侯长贵在烟台耳目众多，已经落实清楚了文章发表的来路。

道尹知道，这报纸的信息散发极快。当下，不仅仅是烟台的角角落落，就是整个胶东半岛，怕都已知此篇文章。费了这么多精力，举行了全民支持帝制的游行，希望得到北京的首肯，发生这样的事儿，真是出乎意料。此事颇大，自己万万不能承揽此责任，要把责任推出去，故厉声反问侯长贵："何人如此大胆，敢冒充我的名义发表文章。你不是和各大报纸都打点了吗？怎么没把好关？"

侯长贵也不傻，自己原先一心一意支持帝制，若成了自己会飞黄腾达。但此文章所述，反对的理由如此充分，意志如此决绝，好像很多人不赞成此事。怕是不少人表面不反对，暗中留一手，自己也不能做出头鸟。想好后，侯长贵胸有成竹地反问："在烟台地面上，还能有谁？不用看别的，文章的风格，难道道尹大人不熟悉？"

王道尹看了看文章，皱了皱眉头，像是自言自语道："姜来远？难道是他？"

"刚才有人和我汇报背后就是他，那《钟声报》主编和他私交甚好，他们打着你的旗号说不定是个幌子，有可能是那报纸和姜来远串通一气。起先我还认为真是道尹为了留个后手安排人写的这文章，看来错怪您了，在下赔礼了。"侯长贵这话可很有杀伤力，指明了道尹对支持帝制似乎有异心；也表明我侯长贵现在为袁家做事情，没有必要对你道尹唯命是从。

道尹一听就能听出这侯长贵话音里潜藏着的意思，为了表明自己态度的坚决，说道："你放心，我会把这事处理好，给你个说法，把损失弥补回来。"

"早一点还来得及，听说杨度要来。"侯长贵神神秘秘地说道。

"杨度？他来作甚。"王道尹吃惊不小。

“现在他是大总统的红人，来烟台，自然是有要事。”侯长贵的消息，比官府的还快。

10

此时，杨度已名满天下，此人原名承瓒，字晳子；后改名度，别号虎公，湖南省湘潭姜畲石塘村人，参与过公车上书，曾为清朝四品。其才貌俱佳、少有盛名，现为“筹安六君子”。前些天，他看了烟台报纸刊的登强烈抵制帝制的文章，觉得事态异常严重，遂跑到总统府报告此事。十多年前，袁大总统做过山东巡抚，深知山东民众性格火暴、生性彪悍，当年义和团就是前车之鉴，特别这烟台作为海防门户、北方重镇，同盟会在那里树大根深，一旦闹将起来，可不是儿戏。袁大总统一开始虽说还很镇定，但越看脸色越难看，最后气呼呼地说：“晳子，到底有多少人赞成帝制？多少人反对帝制？”

杨度本来想着是送信，没想到袁氏把问题抛给了自己。怎么办？谁能说得清到底有多少人赞成帝制？要当皇帝的是你，我们只不过是吹鼓手，办法哪能我们来想？既然主子把问题给自己，做臣子的就要努力去办好。想到这儿，杨度便回：“大总统，这烟台为北方门户，辛亥年闹腾得比济南还凶。大总统还记得那徐镜心否？”

“怎不记得？他就是烟台辛亥起事的肇事者，是山东的头头。闻其尸骨还停在香山碧云寺，也没有回乡安葬，在示威呢！哼！”袁世凯脑子够聪明，对反对他的人和事儿，记得清清楚楚，丝毫不差。

“大总统圣明。明眼人都看得出，徐镜心一直不回乡安葬，是其同党不满判决。烟台那地方，出的同盟会员、国民党员可真不少。孙大炮去那边视察过，还很有市场。不行，想办法将其从碧云寺弄出去？”杨度分析问题条理清楚，头头是道。袁氏闻之，频频点头。

“晳子，你是了解的。山东人性子刚烈，宁折不弯。这胶东人的腰杆硬，就是骨头断了，腿也不打弯；直筒子，说话不绕弯；更让人受不了的是好多人读书多，有自己的认识。当年‘义和团’就是从鲁西南闹将起来的，对胶东那边之人，尔等不可掉以轻心。那姓徐的不用管他，既然胶东人认为他是头头，躺在那里更好，和我们作对，就是这下场。”这袁世凯做过山东巡抚，当年就是以铁腕手段平定了辖内的义和团运动，方令朝廷上下对其刮目相看，后才委以直隶总督，成为继李鸿章之后，大清的擎天柱式人物。

“大总统所言极是。现在的政策应是‘安鲁’。山东作为直隶屏障，一定要将山东的局势稳定住，不能产生波动。”杨度对山东的局势，感到有些焦虑，也说出了自己的想法。

“不能任由歪理邪说蔓延。你看是否亲自去一趟，将其弄掉。”袁世凯的话让杨度心中发冷，看来，不管是什么人，只要影响到他的位置，一点恻隐之心都没有。

“大总统，当年除掉徐镜心，当属万不得已；今天下已定，无人能撼动到大总统的位置。若无正当理由将人杀掉，怕是会引起更多人的反抗。”杨度不太赞成袁世凯杀人的手段。

袁世凯皱了皱眉头，思忖着手底下这帮文人，一个个婆婆妈妈、胆小如鼠，若想坐稳天下，不心狠手辣怎么行？但转念一想，这样说也对，我姓袁的已经坐稳了江山，不用说一无名之辈反对我，就是你孙文、黄兴再蹦出来吆喝，也没啥用。想到这，袁世凯说：“皙子说得对，写文章的人怕是难以查出，但这报纸在、编辑在，他们都有推卸不了的责任。这几天，推一下别的事，抽空去趟烟台，处理一下这事。”

11

虽然已经刮起冷风，但节气还没有进入小雪。

烟台港码头彩旗高悬，鼓乐喧天，那气氛不亚于三伏天热气正旺之时。欢迎的仪仗队，丝毫不亚于当年迎接孙先生时之气势。来客杨度少有盛名，才貌俱佳，写得一手好文章，当年与孙中山、黄兴在日本时极为密切。今日之杨度如日中天，为“筹安六君子”之首，在袁大总统面前红得发紫，想封官晋爵之人，有几个不去巴结？就是没机会升官发财，也想通过他，听听北京的最新消息。

这杨度是来办事，不是来吃闲饭的。举行完基本的仪式和欢迎宴会后，他便与道尹进行了密谈，直接开门见山道：“当年，王道尹是同盟会的会员，杨某也是。咱说话就不绕弯子了。”

“论将起来，您可是同盟会的老前辈了，现在自然更是。”王道尹能干到这个位置，那话自然是跟得上。

“道尹爽快人，这样好。现在国体、政体之争甚为激烈，大总统很关注舆论走向。前几天《钟声报》发表的那篇文章，在北京很是受关注。不知这样的文章怎么能上了报纸的？”杨度一句话就说出了此行的目的。

“这个？这个吗？我们地方小，对上面之情形，不甚了解。”道尹支吾着，心里也是好气，你自己都说北京的国体、政体之争激烈，我这小地方一篇文章，算啥屁事？还值得你跑来问。

“这可不一样。你知道，这些年来共和深入人心，一些人对君主立宪转不过弯来，北京的国体、政体之辩，实际上在引导全国理论，慢慢向君主制靠拢。你这烟台的文章一出，如同东去的江水中立一巨石，让顺水而下的船只不顺畅，大总统很不高兴哪！你作为烟台的地方行政长官，有必要管理好此事。”杨度也是闻名天下的人物，加之又是大总统派下来的人，说话自有几分气势。王道尹听着他的话心中直犯嘀咕，想着你来指手画脚，但怎么做才行？这事又不是收租纳税派工修河，不让人说话可真有些难为人。看来，不按他的意思办肯定不行。但按他的意思办，又不知如何办。既然他自个儿来了，让他自己办好了。王道尹也够损的，竟然说：“杨大人久居京城，深知上事。区区烟台小地方，税收任务倒不轻，一年下来也就维持好治安，干些零零碎碎之事。杨大人若在烟台讲讲课，说说利害关系，确是人有裨益。”

听道尹这么说，杨度想着也对，自己来了只是吃顿饭和道尹谈谈，怕是难以解决问题。出面给他们讲讲课，凭自己的才能和名气，能压得住场面，统一统一思想，也让他们见识一下京城人的学问。想到这儿，杨度道：“道尹所言极是。若可以，尽快安排。”

12

烟台咨议堂内济济一堂，道尹召集的会议哪个敢不来？特别是听说北京来的杨大人要演讲，更是引得烟台地面上各行各业的人物蜂拥而至，生怕错过这好机会。杨度不愧为大学问家，从女娲补天、三皇五帝、秦皇汉武，一直讲到同治中兴、光绪宣统；又从欧洲诸强争霸讲到日本的明治维新，从彼得大帝讲到拿破仑，从俾斯麦讲到伊藤博文，围绕着君主的问题引经据典、娓娓道来，自始至终围绕着皇帝不能没有；特别是中国，不能没有皇帝；眼下之中国，有能力做皇帝的只有袁氏一人。在座之人无不被杨度的知识面折服，均频频颔首表示认可。杨度讲完，道尹带头鼓掌。

那雷鸣般的掌声过后，道尹站起来环顾了一下四周，道："杨大人讲完了，有何问题可当面请教。"

谁是傻子？敢在这个场合提反对意见？不过，不能冷场，侯长贵站起来问："杨大人，您这一讲，寰宇澄清，我等受益匪浅。自从没了皇帝，天下百姓内心惶惶不可终日。若袁大人做皇帝，我等才有了主心骨。"

杨度颔首道："这也是袁大人为天下百姓着想，不辞辛劳的原因。"

"确实。不过，还有人不识时务，螳臂当车，不肯支持袁大人做皇帝。"侯长贵特意提出报纸上的事情，自然有他的盘算。

"不必多虑。什么时候，都有自不量力者。"杨度有些轻蔑地笑着。

13

接到王道尹要见自己的通知时，姜来远已经猜测到是为自己那篇反对帝制文章之事。其实，当他写此文章时，已对目前局势做了详细分析，也做了最坏的打算。姜来远在道尹办公桌前坐下来，道尹把报纸递了过来，说："老同学，你看看这篇文章，写得如何？"

来远自是假装啥都不知道，拿起报纸倒是认真地看了看，说道："不错，写出了实情。"

"来远弟看此文章，像是出自何人之手？"王道尹用眼神盯着姜来远，好像要逼迫他承认。

"出自谁的手并不重要，关键是写的要有道理。"来远轻轻一转，把这个问题避了开去。

"可在我这位置上，道理不一定重要，有人打着我的旗号发表文章，哪一天帝制真成功了，这署名'明了'的人，在烟台的日子怕是过不下去。"王道尹倒说起以后的事。

"你是道尹，这文章又没署你的名字，不用管它最好。"来远也知道，这时候道尹已经知道那文章是他所写。

“可是在我治下发生这事，万一让北京知道了，可是要负责任的。”道尹说着。

“难道北京不让发表反对帝制的文章？”来远反问道。

“那倒没有，但是既然最高层暗示了要倾向于帝制，那就不该再写那样的文章才是。”道尹耐心辩解道。

“暗示不等于明示。现在是民国了，一切号令均经过辩论、明示，才能发布天下执行，我们不能拿着某些人不能明示的东西去暗自揣测。自推翻大清帝制以来，报纸、公文无不尊崇宪政、民主，我看那文章丝毫没脱离这个轨道，犯不着这么担心吧！”来远又把以前的问题给抛了出来。

“你没看风向变了吗？报纸上赞成帝制的文章开始多了起来，杨度、严复、胡瑛等六君子，段芝贵、周自齐等十三太保，皆为名满天下之人，均赞成帝制。看来，这君主立宪非实行不可了，我等何必螳臂当车、自不量力呢！”王道尹把最近掌握的信息，也透露给了来远，试图说服他。

正在这时，电话铃响了，王道尹接过电话，寒暄了几句，脸色慢慢冷了下来，放下电话，对来远说：“不瞒你说，刚才侯长贵打来电话，北京那边知道这篇文章了，袁大公子很不满意，下了命令要求以后不准类似的事情发生，待哪天安顿下来，要好好查查谁写的那篇文章。”

“查出来又怎样呢？”来远觉得好笑，这些人不把功夫用在正事儿上，倒利用电话这先进的设备，传送这些乱七八糟的东西。

“你可别执迷不悟，若真想追查的时候，谁知道能怎么样？到时候，怕不是我能控制得了；若能发个道歉声明，尚有回旋的余地。何去何从，只能听天由命了。”道尹的话说到这里，就差直接说出名字了。

道尹说他如此执迷不悟之语，让姜来远感到很是诧异。时间不能回头，帝制不能恢复，这是好歹明点事理之人都明白之事，怎么道尹如此决绝地走下去？自己再在这里待下去，有何意义？不如桥归桥，路归路，就此做个了断。姜来远略微沉思了下，收回了思绪，颔首说：“在此一年，我正经事也没干多少，只是处理了那个银行之事，但现在政府的头等大事是支持恢复帝制。道不同不相为谋，来远本无什么迷可执，更谈不上什么执迷不悟；若再在此待下去，怕是会成为你们做事的障碍，甚至会影响大家的升迁，大可不必如此。明天，我就把辞去参议员的辞呈交上来。我一介平民百姓，以后若有事，也不会连累大家。”

“老同学，这是何必呢？眼下，赞成帝制是不要脸，反对帝制是不要头；眼下是要头就不能要脸，要脸就不能要头。是要头，还是要脸？何去何从，还不清楚吗？”道尹的话虽有些绕，说的好像有些严重，但确是事实。

“是否改变国体？到底是要民主还是要帝制？可是个大问题。恐怕我们今天要了脸，明天就会没有头；今天不要头，或许明天还有脸。”来远毫不退让，说着自己的认识。

王道尹所处的位置和别人不一样，考虑事情肯定大不相同，他劝慰道：“你这是何必？眼下，要脸要头还能自己说了算，只要你自个儿不作声，没人逼你。无论是君主制、还是共和制，那头儿都是姓袁的，和我等何干？只要我们不作声，能保住头，也能保住脸。得罪了那厮，就啥也没有了。”

“都不作声，岂不成了赞成帝制的帮凶？我还是离开的好。”姜来远反问。

“不，也别这样，这是何必？”王道尹有些失望，他倒没想姜来远如此决绝地想离开。本来，是否赞成帝制之事只是个人的想法，毕竟从政府层面上说，并没有对此事公开支持或者开会下过什么号令。况且，是自己将其从南京拽回来的。他若是这么走了，显得自己太决绝，以后说出去，在同学圈子里会留下不好的名声。

“在大清的时候我就赞成共和，辛亥之后也在政府干过，前前后后这么多年，道尹也换了好几个。说实话，我不适合这参议员。”来远说的倒是实话。

“不就是挂个虚名，领份薪水。若真不愿参加，不去就是了。”王道尹道。

“银行的事已步入正轨。无功受禄的事，不好。天这么冷，夜这么长，先停一段时间再说。”来远说着。

14

来远提交辞呈时，节气已是大雪。

王道尹念昔日情分，特意给他多批了几百块钱做安家费。来远安顿好银行的事情回到家里，每日里陪着两个孩子。大儿子民国已经识字，来远便每日里教他写字、讲故事，倒多了些陪家人的好时光。只是，不少人见其赋闲在家，便跑过来看他，商量些事情，免不了又要讨论帝制之事，一时间家里人来人往，好不热闹。

令姜来远没想到的是，丁世聪回来了。

眼下，丁世聪在北京总理衙门任职，与革命者颇有交集，曾与徐镜心过往甚密，因写得一手好文章，颇得政府高层喜欢。不过，他从不显山露水，闲云野鹤般，不招惹事儿。这次，他没回黄县，直接到了烟台来远家，兄弟见面，亲热异常。一家人吃罢晚饭，姜来远闭门谢客，在房间内和世聪单独聊天。

“你这大忙人，整日来去匆匆，这次前来，有何贵干？”来远开门见山。

“回来见见老朋友们，另外来办点事。我知道你眼下悠闲得很，不少人往你这里跑，有人盯着你呢！你要小心。”丁世聪言语中表明，对姜来远的情况很是了解。

“你来多久了？怎啥都知道？”来远很惊异丁世聪的言语，吃惊地问道。

“来了有些时日，安排了几件事。我有几个朋友在养马岛，那边有些空房子，你该过去躲一下，不久的将来，会有大事发生，势必牵扯到烟台这些人，若能躲开会更好一些。”丁世聪没回答来远的问题，反而说出了些没头没脑之语，更是让来远不解。

“不瞒你说，总统府秘书处邀请侯长贵代表烟台去京，参加袁大总统的祭天、元旦登基等活动，我此次来烟台，就是安排人跟着他过去，通过这人做个大事。一旦成了，那侯长贵势必成了天大的罪人；若是不成，也会让他无辩解能力。这样，势必会牵扯到烟台的不少人。你天天在家待着，这么多人来找你谈论帝制之事，难免会人多口杂，不如出去躲一段时间更好。”丁世聪的话说到这里，他心里就清楚了。姜来远是过来人，虽说不主张暗杀行动，但对这帝制是深恶痛绝，看这些人在翻手为云、覆手为雨，搞得是一派乌烟瘴气，便说道：“所言极是，我也想出去转转看看。”

丁世聪不便在此久留，吃完饭便匆匆走了。来远和家人商量，去养马岛住一段时间。第二天一早，他们将铺盖棉衣、简单的炊具粮食一并装了马车，世聪的朋友王大虎赶过来，和来远家人坐在另一辆搭了芦席的马车，两辆马车一前一后出了家门，沿着滨海大道一直往东，过东炮台再往东走十里，就是牟平地盘。路左侧是海，风不大，但有些干冷，天是无比的洁净；右侧是山，山上墨绿的松树间夹杂着片片在风中颤抖着的枯草。“爹，养马岛有马吗？”儿子民国没出过远门，在来远娘的怀里蹲着好奇地问。

“养马岛没有马，怎能叫养马岛？相传是给秦始皇养御马的地方。”来远细心地给民国讲着养马岛和烟台的典故。车上装的东西并不多，那马车自然比人的两条腿快得多，虽几十里地的路程，不到中午便赶到了这养马岛王九村的王大虎家。

虽居烟台多年，姜来远还是第一次来养马岛。王大虎是村里的大户，前后四进院子加边上的晒场、库房，占了足足有十多亩地，几个盛干鲍鱼、干海参等产品的库房里，隐隐散发出腥味。这王大虎是丁世聪日本留学时的同学，在北京做生意兼顾其他，时常往来于北京烟台两地。前些天，丁世聪要找人做事，王大虎推荐了人选，来远来此地住一段，也是做了通盘考虑。

一行人安顿好住处，孩子们感到新奇，天气虽是冬季，冷风扑面，但姜来远还是利用这闲暇，领着他们四处转转。这养马岛西南东北走向，岛南缓北峭，南侧海面宽阔，因有岛阻隔风浪较小，岛北地势陡峭，风大浪急，鸣如虎啸；岛东头碧水金沙，西端水深浪平。姜来远看着这清灵与俊秀的仙山琼岛，感叹这鬼斧神工的杰作。他们站在山顶的观澜亭上一览无余，就见海天一色，浑然天成，犹如人间琼宇，世外桃源一般。

王大虎给做向导，指点着远处的“灵山岛”，说它就是最著名的“灵岛奇峰”，上有山峰五十六座，有象鼻山、歪头顶，石秀才山峰临海而立，有的像人在交谈，有的像仙人对弈，有的像惊兽望崖惊立，不一而足。

在海岛南端，一道山崖横空飞出，人称“老虎嘴”，好像一只卧身昂首的猛虎，在张着巨口朝大海呼啸，其前爪扑在惊涛裂岸的乱石里，欲投身大海一般。夕阳西下之时，在虎口东侧回望老虎嘴，会看到一轮红日正好悬在巨大的“虎嘴”里，构成了一幅神奇瑰丽的“虎口含丹”图。

王大虎从小在养马岛长大，对周边的“试刀石”“海蚀崖壁”“背来石”，都做了详细的介绍，老人孩子们，都看得兴致盎然。

15

姜来远刚来这养马岛没几天，不少朋友便陆陆续续寻上门来，好在王大虎家房子多、财力厚，多的是空余房子。这些人也不讲究，只是在一起看书、谈事，早上一块溜达到最东头的獐岛看日出，去农家吃海鲜，晚上王大虎的家人给伺候的海鲜大宴，不次于满汉全席。

大家在一起熟悉了，谈话的中心议题，还是这帝制之事，有人说：“现在缺少汪精卫那样的人物，该去北京把那家伙给干掉。”

姜来远从丁世聪那里知道，有人已经在行动了，自己无法阻挡。但闻有人又提此事，知道万不可鲁莽行事，但又不能把话说得太明，只好说道：“以目前的手段暗杀那人，怕是万无可能。袁氏称帝虽然可恨，可那些在极力推举他做皇帝之人，未尝不比袁更可恨，杀了一个袁氏，怕是会有更多的人想做皇帝。”

“那么说，就眼睁睁看着他们胡闹？国家兴亡、匹夫有责，我们躲在这里清谈，岂是堂堂七尺男儿所为？”有人气愤地说着。

大家谁都说服不了谁，面面相觑着。来远顿了顿，说：“这些天，我想明白了个事儿，连那大清估计都后悔没及时实行共和立宪，导致偌大一个国家顷刻间冰消瓦解；眼下这共和立宪不能说深入人心，但却如滚滚长江之水势不可当。虽有人上蹦下窜鼓吹帝制，可他们嘴上所言与心中所想是否一致，却是个大问题。大家可记得‘捧杀’二字？那些极力鼓吹帝制之人，未必没有给袁设圈套之心，到时落井下石，届时，那姓袁的怕是死无葬身之地！”

姜来远之语一出，众人纷纷颔首，王大虎笑道：“来远兄弟所言极是，有这样想法的人，怕不是一个两个，还是位居高位之人。听说，前些天蔡将军已从天津搭船去了日本，途中在烟台停靠过，此时，恐怕他已到了云南，就等着袁世凯称帝了。”

“蔡将军？《顺天时报》上不是有他的文章赞成帝制吗？怎么？他已不在北京了？”有人问。

“大虎兄一提头，我们就该明白。袁世凯有称帝的野心，那蔡锷在他手下能不那么说吗？云南可是蔡将军的大本营，到时候可有好看的。不用说蔡先生，就是那些鼓吹帝制货真价实的死党，一看风头不对，怕也会群起而攻之。朱元璋尚且有‘高筑墙、广积粮、缓称王’之策，这些国务卿、内阁成员、各省的督军，跟着他做事，见了面都是坐着；现再倒回去，见了面要下跪磕头，哪个能愿意？让你，你愿意吗？还有，若是他做了皇帝，别人都没盼头了，他们乐意吗？”当来远说到这里的时候，大部分算是赞同了他的说法。

“从游行来看，袁氏做皇帝，颇有民意。”

“民意？就眼下情势，民意就是袁氏手中的泥巴，他想咋捏就咋捏。”

“那他的皇帝岂不是能做成？”

“有他捏不动的那一天。”

“多久？”

“那我们就在这里傻等？”

大家议论纷纷。

“有时候，等，未必不是一个最好的办法。坐等风云起，笑看秋花落；墙倒自有众人推。他周边那些位高权重之人，怕是比我们更着急。”来远端起茶水，淡淡地说着。

“若是那墙不倒呢？”

“那是还没到倒的时候。”

他们正在热烈地议论着，王大虎家的门人气喘吁吁地来报：“东家，烟台有位姓王的客人来拜访，说是找姜来远先生。”

来远忙起身跟着这门人往外走，穿堂过院来到门前一看，心中顿时大惊：王道尹站在门口。

“彼此彼此，你既然不辞而别，我只能不告而来了。前来打扰，是否欢迎？”此时的道尹一改前些天的模样，主动示好来了。

“怎么会，主要是怕给你惹麻烦，来，里面请、里面请。”来远一边招呼着，一边往里请。俗话说：抬手不打笑脸人。毕竟是老同学，仅仅是帝制认识之争；况且，道尹确实有他的难处。

其他人见道尹来了，纷纷见过，估摸着他和来远肯定有话说，大家坐了一会儿，便借故到其他房间去了。道尹见无旁人，便说：“大隐隐于朝，中隐隐于市，小隐隐于野，田横当年居于岛上。你这一来，养马岛上倒是变热闹了。”

来远知他话里有话，便道：“我现在是：无官无职一白丁，半日读书半日闲。这养马岛不仅养马，还真是个养人的好地方。”

王道尹听来远的话隐含他意，也不挑明，隐喻道：“刚才看这些人，皆非等闲之辈。老同学在这养马岛，怕的不是修身养性闲读书，该是：日观四面风云起，夜听八方潮音落。惬意得很呢！”

“风云天上时时有，潮音海边处处闻。若是为了观云听潮，何必来此人烟稀少的偏僻之处。”来远不知道这老同学来的真正目的，只好继续和他打着哈哈。

“若看风云须目远，近观似雾迷离眼。一叶障目，不见泰山。好多事儿，太近了反而看不清全貌，再加上个人利益得失的计较，站在远处反而能看清楚。兄弟在这养马岛看见了什么？该对哥哥说说才是。”王道尹不再矜持，直接提出了要求。

“只因小利障于眼，不见陷阱在面前。他人醉翁之意不在酒，我等可不要被酒灌醉，要保持几分清醒才是。”来远应对着道尹，说着比较知心的话。

“好了、好了，和你说理可真不容易。说点正事，你如此反对国体改变之事？何故？不给他唱赞歌，无人强迫你。但也不应如此激烈反对。唉，你来养马岛避难，侯长贵那家伙到北京朝贺去了。可亏大了。”道尹说着最新的情况，言语中有些惋惜，神情颇为落寞。

“老同学所言极是。不过，人各有志、不能强求；我来这里散心，不是避难。帝制的后面，可是一个莫大的陷阱，一旦闪失掉进去，不用说我们平民百姓，就是那袁大总统，怕是也无法挽回。共和已经深入人心，有几个人还希望有个皇帝？帝制成功的可能性，不大。至于那个侯长贵，我想还是躲远一些为妙。”姜来远还是原话劝告，一丝不得改变。

“事情并不像兄弟想的那样。袁世凯能不能做皇上不是我等所能阻止的，那些掌握兵权的督军都无力抵抗，我一个小小的道尹哪能阻止得了？这不，就连祭天、元旦活动管理团，北京都指名让侯长贵带团，我能奈何？”道尹的话语中，透露着深深的无奈。

“是没让你去？我还认为是你不想去呢！”来远这才明白侯长贵带团去北京的原因。看来，这王道尹心中有气，那气怕不是袁大总统做皇帝，是没让他带团去参加典礼而生气。

“这个该死的侯长贵，自从定下其代表烟台去京参加祭天和元旦典礼，简直目中无人了，仅旅费就预支了五千大洋，还带了十几箱子礼品。此去，怕是养虎为患了。失策、失策。”王道尹忧心忡忡地说着，对侯长贵去北京的决定，颇感后悔。

看来，道尹非常清楚，侯长贵此次去京，会直接与袁家接触，原来这道尹任命只是省政府下文，这国体一改，皇帝就有权直接任命胶莱道道尹了，说不定那侯长贵参加完登基典礼，顺道就把任命状给捎回来了。这后果想想就可怕，道尹能不担心吗？但在这节点，姜来远不便表态，只好装作不问世事，说：“我和侯长贵有过节，这些年井水不犯河水。他的事情，我难以参与意见。不过，也不要过于忧虑。”

侯长贵与姜来远有过节，烟台政府的头头脑脑大都清楚，王道尹岂能不知？今天姜来远能当面说出，两人矛盾看来实在无法调和。但面临如此危难关头，道尹只好放下身段问姜来远："侯长贵之事，你可不参与意见。眼下可是我的事，如何办？还望能给我出个主意。"

"我已身在局外，怕的是不能明察其变，只是周围能进言之人甚多，你可曾问询过他们？"来远之语，半是推脱，半是实话。

"兄弟何曾不知？身边之人大都夸夸其谈些空洞的理论，斤斤计较于各人之得失，哪有兄弟这样如站泰山之巅、一望千里之远，你都不给出主意，那些人怕更是无啥好主意可出了。"这道尹不愧为官场老手，需要之时，好话还是一筐一筐送上，拿来远当上级来捧了。

"老同学，可别给我戴高帽。事已至此，那侯长贵已经坐大，只能静观其变。"来远受不了道尹的吹捧，事到如今，也无更好办法，只好这么说道。

"那袁世凯昨天又去天坛祭天了，据说元旦要昭告天下改变国体，怕是等不及别人变，我先被变了。"能混到道尹位置，可不是一般人，肚子里能藏住事情，也不是没考虑过静观其变，但他觉得目前情形紧急，自己的位置岌岌可危，确实无法静下心来等待。

"但目前局势并不太明朗，不会贸然做大的改变。假若姓侯的急于上位，想必也会给你个合适的去处，毕竟你是总理衙门派下来的。总之，他们不会弃之不顾！"来远别无他法，只能这样安慰着王道尹。

王道尹满脸愁容，郁积在心头的愁绪无处发泄，刚要开口说什么，突然听到"哪哪哪"敲门声响起。姜来远忙起身去开门，就见一差人模样的人站在门外。

姜来远警惕地问："何事？请问找何人？"

"道尹大人是不是在这里？北京来的紧急电报，须让道尹大人亲自过目。"这差人满脸焦急地说着，颠了颠手中盖着火漆印的大信封。

里屋的王道尹正支棱着耳朵听，看是否能听到些秘密。但听说是北京来电报找自己，心中大惊，自己刚来这不久，那电报就尾随而至，想必是极为要紧之事。他"噌"的一下子站了起来，急步走出房间，接过那差人递过的信封，匆匆忙忙打开，就看上面写着：观礼团成员涉嫌谋杀大总统，全体成员已被捕收监等候发落，青胶莱道要严抓同党，以防同伙外逃。

看到这些，那王道尹如同当头挨了一棒，顿时骇得魂飞魄散。

第十八章

势去尘埃已落定　东风渐起又一春

1

当侯长贵得知自己被定为去京参加袁大总统的祭天典礼，特别还是烟台观礼团团长的时候，心里那个高兴劲就不用提了，简直比当年上了苏三佳时还激动。晚上，侯长贵睡不着，在床上辗转反侧，把烟台地面上的人踅摸了一遍，想想“戊戌变法”后光绪帝被囚禁于瀛台，庚子事变后虽稍有露面，但该少有人见过其真容，宣统皇帝怎么说也是个小孩子，徒有皇帝之名、并无皇帝之实，可以说近十五年来，烟台地面上似无人能见过皇帝龙颜，而自己这次去北京，可是要面见皇上哪！回来后身价肯定非今日之所比，到那时，什么王守业、什么姜来远，这些小字辈们，可别在我面前吆五喝六的，都一个个躲得远远的才是。他为北京之行置办了崭新的俄罗斯裘皮大衣，从财政上支取了五千大洋的旅费，只送行的宴席就摆了六七次，收到的礼品礼金折合起来，不下万八千块；四名随从人员中，只有一人是胶莱道安排的典礼官，其余三个都是侯长贵家里人，这引起了很多人的不满：这是胶莱道的大事，怎么办成了侯家赴京的观礼团了。此时，侯长贵已目中无人，眼里也不需要有其他人，狮子大开口一般，让道府衙门支了五千大洋的银票，道尹心疼得直龇牙。港口码头锣鼓喧天的送行场面，不亚于当年迎接孙先生之盛况。当他踱进豪华客舱坐定后，那盛管家笑嘻嘻地进来说："真可惜我们这是走，按礼节没法放礼炮，回来时估摸着该放礼炮迎接您了。"

"回来时，看看这些家伙懂不懂礼节。你可要记着，哪一天我若在烟台说了算，这迎来送往之事，你可要做得更体面一些。"侯长贵在和盛交代着做了道尹后的打算。

"这个您放心，假设我安排今天的场面，怎么也要放几百袁大头的鞭炮，这小家子气，不像话。"盛管家说着，好像做了胶莱道的典礼官。

"这次到北京可多长眼，把钱花在该花的地方，弄好了也保你个七品，关键时候可别掉链子。嘱咐他们几个也要瞪起眼珠子来，千万别出啥岔子。那个刘大发怎么样？可别让他乱跑。"侯长贵千叮咛万嘱咐，期望能把事情办理得顺顺利利漂漂亮亮，不出什么岔子。

"您放心好了，刘大发一看就是老实本分的主儿，一直在钱庄跑腿，没得问题。"盛管家看侯长贵老在问刘大发的情况，心里有些发虚，收了人家的那两根金条，心里感觉侯长贵好像看见了一样。

"九年前那次去北京，可是我孤身一人。那时候难啊！"侯长贵感慨的话没说完，那眼泪差点掉了下来。

盛管家看勾起了东家的伤心事，忙不迭说道："东家，那次是我不好，办事不力，连累了您。"

"哪里话，是我自己的事儿，和你没关系。只怪我当时心太善了。后来想想，那是人家的事情，咱去掺和干吗？事情过去后，人家该叫娘的还叫娘，该叫爹的还叫爹。怎么弄，咱都是外人哪！不该，真不该！"侯长贵对当年的所作所为，颇为后悔，认为自己太年轻，被别人当枪使了。

"东家，都过去了，过去了，俗话说'塞翁失马，焉知非福'，您若不去北京，也不会认识孙大人，是不是？"盛管家说的倒是实话，安慰着侯长贵。

"知我者，非兄弟你莫属也。"侯长贵摆弄着手中的羊脂玉，满心欢喜地说着。

2

一行五人到了天津，弃船上岸赶火车到了北京，前门车站有总统府秘书处特设的接待站，专门接待全国各地来参加大总统祭天、登基、新年号使用典礼的宾客。他们径直被拉到了饭店，办理好入住手续后，侯长贵给孙合成挂了电话想尽快见一面，那孙合成立刻应允，说了晚上就在这饭店安排请客。

这是接待贵宾的饭店，山珍海味应有尽有，面对这盛大场面，孙合成意气风发地说："在座的都是自己人，既然是一家人、就不说两家话。过了冬至，祭了天，元旦后将执行新的年号，这可是中华帝国的一大盛事。到那时候，这天下可真就是袁家的天下了，尽管把心放到肚子里去就是了。"听这话，元旦过后当皇帝说了算的，好像不是那袁世凯，而是这孙合成。

侯长贵一听，心中觉得十分好笑。别人要做皇帝，我有什么担心的？好像袁世凯当不上皇帝，我的日子没法过了似的。我担心的是你小子许诺的事，还算不算数？侯长贵眨巴眨巴眼，狡黠地说："有兄弟在，我没什么好担心的。但愿'洪宪'皇帝顺利登基，我也好带点好消息回烟台，大家伙都瞪着眼睛盼着呢！"侯长贵做买卖出身，讨价还价是他的老本行，这官要得不显山、不露水，让孙合成感觉无法拒绝。

孙合成虽不学无术，但毕竟在京城混了十多年了，从话音里听出侯长贵心里着急。他知道，这几个月来，侯长贵在烟台那边给他使了劲，也是到了该回报人家之时了。但大总统自己面都见不上，虽说袁大公子已拟定为太子，可这官职的事半句话也说不上，想来很挠头，刚才含含糊糊地和他说了那些本想要稳住他，但见他又追问，便说道："赶明儿快去总统府把带来的礼品献上，若有机会，争取和大总统见个面，以后也好安排。"

听了孙合成缺头少尾的话，侯长贵心里虽有些发凉，却还抱着一线希望。孙合成仿佛猜中了他的内心，便频频主动举杯喝酒，弄得这陪客的侯长贵不得不拼命喝，不一会儿就主宾颠倒了。侯长贵心里郁闷，孙合成也高兴不起来，几个人一直喝到很晚，每人一斤多二锅头下去，便觉天旋地转头晕脑涨。好歹挨到把客人送走，侯长贵便被架到床上，这几个怕他挨冻，又为其盖好棉被，方才撤了出来。

3

"要把大印看好了，这次北京之行收获太大了，不但目睹了龙颜，连道台的委任状都带回来了，没想到这么顺利，没想到。你说，那王道尹会做何感想？"

侯长贵在那豪华客舱里眯着眼。

“侯大人尽管放心，委任状、大印一件都少不了，那‘洪宪’皇帝啥模样？可要说道说道。”耳边盛管家飘来飘去的声音如同那温热的熨斗，直贴乎得侯长贵心里软酥酥，润贴得很。

“可惜隔着远，没看太清，再说见了皇上那可要跪着，这是规矩，懂不懂？嗯，是不是要靠岸了？好像听远处有人喊叫的响声了。”侯长贵听着盛管家问圣上龙颜的情况，真后悔当时没偷着抬起头看看，这让人一问还真说不出。

“都看到烟台山的白灯塔了，估摸时辰差不多了。大人，我们是等着他们来接，还是？”盛管家问着。

“当年孙中山先生莅临烟台是当地名流到船舰上拜访的，按说他们接到新官到任的通知，来迎接是肯定的，若他们懂事，该来船舱里接。”侯长贵正说着，感觉那船晃了几晃，停了下来，看来是靠岸上了。

盛管家看那侯道台躺着不起来，只好收拾着其他的东西。这时，就听到砰、砰、砰剧烈的敲门声。侯长贵心中很是不快：哪来的野小子，敲道台的门竟然如此大声。想着便大声叱道：“老盛，什么人敲门？这么不懂礼节。”

那盛管家没回音，侯长贵睁开眼看时，就听那门“哐当”一下子被撞开，伴随着“别动、别动”的吆喝声，几个人稀里哗啦拥了进来，有人吆喝着：“别动！别动！”

侯长贵猛然间从床上坐起，几个人立马扑了上去把他死死按住，嘴里吆喝着：“你可是侯长贵？”

侯长贵见浑身动弹不得，嘴里吆喝道：“我可是朝廷命官，怎么？你们想造反吗？”

“朝廷命官？给我捆起来！”有人吆喝着。

这时，侯长贵顿了顿神，瞧了瞧四周，直惊得魂飞魄散。原来，刚才在船上盘算着任职，是假的，原来是做梦；自己还在北京的宾馆里，被人捆了，倒是真的。不过，这侯长贵毕竟见过世面，想着自己一没有造反，二没有做什么杀人越货之事，还有孙大人给保着，心里并未太慌张，说道：“想必是误会，误会了，快快松绑。我是烟台派来，参加袁大皇帝登基观礼团的。”

“袁大皇帝登基烟台观礼团，看来没抓错，抓的就是你们，捆结实了，带走！”一个头目样的人吆喝着，带领人搜查房间的角角落落，把东西装进一个大口袋，不容分辩，连鞋子都没给他穿，便赤脚被推推搡搡出了房间。这侯长贵可遭罪了，冬至了，也是北京最冷的时节，宾馆的地面虽凉，却还能忍受。大街上冻裂的地面能伸进大拇指，侯长贵的脚踩在上面，感觉如同刀割一般疼痛，等被推到车上时，那脚底板已经感受不到冷，都麻木了。

“冤枉、冤枉啊！你们凭啥抓我？”侯长贵正扯着嗓子喊，见两个亲戚也被押了出来。那头目见他扯着喉咙乱嚷乱叫，大声喝道：“冤枉不冤枉不是我们说了算，要到警察局去说，再吆喝就掌嘴了。”此话一出，吓得侯长贵不敢再吱声儿。

侯长贵一行人被推推搡搡拉上了汽车，带到警察局分别被关了起来，接着就被审问。问得侯长贵如同坠入云里雾里不知所以然，挨了几个大耳刮子之后，直到中午，他才听明白了事情的缘由。

4

清晨，天刚蒙蒙亮，也就是在侯长贵醉酒后梦乡里坐船到长岛时，那盛管家刚打开房门，就见刘大发站在门口难为地转来转去，盛管家问：“大清早在转悠啥？”

刘大发说：“侯局长刚才说昨夜里喝多了，去总统府上礼之事去不了了，但又不好推迟。今儿个是个最合适的日子，让我告诉您，要您替他去。”

盛管家听刘大发这么说，心中好生诧异，按说侯局长有事会直接告诉自己，让刘大发传话，看来是真喝多了。也好，趁此机会自己也做一回主角。想到这，盛管家便说：“好吧，临行前侯局长说过，到北京要随机应变，不能把大事耽误了。”说完，他便回房间取了那名贵的“莱州双龙玉璧”，给孙合成挂了电话约好在总统府门口集合，两人便坐了人事车赶往大总统府。

刘大发提着箱子和侯长贵坐上人事车，急急忙忙赶到袁家大门口时，那孙合成早在门前台阶候着了。门人接过胶莱道介绍信，又见大总统儿媳妇的哥哥亲自迎接，只是做了简单的搜身，掀开那礼品盖子看了看便把他们放了进去。

领班在最前面带着，孙合成跟在后面，盛管家亦步亦趋，刘大发走在最后面。过了好几道门厅，进了候客厅，早有不少人在等候召见。孙合成、盛管家交谈之际，忽然外面喧哗声四起，四处是奔跑的士兵，孙合成和盛管家他们都被看管起来，原来是有人要刺杀袁大皇帝。

所有进入袁家的人都被带进警察局，侯长贵与之关联，也被牵连进来。这些护卫气恼异常，在这么重要的节骨眼儿，发生了如此恶劣之事，只好把气撒在侯长贵他们头上，那耳刮子比鞋底还结实，扇在脸上啪啪直响。侯长贵冤枉声如同被宰的年猪一般嗷嗷乱叫，直到肚子上挨了几记老拳被打得背过气去，才算消停下来。在这里，没人听你是否冤枉。五个人作为同谋，均签字画押被关入大牢。待缓过神来，侯长贵大骂道："哪个王八羔子在后面使坏，回烟台后我扒了他的皮！"吆喝归吆喝，关进了天牢的侯长贵，活着出来都是万难，回烟台的话就远了去了。

等拿了刘大发的口供，烟台这边来了人做了对证，孙合成也亲自保证侯长贵不可能是主导人员，那图谋暗杀皇帝的企图落实清楚，已是春节后了。对调查结果，警察厅不敢擅自做主确定，法院也不敢自拿主意宣判，大总统忙，顾不上这些杂事儿，他们便在里面好好地待着了。

5

侯长贵他们在监狱里，失去了以前并不珍惜的自由。"海"里的"洪宪"皇帝也是如坐针毡、坐困愁城：没做皇帝时尚能够号令天下，这做了皇帝，反而天下的大半督军宣布自治，对北京的号令置若罔闻了。洪宪皇帝后悔得肠子都青了，当警察局把所谓的暗杀调查结果上报之后，袁世凯想着自己若杀了这些人，岂不是连大清的摄政王载沣也不如了吗？但若是把他们全部放了，岂不是说明自己该杀？放也不是，判也不是，犹豫之际，皇帝开恩，便吩咐："先关一段时间再说。"

"都关一段时间？还是只关主犯？其他人怎么办？"

"无关人员先放了吧！"

侯长贵可真命大，没死。不过，梦想着烟台码头上锣鼓喧天欢迎他的场面不见了，胶莱道府尹的任命书也不见了，想好的接风宴席上的发言词无处用了，特意到北京最好的照相馆找最好的师傅拍的照片，以备上任胶莱道府尹在报纸上用，也用不上了。没想到，真的没想到，侯长贵没想到失败得如此彻底，如此干净。他灰溜溜回了烟台，躲进了家里，谁也不愿意见。

6

侯长贵不与自个儿见面，王道尹才懒得去理。想想去年，他在自己眼前晃来晃去的得意劲儿，不明白北京怎么会把他给放出来。幸亏那刘大发是他自己挑选的人，也给了自己脱身的机会，道尹心中暗自庆幸。不久，听说北京那边已经把“洪宪”年号废除了，本来，道尹想追查他为何出了这么大的问题，又想北京都没管那么多，自己何必操心？现在，他也翻不起什么风浪，这样不动不惊地把他晾在一边，也不失为一个好办法。

“袁世凯死了、袁大皇帝驾崩了。”当下人把登有这消息的报纸送给侯长贵时，他立刻从床上一跃而起，急切地接过报纸。

侯长贵一扫多日的忧郁，笑意从皮肉里暗暗涌了出来，说道：“看来又到了我侯某人出头之日了。来，准备车辆，道尹在哪里？我要去会会他。”

当侯长贵不顾别人劝阻，径直来到道尹办公室时，见姜来远也在，瞬时一愣，但很快便恢复了常态，大声说道：“道尹，袁世凯死了，下一步咱咋办？”

“侯局长，来、来、来，坐下说。”王道尹热情地打着招呼，热情的程度超出了侯长贵的想象。道尹的厉害之处就在此，虽侯长贵落难了，他依旧对其和颜悦色地说话。不过，道尹万万没想到侯长贵这么不经事儿，这节骨眼上，怎能说出如此糊涂之言。说实话，这么长时间一直没动你，就是因为有个袁世凯；袁氏死了，你的靠山就没了，你怎么还咋咋呼呼不知深浅呢？

“我可吃了他的大亏了。姓袁的死了，我可解脱了。”侯长贵一边说着，一屁股在来远身边坐下来。按说，这人舌头都是肉长的，可在姓侯的嘴里，那舌头简直比那铁扇公主的芭蕉扇还厉害，要风得风，要雨得雨。

“呵呵，呵呵呵呵，真是这样吗？”王道尹的几个呵呵，一半是轻蔑、一半是不屑，给他个软钉子，话语里根本没拿姓侯的当回事儿。侯长贵见姜来远坐在那里没动的意思，道尹的和颜悦色是装的，知道自己也讨不到啥便宜，便支吾了两声，告辞走了。

7

见侯长贵走了，王道尹给来远倒上茶，恢复了正常的神态，问：“来远，这黎大总统上位，对你而言可是个千载难逢的好机会，是不是该去走动走动？若花钱，我给你出。”

姜来远惊异于王道尹的直白，疑惑地问：“黎元洪？他不认识我，我也不认识他，与其从未谋过面，如何能走得动？”

“兄弟别瞒我了，谁不知道谢葆璋谢督学和黎元洪是北洋水师学堂的同学，两人莫逆之交，当年黎担任副总统时风光无限，又是袁世凯的儿女亲家，每日门庭若市，可谢督学从来不去，黎元洪邀请他，他也未曾拜访过。而后来黎反对袁世凯称帝被囚禁于瀛台之时，谢督学不顾别人的冷眼旁观常去探望，这冷灶烧得好哇！”

王道尹的话好几层意思，一来表明他对京城上层之事了如指掌，二来对黎元洪大总统与人的亲疏远近都摸得门儿清，能从谢葆璋这边捋到姜来远这里，看来是下了功夫。来远闻之大为震惊，问：“那又怎么样？现在黎元洪当了总统，谢督学怕是又要远离他了，他自己的事他都不办，能为我说项？”

“嘿嘿，兄弟，可真会装！北京那边都给我传信了，既然谢督学和黎大总统是同学，谢督学和令尊是同学，那黎元洪大总统和令尊肯定也相识了。若让谢督学为你牵线，相信他不会推辞。”王道尹的话一出口，来远很是惊异，难道这世上还真有“顺风耳”？这“包打听”真是无孔不入，都过去多少年了，自己对这些一无所知，其他人还丝是丝、棉是棉，给捋得条理分明。

“谢督学都不从他那里谋事，我怎肯让他去受此为难？再说，我都与兄说过，政府的事我做不来，能做好这银行之事就可以了。”来远怎知道这些官场上的人，对身边每个人的关系摸得如此清楚。

听姜来远这么说，王道尹欲言又止。本来，他是想通过来远这条线接上大总统，没承想，姜来远一点也没有这方面的意思。既然他自己的事情都不那样想，给别人做事儿，怕是更不可能，便不好再说什么。

8

袁大总统的皇帝梦没做成反而命葬黄泉，但继任者黎元洪、徐世昌等人还是很重情，按国葬的规格将其葬于河南。一切尘埃落定之后，黎大总统便按照自己的路子开始进行调整，虽然他想着稳定，不想做大的调整，但终究还会有个远近厚薄，仅仅对自己非安排不行的人稍稍做了调整，对大部分人还是按兵不动。可树欲静而风不止，有人按捺不住，认为兴风作浪的时机到了。

“东家，这王道尹在，怕你难有出头之日，何不借机将其掀翻在地，说不定能弄个更好的位置干干。”盛管家在家里和这侯长贵商量着。

“这两年，倒没找出他的什么把柄，别偷鸡不成反蚀把米，得不偿失。”最近，侯长贵异常郁闷。虽说自己局长的帽子没有被撤，却让副职拿了权柄，和赋闲差不多，特别是被王道尹抢白了一顿，心中有些不大痛快。

“毛病，只要找还是能找出来的。”盛管家有些笑眯眯地说着。侯长贵知道，这家伙和自个儿这么说话时，心里已经有谱，便表现出得意的神情，急切地问：“看出啥光景来了，说说看。”

“别的不说，姜来远作为这福东银行的东家，就是王道尹一手操办的，他俩又是同学，若从这里下手，可是一箭双雕。”盛管家眯着眼睛，有些阴阴地说道。

“不过，福东银行经营陷入困境，怎么处理是官府商量出来的意见，当时那姓姜的也不愿意接手，这都是有记录的，上面若不采纳怎么办？还有，若深追究，可别追到我的头上才是。”侯长贵有些担忧地说道。

“呵呵，东家，这你就不用担心了。正是因为王道尹和姜来远是同学，这才更有杀伤力。怕是没人会再深追究，况且，说不定这信会落到道尹手上，有那个事在，道尹想谁也不会想到你头上。”盛说着。

“嗯，反正我这样了，弄一把或许能咸鱼翻身；不弄，怕就是这样了。你去好好写，这控诉信不仅要写给济南督军，还要写给北京的总统府、总理府、监察室，再发到北京、天津、上海的报社，造造舆论。”侯长贵老实了几天，又开始了颐指气使的模样。

9

道尹听说有人往上级写信告他，茫然不知所措之际，还没等到辩解的机会，新换的山东督军便借此机会一纸调令将其调离烟台，到济南担任了水利厅长。新上任的道尹第一件事就是拿这事说事，派人入驻“福东银行”查封了他们的账务，隔离了来远及相关人员。经过半个多月的核查，认定了原来银行的处理不当，政府拨款一万元退还给了姜来远，算是他入股的钱，将其扫地出门。听到这个消息，侯长贵欣喜若狂，可没高兴几天，新的道尹一纸调令将其调离财政局，理由是他侄子是“福东银行”混乱的罪魁祸首，侯长贵有着不可推卸的责任。

姜来远将收到的一万块钱退股金，还给了同学六千块，手里只存有四千块。这从南京回来一年，转了一圈，又回到了三年前无所事事的状态。平日里忙忙活活感到疲乏，这什么事也没有了，心里一下子空了下来。这安静的日子，倒让他有时间去想想自己的未来，自己最适合干啥？不适合干啥？同时自己希望干啥？在哪里干？看来，自己不适合做官，因为自己撒不得谎。孩子都三个了，到离家太远的地方去，干什么呢？近十年来，自己干过钱庄、银行，闹过革命，参加过政府，考察过铁路，算下来干得最多最顺手的，还是银行，加起来已有七年。干得最轻松的也是银行，既站过柜台、也跑过街，处理过员工涉及的高利贷，也去南京参加过新分行筹备，也处理过濒临破产的银行。如果继续干银行，还有啥难事？干啥也没有干这个熟悉。嗯，还是干银行。打定这个主意，如何干？去给别人当掌柜？怕是很难。自己都当过东家，算是被扫地出门，一般人也不敢用自个儿。再收个破落钱庄？若无政府支持，怕是不知里面水有多深。再说，哪有那么多破落银行钱庄等着你？与其死等，倒不如另起炉灶。

姜来远这正在家里想着干什么，如何干之时，福东银行的王东方找上门来。寒暄之后，两人便说起下一步干什么的问题。这王东方也是黄县人，和来远在“福东银行”相处一年多的时间里，是很聊得来的。

“姜哥，给他们干，永远干不成大事，咱们自己干，我听你的。”在这事上，王东方毫不含糊。

“如何干？你说说看。”来远知道，开弓没有回头箭，如果自己干，怕是没有回头路，几个志同道合的兄弟，是不可缺的。说是一回事，干又是另一回事，嘎伙记的买卖难做，没有个共同的出发点，事情不仅仅是不好做，简直是没法做。这，也是他十年来的第一个认识。

“独木难支。一个人的力量还是太小；人多了坏事，遇事情会久议不决，最好咱两个，最多再加一个人，我这有五千块钱的本儿，少确实是少了，不过，慢慢来，我一切听你的。”王东方表现得非常低姿态。

“你打算干多久？三年五载？还是十年八年？还是一辈子？我只有三千块钱的资本，借一下最多能凑五千，你认为股份如何划分更合适？”来远问了他一连串的问题。

“如能和哥哥合伙，这辈子我啥也不干了。若能凑一万的股本金，我占三分之一，你占三分之一，另外三分之一算你的干股。中间我若退股，任由哥哥处置。”王东方表现出了无比的诚意。

“若这样，你会很吃亏。”来远没想到，他会提出这样的方案。

“虽与哥哥共事仅仅一年，但我耳朵里可灌了不少，和哥哥一块谋事，我放心、愿意。”王东方的话斩钉截铁，表现了自己的坚定信心。

“其他三分之一从社会募集吧。不够的我添。我干董事长，你干行长。”姜来远想着既然做事情了，便不再客气。

10

开银行就是干好手底下的活，挣将来的钱。其实，对将来如何运营的方案，来远早已了然于胸，一万块钱本钱，即使开个钱庄也不算大，开个银行怕是会被人笑掉大牙。但既然事情已定好了，脸皮就不能薄了，脸皮就要厚，就得按照原来商量好的方案执行下去。

事情看着好像很简单，但真正运转起来可没那么简单。凑够了钱，第一个争议就是选址、房子问题。“哥，弄那么小个门面，不像开银行的，倒像是个包子铺。”王东方的话有一定的道理。

“高堂华宅，非为经营之首要任务。选的铺面是小了些，咱一开始该把钱用在刀刃上，若是租个大铺面，岂不是还没赚钱，就先把大把的租金交给房东了？若是买个大铺面，就这些本金可不都成了死钱？还有，咱是小银行，不要大铺面，不要让老百姓觉得银行高高在上、高不可攀的样子。只有这样，人家才拿咱当朋友。”姜来远说着如此做的理由。

“好好，听哥哥的。”王东方笑着说。

房子买好了，如何装修又是个大问题，王东方说：“银行装修大气了，才显出银行的实力，才会有人来存款。”

“银行业务无非就是存款、放款、汇兑三大块业务。会揽存的不如放款、放款不如汇兑，放出去的钱都一样值钱，存款我们要吸收，贷款更要好好放，更重要的是要做好汇兑。山不厌高，水不厌深，绳锯木断，水滴石穿，咱们可是小本的银行，不可能一口吃成胖子。不少人看银行高大的门楼都有些害怕，我们要简朴才能和民众拉近距离。”来远说着自己的想法，无非就是做平民的银行、老百姓的银行，就连那员工，大都是这么要求，不仅仅要求精干，还要态度和蔼，面相如凶神恶煞般的一概不要。同时制定了“十要十不要”的戒律，并要求员工从基层做起，任何员工有抽大烟、嫖宿、赌博行为，一经发现，立即开除，并登报公布，要求对待客户真诚，不论老少穷富，一视同仁。两人商定了任何股本不能抵押转让，除非另一方同意，最后确定了久裕银行的名字，一切准备就绪，择了个良辰吉日，便开业了。

本来，王东方想着开业仪式要大张旗鼓，但来远只要放一挂鞭炮，邀请一些亲朋好友到场就可。形式上，也就是一个粮栈、面馆，或者小饭庄开业的样子。对此，来远也和大家做了解释：“咱这是长久的买卖，一战成名没用，没必要图一时的场面和痛快。省下钱来做事，才好。”

11

接连几天的辛苦，忙完了四周亲朋好友的开户、存款，来远便和跑业务的一道，在烟台地面上下了密耙子。虽然辛苦，但大家都干劲十足，每天都回来开会总结，说着跑街中存在的问题。这天，来远回来得早一些，大门口迎面与伙计小刘撞了个满怀，他嘴里还喊着：“住下，住下！”

小刘见是董事长，但仍焦急地朝外看着，看了看没看到人，有些不好意思地说道：“董事长，不好意思。”

“嗯，找人呢？”来远既不好说他莽撞，也不好说他别的，只好用这话来搪塞。

“刚才有个中年人存了两块钱，留了个字条，说要赶船。”小刘看了看东家，又看了看手中的字条。

“送哪里？你答应了吗？”来远见有如此奇怪的事，便往深里问。

“还有这样的人，这人也真怪。这好几天，每日里上午来存一块，下午又来取一块，我们虽然觉得怪，但也不好怪他，竟然混熟了。刚才他取出了上午存的那一块，又顺手给了我一块，谁承想他是托我们送钱，敢情是拿我们当寄售行了。”小刘说了这个过程，话语里有些气恼。

听了这话，来远心里也觉得挺怪异。这人是捣乱的？还是另有所图？捣乱不怕，自己在这烟台地面混了也十多年了，谁怕谁？但此人这么做，肯定有他的缘由。也许，有啥难事？想到这，来远找到小刘，对他说："看来这人是有什么难言之隐。这样，明天你别在柜台了，辛苦一趟。两块钱虽办不了什么大事，但对有些人来说，却能抓一服救命的药，或者是一辈子的恩情。人家都找上门来了，是信得过咱们。"

"东家，这来来回回一天，咱又不欠他的，再说，我们也没答应他。"小刘说的倒是实话。

"事儿是那么个事儿，但咱不能那么干。咱这开的是银行，咱的行训是'真诚'，勿以恶小而为之，勿以善小而不为。让咱办事是信得过咱，他怎么不托街头上卖菜的办这事儿？"来远耐心地和小刘解释着。

听了来远的话，小刘有些过意不去，脸竟然有些红了起来，有些不好意思地说道："东家，赶明儿我一早就去，一定把这事办好。"

12

事情想着不难，做起来可不容易。

本来想着也就是跑趟腿的事儿吗？没承想，麻烦得很。

第二天一早天蒙蒙亮，小刘就早早吃了饭，兜里装好了昨日客官留下的两块钱，自己还带了一块多钱的路费，穿街走巷出了芝罘区，绕过山、跨过河，走过好大一片平整的地，直到大半晌午，问了好几个人，才在旮旮旯旯里找到了那个叫东山的小旅店。看到里面掌柜的，小刘掏出字条问："掌柜的，我来拜访个客人，不知能否通知一声。"说着，把字条递给掌柜的。

"他吗？昨日他退房了，说半个月后他还会回来；不过他临走前留了个字条，您看看。"说着，从柜台下面夹子里取出了一张字条，递给了小刘。

小刘接过来一看，俺那娘啊！这人说他去牟平。这家伙气人不？在哪里不行？单单在牟平！你若在济南、在青岛，俺肯定不去了，就是东家估计也不让俺去。你若在烟台的某个地方，那也好，毕竟顺路，再苦再累再麻烦俺也会给你送到。可你这在牟平，从福山到那可是七十多里，就是抄近道也要六十多里。若是现在往那里赶，怕是快黑天才到，往烟台赶还要走夜路，黑灯瞎火的，遇到土匪劫道也不是不可能。虽然没啥钱，可土匪不知道自己没钱啊！住宿还要花钱。不过，到了牟平，若是去表姐家住下，赶明儿一早回烟台，也能说得过去。要是自己现在回烟台，明天一早再去牟平，怕是又要满满一整天，见了东家还要费口舌，万一明早那人再留个字条去了其他地方，自个儿咋办？要去还是今天去，抓紧把这事办完，以后就不用再操这个心了。

想到这，小刘摸了摸左口袋里的三块银圆，两块是客商的、一块是自个儿的，都在；又摸了摸右口袋的三毛钱，也在。嗯，到了牟平，给大姑家表姐买点东西去看看，留个宿，她肯定伺候顿好吃的。嗯，不错，这办了公事，顺便也走个亲戚，也不冤枉跑一趟。小刘一路上边想边走，没带啥东西，一个大老爷们，身子骨轻便，看着平整的地就抄斜路走近道过去，小河沟子一步就跨过去了，小树林也没啥害怕的。挨到太阳偏西，小刘确实饿了，将那两个饼子下了肚，喝了河沟里的凉水，正好打打内心的火气。这一路，小刘不像是走，简直是小跑，太阳还老高就赶到了牟平城。两年前，他来过一回，但还是不熟，东打听、西问问，问了好几个人，才找到了这涌来客栈，把字条递给柜台上。柜上瞅了瞅，撂了句："客人中午出去了。"

"什么时间回来？"

"不知道。"掌柜的说完，就忙别的去了。

小刘心中那个气就不用说了，自己连蹦带跳地急着赶回来，就是怕客人不在，要知这样这么急干吗？太阳还老高呢！本想着把事情办完，去表姐家还能赶上晚饭，这走了也不好，回烟台更是不可能。可这也快黑天了，累就不用说了，中午塞进肚子里的那两个玉米饼子，早在路上蹀躞没了，路上心里急，没觉得太饿，这一停下来，身子骨一乏，饿劲就上来了；不仅饿，还渴。嗯，先吃点东西，等人不怕，怕的是没个点儿，若等到黑天，表姐家吃了饭，自己也不好让人家再做，还是要自己找地方吃。眼下，这肚子饿得咕噜噜叫个不停，不能干耗着，再说，没个点儿也耗不住。得，还是自己先去弄点吃的，把肚子哄妥帖了再说。

"掌柜的，我先吃点饭去，若是客官回来，您和他打个招呼，我一会儿就回来。"小刘和掌柜的说好，便出了店门口，左右看了一下，见右侧不远处大烟大火，挂着包子的幌子，该是卖包子的。小刘满口生津地走过去，可不是嘛！还老远，那刚打扇的包子的香气就飘过来，直往鼻子里钻。问过，三分钱一个，贵，确实贵。不过，这皮薄面软肉多汁香牟平大蒸包，不只是看着好吃，吃起来应该比看着更好吃，不然怎么会和天津的狗不理灌汤包、上海的城隍庙小笼包并列三大名包呢？其余的两种，吃正宗的可要去天津、上海，那车票、船票也够吃半月包子的，不划算，不是这跑街的小刘能想的。吃这正宗的牟平大蒸包可不用路费，就在眼前呢！不过，奶奶的，贵就贵吧！今天不过了。这跑了一天路，那鞋底都磨了两个包子钱去，不能亏了自己的肚子。想着，小刘从右边那口袋里摸出两角钱，吆喝道："老板，来六个包子，一碗海鲜粥。"嗯，正好，他这稀里呼噜不多久，两角钱进肚子里了。

吃了六个大包子，还有一碗虾皮鸡蛋海菜汤，肚子里妥帖了，隔着口袋捏捏那三块钱还在，站起来抻了抻胳膊、捏了捏有些发酸的腿。嗯，找到那人把钱给了，留个字据，今天这事儿就完了。他一边想着，一边往客栈门口走去。不知是走了近百里路累了还是怎么着，进门口时竟然与人撞在了一起，两个人都差点摔到，幸亏对方一把拉住他，好歹没把边上的花瓶给砸倒。小刘连忙喊："对不住，对不住。"

对方有些压抑住气愤，瞪了一眼，看他说了对不起，也只好说："要当心才是。"这时，柜上的人朝着他喊道："小伙子，你刚才找的人回房间了。"

"好嘞。"小刘应答着，见刚撞了的那人并没和自己计较，出门往东去了，回过头来对柜上又说了句："多谢了。"便朝字条上记载的那个房间走去。

13

小刘敲了几下，门被打开，门里站着的是一个中年人，也就约莫四十来岁，穿着倒不错，像个买卖人，看到小刘，有些吃惊道："请问阁下？"

"你是朱先生吗？"小刘没说自己是谁，倒问起他来。

"正是，请问你是？"这人继续问道。

"我是受人之托找您，原来字条留的地址是福山。今上午我到了那里，可那边留了这个地址，现刚赶过来。"小刘把今天的曲折过程，前前后后说了一遍。

"正是，这地址正是我留的，请问你是？"显然，中年人对小刘的到来没有一点准备。

"我是受人之托来送钱，你认识董先生吗？"小刘并不告诉对方是谁。

"认识，那钱，三块两块的还值得送吗？也真是的。"这中年人说道。小刘一听，这人口气真大，两块钱可是俺大半个月的工钱，他这还说值得送吗！

“他留了个密码，说你们一直用着的。”小刘提醒道。

“是，密码是19111010。”中年人说道。

“这就对了。不管钱多钱少，受人之托，忠人之事。这样，俺给您钱，您给俺往这字条上签个收到的字，俺就了了这心事。”小刘说着，就把手伸进口袋，脸色瞬间大变。他将左手伸进左口袋，脸色变得更难看了。原来，那三块钱不见了。

活见鬼！小刘大惊，皱着眉头扭头朝外看着，想了想，不对啊！右口袋里装的那三角花了两角，还剩一角，摸一摸，硬硬的还在，单单这要还人家的钱咋不在了呢？吃包子时还压在拐肘子下面，起身往客栈走的时候还摸了的。是口袋漏了？用指头抠抠，没破，短短百十步，怎么就没了呢？他捋了捋吃包子后的每一个细节。对了，刚才进门口时被人撞了，敢情那位是个小偷，看来不是自己撞了他，是他刻意撞了自己，借机把自己口袋里的钱弄走了。想到这儿，小刘一边吆喝：“钱被小偷偷了。”扭头就往大门外跑去，当他穿过门厅蹿到大门外向东张望时，哪还有人影儿。

小刘垂头丧气地回来了，心中懊恼无比。那客商站在门口，有些失望地说：“算了，就是几块钱，权当弟兄们喝了酒吧。我和那人的买卖已停了下来，这两块钱的事儿，你这还跑一趟，既然被偷了，就算了。”

谁承想小刘像发现了什么，脸色缓和了下来，道：“客官，你等着，我有个表姐在这牟平，我去借一下，一会儿就回来。”说着，不容这人答话，转身出了客栈。

14

小刘虽只来过牟平一次，但那一次就是来表姐家，加上牟平城并不大，表姐家又是买卖人，挨街的铺面来一次就能找得到。见小刘这个点来，头上净是汗，满脸焦急，表姐很是惊异，认为家里出了啥大事，忙问：“怎么这个时候来了？有啥急事？”

一听这个，小刘知道来的确实紧张、匆忙，太阳就快落山，家家户户都开始冒烟了，走亲戚一般是上午，没啥大事哪个傍黑天走亲戚？还有，自己本打算买点东西捎着，一不小心，不但没法买东西，还来借钱了。但事已至此，顾不上别的了，小刘忙说道："我来办事，钱被人偷了，看家里能否有钱借了垫上。"

见小刘有些懊恼，又有些着急，他表姐想着这干银行都是和钱打交道，这一丢肯定不少，有些担心地问道："丢了多少？"

"丢了三块，其中两块是客商的，借两块就行。"小刘的话让表姐扑哧一笑，道："我认为多少呢！吓了我一跳，若是几十、几百的，怎赔得起？再说，谁家里没事放那么多钱？你们银行是干啥的？连两块钱也跑这里送？那客商贩鸡毛的？"表姐这一番话，差点把小刘给说乐了，刚才紧张的气息慢慢消了下来。

"客商不是贩鸡毛的，是我们东家贩鸡毛。刚才那客商都说不要了，但受人之托，忠人之事，我哪能那样！"小刘顺着表姐的话，说了自己的真实情况。

"好，你先把这钱送去。今夜别走了，我去买吃的，待会儿和你姐夫好好喝一盅。"说着，回屋里取出来三块钱递给了小刘。

"姐，这事别和我娘说。待年底发了工钱我一定还你。"小刘一边接着钱，一边嘱咐表姐。

15

当来远刚回办公室见会客厅里等着两个客人时，便放下公文包去接待，换过名片寒暄过后，来远见对方是东北茂盛商行的孙董事长、马总经理时，忙客气道："贵公司在烟台可是如雷贯耳，虽久闻大名但一直无缘见面，幸会、幸会。"

那孙董事长道："今日见姜董事长，甚是幸运。请问一下，你认为贵行的那个小刘怎么样？"

一听对方说起小刘，来远的心里咯噔一下子，禁不住一紧，莫不是小刘做错了什么事？但他是柜台上的，能犯多大的事？心里摸不着对方的路数，是说好也不是，不好也不是，便说道："我这银行才开业两个月，小刘还年轻，若有冒犯之处，多担待。"

"上次托他送的那两块钱，他没回来说？"马总经理疑惑地问。

"他回来说了，说那收钱的人从福山去了牟平，本来说当天下午回来，可第二天回来的，收到字条也留了签字，我们都存起来了，别的没说什么。"来远极力回忆着前些时日发生的那件小事情，有些细节记得并不清晰。

“嗯，他没和你说那两块钱来历？”董事长问。

“来历？什么来历？”来远有些迷惑，是不是小刘那钱没送到，人家找上门来了？若这样，事儿可就大了。

“不瞒您说，这事我们做得有些过火，让小刘受委屈了。”董事长说着，顿了顿，抿了口茶。

“到底怎么回事？”来远问着。

“我们为了考察烟台这几家银行的服务，刻意做局试探了一下。他在牟平那两块钱被偷了，为了完成东家您交代的事情，去亲戚家借的钱，这小伙子靠得住。对比下来，服务最好的就是贵行，最实在的是这小刘。下一步，我们打算把烟台的业务全部拿到贵行办理。不过，有一个要求。”董事长说着，故意卖着关子。

“什么要求，说说看。”来远一听这个，不用说一个要求，就是十个要求，只要自己能做得到，也要应下来。

“我们要小刘专门负责我们，如何？”那董事长说道。

“董事长信得过，那没任何问题，将来若搞汇兑，不知费率能多少？”来远问道。

“行情是百分之一点五，我们这一年有三十万的流水，来回轧轧差，汇兑并不多，只要不高于那个数，您看着办，就看您和代理行能谈到什么程度。”总经理补充道。

“我们和中国银行商谈好了，我这边能执行最低百分之一，哪有比我还低的，只要我能不亏本，我就降。如何？”来远毫不迟疑地说道。

“痛快，”董事长说着，“让小刘上来见见？我们还他钱！”

“好，叫小刘上来。”来远走出去招呼着。

16

当小刘被叫到来远办公室时，见东家在与客人交谈，来远在里面向他打招呼，说：“来，小刘里面坐。”

里面的两位客人回过头，顿时让小刘吃了一惊，怎么感觉面熟？想起来了，一位是托自己送钱的，另一位是在牟平收钱的那位。姜来远问：“小刘，那天你送的钱，是哪里来的？”

见事情都捅开了，小刘也不好再隐瞒，只好说道：“去我表姐家里借的。”

“这就是你的不对了。这好歹是两块钱，要是二十，或者二百，你一个人怎么能担得起？就是你的钱真被偷了，也不怪你，大家一起想办法才是。”来远说着，好像有些责怪，又有些表扬的意思了。

“东家，是我不小心。”小刘说着。

“刚才你还没听出来，不是你不小心，是在考验你呢！这不，三块钱给送回来了，这两位是茂盛商行的董事长、总经理，还点名让你以后做他们的跑街、伙计。”来远说着，把这两位介绍给小刘，并把前后的经历说了个清楚。

其实，小刘是一点就透的人，怪不得那事情办得曲折，敢情是对方设的局。这茂盛商行是东北最大的大豆贩子，在牛庄、营口、大连都设有粮栈，在烟台码头也有货仓，想扩大业务，一直没找到中意的银行，故费了这么大的劲来选择，最终久裕银行的服务最贴切，被认可了。

送走了这东北客商，姜来远心情大好，这一个户一年三十万的流水，如果能汇款二十万，自己和中行的汇兑费用对半分，自己也能落个一千块，这伙计们的工资、各种费用就都出来了，心中不高兴是假的。他这正有些小小得意之时，忽然，下人马长水气喘吁吁地跑上来喊道：“东家，不好，日本人，日本人打来了。”

第十九章

草帽大战套中套　黄县借势秒营销

“什么事？如此惊慌？日本人怎么了？”来远见马长水变了脸色，慌乱异常。

“日本……日本人打来了。”马长水惶惶地说道。

“慢慢说，不要慌。”来远安慰着马长水。

从马长水那断断续续的话中听出，原来日本人在海边生事，北京张勋的辫子军进京调停，溥仪皇帝要重新登临大宝。

“他登他的大宝，咱做咱的银行。”来远经历了那么多，并不把这些当事儿了。

姜来远虽没把谁做皇帝当作事儿，但京城的混乱，还是成了谢葆璋全家来烟台的理由。时间能够改变一切，小莹哥已长成大姑娘，为涵、为杰、为楫也长成小伙子了。姜来远见到大家，兴奋异常，笑道：“莹哥，还记得来远哥吗？”

那婉莹已全无七年前的样子，面带羞涩但落落大方地说：“怎能忘记来远哥？我们还一块骑马了呢。”

“多少年没来烟台了？”来远故意问道。

“六年了，不过烟台话可没忘。”婉莹用烟台话说着。

“不过，她烟台话不如我说得好。”一旁的老大为涵冲着来远说。

“为涵、为杰、为楫三个都是在烟台出生的，不过还属婉莹在烟台时间长。”

杨氏在一旁笑着。

“现在姜董的银行干得不错，终于有了自己的事业了。”曾容甫在一旁也赞许着来远。

“多亏各位长辈帮忙。就是局势不太稳定，业务发展老受掣肘。”

“张勋那小子要去调停，调停是假，复辟是真。”曾有些气愤地说着。

“姐，是不是咱回不去北京了？”一旁的为杰还小，并不太懂大人的事，冒失地问道。

“不会的，袁世凯那么厉害都做不了皇帝，别人，更做不了。等天凉快了，我们就回去。”婉莹坚定地说着。

谢家在烟台十多天，来远每每有空都过去探望，自己全家也和他们一起吃饭，相谈甚欢。谢家走后，来远又陷入繁忙的工作中，特别是草帽产业的异动，不得不让他打起十二分的精神。

这烟台的草帽产业发达，二十年前盛宣怀任烟台道台时，对其全力支持，发展到今天这个情形，真的很不容易。但是草帽出口欧洲，利润丰厚，竞争异常激烈，有人动了心，参与草帽收购。姜来远本着只干自己事情的原则，不为所动，反而采取措施，根据大公司的合同给草帽商发放贷款，贷款直接转给农户支付定金，这样就会做到歉收时有钱花，盈时无须奔忙存钱，很快就发展到几千户，村村有大户，使烟台地面上的草帽行业，上了一个新台阶。

日军侵占了德国人统治下的黄县，大批难民涌入烟台来谋生，还好，日军从龙口登陆后，径直往庆东方向去了，看来意向不在烟台，而在青岛的德国军队。各人被这纷扰杂乱的消息弄得晕头转向之时，街面上的日本人多了起来，日本驻烟台领事馆门前也是车水马龙，前去拜访的人员络绎不绝。有人劝来远：“去拜访一下吧，青岛都成了日本人的囊中之物，这烟台是早晚的事。”

“日本人占我港口，侵我土地，杀我百姓，侵我河山，哪有主动拜访之可能？”姜来远不为所动。

姜来远不与日本人合作，不耽误其他人这么做。侯长贵的耳朵长，腿也快，主动上门拜访日本人，并表达了要求合作的意愿。

日本领事馆的铃木说：“眼下日本德国两国交战，未免伤及中国百姓，侯先生如何看待此事？”

没想到，侯长贵大言不惭地说：“如人云‘两国相争，各为其主’，况且中日并无争执，眼下发生的战争是日本、德国两国的事情，与中国并无多大干系。再说，在商言商，这打仗是上面的事情，我们仅仅是商人，我等平民百姓哪管得了这个！”

“看来侯先生是深明大义之人，眼下之烟台，有侯先生如此眼界之人甚少，你我若能合作，何愁事业不发达？”铃木会心地微笑道。嗯，看来只要有厚利，还愁无人来投奔？

“不知铃木先生想从哪些方面合作？”侯长贵巴不得日本人这么问。

“眼下战争形势已经明朗，德国已经失败，欧洲那边大局已定，经过战火的欧洲对物资要求势必极大，原来德国在青岛、烟台的出口业务势必重新洗牌，谁来做？俄国人做不了，丹麦、瑞典人也做不了，能做这业务的，怕是只有我们日本人。这龙口的草帽、粉丝，在欧洲可是抢手货，出口之后获利颇丰。实不相瞒，我们一家公司一直想垄断，可始终有人作梗，难以如愿，现有一天赐良机，你可想把握？”铃木那小眼睛滴溜溜转着，如同大肥猫盯着咸鱼般，看着侯长贵。

这时，侯长贵本想借此把银行做大做强，听说有此等好事，哪肯放过？他忙说道：“只要有利可图，定效犬马之劳。”

铃木缓缓地说道：“实不相瞒，我洋行有大量现金，计划将胶东一带的草帽全部收购下来，且要预定明年的货，预支一成的现金，这样，别人就收不到货了。到时候，我们可垄断整个日本、欧洲市场。”

“那可要多少钱？”听到这个计划，侯长贵惊讶的话，禁不住脱口而出，那脸上肥嘟嘟的肉微微地颤着。他虽不太懂这草帽的行情，但知道草帽在胶东，可是个大事业，若要将其全部收购，是一笔不可想象的大钱。

“这钱的问题，就不用侯先生操心了。大日本帝国打败了德国，仅从青岛那边起获的金银，折合大洋不下千万，如此巨资在银行一周转，拿出几千万不是问题，小小草帽所费，也不过十之有一。想不想发大财，就看侯先生的胆量了。”这铃木在中国经商多年，深谙中国商人的思维方式，这钱、市场都有了，傻子都会和他合作，况且侯长贵可不是傻子，是精明到骨头里的商人。

“好，有铃木先生的信任，我侯某人一定会全心全意合作，成为中日商业合作的典范。”侯长贵长舒了一口气道。

豪华的侯公馆会客厅内，大白天还亮着电灯，屋内金碧辉煌，侯长贵对盛管家说道："这一个月辛苦了。"

听了东家暖心窝子的话，这盛管家也不客气，迫不及待地说："苦累没关系，关键要给东家多赚钱才是。"

"这么想就对了，亏了谁也亏不了你。"侯长贵对盛管家还算放心。

听东家这么说，盛管家深吸了口气，略一犹豫，仿佛有话要说，但又没说出口。看盛管家吞吞吐吐的样子，侯长贵知道他心里有事儿，便问："和我还吞吞吐吐，有啥犹豫的？有事尽管说。"

"那我可说了。东家，这一个月在黄县收了这么多草帽，好歹算是完成了日本人的收购计划，可这价格都涨一成了，好多人还不知是怎么回事儿。若要按照日本人的长期采购计划，等那些编制草帽的回过神来坐等涨价，那草帽价格还不涨到天上去？"盛管家的疑问，话里有话。

"那和咱有啥关系？日本人打钱来咱就收，抽他五厘的成虽然低一些，但他的资金都走咱的银行，多少能落点存款。"侯长贵的账，算得精明。

"按这个做法，里面的道道可不少，咱们何不做一把，这小日本人的钱，不赚白不赚。"盛管家说道。

一听有钱赚，侯长贵心里就毛了，说道："看来你心里有谱了，如何做？快说。"

"这一个月草帽价格上涨一成，咱和日本人定了一年的收购计划，咱可另拨些人囤积草帽，到时候高价卖给日本人，可是净赚哩。"

"话是那么说。万一日本人不要了，砸咱手里，可不就毁了？"侯长贵听盛管家这主意，很是有些丧气。还以为是啥好买卖呢。和日本人谈时，自己就想过此事。但他知道日本人做事奸猾，精于算计，故不敢冒这样的风险。

"日本人在咱这里存了这么多钱，利息这么低，就是专门用作收购草帽的款项，那钱在这里白白放着我们还要支付利息，多可惜，支用一部分收一部分草帽囤积起来，三五个月赚个两三成咱就出手，这可是天赐良机。"

看盛管家把账算得如此清楚，侯长贵皱着眉头沉默了一会儿，说道："若做，你也出钱？"

"那肯定。"

"你能出多少？"

"有多少，我出多少。"

"你能有多少？"

“我没多少，可以借。”

“行，只要你敢做，我就敢做，咱一半一半？如何？”

“那成，咱开银行的借给自己还保险。看我这边让我妹夫的商行出面，你那边找个人盯着，千万不要让日本人发现。”

“你放心，在咱的地面上做事，日本人还要依靠咱不是。”

“把耳朵伸长点，随时关注日本人动向，别被他们抓着小辫子。”

“这你放心好了。”盛信誓旦旦地说。

龙东商行吴经理在和来远诉苦：“这草帽收不到，出口不能耽误，一旦停下来，客户关系就断了，以后就难以续上了。”

来远见吴经理如此愁苦，关心地问：“价格波动怎么会这么大？查明原因了吗？”

“费了好大劲才查明白，是侯长贵手底下那个姓盛的，在安排人高价收购草帽，盛是侯长贵的管家，那资金是从侯的银行里流出来的，货物转运到日本人的商行，看来是那姓侯的代理日本人收购，欧洲的客户来电报说，日本客商在开拓欧洲市场。”吴经理来找姜来远之前，都做好了功课。

话说到这里，来远明白了这草帽市场波动的原因，他想了想，问道：“你想怎么办？”

“不能坐以待毙。这个忙你可要帮我，不仅仅是帮我不被挤垮，保证能够按时归还贷款，还能帮黄县的百姓谋饭吃。”吴经理忧心忡忡地说。

“这个我知道，现在价格暴涨，就意味着以后的价格暴跌，到时候最吃亏的还是老百姓。”来远知道这价格波动的根源和后果，也说出了以后的前景。

“可是不少老百姓不这么想，有些小的中间商见利忘义，没有长远打算。长期这样下去，到价格猛跌的时候，胶东的草帽行业毁了，那日本的草帽行业会更厉害。到时候若那样，咱一点招都没有了。”吴经理说道。

“眼下最主要的是要保住量，但若是按现行价格收上来出口，怕你也赔不起。得想一个长远的办法，稳住货源。”

“我那些合同都是半年的，没法更改价格，若是不控制住收购价格这么拖下去，我等不到明年就垮掉了。”

“想办法把价格稳住，把货源稳住，才能保证你客户的持续性，你看这样行不？咱制订个长期方案。”

“什么方案，你说？”

姜来远一五一十，把如何将长期客户收购量、收购价格给稳定住，并打动客户的优惠措施说了。吴经理恍然道："看来找姜董事长，还真是对了。要不，咱联手做这草帽生意，何愁不赚大钱？"

"那可不行。我可是站在银行的角度对草帽生意提建议，提供资金支持、服务，但不能陷进去。"

"为何？"

"古人云'术业有专攻'。用咱老百姓的话说，人该干吗的干吗，不能啥子都乱干。"

烈日下，东龙商行与久裕银行在联合服务，挨个拜访大户，技术人员在指导着花色、式样。旧的院门和院子，房子也是多年前的老房子，但收拾得格外干净，没了男人的刘氏自己带着三个孩子，生活很是艰难。东龙的人上来指导："嫂子，这以后您只在家里干就行，我们负责上门送料，上门取货，您行动不便，每个帽子五分钱，一个月编一百顶，能有五块钱收入。"

"这么说，我今年只编草帽就能赚几十块？比我儿子出去使苦力还赚得多？"没有名字的刘氏问着，有些不相信自己的耳朵。

"对，大嫂，这样，你以后还不用耽误干家务，不用到处跑，还有，这给您送上的是最新的洋油灯，能防火防风，这每个月一斤洋油送您的。"东龙商行的人笑着说道。

"这么说，以后的好日子来了？善人、善人哪！"刘氏双手合十，喃喃自语。

"不谢，这可是久裕银行托关系采购的。以后，有久裕银行给我们东龙商行做后盾，您放心干就是。"几个人说着，离开了刘氏家。

"这村里跑得怎么样了？东家说了，要一网打尽才是。"东龙商行的人交谈着。

"这倒没有必要，我们这合同已经满足八成了，保住这个数，我们进可攻、退可守，就能长期立于不败之地。赶明儿，两个东家来听情况，听说要定在黄县开分行的事？"东龙商行的办事员说着。

"黄县分行的事已经定了，快开业了都。"

"不会吧？我怎么不知道？"

"你不知道的事多了，听说久裕银行东家可不拘泥于形式，他们一来，黄县的钱庄业，可够受的。"

很多人纷纷议论。

久裕银行在黄县最繁华的东西大街北侧，门面儿不大，前面是竹竿搭的拱棚，上面插了各色的小旗子，虽说那门面不气派，但门框上贴的对联可很有看头。

上联是：晴遮阳阴挡雨凭黄县草帽

下联是：富理财穷纾困靠久裕银行

横批是：有求必应

该对联是黄县十多家草帽商找了黄县最好的秀才所写，虽不是大家之作，仔细看来，对仗工整，寓意明了。

“只是‘有求必应’有些大了。”姜来远站在门口看着对联，对身边的人说着。

东龙商行的经理说道：“姜东家过谦了，我做草帽近二十年，从未遇到日本人这么强的对手，但姜兄这次不但提供资金上的支持，连如何收购、资金进入和摆布都给点透了，这两个月下来，反而做得比原来顺手。黄县这三十六家草帽商，有一半是靠贵行活下来的，‘有求必应’四个字用在久裕银行身上，一点都不为过。”

“王经理说到大家心上去了。经过这件事儿，我们算是挨了两锤子，既寒了心、也铁了心。”边上草帽经营大户朱经理说。

“两锤子？怎么说？”来远见他卖关子，笑问道。

“看日本人来势汹汹，有人吓破了胆，就像打铁的锤子一样对我们落井下石，把我们都打寒了心；而姜东家出手相助，又像锤子打铁一样，把我们都撮合到了一块，兄弟齐心、其利断金。这一反一正两锤子，不知我说得对不对。”朱经理说着，其他人也都前仰后合地大笑起来。

“这黄县可是买卖窝子，把这草帽行业支持好了，从草帽往上的收购草料，余下的运输、装船，与保险公司合作也要跟上，出口结汇也要与外国银行接洽好，大意不得。”来远对信任的黄县分行的经理吩咐着。

“东家您放心，这次与草帽商合作，咱临时找的二十个跑街，里面有几个好手，咱先用这些草帽商稳住基本盘面，保证开业后即赚钱；同时通过草帽商采购粮油我们跟上抓粮栈、油栈，通过我的老关系，一个月弄三五十家客户没问题；第三个月通过这些客户与布匹店、棉花店合作；第四个月重点攻五金店。到年底，咱这分行，会在黄县弄出个大响声来。”这新任的经理心里有谱，哪个月干什么，达到什么效果，都码得整整齐齐，纹丝不乱。

来远听罢，心中欣喜，点点头道：“你这是烟台外的第一家分行，要一步步来、不能图快，万不可乱套。”刚说到这儿，边上人凑上来说道：“东家，时辰到了，看是不是该开始了。”

“那现在就开始，放炮。”来远话音刚落，那噼里啪啦的鞭炮声便响了起来。

北马镇的草帽收购点，吴家庄兄弟俩在回家的路上边走边吵架，老二说：“这草帽卖给东龙商行比卖给南贵商行价格差了三成，咱和他签订一年的合同，几万顶帽子下来，差价购买好几百亩地了。”

老大道：“这东龙商行咱都打交道五六年了，人家和咱签这一年的合同，能保证全家老少四邻八舍几十口人有活干、有饭吃，过年有新衣裳，咱用预支的钱备料干活就是，也不用再天天打听价格，不签这合同，万一遇上难事，怕吃饭都成问题。”

“万一、万一，天天吆喝万一，别听东龙商行的人瞎吆喝，今儿个这三百顶帽子，眼睁睁看着就少卖了好几块，放着眼前的钱不赚，老去想明年的事儿，这东龙商行明年还开不开，都保不准。再这么下去，这日子可咋过？”吴老二嚷嚷着。

“咋过？是不是又动了分家的念头？我和你把话说到家，只要咱娘还活着，她不说分家的事，我就不会提这事；只要我还当家，这家里的事就是我说了算，我可不能拿全家十几口人吃饭的事儿开玩笑。”老大把话说到这份上，看来真是动了怒气，老二不好再当面说什么了。

这老二不敢当面和哥哥争辩，但回家后忍不住和媳妇叨叨。俗话说，有外心的儿子少，没外心的媳妇很少，老二媳妇自然也不例外，一听这个就不依了，嘟囔道：“昨日回他姥姥家，他小舅就不信这一套，直接把草帽卖给南贵商行，他这和东龙商行签了长期合同，那家什么时候才能分？明摆着不是还要再管我们几年？这帽子，我不编了。”说着，气呼呼地把草帽往边上一扔。

弟兄们如手足，话好说，事儿好做，那是指结婚前。结婚后，弟兄们之间往往都说不清了，妯娌们自然是从来都说不清。得，这从一码事又转到了另一码事。本来，是对如何卖草帽产生的分歧，到了二儿媳妇这儿，成了如何分家之事。老二原本就有点惧内，何况分家之事在心里也堵了很久，听媳妇这么一说，更觉得有道理。吃罢晚饭，老二便借着给老太太请安的时机，顺便把这卖草帽的事说了，本意是想说说大哥的不是，没承想这老太太不糊涂，抢白了他一顿：“我说儿呀！咱老百姓过日子，可急不得。咱过的是明儿个的日子，是过明年的日子，是过以后的日子。若是不为了以后，今黑夜咱就把房子卖了，抽老海得了！”老太太一手编着草帽，一边不疾不徐地说着，只几句就把老二顶得无言以对，那分家的话，也没再说出口。

夜里，日本人房间的榻榻米上，铃木说道：“侯先生，咱这收购草帽的协议都进行了五个月了，收了不到原计划三个月的量，这样下去，可怎么成？”

侯长贵说道：“铃木先生，你又不是不知道，东龙商行与久裕银行联手，他们与不少草帽编织户、收购商签订了长期合作协议，那些个编制户死活不把草帽卖给我们，我们有啥办法？总之不能去抢吧！”

“他们如何签约？明明我们价格比他们高，他们怎么会舍得放弃眼前的利益？”这铃木很惊讶地问道。

“我已经打听清楚，东龙商行以比平日里略高的价格，与那些编织户签订了一年合同，保证最低收购量，最低价格不低于眼下行情的八折，最高为眼下行情，最重要的是，久裕银行给签订协议的户发放了两个月的低息贷款，年息仅七厘，不少人怕是冲着那个去的；不过按着价格算下来，他们将货物卖到欧洲，利润会极低。”侯长贵虽摸清了对手的底，但话语中掩饰不住忧心忡忡。

“嗯，这个我也听说了。到今天为止，你这还有多少存货？在你银行还有多少存银？”铃木咂了一口清酒，有些漫不经心地问道。

侯长贵按照日本人的要求，每天结账后都让人把数据报给铃木公司，手头也都留一份，便掏出来念道：“到今傍晚为止，有草帽存货四十五万三千二百五十顶，用银圆九万块，贵商行在我银行上有存款二十万三千一百二十三元三角七分。”

“数据准确吗？”铃木用眼神瞥了瞥侯长贵，问道。

“这个请铃木先生放心，我这每日报账均是账款、账物、流水核对汇总，绝无差错。”侯长贵信誓旦旦地说道。

“侯老板做事，我当然放心啦！说实话，今日里我也很郁闷，总公司今天来电，对我进行责罚，斥责我办事不力，主要说了三方面的问题：一斥责我筹货不足，未能及时将货物运抵欧洲，错过了最好的销售时节；二斥责我收购价格高于对手太多，以至于运抵欧洲后无利可图，没能将竞争对手挤垮；三斥责我未能垄断货源，亦无法垄断欧洲市场。今傍晚，总公司已下令解除我的职务，下一步是把与贵公司的合作盘点、清库，办完后回国述职。真遗憾，不能和侯先生长期合作，不过您放心，这不影响我们已谈好合作的利润分成。”当铃木不紧不慢地说到这里，侯长贵那脸色已经煞白，额头上那汗珠子密密地渗了出来，坐在那里也不稳了，晃了两晃差点摔倒，好像受到总公司斥责的不是铃木，而是他侯长贵。

铃木看到这里，忙问："侯先生，你怎么了？"

这时，侯长贵猛然清醒了起来，对啊！这是和日本人合作，自己如此失态，万一露馅，会更坏。他咬了咬牙，定了定心神，说："没什么。昨日受了风寒，身体有些不适。"

"身体要紧、还是身体要紧。"那铃木眯起了眼睛，嘴角露出了不易觉察的微笑说道。

"该死的。这日本人也太坏了，没想到玩了一辈子鹰，最后让鹰啄了眼。最可恨的是，姓姜的小子竟然在黄县开了分行，是可忍孰不可忍！"侯长贵把茶杯狠狠摔在地上，可是那地毯太厚，那杯子竟然没摔坏，只是茶水溅了一地，污了那厚厚的波斯地毯。

边上的盛管家哭丧着脸说道："东家，这……这日本人如此不讲信用，也怪我，觉得是个机会，图小便宜。没想到这姓姜的出这一招，坏了我们的好事。"说着，"啪啪"，朝自己脸上打了两巴掌。看来，他这真是生自己的气了。

"算算，存了多少货？赔了多少钱？"侯长贵压抑着愤怒，强压火气说道。

"约莫有二十万顶帽子，折合五六万块，我们收的价格高，若一下子出手，加上利钱，怕是要亏一两万块。"盛说这话的时候，那嘴都有些哆嗦。

"刚才我听说，库存十六万五千，怎么一下子成了约莫二十万？你那里没个准数？"侯长贵斜着眼盯着盛管家，心想，你这小子也太不老实了，都火烧眉毛了，若是再糊弄我，就开了你。

那盛管家听侯长贵这么说，直吓得心怦怦跳个不止。本想着私自用柜上的钱收购了四万顶帽子，压在库里没上报，哪天合适的时候高价放出来赚个差价，没想到这姓侯的防着自己。看来，这姓侯的没拿自个儿当自己人，恐怕把底都摸清了，还来问自己。罢罢罢，若被他揭了老底，怕是这管家也没得做了，没了这靠山、自己在烟台怕是要喝西北风。嗯，要从长计议，先咽下这口憋屈气再说。想到这儿，盛管家牙一咬，心一横，婉转回道："今日家里有事，具体数目没来得及过目，赶明儿查问清楚了报与东家。"

这侯长贵见盛管家那么说，也顺水推舟道："留得青山在，不愁没柴烧，这次一下子亏这么多，别让久裕银行那些客户赶在咱前面，得赶紧把这些货拥托出去，万不可烂在手里。"

"对，东家高见。咱这边一停下收购，这草帽价格肯定下跌，再加上咱这十几万顶草帽推到市场上，估计半月后这帽子比草还便宜，会把久裕银行支持的那些客户也套在里面，别的咱顾不上了，先把咱自个儿屁股擦干净再说。”盛说着自己对未来的看法。

草帽价格的下跌，如同投入水中的巨石，迅速波及社会的方方面面，引起不少人的恐慌。房间内，那卖草帽的张家老二的媳妇在和男人商量：“他爹，有个事不知道和你怎么说。”

“啥事？咱家里你都做主十多年了，还有啥事不能说？”老二没好气地说道。

“他舅过不下去了，要借点钱救急。”老二媳妇说着。

一听这个，这老二知道为啥，明知故问道：“他舅借钱用？他两口子那么精明，会来咱家借钱？”

“他爹，你知道，最近这草帽价格跌得厉害，做一顶、赔一顶，都转不动了。”老二媳妇道。

“怎么会做一顶，赔一顶？做不着不做不就行了，这是手工活，不做还能赔钱？”老二有些纳闷，觉得这小舅子两口又在耍什么花花心眼。

“谁知道他们两口子贪心，看草帽价格上涨，特别是上好的草料价钱长得更猛，他们便从钱庄借钱囤积了一批草料，没想到这草帽价格一跌，那草料更是跌得一塌糊涂，怕是翻不过身来了，现在钱庄的钱催得急，可别急出人命来。”老二媳妇愁眉苦脸地说着。

“这两口子都没让咱过过好日子，刚攒俩儿钱，他不是盖屋就是打墙，编个草帽子还编出饥荒来了，真活见鬼了。看家里有多少都给他们。不过，可说好了，就这一次。”老二毕竟惧内，加上心肠软，没好气地说道。

“还是你知道我的难处。”这老二媳妇便偎依了上来。

“天天吆喝分家，这次不吆喝了吧？”老二的话气如斗牛，这次，可让他给占着理了。

久裕银行的办公室内，正在召开草帽行业与银行的座谈会。银行的人员坐一边，那些草帽商坐在另一侧，在商量着如何应对这草帽价格的大幅度下滑。一经理说：“如今草帽价格下跌超过了原先的预计。经估算，如果这么下去，三个月后，我们十几家就要亏好几万块。”

“价格波动这么大，欧洲那边的客商也直呼受不了。”另一草帽商在说道。

发言莫衷一是，各人在看着久裕银行的孙经理。

看各位都说得差不多，都在瞅着自己，孙经理便清了清嗓子说道：“最近和姜董事长也通了电话，昨天还详细说了这事，姜董事长的意见是‘风物长宜放眼量’，要我们把眼光放长远一点，不要盯着眼前的蝇头小利斤斤计较。”

“董事长没说别的具体办法？”

“董事长要我们自己拿意见，他会全力支持。大家放心，只要各位团结一致，我们久裕银行一定会不遗余力地支持。”孙经理说道。

“要我们如何做才能渡过难关。”有草帽商说。

那孙经理顿了顿说道：“经过与各位近半年的合作，各位与银行的合作诚意是有目共睹的，眼下面临的形势虽然严峻，但比刚开始好得多。那次主动权在人家手里，咱面临着国外客户丢失殆尽的危险；现在主动权在我们手里，站在久裕银行的角度看，首先，稳住下游的出口客商，国外戴帽子的人并没有少，只是采购商、渠道变化了而已，借此机会扩大渠道，这是首要任务；其次，把现在跌到低价的草帽一并收过来，摊低因长期合同增加的成本，万不可对已签订长期合同的客户造成损害。”

“孙经理，这个我们都商量过，不过，可需要好大一笔钱。”

“大体多少，就能缓过这一波来？”

“估计需要十万资金。若能支撑过年去，草料青黄不接的时候，草帽价格上涨，这难关就过去了。”草帽协会会长，有着非常强的市场判断能力，一直为各人所信服。

孙经理扫一下会场，把各位看了一遍，郑重地说道：“既然大家伙儿对久裕银行如此信任，那我有个方案说一下，大家看是否合适：一下子让我行拿出十万块钱有难度，但这次与以往不同，各位齐心协力，有钱的出钱、有力的出力，把钱都放在久裕银行，专门用于这草帽收购，存七厘、贷七厘，咱专款专用；我行也筹集两万块放里面，也按七厘算，十八家签订互保协议，如何？”

“对，这个方案好，只要有人戴帽子，我们这样做就能成。”黄县草帽协会会长，带头鼓起掌来。

“没想到、没想到，真的没想到啊！这姜来远在黄县找到能人了。我们若有那样的人才，也不至于败成那样，还有，这铁路保不住也能行。”侯长贵坐在沙发上，用牙签挑着牙，啧啧赞叹着。

侯长贵的话如同抽到盛管家头上的鞭子，一句一句直扎心，让他感到无地自容。盛管家心里那个气，自己受日本人委托说要参与铁路之事，侯长贵这就说起那草帽生意。那么说，说白了不是说自个儿不行？但东家的话还要听，日本人的托付，自己也不能贪污了。要不，没法和日本人交代。盛管家讪讪地笑了笑，有些很不自然地说：“上次草帽亏了钱，也不完全怪日本人，是久裕银行帮那些人使坏。这次日本人出钱、出技术，咱一分钱也不再投入，想亏钱都没得亏。还有，咱若不与他们合作，这么好的事儿，他们肯定会找别人。”

人都听不得有便宜可赚，侯长贵更是如此，这可让盛给抓住了软处，他这话像猫爪挠心一样让他的心静不下来，可不是嘛，自己不办这事，人家日本人还找不到想赚钱的人了吗？这钱，可不能让别人赚了去，想到这，便又渐渐忘了前几个月的痛处，抬起头来看着盛管家问：“有啥好处？保准不保准？”

“东家，这次可是瞎子擤鼻涕——一把攥。烟台一直没通铁路，是历任烟台当政者的一块心病，哪个道尹一上任，做梦都要修铁路，可时机一直未成熟，靠中国人自己来修这铁路，二十年了，只打雷、不下雨，个中原因，用脚丫子都能想出来，我看是没救了。这日本人一来，估摸着差不多了。”盛管家说着。

“怎么日本人一来，这事情就好办了？”侯长贵问。

“东家你想想看，青岛的铁路怎么修起来的？那还不是依靠德国人？这日本人能把德国打败，说明了日本人比德国人还厉害。这修铁路无非就是两样，一是钱，二是权势。日本人有钱，这个自不待说；日本人打败过俄国人、德国人，眼下政府怕他们怕得要死，他们真要修这铁路，最难的怕就是征地、平坟，到时候用机枪一扫，什么人不怕？”盛管家说得唾沫星子乱窜，不由得让侯长贵点头称道：“是有几分道理，若合作，那总工程师是日本的？还是咱中国的？”

“听说日本人找了李圣经，他一个大学同学在清朝铁路总公司做副总工程师，若这边真动工，那人就过来负责，这日本人早都定好了的。”盛管家有些得意地说着，看来，他还是费了不少心思，知道了不少事情。

“这李圣经是那姓姜的同学，看来这事要小心，不能着急。”侯长贵听到李圣经又要做总工，脸色不悦起来。

来远的办公室内，李圣经和他谈着铁路的事，无非是日本人出钱，出技术，是一个千载难逢的好机会。姜来远听罢，觉得不靠谱，便说：“既然日本人更倾向于和胶莱银行合作，让他们合作就是了。说实话，这买卖太大，我玩不了。”

“老同学，你这是咋了？不管怎么说，对烟台铁路更上心的，有几个比得上我？

你心里怎么想，我还不知道？想当年，咱们深入陕川，硬是一步步走了几千里山路，那些苦和累，不就是为了修这铁路吗？只要烟台这铁路通了，我俩原来受的罪，也算没有白受，可是功莫大焉！”李圣经又说起以前的事情，试图以这个来打动来远。

“你怎么做，我不阻止你。可我真真无能为力。更重要的是，我对修建烟台铁路之事，已无兴趣。”姜来远说着，眼睛看着窗户，不再看李圣经。

“这不用你投钱，本钱由日本人出，你只是出面招呼招呼，水过地皮湿，那银圆就哗哗地进来了。这好事，打灯笼都找不着呢。”李圣经并不死心，继续劝来远。

看来，不说点厉害的，自己这老同学都不打算走了，想到这，来远便说道：“钱不钱先不说，你刚才说日本人要求重新勘探，你比我懂，这可是个功夫活。这铁路勘探，沿线的沟沟坎坎、山包水井、桥梁涵洞、民宅坟地都要勘察清楚，每一寸土地都要详细登记处理方案，没个一年半载怕是弄不清楚地质情况。何况，如果由日本人来做，资料他们都掌握了，这是多大的事？可不仅仅是修铁路那么简单。胶莱道台怎能做得了这个主？恐怕山东省的督军都不敢拍板，就是那大总统，也要考虑各方面的意见，不会贸然答应的。那些事都解决不了，我应下你来，有何用处？”

李圣经对姜来远的话有些失望。没几天，胶莱道尹就把来远叫去，问：“这烟台招鬼了莫不是，我这道尹连个商量事的人都没了，不得不找你了。”

“道尹尽管吩咐！”姜来远客气地应答着。自从自己开了银行，他对政府官员敬而远之，对这从北京刚调来的道尹说不上熟悉，更谈不上亲近，自然是保持一定的距离。

“听说你同学李圣经在替日本人到处活动，想承修从烟台到潍县的铁路，你怎么看？”道尹不拖泥带水，开门见山地问。

李圣经游说自个儿的事儿，道尹自然知情，隐瞒也无甚用处，更没必要，姜来远便说：“李圣经找我谈过这事，我推辞了他。”

“为何推辞了他？”道尹说道。

来远怎会清楚道尹内心的苦楚。

道尹看似风光，可他的苦别人体会不到。他不是烦老百姓穷，也不是烦上面税催得紧，而是看着眼皮底下这挎着刀枪、横冲直撞的日本人，作为地方长官，心里如何不难受？特别是那满街日本招牌的酒肆不但不纳税，罪犯跑进去，警察还不敢抓，干着急，案子都破不了。要知下面这个情形，在北京部里做个次长舒服得很，下来受这罪，真有些不值。来远摸不清道尹的路数，不想说得太贸然，便说：“敝人才疏学浅，既不懂什么铁路，又不在政府里做事，也没什么建议，没什么和他可谈的。”

姜来远的话不疼不痒，道尹知其不会贸然和盘托出自己的真实想法。只有自己开诚布公，取得对方的信任，其才有表达出内心真实想法的可能，道尹叹了口气，有些无奈地说：“德国人修了胶济铁路，若不是这世界大战，什么时间能赶他们走，可是个没法说的事。若让日本人修了铁路，赶他们走，怕是更没有年载了。我这守土一方不过三年五载，千古骂名，我可承受不起。”

说出这话，怕是没假。来远觉得自己也不需再遮遮掩掩，径直说：“日本人想在已勘探好的线路上重新勘探，这样一来，那一沟一坎均会被其详知。单单从这一方面看，日本人图的不是利、而是其他的。请神容易送神难，如何办？道尹肯定有办法。”来远说着。

“办法很多，就是要柔和，这日本人不好惹。姜先生一句话就说到我心里去了，他们口口声声投钱修铁路，可要求重新勘探，最可能的是勘探结束了，没回信了。醉翁之意不在酒呢！可这日本人在通过济南、北京活动，也通过李圣经当面汇报，要我尽快答复，逼之甚紧，单纯我一个人事量，怕是难以阻止，如何做才能使我不失去名节，还不要和日本人闹僵了？”这道尹的担心是应该的，换个别人，怕也会是这样想。

听了道尹的话，来远略一迟疑，后又微微一哂道：“这个，可从李圣经处下手。我们已熟识十多年了，其善于推理、精于算计；但其眼高手低，可以说好高骛远。你可将铁路总办的名号给他，不给他拨付一分一毫、一兵一卒，他就计无所出、惶惶不可终日，怕以后再也不敢来找你！”

“姜先生的意思就是一个字——拖？”听了来远的建议，那道尹紧蹙的眉头舒展了开来。

“正是此意。政府若能拨款修铁路，那还用等到现在？他不是说日本人出钱吗？让他去找日本人要钱，自个儿去征地，他不让那些个乡绅给活埋了才怪。”来远笑着说道。

“你很有把握？”道尹有些疑虑地问。

“十成不敢说，八成没问题。只要拖个一年半载，怕是让他干也干不成。”来远补充道。

道尹听来远话里有话，便问道："何以见得？"

"现在巴黎那边开会，说要将德国在山东的权益全部让渡给日本，现上上下下反响很大，日本未必能得逞。若此，将来这事极有可能就会不了了之。"来远淡淡地说着。

道尹点点头，若有所思地说道："妙、妙，若是那样，可就否极泰来了。找个空，陪我见见这李圣经，敲打敲打他。"道尹说着。

李圣经梦想着修铁路，头上都想出虱子来了。他留洋回来多年，虽未参与修建一寸铁路，但铁路专业知识还是过硬，今有机会坐在道尹对面，便滔滔不绝地陈述着修铁路的好处，从美利坚说到大不列颠，从日本讲到德国，讲得唾沫星子乱飞。面红耳赤之后，唾沫飞完了，最后口干舌燥，无话可说。道尹一会儿端起茶杯喝口茶，一会儿看着天花板，也不反驳，直到他尽了兴，道尹点了点头，说："没想到，真的没想到，李博士对铁路如此专业，如此有激情，对烟台的铁路了解如此透彻。我看，由你来做工部局副局长，专门负责修铁路好了；赶明儿成立个铁路办，你来做临时负责人，负责去省政府跑手续，如何？"

"这……这……这个吗？"李圣经心中有些慌乱起来，刚才还很利落的嘴巴，一下子变得磕巴了，说："我是学技术的，干具体技术更好，干铁路最主要的是钱，没钱咋办？"

"嗯，算你说到点子上了，若钱在那里放着，大清时铁路早就修起来了。你刚才不是说日本的银行肯借钱？日本肯出技术、材料？说是千载难逢的机会。敝人才疏学浅，眼下发工资都靠借钱，你做了铁路办，如能两年内把铁路修成，也给咱们烟台长长脸面。我离开烟台那天，可定要举荐你来接任。"道尹之言听起来颇为认真，暗含着讥讽和不屑。

李圣经可不傻，听道尹的话风头不对，便把话题引导到别处，说："这……这是听胶莱银行的侯长贵说的。不过，好久没见他了，不知日本的银行，他对接得如何？"

"抽时间你去问问他。"天天琢磨人的道尹，比天天琢磨铁路的李圣经，会踢皮球玩人。

李圣经虽戴了铁路总办负责人的帽子，但要钱没钱，要人没人，没多久就熬不住了，又拉了来远找道尹，汇报铁路工程之事。李圣经像是吃了苦瓜一般，脸拉得老长，说："侯长贵和日本人谈得风生水起，我们这边毫无进展。如果来远对烟台修铁路之事鼎力相助，肯定会大有裨益。"

没想到李圣经来这一招，直接把自己架在火上烤。对此，姜来远早在心中做好了盘算，应对之词备在嘴边。听李圣经说完，姜来远摆摆手，推辞道："别介，千万别。修铁路那么大的事，我这小本买卖，可做不了。"

拿姜来远做挡箭牌，是李圣经耍的一个小心眼儿，见其不接招，便又说："国家兴亡，匹夫有责。作为烟台人，我们都该为烟台人出力才是。"

话听起来是好话，可说话的目的，就仁者见仁、智者见智了。姜来远抱定决心不掺和这事儿，便说："眼下我那银行经营自顾不暇，清明后，我要去天津、北平，有几个客商贷款出了问题，我要去筹钱周转。"

"两位对烟台铁路的热心，本道尹心中有数。不过，官家的归官家，商家的归商家，我绝不会用道尹之名难为各位。这样吧，赶明儿给把李总办铁路总办职衔的正式任命发下去。以后，这烟台修建铁路之事，就全权委托给您了。这事若成了，李总办就是烟台铁路的大功臣，可要在火车站竖像的，这事儿我说了算。"道尹的话，挠着李圣经的痒处。

"别介、别，千万别，道尹大人，我也就干个总工程师，总办的事，我真做不了。"李圣经哀求道。

第二十章

春风吹开冰封地　夏雨浇透干涸田

1

来自西伯利亚的春风，吹向冻酥软了的土地，将粉尘带到天空。风沙越过蒙古高原、古老的长城、圆明园、颐和园，穿过故宫博物院，穿过成千上万条胡同，携着布尔什维克主义，裹进了皇家安天下的气息，掺杂着胡同里老百姓柴米油盐的味道，带着有志青年的理想，在空中弥漫盘旋。特别是今年的春天，风特别大，携带着苏维埃的声音在报纸、杂志在人群中传播，夹杂了此前不曾有的味道。

“叔叔身体好些了吧！”清晨，姜来远听说谢葆璋身体不好，前来探望。

谢葆璋回道：“好多了，并无大碍，事情办得怎么样？”

来远说道：“还算顺利，找了一家银行做通兑行，与不少商家达成了协议，若这样，以后会常来。”

“打算什么时候回去？”

“下午去天津的火车，晚上到的轮船。”来远回着。

谢葆璋站起来走到里屋，不一会儿提出一个包裹放到来远面前道：“我这也没啥好东西，这是老家人从福建捎来的茶叶，回去送给令堂。”

来远还没来得及道谢，就听外面人声嘈杂，婶母从院子里慌慌张张跑进来，急切地说：“他大，不好了，外面乱起来了。”

闻听此言，谢葆璋连忙站起来，竟然未站稳，差点摔倒。姜来远忙伸出胳膊扶住他，安慰道：“叔父别急，我出去看看。”说着就要往外走。

“不要出去，上二楼看看。”谢葆璋说着，连同妻子一道，三人急匆匆上了二楼，走进最东边的卧室。当他们站在卧室窗户前往外看时，就见人群黑压压地从胡同远处拥了过来，尽是年轻的学生，来远疑惑地问：“怎么回事儿？”

“看来学生要闹腾了，昨夜听莹哥说，巴黎和会对中国不公平，学生要请愿，要求政府不能在合约上签字。”

来远不解地问：“学生请愿，来这里干什么？”

“具体不清楚，最近，巴黎传来的消息不甚乐观，前面是曹汝霖的私宅，莫非是冲着他来的？”谢葆璋皱着眉头说道。

“从报纸上看巴黎和会最主要涉及的是山东的事情？”在烟台的时候，来远每天都看几份报纸，在北京这报纸更多，来远抽空就看，几乎每张报纸上都在讨论巴黎和会、讨论山东的事。

“本来我们是战胜国，把德国在山东的权益让渡给日本，可真是天大的笑话。”谢葆璋的话刚说到这里，就见前面隔几个院子处的房顶上冒起烟来，他踮起脚尖看了看，说道：“着火了，好像是赵家。”

来远道：“那山东会不会真的要划给日本？”

“这个不好说，闹闹也好。都不闹，外国人认为中国人好欺负。学生们闹将起来，会给当局一个不签字的借口。”

“嗯！”来远若有所思地点了点头。

2

忽然，外面的声音大了起来，胡同里杂乱的脚步声如潮音般呼隆隆直响，人们从南面往北奔跑着、叫着，有人呼喊着：“警察抓人了、警察抓人了……”。脚步声夹杂着哭喊声。姜来远心中紧紧地绷着，忽然看见两只手扒上墙头，猛然间一个脑袋又冒了出来，一只脚也上了墙头，右手不断往里探着，胳膊、腿，半边身子上来了，另一条腿也过了墙头，两条腿往里一滑，整个身子便垂落在墙的里侧，两只胳膊伸直，脚尖向下垂着，一松手，整个人便扑通一声落了地，踉跄了几下，方才站稳。

看得出跳墙进来的这人身材异常魁梧，头发有些凌乱，衣服也沾满了墙头上的灰。见他四处张望了一下，显然是在寻觅藏身之处。来远便说："谢叔叔，我下去看看。"

"走，看看去。"谢葆璋说着，便带来远从楼上疾步走了下去。出了厅门，那人看到他们两个，自然是一怔，知自己作为翻墙而入的不速之客，来之甚是唐突，正迟疑不知如何开口之际，来远惊叫："圣纬，是你？"

"来远哥，是你？"跳墙之人也惊呼。

"你、你们认识？"一旁的谢葆璋更是感到惊异不已。

"我给介绍一下，这是谢叔叔，原来在烟台海军学校做校长，对烟台很熟悉。"来远将谢葆璋介绍给圣纬，转过身又指着圣纬道："谢叔叔，这是李圣纬，是我县学同学李圣经的亲兄弟，现在北京师范大学读书。"

他们正说着，"咚咚咚"，敲门声震天响，就见李圣纬脸色大变道："警察！可能是警察要抓人了！"

"别慌。来远，你们换上我的外套上二楼，我去应对他们。"谢葆璋说着，径直往大门走去。当他走到影壁墙时回头看，见姜来远他们已上了二楼。

谢葆璋走进门楼，厉声问："谁敲门这么响。"

"开门、快开门，我们查逃犯！"外面的人大声吆喝。

"逃犯？我家里哪有逃犯？"谢葆璋说着，顺手将门闩打开，见门口站着两个警察，其中一个说道："刚才看见有人翻墙进入院子，人呢？"

"我怎么没看到有人进来？你刚才说的逃犯，男的？女的？多大？什么名字？犯的什么罪？有搜查证吗？"谢葆璋气势很足，一连串问话，让这小警察丈二和尚摸不着头脑，看眼前这人虽有五十多岁了，身材并不高大，头发也有些花白，但脸膛发亮，精神很是饱满，特别是笔挺的海军服外套，很是震慑人。警察见这阵势，心中便矮了一截，瞅了瞅身边的那位，意思是你也别光擎着，说话啊！

另一个警察也不傻，在北京见到大人物多，但不是去大人物家抓人。凭这身衣服就看得出，眼前的这位不是一般人物。是不是大家都缺心眼了，在这附近住着这样宅子的，怎能是一般人物？前面着火的是什么总长的家，和他们住一块儿的，怎么也带个“长”字，好歹带个什么“长”，就比自己头头的官大。眼前这位爷住这么大的宅子，咱来这儿惹人家岂不是自讨苦吃？想到这儿，他眼珠一转笑着说道：“这位爷，打扰了。敢情儿刚才前面着火了，是学生们放的。小的是怕那捣乱的人惊扰您，故奉命前来查看，您别见怪、别见怪！”

“搜查证有没有？”谢葆璋厉声问。

这两个警察一愣，满脸疑惑地互相看了看，对啊，没有搜查证呢！没搜查证凭啥搜查人家？可是，咱们是奉命行事，胖点的警察便说：“搜查证，后补、后补！”

“后补？刚才还听说搜查逃犯。都民国了，没有搜查证，无凭无据就敲门搜查，还有没有法纪了？吴存在就这么干活吗？他家就在北面，先去搜完他家再来这儿。”谢葆璋把北京市警察局长吴存在的名字一说，这两位就是不害怕，也要假装害怕吧！作为警察，谁不知道北京市警察局局长和当今大总统是拜把子兄弟？眼前这位张口就是吴存在，看来，此人来头还真不小，还是躲着好。想到这儿，那笑意比刚才又浓了很多，道：“敢问军爷贵姓？小的回去也好交代。”

“啥姓还和你说？回去和你长官说说门牌号就行了。”谢葆璋从来都是低调得很，今天想尽快摆脱这两个人的纠缠，便装出盛气凌人的样子，说起了蛮横话。

“好、好、好。”两人诺诺着，倒退着出了院门。

见两个警察出去了，谢葆璋随手关上了院门回到了客厅。楼上的姜来远和李圣纬也下了楼，谢葆璋便说：“他们走了，脱下来吧。走时再穿也不迟。”

看李圣纬换完衣服坐了下来，大家都恢复了平静，来远问他：“看前面都着火了，学生们是怎么想的？”

“自‘二十一条’后，日本对中国就虎视眈眈。既然中国是世界大战胜利的一方，就该享有胜利方应有的好处，可恶的是这些列强丝毫未把中国放在眼里，又将德国在山东的权益让渡于日本。如若这样，中国岂不是成了砧板上任人宰割的鱼肉？若连这都接受，未来哪还有中国的立足之地？”李圣纬慷慨激昂地说着。

“单凭这一次抗议，难以达到理想的结果，只有各地都起来声援，才能给当局施加压力，方可奏效。”谢葆璋分析着形势的发展。

“谢叔叔说得对，我们学联开了会，下一步就是联络各地学生罢课，并且呼吁工人罢工、商人罢市，特别是将山东、上海等地的人呼吁起来，联手给予当局压力。来远哥，若时间允许，我回烟台发动抗议活动去。”李圣纬闪着明亮的眼睛，话语中满腔热情。

“不过，以后要注意方式，还是不要放火损坏财物，好多事情，并不是这些人能决定的。还有，你还是学生，学业最要紧，不能耽误了上学才是。”谢葆璋微微叹了口气，语重心长地对李圣纬说着。

“圣纬兄弟，谢叔说得对，眼下学习要紧，你不要离开学校。我明早就回去，北京的情形我也见了，想必烟台也平静不了。我虽然早下定决心不再涉足政治，但此事不比其他，北京人都在为山东争取权益，作为山东人，更应该起来抗争才是。”来远目光坚定，静静地看着窗外，像是自言自语。

3

清晨，姜来远从烟台港码头出来，在大街上走了不远，手里已经积攒了一大摞报纸、传单，大都是呼吁学生、市民组织起来，要支持运动、游行。来远没有回家，直接到了银行办公室把经理、后勤部的人召集起来开会，详细向大家介绍了北京学生游行的情况，分析了帝国主义不顾中国为战胜国的事实，将山东作为权益交换的筹码，严重损害中国利益，讲述了作为实业界，支持北京学生运动的必要性，直讲得员工群情激愤，纷纷捐款捐物，以实际行动支持学生运动。

“东家，你一直说不参与政治，为何要支持这次的活动？”有人问。

“我是不参与政府的政治活动、不参与反对政府的活动，但不代表不参加反对外国对中国的欺负的活动。此事非同小可，我们要做到有钱出钱、有力出力，员工参加的自愿报名，有奖励，但不要影响经营。”来远说着自己的意见。

“秀才造反，十年不成，学生不会成事儿的。”有人下着结论。

来远反驳：“学生们并未反对政府，只是反对政府所做之事，更不是造反。”

“东家，烟台商会来函，邀请你明天参加成立声援北京爱国学生游行的会议。”伙计一边说着，一边将邀请函交给了姜来远。

姜来远正了解着这几天银行的状况，有人拿来电报，知是朱先生去世了。他对银行内的事情做了安排，匆忙回了上姜家村。朱先生的去世令来远很是震惊，过年时回去看他还很结实，没承想短短几个月他竟撒手人寰，阴阳两隔了。葬礼上起风了，呜呜作响，风吹走了寒冷，吹走了过去。

在时代的洪流大潮中，一个人是非常渺小的。聪颖大度如朱师傅，朝为田舍郎，暮登天子堂，不管见过多大的大风大浪，时间到了，一切也会归于尘土。

时光流逝，老人故去，一批新人也会成长起来，带领时代进步。

4

烟台商会成立声援北京爱国学生游行委员会之事，已经准备了好几天。来远早早赶到会场，与前来的各银行、商家老板分头交流着，在讨论阶段，大家对是否支持学生活动还是有所争议。

“听说放了枪，对学生们大屠杀。”有人传播着小道消息。

“何止是放枪，都动用了大炮。”

“听说学生们组成了辫子军，要拥戴皇上重新登基。”

“北京大学改成翰林院，清华改为国子监，北师大要撤销。”

各种传言越来离谱，看来很多消息传播千里之后，比人与狗的差别还大，与真实情形已相距万里。

“听说学生组成了敢死队，放火烧了半个北京城。”

“是不是，姜老板？”商会会长在问他。

大伙儿扯得没边没沿，从一件事儿说成了十件事儿，商会会长又在让自己确认，来远觉得应该澄清一下事实，不能任由大家捕风捉影，胡乱解读，便站了起来。

见来远站起来，刚才还吵吵嚷嚷的人们安静了下来，等着他说话。

“各位乡亲，昨天我刚从北京回来，目睹了学生反对巴黎合约的游行，传言与事实差距颇大，我既没听到枪声、也没听到炮声，更没有看到学生复辟拥戴什么皇帝，更不存在什么敢死队。学生们游行的目的，是反对帝国主义损害中国利益。我们山东人，更应该团结起来支持学生运动，但无论怎么支持，要有秩序，不能把正常的秩序搞乱了，落下口实。”来远把自己的所见所闻讲与大家，也谈了自己的认识。

“政府呢？政府不管吗？”有人嘀咕。

“政府恐怕有政府的难处。这消息上了报纸，被学生获悉，很值得玩味。”

“看来是借刀杀人呢！”

“说说你的打算。”商会会长见大家议论纷纷，让来远说一下自己的意见。

“商会出面组织游行形成影响力，一定要有组织，有纪律。游行示威要有规矩，不能影响市面秩序，要不然，就会引来政府的干涉，甚至背上支持乱党的罪名。”来远说出了自己的担心和想法，大家很是赞成。

商会确定了活动的准则，选举了活动委员会，来远担任了委员会副主任，负责捐款捐物，他带头捐献一千银圆，并且做了规定，二百元用于买一千顶草帽，三百元用于学生和民众游行的午饭及一些停业小商家的补贴，五百元用作学生和商界代表去北京、济南，请愿、陈述民情的活动经费。见来远掏出如此巨资，其他人纷纷响应，为活动提供了充足的物质保障。散会后，来远回家写了《关于反对日本占领山东》的评论，让人送到报社。

5

清晨，太阳升起来，天空碧蓝如洗，群山巍峨肃穆，大海涛声阵阵，海鸟在海面上无忧无虑地飞翔。本应春色怡人的烟台，市面上“反对日本占领山东”“释放爱国学生”的口号震天响，游行队伍不少人头戴着草帽，上面“反对帝国主义”的白布条，煞是显眼。道路两侧站满了围观的群众，游行队伍从烟台山下走到市政府，往北路过海关门口，向东一直往东炮台、海军学校方向行进，平日里那些耀武扬威、骄横跋扈的日本浪人，也不见了踪影。满山的紫荆花已迸发出新绿，那油绿的新叶像涌动的绿波，散发出蓬勃的生命力，尚未开放的花骨朵已隐隐透露出红色，虽尚未开放，但仿佛在等候一声令下便喷薄而出。相信用不了多久，夏风拂过山岗，那漫山满坡的紫荆花，就会绽放开来。

日式茶馆内，三井没有了往日的骄横，态度变得异常友好。只见他面带笑容，像征求意见似的问侯长贵：“侯君，您怎么看那篇评论？”

“什么评论？”侯长贵一脸蒙样，装糊涂。

“侯局长，怎可能连这个也不知道？”三井脸上布满了疑惑，心里直犯嘀咕：妈了个侯长贵，难道你连这个都不懂？是真糊涂还是假糊涂？

三井左手拿过一份报纸，平摊在侯长贵面前，左手指着报纸上的一篇文章，说：“这反对大日本国的评论，坏，太坏，大大地坏。谁？是谁写的？得找出来，给他点颜色。”

三井气急败坏的要求，令侯长贵哭笑不得，他仔细看了看文章，禁不住点了点头，觉得文章写得好，特别是看到最后“今日若失山东，我辈不抗争；明日则失华北，我辈更难抗争；不出几十年，势必令我中国人无立足之地，到时怕无抗争之地”。侯长贵点头，是觉得这篇文章写得太好、太好。到底是谁写的呢？烟台又有几个人能写出这样的东西来呢？是姜来远？有可能。这日本人让我看这东西，是什么意思呢？多一事儿不如少一事儿，装聋作哑最好，不能着了日本人的道。想到这儿，侯长贵便说：“猜不出！”

听侯长贵这么说，三井没有觉得太惊讶，只是略微点了点头，用蹩脚的中国话说：“中国人中，反对日本的人大大地坏，侯、侯长贵，作为大东亚共荣的坚定支持者，在目前局势下，应写篇文章支持中日友好才是。”

原来是这事儿，这么做，不成了汉奸吗！侯长贵心里骂声不绝。

闻听三井之言，侯长贵心中一颤，如同一盆凉水浇在头上，心里直打战。有些事可以做，也可以说；但有些事只能做，不能说。就拿与日本人交好这件事，暗中做的人很多，也不是我侯长贵自己，谁能跟眼前的好处过不去呢？可是，又有哪个傻子出来吆喝呢？如果写了文章发表在报纸上，那岂不是成了汉奸？是要被别人背后骂八辈祖宗的。无论如何这事儿不能做。拿定主意的侯长贵婉转推托道：“太君，敝人才疏学浅，不会写文章。”

“你看、你看。侯局长这样身份的人，还要亲自写文章吗？找人代劳一下就可以了。”三井说的是实话，但侯长贵听着很闹心。

“我下面那几个，写个公文还凑合。对中日友好的要义怕是把握不好，画虎不成反类犬。”侯长贵清楚得很，日本人的这个套不能上，死活不应声，看你能怎么着！

没成想，日本人有备而来。

三井点头笑了笑，转身从地下拿起一个包，从包里取出一张纸递过来，用犀利的眼神盯着侯长贵，用不容置疑的口气说：“什么猫啊虎的，无所谓！这有篇现成的文章，是一名留学日本的文学博士所写，如果署上侯局长之大名，想必不会压低侯局长的身份。”

妈拉个巴子，这么狠。

侯长贵心中暗骂日本人心狠手黑，万般无奈之际，还是双手恭敬地接过来，非常虔诚地仔细看着。读罢，侯长贵大惊，如果不是出于感情因素，真是一篇文采飞扬的好文章，用尽了溢美之词歌颂中日友好，其文采不亚于刚才报纸上那一篇。是好文采，只是歌颂这大东亚共荣，不是什么好事儿。自个儿署名后，那汉奸的名号不就坐实了吗？和日本人合作，能做，不能说。可怎么推托呢？侯长贵陷入了深深的思索。三井似乎看出了侯长贵的犹豫，便有意激将说："侯局长，这文章难道不入您的法眼？"

"非也。课长，比我写的文章好多了去了。关键是，该文章太好了，如果以我的名字发表，肯定会认为是我找人代写的。"侯长贵的话是实话，但这不是日本人想要的结果。

三井脸色一沉，厉声问："侯局长，这就是你的不是了。让你写，你说写不出；别人写好的，你又嫌太好。先考虑一下，一会儿再说。"这话，明显对他不满意。

侯长贵无言应对，只好装疯卖傻、沉默不语。

"铁路的事，侯局长应该再催一下。我大日本帝国这边会提供最好的技术和最优惠的条件，全力以赴。"三井说起铁路的事情，侯长贵听着就有些心塞。

烟台要修铁路之事，推动快二十年了仍未成功。侯长贵清楚，自己以前没能力掺和此事，自从和日本人走近，想着他们的力道大，铁路的事会有眉目。没承想，政府一毛不拔。虽然都说修铁路是好事，可大多数银行也都是不见兔子不撒鹰，就连你们日本人开的银行，不也是一个子也不掏？事儿是这么个事儿，理儿是这么个理儿，可对日本人，话还真没法那么说，这关系若崩了，以后连希望都没有了。侯长贵干咳了几声，用干涩的嗓音说："地方政府一毛不拔，各银行钱庄干打雷不下雨，我这催属于太监娶亲——干着急。"

听了侯长贵的牢骚，三井没有恼怒，反而会心一笑，颇有些理解他的苦衷，轻轻点了点头，说："理解、理解。不过，前段时间我已经联合几家公司，可以出前期勘探费用，还望侯局长从中斡旋，争取早日启动前期勘探工作。"

无功不受禄。

侯长贵猴精着呢！知道眼前得了多大的好处，背后就要扛起多大的坏处。这日本人的钱烫手，不好拿。但又不好直接拒绝，只好先应下来再说，便表面上装作无比真诚，说："我们的关系，还需要钱吗？定当全力以赴、万死不辞。"

"那样就好，那样就好。贵公子去日本留学之事，已办理得差不多。那篇中日友好的文章，如果以您的名义发了，相信对贵公子录取东京帝国大学，大有帮助。”三井把这事放在最后说，吊足了侯长贵的胃口。

“真的？”侯长贵禁不住惊呼，听说儿子有可能被东京帝国大学录取，简直有些欣喜若狂。

“我们大日本帝国说话是算数的。”三井话语铿锵有力，用得意而轻蔑的眼神看着侯长贵，因为他知道，眼前的这个中国人，无法拒绝自己许诺的这个诱惑。

“那中！”为了儿子的前程，侯长贵豁出去了。

6

日本人把如意算盘打得啪啪响，可事情并没有那么简单。

烟台新上任的道尹姓朱，栖霞人，和世聪在日本留学时有过一面之缘，学成之后回北京，兜兜转转最后进了总理府做了干事，原来伺候的主家做了总理，他也就填了这烟台最高行政长官的空缺。当侯长贵旁敲侧击向他汇报日本人出勘探费用时，朱道尹只是默默地听着，不表态。侯长贵又提出希望道尹和日本人会面的时侯，他大为恼火，便约了来远到办公室商谈此事。

听了道尹的话，姜来远不知深浅，没有立即表态。当听清楚是侯长贵在推这事的时候，知道背后并无什么大人物，便和道尹说：“修铁路的事情重大，根本目的在利国利民。如果害大于利，则不宜推进。”

“烟台铁路之事，已拖近二十年。如成则功莫大焉。害有多大？愿闻其详！”道尹也知此事难办，不能不谨慎。

“修铁路之事耗费甚巨，以当下之情形，这烟潍铁路，断无开工可能。既如此，这重新勘探之事，更无启动之必要。况且，由日本人来做这件事情，风险极大。前段时间，国人反对将德国在山东权益转让日本，反过来说明日本对我山东蓄谋已久，其狼子野心路人皆知。由其来做，怕的是为修铁路勘探是假，勘察地形为军队服务是真。侯长贵来推这件事情，看似为国为民，其在报纸上发表的社论，实则为虎作伥。”来远的话鞭辟入里，道尹不由得在内心里暗挑起大拇指。

“真乃入木三分，没几个人和我说真实的想法。这侯长贵确实难缠，竟然从济南找了人来催这事情。怎么办？”道尹把苦衷说了出来。

“可说把这事情安排下去了。成立一个委员会，让侯长贵做负责人。”姜来远知道，在政府里仅仅把事安排下去讨论，如果长官不出措施，这事儿基本不会有结果。

实在是妙。

道尹没想到，姜来远还有这一招，把任务布置给侯长贵，一分钱也不给，他就没法折腾了。道尹长舒了一口气，拿着一张报纸递给来远，用手指着一篇文章，问："看过这篇文章吗？"

来远定睛一看标题"试看未来的寰球，必将是赤旗的世界"，快速浏览了一遍内容，摇了摇头，说："没看过。"

道尹将背靠在椅子上，眼睛凝视着窗外，有些无可奈何地说："不瞒你说，现在与十年前的北京，已绝然不同。下一代人，与我们这代人相比，更为不同。这次你侄子回来，不但带回这报纸看，还给我讲道理，滔滔不绝，看来是深入骨髓了。"

朱道尹长姜来远十多岁，其子已经在北京读大学，容易接受新事物新思想，实属正常。姜来远在北京也目睹了学生游行之事，自己也参与了烟台那声势浩大的游行，虽然很多人不认可这个做法，但目前整个国家四分五裂、一盘散沙的状况如不改变，民众的想法一如以前，后果是不堪设想的。虽说长江后浪推前浪，尘世上一代新人换旧人，可这新思想的泛起，必然对老的形成冲击。特别是听说北京当局在查禁所谓的进步书籍，看来政府对这些是很不欢迎的，便说："十多年前，我热心革命，民国成立后，我倾尽全力为新政府工作，可民国没有比大清好哪里去。看眼下政治之腐败，怕难有清明之时。"

朱道尹感叹姜来远看问题之深之准，也感叹其一片赤诚之心，便不再隐瞒自己的看法，说："眼下民众一盘散沙状况，是社会难以进步的顽疾。兄弟做银行是赚钱，倒不如进入政府更有利于推进社会进步。"

姜来远叹了口气，情绪有些波动，说："国家兴亡，匹夫有责。民国以来，在烟台已有七任长官，有的还是同学和故友。何况，我也在官府做过，真正做到为民做事颇为不易。我已有三子一女，要立家业，方能立国，觉得还是做点自己熟悉的事情为好。目前，我并未哀叹，也不悲观，认为当务之急，是解决中国一盘散沙之状况。"

"嗯，知道来远兄弟经历甚多，不过，最近沙俄那边发生了革命，你可知道？"道尹话锋一转，说起了沙俄之事，倒是令姜来远异常吃惊。

"对沙俄革命，略知一二，北京的报纸上宣传过，看烟台领事馆的旗帜也换了。不过，没觉得和前些年大清倒台之后，有何不同。”来远说完，抿了一口茶。

“兄弟真觉得沙皇倒台和我们大清皇帝倒台一样？”朱道尹不紧不慢地问着，感到很奇怪。

“恐怕一样的地方多，不一样的地方少。”

“愿闻其详。”

“第一，都是皇帝下台，这是最大的相同点；第二，都实行了共和，这是第二个共同点。不同的是：他们杀了皇帝，我们的皇上还在紫禁城里，活得很滋润。”

“有道理。不过还有很多不一样的地方，看来兄弟也未必全然知道。”

“还有哪里不一样？”

“他们有革命的理论指引。”

“理论？君主立宪、三民主义的理论，我们也说了很多年。十年过去了，眼下离那三民主义是不是越来越远？”来远反问。

“咱们的理论不合适，他们的理论更先进。”

“他们的理论？共产主义？马列主义？”

“你也知道？”

“从报纸上看过。孙中山的三民主义，我为之敬仰了多年。说实话，眼下民众生活未见改善，军阀割据依旧。这个共产主义又是舶来品，怕是中看不中用。”

“国疲民弱日久，盖为军政法制不彰。如要新气象，须革故鼎新才能起死回生。时代不同，这药方便不相同。眼下这共产主义理论在沙俄得以实现，已证明其有效性，于我中国，也该一试。”

“可……可是，这么多年来，兄弟更习惯于经商。对政治，我真的一窍不通。”姜来远内心里非常排斥参与政治活动，也不想隐瞒自己的真实想法。

“你不想参与政治，但是无法躲开。做生意怎么能脱离政府和民众？随着时间推移，相信我们会有更深的认识。”道尹看着窗外的闪电，如同利爪般划破天空，隆隆的雷声如山裂一样，从远处滚滚而来，密密麻麻的雨线如同麻秆戳地般落下来。不一会儿，整个院子里积水一片，大街上也汪洋一般，雨水从山上倾泻下来，汇聚到山谷里，那水咆哮着快速冲了出去，仿佛要冲毁这个旧世界。整个城市如同海水倒灌一样，那些楼房，如同海里的沉船般，失却了原来的样子。